DESAPARECIDOS

JONATHAN KELLERMAN

DESAPARECIDOS

tradução de
ALEXANDRE RAPOSO

EDITORA RECORD
RIO DE JANEIRO • SÃO PAULO
2010

CIP-Brasil. Catalogação na fonte
Sindicato Nacional dos Editores de Livros, RJ.

K38d

Kellerman, Jonathan, 1949-
Desaparecidos / Jonathan Kellerman; tradução de Alexandre Raposo. - Rio de Janeiro: Record 2010.

Tradução de: Gone
ISBN 978-85-01-08197-5

1. Ficção policial americana. I. Raposo, Alexandre. II. Título.

10-2408

CDD: 813
CDU: 821.111(73)-3

Título original em inglês:
Gone

Editoração eletrônica: Abreu's System

Texto revisado segundo o novo Acordo Ortográfico da Língua Portuguesa.

Impresso no Brasil

ISBN 978-85-01-08197-5

Este é para Linda Marrow

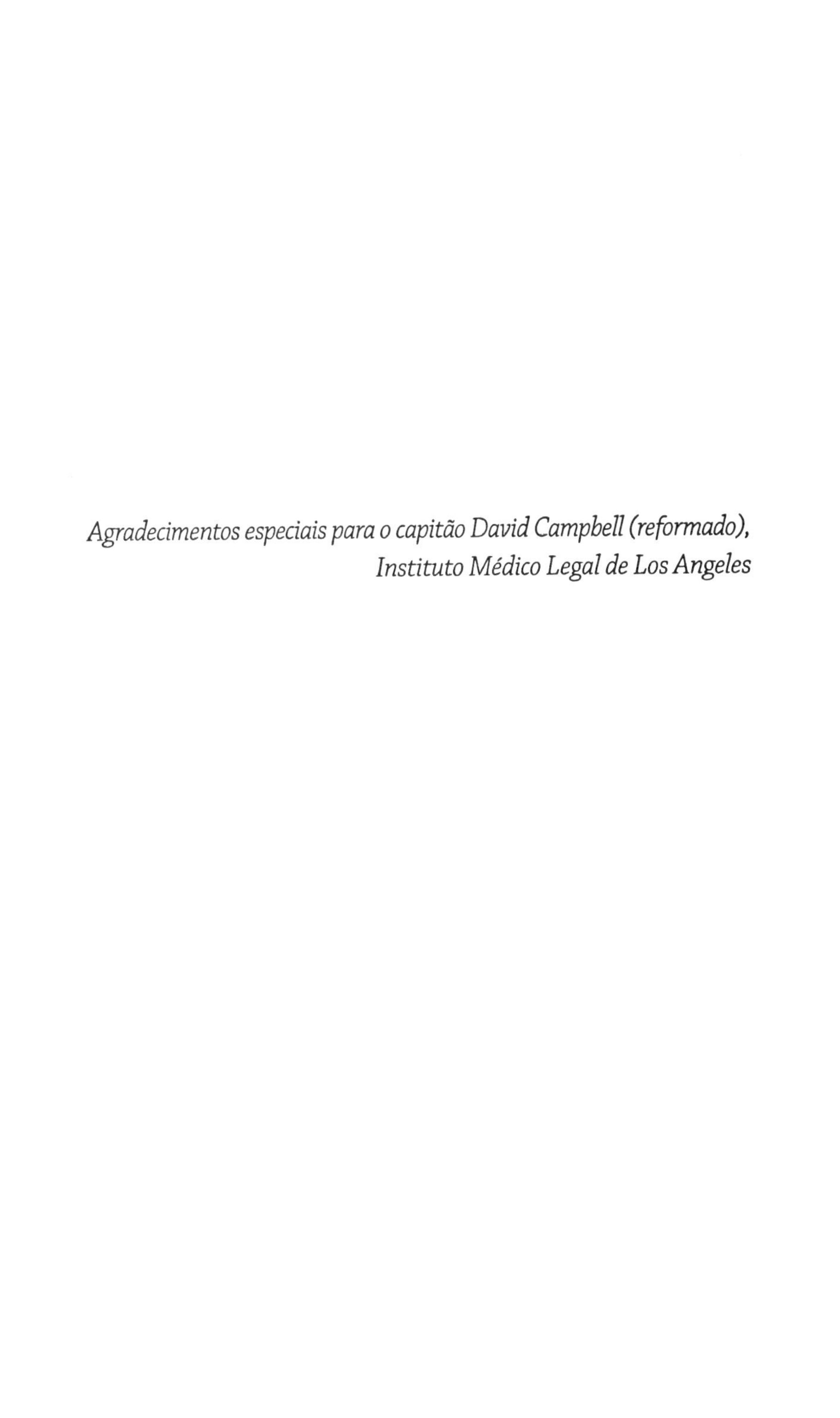

Agradecimentos especiais para o capitão David Campbell (reformado),
Instituto Médico Legal de Los Angeles

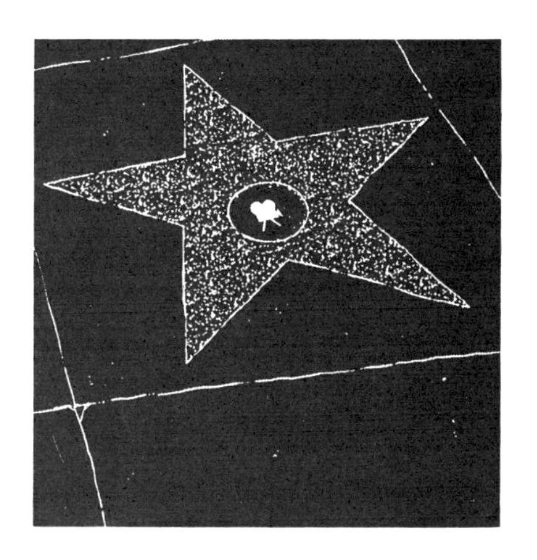

CAPÍTULO 1

Ela quase matou um homem inocente.

Creighton "Charley" Bondurant dirigia cuidadosamente porque sua vida dependia daquilo. A Latigo Canyon Road era quilômetros e quilômetros de curvas fechadíssimas. Charley não era muito de respeitar determinações do governo, mas as placas de 55km/h ao longo da estrada faziam sentido.

Ele morava a uns 20 quilômetros da Kanan Dume Road, no que restava de um rancho de 16 mil metros quadrados que seu pai ganhara nos tempos de Coolidge, um lugar cercado de cavalos árabes do Tennessee e de mulas que o avô mantinha por perto apenas por gostar do espírito daquelas criaturas. Charley cresceu cercado de famílias como a dele. Fazendeiros tacanhos e alguns ricos simpáticos que vinham andar a cavalo nos fins de semana. Agora, só havia ricos metidos a besta.

Diabético, reumático e deprimido, Charley morava em um casebre de dois quartos com vista para picos cobertos de carvalhos e para o vasto oceano. Em 68 anos, nunca se casara. Que grande imprestável eu sou, censurava a si mesmo quando os remédios misturados com a cerveja derrubavam seu moral.

Em dias mais alegres, fingia ser um velho caubói.

Naquela manhã, ele estava em algum ponto entre esses dois extremos. Seus joanetes doíam. Dois cavalos haviam morrido no último inverno e ele tinha apenas duas magras éguas brancas e um cão pastor meio cego. A comida e a forragem dos animais consumiam quase toda a sua aposentadoria. Mas fazia mais calor que o habitual nas noites daquele mês de outubro, ele não dormira mal e seus ossos pareciam bem.

Foi a forragem que o despertou, às 7 horas. Rolou da cama, tomou café e comeu um pão doce dormido. Dane-se a taxa de açúcar no sangue. Fez uma pausa para cuidar da manutenção dos encanamentos internos e por volta das 8 horas já estava vestido e dando partida na picape.

Desceu em ponto morto a estrada de terra batida que levava à Latigo, olhou para ambos os lados da estrada algumas vezes, limpou a remela do olho e engatou a primeira. O Topanga Feed Bin ficava a uns vinte minutos ao sul e, no meio do caminho, ele pensou em parar no Malibu Stop & Shop para comprar cerveja, uma latinha de tabaco Skoal e algumas de Pringles.

Era uma bela manhã, o céu estava azul com algumas nuvens a leste e um ar fresco soprava do Pacífico. Ligou o aparelho de som para ouvir Ray Price e dirigiu devagar o bastante para conseguir frear caso topasse com algum cervo no meio da estrada. Não costumavam aparecer antes de escurecer, mas nas montanhas nunca se sabe o que esperar.

A jovem nua surgiu bem à sua frente, mais rapidamente do que qualquer cervo.

Olhos tomados de horror, boca tão escancarada que Charley podia jurar que enxergara suas amídalas.

Ela correu para o meio da estrada, bem na direção de sua picape, acenando com os braços, os cabelos desgrenhados.

Pisando forte no freio, Charley deu uma guinada na picape, que balançou de um lado para o outro. O veículo então derrapou para a esquerda, em direção ao frágil parapeito que o separava de 300 metros de vazio.

Projetado em direção ao céu azul.

Continuou pisando no freio enquanto voava. Não adiantou. Então fez uma reza, abriu a porta do carro e se preparou para pular.

A maldita camisa se prendeu na porta. A eternidade parecia bem perto. Que modo mais estúpido de morrer!

Mãos rasgando o tecido da camisa, boca proferindo preces e maldições, o corpo de Charley enrijeceu, suas pernas subitamente transformaram-se em barras de ferro, e seu pé dolorido apertou o pedal do freio até encostar no fundo do carro.

A picape continuou a se mover, derrapando para o lado, levantando cascalho.

Estremeceu. Rodou. Bateu no parapeito.

Charley ouviu o metal ranger.

A picape parou.

Ele soltou a camisa da maçaneta e saiu. Seu peito estava apertado e ele não conseguia encher os pulmões de ar. Não seria uma ironia do caramba escapar de uma queda livre rumo ao vazio para morrer de um maldito ataque cardíaco?

Ele ofegou, inspirou, sentiu seu campo de visão escurecer e apoiou-se na picape. O chassi rangeu e Charley se afastou do carro, sentindo que estava novamente prestes a desmaiar.

Ouviu um grito. Ao abrir os olhos, aprumou-se e viu a jovem. Marcas vermelhas nos pulsos e tornozelos. Escoriações ao redor do pescoço.

Tinha um belo corpo, um par de seios saudáveis que balançavam enquanto ela corria em direção a ele, que se sentia culpado por pensar assim. Afinal, a jovem estava completamente apavorada. Mas, com seios como aqueles, o que mais havia para olhar?

Ela continuou a se aproximar, braços abertos, como se quisesse que Charley a abraçasse.

Mas berrava, olhos arregalados. Ele não sabia o que fazer.

Havia muito tempo que não chegava tão perto de uma mulher nua.

Esqueceu-se dos seios. Nada havia de sensual naquilo. Era uma criança, jovem o bastante para ser sua filha. Neta.

Aquelas marcas nos pulsos, tornozelos, ao redor do pescoço.

Ela gritou outra vez.

— *Ai, meu Deus. Meu Deus.*

Ela se aproximou, o cabelo louro golpeando-lhe a face. Podia sentir o odor de medo que seu corpo exalava. Percebeu que a pele de seus belos ombros bronzeados estava arrepiada.

— *Socorro*!

A pobrezinha tremia.

Charley a amparou.

CAPÍTULO 2

Los Angeles é onde você vai parar quando não tem mais para onde ir.

Há muito tempo vim de carro do Missouri para a Costa Oeste, um rapaz de 16 anos formado no ensino médio com a mente repleta de desespero e uma bolsa parcial para estudos acadêmicos.

Filho único de um alcoólatra temperamental e de uma depressiva crônica, nada havia que me prendesse à planície.

Foi vivendo de biscates e de apresentações ocasionais, tocando guitarra em bandas de casamento, que consegui estudar. Fiz algum dinheiro como psicólogo, e muito mais com investimentos bem-sucedidos. Consegui a Casa da Colina.

Os relacionamentos eram outra história, mas seriam assim de qualquer jeito, onde quer que eu morasse.

Na época em que eu tratava de crianças, costumava ouvir os pais e aprendia como era a vida familiar em L.A. As pessoas empacotando tudo e mudando-se a cada ano ou dois, rendendo-se a impulsos, a morte do ritual doméstico.

Muitos dos pacientes que tive moravam em terrenos castigados pelo sol, sem nenhuma outra criança por perto, e passavam várias horas por dia sendo levados e trazidos por ônibus dos currais pintados de bege que se passavam por escolas. Noites longas, eletrônicas, alvejadas por tubos de raios catódicos e chacoalhadas por música barulhenta. As janelas dos quartos eram voltadas para vizinhanças dispersas que realmente não podiam ser chamadas como tal.

Um bocado de amigos imaginários em L.A. Isso, creio, era inevitável. Aquela cidade era uma empresa, e o produto era a fantasia.

A cidade destrói a grama com tapetes vermelhos, idolatra a fama em seu próprio benefício, demole alegremente pontos de referência porque é assim que funciona o jogo da *reinvenção*. Apareça em seu restaurante favorito e provavelmente encontrará uma placa alardeando falência e as janelas cobertas de papel pardo. Ligue para um amigo e descubra que o número dele já mudou.

Sem continuidade. Este podia ser o lema municipal.

Você pode desaparecer em L.A. durante muito tempo sem que alguém considere isso um problema.

Quando Michaela Brand e Dylan Meserve desapareceram, ninguém percebeu.

A mãe de Michaela era uma ex-caixa de restaurante de beira de estrada e sobrevivia com a ajuda de um tanque de oxigênio, em Phoenix. Seu pai era desconhecido, provavelmente um dos motoristas que Maureen Brand divertiu ao longo dos anos. Michaela deixou o Arizona para se afastar do calor asfixiante, dos arbustos acinzentados, do ar inerte, da falta de perspectiva.

Ela raramente ligava para a mãe. O sibilar do tanque de Maureen, o corpo combalido de Maureen, sua tosse horrorosa e seus olhos enfisemáticos a deixavam deprimida. Não havia espaço para aquilo na mente da Michaela de L.A.

A mãe de Dylan Meserve morrera havia muito tempo de uma doença neuromuscular degenerativa não diagnosticada. Seu pai era um saxofonista do Brooklyn que nunca quis ter filhos e que morrera de overdose havia cinco anos.

Michaela e Dylan eram bonitos, jovens, magros e foram a L.A. por motivos óbvios.

De dia, ele vendia sapatos em uma Foot Locker em Brentwood. Ela era garçonete diurna de uma trattoria no lado leste de Beverly Hills.

Conheceram-se na PlayHouse, assistindo a um seminário de dramaturgia ministrado por Nora Dowd.

A última vez que alguém os viu foi em uma noite de segunda-feira, pouco depois das 22 horas, quando saíram juntos da aula de teatro. Haviam se esfalfado na interpretação de uma cena de *Simpatico*. Nenhum deles havia conseguido transmitir o que Sam Shepard pretendia, mas a peça tinha muitas partes interessantes, toda aquela gritaria. Nora Dowd os instruiu a *incorporarem* a cena, a *sentirem o cheiro* da bosta de cavalo, a se abrirem para a dor e para a desesperança.

Ambos acharam que deram conta do recado. O Vinnie de Dylan estava perfeitamente selvagem, louco e perigoso, e a Rosie de Michaela era uma mulher elegante e misteriosa.

Nora Dowd pareceu ter gostado da apresentação, especialmente a de Dylan.

Isso deixou Michaela um tanto frustrada, mas não surpresa.

Ela já vira Nora se perder naqueles discursos sobre lado direito e lado esquerdo do cérebro, falando mais para si mesma do que para outra pessoa.

O cômodo da frente da PlayHouse fora transformado em um teatro, com palco e cadeiras dobráveis. Só era usado para os seminários.

Muitos seminários, não faltavam alunos. Uma das alunas de Nora, uma ex-dançarina exótica chamada April Lange, havia conseguido um papel em uma série na WB. Havia uma fotografia autografada por ela na entrada da escola, que alguém acabou roubando. Loura, olhos brilhantes, vagamente predatórios. Michaela costumava pensar: Por que ela?

Mas talvez isso também fosse um bom sinal. Se podia acontecer com April, podia acontecer com qualquer um.

Dylan e Michaela moravam em estúdios de um só cômodo, o dele em Overland, Culver City, o dela na Holt Avenue, ao sul de Pico. Ambos os lugares eram espeluncas apertadas, escuras e térreas. Aquilo era L.A., lugar onde os aluguéis podem ser abusivos, os salários mal cobrem o básico e às vezes é difícil não ficar deprimido.

Depois que não apareceram para trabalhar por dois dias seguidos, seus respectivos patrões os demitiram.

E foi só o que aconteceu.

CAPÍTULO 3

Ouvi falar a respeito do caso assim como todo mundo: a terceira matéria do noticiário noturno, logo depois das inundações na Indonésia e do julgamento de um astro de hip-hop acusado de estupro.

Eu estava jantando sozinho e ouvindo casualmente a transmissão. Aquela notícia chamou minha atenção porque eu gravitava em torno dos crimes locais.

Casal rendido por homem armado, encontrado nu e desidratado nas colinas de Malibu. Passei os canais, mas nenhum outro noticiário acrescentou detalhes.

Na manhã seguinte, o *Times* informou um pouco mais: um casal de estudantes de teatro deixara uma aula noturna no oeste de L.A. e seguira de carro para o apartamento da jovem, no bairro de Pico-Robertson. Em um sinal vermelho entre a Sherbourne e a Pico, foram rendidos por um mascarado armado que os obrigou a entrar na mala do carro e rodou com eles durante mais de uma hora.

Quando o carro parou e o porta-malas se abriu, o casal se viu em plena escuridão, em algum lugar "no mato". O lugar foi posteriormente identificado como "Latigo Canyon, nas colinas de Malibu".

O sequestrador os forçou a descer uma colina íngreme até uma área densamente arborizada, onde a jovem foi obrigada a amarrar o rapaz e, a seguir, também foi amarrada. Ataque sexual foi sugerido, mas não confirmado. O assaltante foi descrito como "branco, altura mediana, forte, 30 ou 40 anos, com sotaque sulista".

Malibu era território do condado, jurisdição do xerife. O crime ocorrera a 80 quilômetros do quartel-general da polícia de Los Angeles, mas as investigações de crimes violentos eram feitas por detetives de crimes capitais, e qualquer pessoa que tivesse informações teria de ligar para o centro da cidade.

Há alguns anos, quando Robin e eu estávamos reconstruindo a casa da colina, alugamos uma casa de praia em West Malibu. Exploramos os desfiladeiros sinuosos, os vales silenciosos às margens da autoestrada Pacific Coast e escalamos os picos cobertos de carvalhos que se erguem sobre o oceano.

Lembrava-me de Latigo Canyon como um lugar de estradas sinuosas, cobras e gaviões de cauda vermelha. Embora tenha demorado um pouco para deixar a civilização para trás, a recompensa valeu o esforço: um belo e cálido vazio.

Se fosse curioso o bastante, podia ter ligado para Milo e talvez aprendesse algo mais sobre sequestros. Mas eu estava ocupado com três casos de custódia, dois envolvendo pais de pessoas famosas, o terceiro estrelado por um casal de cirurgiões plásticos de Brentwood assustadoramente ambiciosos cujo casamento faliu quando seu comercial de TV sobre plástica facial instantânea não deu certo. De algum modo, arranjaram tempo para terem uma filha de 8 anos, que agora pareciam querer destruir emocionalmente.

Menina quieta, gorducha, olhos grandes, ligeiramente gaga. Recentemente, tornou-se propensa a longos períodos de silêncio.

Avaliações de custódia são a pior parte da psicologia infantil, e de tempos em tempos penso em parar. Nunca parei para calcular minha taxa de sucesso, mas os casos que deram certo me fizeram continuar, ganhando e perdendo aqui e ali.

Deixei o jornal de lado, feliz pelo caso ser problema de outra pessoa. Mas enquanto tomava banho e me vestia, continuei imaginando a cena do crime. Gloriosas colinas douradas, a fascinante imensidão do oceano.

Cheguei a um ponto no qual é difícil ver a beleza sem pensar na contrapartida.

Achava que seria um caso difícil. A principal esperança de solução seria o bandido ter deixado pistas periciais: uma marca única de pneu, fibras raras ou vestígios biológicos. Mas essas coisas são muito menos frequentes do que costumamos ver na TV. As marcas mais comuns encontradas em cenas de crimes são palmas de mãos, e as agências policiais haviam apenas começado a catalogar um tipo de impressão. O DNA pode fazer milagres, mas os especialistas estão cheios de trabalho e os bancos de dados são pouco abrangentes.

Fora isso, os criminosos estão ficando espertos e usando preservativos, e aquele criminoso em particular parecia ser um sujeito que planejava tudo cuidadosamente.

Os policiais assistem aos mesmos programas que todo mundo e, às vezes, aprendem alguma coisa. Mas Milo e outras pessoas em sua posição têm um ditado: *a perícia nunca soluciona crimes, os detetives sim.*

Milo adoraria não pegar aquele caso.

Mas acabou pegando.

Quando o sequestro revelou ser outra coisa, a imprensa divulgou os nomes dos envolvidos.

Michaela Brand, 23. Dylan Meserve, 24.

Retratos de ficha policial não costumam ajudar a pessoa fotografada, mas mesmo com os números ao redor do pescoço e aquela expressão de animais acuados nos olhos, os dois eram material para novela das 8.

Haviam produzido um episódio de reality show que lhes saiu pela culatra.

A armação foi revelada quando um balconista da Krentz Hardware em West Hollywood leu sobre o sequestro no *Times* e lembrou-se de um jovem casal que comprara uma bobina de corda de náilon amarelo três dias depois do suposto sequestro.

O circuito de filmagem da loja confirmou a identidade dos dois, e a análise da corda revelou ser ela idêntica à encontrada na cena do crime e corresponder às marcas nos membros e pescoços de Michaela e Dylan.

Os investigadores do xerife seguiram uma pista e localizaram uma loja Wilderness Outfitters em Santa Monica onde o casal havia comprado uma lanterna, água mineral e pacotes de comida desidratada para excursionistas. Um 7-Eleven perto de Century City verificou que o cartão de débito quase sem fundos de Michaela Brand fora usado para comprar uma dúzia de Snickers, dois pacotes de carne-seca e uma caixa com seis Miller Lite menos de uma hora antes do suposto sequestro. Embalagens e latas vazias encontradas a cerca de 1 quilômetro do lugar onde o casal forjou seu confinamento completaram o quadro.

O golpe final foi o relatório de um médico da emergência do hospital Saint John's: Meserve e Brand alegavam estar sem comer durante dois dias, mas seus exames não apontaram nenhuma anormalidade. Além disso, nenhuma das vítimas apresentava sinais de ferimentos graves, fora as marcas causadas pelas cordas e algumas escoriações "leves" na vagina de Michaela que poderiam ter sido "autoinfligidas".

Confrontados com as provas, o casal cedeu, admitiu a farsa, e ambos foram indiciados por obstrução da lei e por preencherem um falso registro policial. Os dois alegaram pobreza, e defensores públicos foram nomeados.

O de Michaela era um sujeito chamado Lauritz Montez. Ele e eu nos encontramos havia quase uma década em um caso particularmente repugnante: o assassinato de uma menina de 2 anos por dois meninos pré-adolescentes, um dos quais era cliente de Montez. O horror ressuscitara no ano anterior, quando um dos assassinos, então um jovem adulto, me ligou dias depois de ter saído da cadeia e apareceu morto horas após o telefonema.

Lauritz Montez não gostou de mim logo de primeira, e o fato de eu revolver seu passado só fez as coisas piorarem. Assim, fiquei surpreso quando ele me ligou pedindo que eu avaliasse Michaela Brand.

— Por que eu estaria de brincadeira, doutor?

— Não nos damos muito bem.

— Não o estou convidando para sair — disse ele. — Você é um bom psicólogo e quero ter uma boa avaliação dela.

— Ela foi indiciada por um crime pequeno — falei.

— É, mas o xerife está danado da vida e está forçando a promotoria a condená-la a um tempo de detenção. Estamos falando de uma jovem perturbada que fez algo idiota. Ela já está se sentindo mal o suficiente.

— Você quer que eu diga que ela estava mentalmente incapacitada.

Montez riu.

— Insanidade-feroz-lunático-temporária seria ótimo, mas eu sei que você é muito meticuloso com detalhes factuais. Portanto, diga apenas o que aconteceu: ela estava confusa, foi pega em um momento de fraqueza, deixou-se levar. Acho que deve haver algum termo técnico para isso.

— A verdade — falei.

Ele riu outra vez.

— Você aceita?

A filha dos cirurgiões plásticos havia começado a falar, mas os advogados do pai e da mãe telefonaram para me informar que o caso havia sido resolvido e que meus serviços não eram mais necessários.

— Claro — falei.

— Sério? — perguntou Montez.

— Por que não?

— Não foi tão fácil com Duchay.

— Como poderia ter sido?

— Verdade. Muito bem, tenho de ligar para ela e marcar uma consulta. Farei o possível para conseguir algum tipo de remuneração para você. Dentro do razoável.

— O razoável é sempre bem-vindo.

— E muito raro.

CAPÍTULO 4

Michaela Brand veio me ver quatro dias depois.

Trabalho em minha casa, no topo de Beverly Glen. Em meados de novembro, toda a cidade é bela, mas nenhum lugar é tão belo quanto Glen.

Ela sorriu e disse:

— Olá, Dr. Delaware. Uau, que lugar lindo, meu nome se pronuncia "Mi-ca-e-la".

Seu sorriso era arrasador. Conduzi-a até meu escritório, nos fundos.

Alta, quadris estreitos, seios fartos, rebolava um bocado enquanto andava. Se os seios dela não eram verdadeiros, seus movimentos livres poderiam ser um anúncio vivo de um grande artista do bisturi. O rosto oval e macio, perfeitamente equilibrado sobre um longo e aveludado pescoço, era abençoado por olhos verde-azulados que podiam causar fascinação sem muito esforço.

As leves escoriações nas laterais de seu pescoço estavam disfarçadas pela maquiagem. O resto de sua pele era um veludo bronzeado esticado sobre ossos delgados. Bronzeamento artificial ou um desses sprays que duram uma semana. Pequenas sardas escuras espalhavam-se por seu nariz e denunciavam sua cor verdadeira. Lábios largos realçados por um batom com brilho. Uma massa de cabelo cor de mel repousava sobre seus ombros. Algum cabeleireiro tivera um trabalhão para dar forma àquele penteado e fazê-lo parecer tão casual. Meia dúzia de tons de louro imitavam a natureza.

Sua calça jeans preta de boca estreita era de cintura baixa o bastante para exigir uma depilação pubiana. Os ossos dos quadris eram delicadas saliências que exigiam um parceiro de tango. Uma camiseta preta sem mangas com a frase *Porn Star* escrita com strass terminava a 3 centímetros de um belo umbigo. A mesma pele dourada e sem mácula cobria uma barriga firme como um tambor. As unhas eram longas e pintadas, os cílios postiços, perfeitos. As sobrancelhas depiladas aumentavam a ilusão de permanente surpresa.

Muito tempo e dinheiro gastos para realçar cromossomos bem-sucedidos. Ela convencera o sistema judicial de que era pobre. Acabou que era mesmo, cartão de crédito estourado, 200 dólares na conta bancária.

— Consegui que o proprietário me desse um mês — disse ela. — Mas, a não ser que eu esclareça isso logo e consiga outro trabalho, vou ser despejada.

Os olhos verde-azulados encheram-se de lágrimas. Ela jogou o cabelo para trás. Apesar do comprimento das pernas, conseguiu se encolher sobre a grande cadeira de couro dos pacientes e parecer menor.

— O que significa "esclarecer" para você? — perguntei.

— Perdão?

— Você disse que queria esclarecer isso logo.

— Você sabe — disse ela. — Preciso me livrar dessa... confusão.

Assenti, e ela inclinou a cabeça para o lado como um cachorrinho.

— Lauritz disse que você é o melhor.

Chamava o advogado pelo primeiro nome. Perguntei-me se Montez fora motivado por algo mais que responsabilidade profissional.

Deixe de ser desconfiado. Concentre-se na paciente.

Ela inclinou-se para a frente e sorriu, os seios soltos forçando a camiseta preta. Falei:

— O que o Sr. Montez lhe falou sobre esta avaliação?

— Que eu deveria me abrir emocionalmente. — Ela coçou o canto de um olho. Deixou a mão cair e correu o dedo ao longo de um joelho coberto por um jeans escuro.

— Se abrir como?

— Você sabe, não ocultar nada de você, basicamente ser eu mesma. Eu...

Esperei.

Ela disse:

— Estou feliz que seja você. Você parece ser legal. — Ela enfiou uma perna embaixo da outra.

— Diga-me como aconteceu, Michaela.

— O quê?

— O falso sequestro.

Ela vacilou.

— Você não quer saber da minha infância nem nada?

— Podemos falar sobre isso depois, mas seria melhor começar com a farsa. Gostaria de ouvir o que aconteceu em suas próprias palavras.

— Minhas palavras. Puxa. — Meio sorriso. — Nenhuma preliminar, hein?

Sorri de volta. Ela descruzou as pernas e um par de Skechers de salto alto pousou no tapete. Flexionou um pé. Olhou ao redor do consultório.

— Sei que errei, mas sou uma boa menina, doutor. *Realmente* sou.

Ela cruzou os braços sobre a inscrição *Porn Star*.

— Por onde começar... Devo dizer que me sinto muito exposta.

Imaginei-a correndo até o meio da estrada, nua, quase fazendo um velho jogar o carro pelo despenhadeiro.

— Sei que é difícil pensar no que você fez, Michaela, mas seria bom se acostumar a falar a respeito.

— Então você compreende?

— Claro — falei. — Mas a certa altura você também terá de contribuir.

— Como assim?

— Dizer ao juiz o que fez.

— Confissão — disse ela. — Esse é um outro jeito de dizer confissão?

— Acho que sim.

— Todas essas palavras que usam. — Ela riu baixinho. — Ao menos estou aprendendo alguma coisa.

— Provavelmente não do jeito que você queria.

— Com certeza... advogados, policiais. Nem mesmo me lembro para quem falei o quê.

— É muito confuso — falei.

— Totalmente, doutor. Tenho um problema com isso.

— Com o quê?

— Confusão. Em Phoenix, na escola, algumas pessoas achavam que eu era cabeça de vento. Os nerds, entende? A verdade é que eu me confundia à beça. Ainda me confundo. Talvez porque tenha caído de cabeça quando era pequena. Caí de um balanço e desmaiei. Depois disso, nunca mais consegui me sair bem na escola.

— Parece que foi um tombo e tanto.

— Não me lembro muito bem, doutor, mas me disseram que fiquei inconsciente durante 12 horas.

— Quantos anos tinha?

— Talvez 3, 4. Eu estava me balançando com força, adorava balanço. Devo ter me soltado ou algo assim e saí voando. Também bati a cabeça outras vezes. Eu sempre caí muito, tropeçava toda hora. Minhas pernas cresceram rápido demais. Quando eu tinha 15 anos, passei de 1,52m para 1,72m em seis meses.

— Você tem tendência a se acidentar.

— Minha mãe costumava dizer que eu era um acidente esperando para acontecer. Eu a fazia comprar jeans caros, então eu rasgava os joelhos das calças e ela ficava brava e dizia que nunca mais me compraria coisa alguma.

Ela tocou a têmpora esquerda. Pegou um cacho de cabelo e o torceu. Fez beicinho. Lembrei-me de alguém. Observei sua inquietação e finalmente me lembrei: Brigitte Bardot quando jovem.

Será que ela sabia quem era Brigitte Bardot?

— Minha cabeça está uma loucura desde o que aconteceu. É como se fosse um roteiro escrito por outra pessoa e eu estivesse sendo levada pelas cenas — disse ela.

— O sistema legal pode ser avassalador.

— Nunca pensei que estaria *no* sistema! Afinal, eu nem mesmo assisto a programas de suspense na TV. Minha mãe lê livros de suspense, mas eu odeio.

— O que você gosta de ler?

Ela se virou de lado, sem responder. Eu repeti a pergunta.

— Ah, desculpe, estava longe. O que eu leio... Revistas. *Us Magazine*, *People*, *Elle*, você sabe.

— Que tal falarmos sobre o que aconteceu?

— Claro, claro... Era para ser apenas... talvez Dylan e eu tenhamos levado as coisas longe demais, mas, para minha professora de teatro, o negócio é se entregar e incorporar a cena, você realmente precisa abandonar o seu eu, você sabe, o ego. Entregar-se à cena e se deixar levar.

— Era o que você e Dylan estavam fazendo — disse.

— Acho que sim. Comecei *pensando* que estávamos fazendo aquilo e acho que... realmente não sei o que aconteceu. É tão louco, como me meti nessa *loucura*?

Ela bateu com o punho na palma da outra mão, estremeceu, estendeu os braços. Começou a chorar baixinho. Uma veia saltou em seu pescoço, acentuando uma escoriação.

Dei-lhe um lenço de papel. Sua mão demorou-se sobre os nós de meus dedos. Ela fungou.

— Obrigada.

Voltei a me recostar.

— Então acharam que estavam fazendo o que Nora Dowd lhes ensinou.

— Você conhece Nora?

— Li os documentos do processo.

— Nora está nos documentos?

— Ela é mencionada. Então você está dizendo que o falso sequestro tem relação com seu aprendizado.

— Você chama aquilo de falso? — perguntou ela.

— Como gostaria que eu chamasse?

— Não sei... algo mais. Um exercício, que tal? Foi o que nos motivou.

— Um exercício de dramaturgia.

— Sim. — Ela cruzou as pernas. — Nora não pediu que fizéssemos aquilo, mas ela estava sempre nos encorajando a buscar o cerne de nossos sentimentos. Dylan e eu achamos que... — Mordeu o lábio. — Não pretendíamos ir tão longe. — Voltou a tocar a têmpora. — Eu devia estar louca. Dylan e eu só tentávamos ser artisticamente autênticos. Como quando eu o amarrei e enrolei a corda ao meu redor. Eu a mantive em volta do pescoço durante algum tempo para me certificar de que deixaria marcas. — Ela franziu as sobrancelhas, tocou uma escoriação.

— Estou vendo.

— Sabia que não iria demorar para provocar uma escoriação. Fico marcada muito facilmente. Talvez por isso eu não simule a dor muito bem.

— O que quer dizer?

— Sou uma chorona no que diz respeito a dor, de modo que mantenho distância dela. — Ela tocou um ponto entre o colarinho da camiseta e a pele. — Dylan não sente nada; ele é como uma pedra. Quando eu o amarrei, ele pedia que eu apertasse com mais força, ele queria *sentir* aquilo.

— A dor?

— Ah, sim — disse ela. — No começo, não no pescoço. Só nas pernas e nos braços. Mas até isso dói quando se aperta muito, não é mesmo? Mas ele continuou dizendo: "Mais apertado, mais apertado." Finalmente, gritei com ele: "Estou apertando o máximo que posso." — Ela olhou para o teto. — Ele só ficou ali deitado. Então sorriu e disse que talvez eu devesse fazer o mesmo no pescoço dele.

— Dylan tem desejo de morrer?

— Dylan é louco... foi horrível lá em cima, escuro, frio, aquele vazio no ar. Dava para ouvir coisas se arrastando por perto. — Ela abraçou os próprios ombros. — Falei que aquilo era muito esquisito, que talvez não fosse uma boa ideia.

— O que Dylan disse?

— Ficou deitado lá, com a cabeça de lado. — Ela fechou os olhos e demonstrou a posição. Deixou a boca entreaberta e mostrou um pedaço de língua pontuda e rosada. — Fingindo-se de morto, entendeu? Então falei: "Pare com isso, é horrível", mas ele se recusou a falar ou a se mover, e finalmente fiquei preocupada. Fui até onde ele estava, toquei-o, e a cabeça dele tombou para o lado, sabe como?

— Atuação metódica — falei. Ela me olhou, curiosa. — É quando você vive um papel inteiramente, Michaela.

Ela olhava para outro lugar.

— Que seja.

— Quando você o amarrou?

— Na segunda noite, tudo aconteceu na segunda noite. Ele estava bem antes disso, então começou a me provocar. Eu me deixei levar porque estava com medo. A coisa toda... Eu fui tão, tão idiota.

Ela jogou o cabelo para a frente, escondendo o rosto. Pensei em um spaniel em um concurso de cães. Os treinadores puxam as orelhas de seus animais sobre o nariz para oferecerem aos jurados uma visão privilegiada da cabeça.

— Dylan a assustou.

— Ele não se mexeu durante *muito* tempo — disse ela.

— Você teve medo de tê-lo amarrado com muita força?

Ela afastou o cabelo, mas manteve o olhar baixo.

— Honestamente, não sei o que dizer, mesmo agora não sei qual era a motivação dele. Talvez ele realmente *estivesse* inconsciente, ou talvez estivesse me enganando. Ele... A ideia foi dele, doutor. Eu juro.

— Dylan planejou tudo?

— Tudo. As cordas, aonde ir.

— Por que escolheu o Latigo Canyon?

— Disse que conhecia o lugar. Ele gosta de fazer caminhadas sozinho, ajuda-o a entrar no personagem. — A ponta da língua correu sobre o lábio inferior, deixando uma trilha de umidade. — Também disse que um dia teria uma casa lá.

— Latigo Canyon?

— Malibu, mas na praia, em Colony. Ele é muito intenso.

— E sobre a carreira dele?

— Algumas pessoas podem dar tudo de si em uma cena. Mas será que sabem quando parar? Dylan pode ser legal quando está sendo ele mesmo, mas tem essas *ambições*. Capa da *People*, ocupar o lugar de Johnny Depp.

— Quais são as suas ambições, Michaela?

— As minhas? Só quero trabalhar. TV, cinema, séries, comerciais, o que for.

— Dylan não se contentaria com isso.

— Dylan quer ser o primeiro da lista de homens mais sensuais do mundo.

— Você falou com ele depois do exercício?

— Não.

— De quem foi a decisão?

— Lauritz me disse para me afastar.

— Você e Dylan eram muito próximos antes disso?

— Acho que sim. Dylan disse que tínhamos uma química natural. Por isso eu fui... levada. Tudo foi ideia dele, e ele me apavorou lá em cima. Eu falava com ele, eu o chacoalhava e ele parecia realmente... você sabe.

— Morto.

— Não que eu tenha visto alguém morto, mas quando eu era pequena, gostava de filmes de terror. Não gosto mais. Fico assustada facilmente.

— O que fez quando achou que Dylan estava morto?

— Fiquei apavorada e comecei a soltar a corda do pescoço. Ainda assim ele não se mexeu, ficou com a boca aberta e parecia realmente... — Ela balançou a cabeça. — A atmosfera lá em cima... eu estava *apavorada*. Comecei a lhe dar tapas na cara e a pedir que ele parasse com aquilo. Sua cabeça apenas tombava para a frente e para trás. Como em um daqueles exercícios de alongamento que Nora nos faz praticar antes de uma cena importante.

— Assustador — falei.

— E aterrorizante. Sou disléxica. Mas não muito. Não sou analfabeta e consigo ler bem. Mas demora um longo tempo para eu memorizar as palavras. Não consigo pronunciar coisa alguma. Até consigo memorizar minhas falas, mas tenho de trabalhar muito para isso.

— O fato de ser disléxica tornou mais assustador ver Dylan daquele jeito?

— Minha mente estava confusa e eu não conseguia pensar direito. O medo estava me confundindo. Como se meus pensamentos não fizessem sentido, como se fossem pronunciados em outro idioma, entende?

— Desorientada.

— Veja o que eu fiz — disse ela. — Eu me desamarrei, subi aquela colina e corri para o meio da estrada sem sequer vestir minhas roupas. Devia estar desorientada. Se estivesse raciocinando direito, teria feito aquilo? Então, depois que aquele senhor, aquele na estrada que... — Ela franziu a testa.

— Aquele na estrada que...

— Eu ia dizer o senhor que me salvou, mas eu não estava realmente em perigo. Ainda assim, *estava* muito assustada. Porque ainda não sabia se Dylan estava bem. Quando aquele senhor ligou para o resgate e eles chegaram, Dylan já estava desamarrado, de pé a meu lado. Quando ninguém estava olhando, ele lançou um sorriso para mim. Tipo ha ha ha, boa piada.

— Então acha que Dylan manipulou você.

— Esta é a pior parte. Perder a confiança. Tudo tinha a ver com confiança. Nora sempre nos diz que a vida do artista é um perigo constante. Você está sempre atuando sem rede de proteção. Dylan era meu parceiro e eu confiava nele. Foi por isso que concordei com tudo aquilo.

— Demorou algum tempo para ele a convencer?

Ela franziu as sobrancelhas.

— Ele fez tudo parecer uma aventura. Compramos todas aquelas coisas... ele me fez sentir como uma criança se divertindo.

— O planejamento foi divertido — falei.

— Exato.

— Comprar as cordas e a comida.

— Aham.

— Planejamento cuidadoso.

Ela deu de ombros e perguntou:

— O que quer dizer?

— Vocês pagaram em dinheiro e fizeram as compras em lojas diferentes em regiões diferentes.

— Isso foi ideia do Dylan — disse ela.

— Ele explicou por que fez isso?

— Realmente não falamos sobre isso. Foi como... Havíamos feito tantos exercícios antes, este era para ser apenas mais um. Achei que devia usar o lado direito do meu cérebro. Nora nos ensinou a nos concentrarmos no uso do lado direito do cérebro.

— O lado criativo — falei.

— Exato. Não pensar muito, só se entregar.

— Nora continua em evidência.

Silêncio.

— Como você acha que ela se sente em relação ao que aconteceu, Michaela?

— Sei como ela está se sentido. Está furiosa. Depois que a polícia me pegou, eu liguei para ela e ela me disse que ter sido pega foi amador, estúpido, e que eu não deveria aparecer de novo. Então desligou.

— Ser pega — falei. — Ela não ficou furiosa com a farsa?

— Foi o que ela me disse. Foi estupidez de minha parte ter sido pega. — Seus olhos se encheram de lágrimas.

— Ouvir isso dela deve ter sido difícil — falei.

— Ela tem uma posição de poder em relação a mim.

— Tentou falar com ela outra vez?

— Ela não retorna minhas ligações. Agora não posso ir mais à PlayHouse. Não que isso importe. Acho.

— Hora de se mudar?

As lágrimas escorreram por seu rosto.

— Não posso pagar meus estudos porque estou falida. Vou ter de dar meu nome a uma daquelas agências. Ser secretária ou babá. Fritar hambúrgueres ou algo assim.

— São suas únicas opções?

— Quem vai me contratar para um bom trabalho quando tenho de comparecer a audiências até *isso* terminar?

Entreguei-lhe outro lenço de papel.

— Acredite, eu não queria ferir ninguém, doutor. Sei que devia ter pensado mais e sentido menos, mas Dylan... — Ela voltou a encolher as pernas. A pouca gordura corporal permitia que ela se dobrasse como papel. Com aquela falta de abrigo, duas noites nas colinas devem tê-la deixado congelada. Mesmo que estivesse mentindo quanto a seu temor, a experiência não fora agradável: o relatório final da polícia mencionava excrementos humanos sob uma árvore próxima, e folhas de árvores e papel de embrulho usados como papel higiênico.

— Agora, todo mundo vai pensar que sou uma loura burra — disse ela.

— Algumas pessoas acham que não existe má publicidade.

— É mesmo? — perguntou. — Você acha?

— Acho que as pessoas podem dar a volta por cima.

Ela me encarou.

— Fui idiota e estou muito arrependida.

— Seja lá o que pretendiam, acabaram sendo duas noites infernais — falei.

— O que quer dizer com isso?

— Ficar lá no frio. Sem banheiro.

— Aquilo foi *horrível* — disse ela. — Eu estava *congelando* e sentia coisas rastejando pelo meu corpo, me comendo viva. Depois, meus braços, pernas e pescoço ficaram muito *doloridos*. Porque eu me amarrei com muita força. — Ela fez uma careta. — Eu queria ser autêntica. Para mostrar a Dylan.

— Mostrar o quê para ele?

— Que eu era uma atriz séria.

— Você estava lá para agradar alguém mais, Michaela?

— Como assim?

— Você devia saber que a história seria divulgada. Imaginou como outras pessoas reagiriam?

— Quem?

— Comecemos com Nora.

— Sinceramente, achava que ela nos respeitaria. Por sermos íntegros. Em vez disso, ficou furiosa.

— E quanto à sua mãe?

Ela fez um gesto de descaso.

— Você não pensou em sua mãe?

— Não falo com ela. Não faz parte da minha vida.

— Ela sabe o que aconteceu?

— Ela não lê jornais, mas acho que se saiu no *Phoenix Sun* alguém deve ter mostrado a ela.

— Você não ligou para sua mãe?

— Ela não pode fazer nada para me ajudar — murmurou.

— Por quê, Michaela?

— Ela sofre dos pulmões. Durante toda a minha infância, ela esteve doente por uma ou outra coisa. Mesmo quando caí de cabeça, foi um vizinho que me levou ao médico.

— Sua mãe não estava lá para ajudá-la.

Ela desviou o olhar.

— Quando estava doidona, ela me batia.

— Sua mãe usava drogas.

— Maconha na maior parte do tempo, às vezes tomava um comprimido. Mas o que ela mais gostava era de fumar. Maconha, cigarro *e* Courvoisier. Os pulmões dela estão ferrados. Ela respira com a ajuda de um tanque de oxigênio.

— Infância difícil.

Ela voltou a murmurar alguma coisa.

— Não ouvi.

— Minha infância. Não gosto de falar sobre isso, mas estou sendo totalmente honesta com você. Sem ilusões, sem cortinas emocionais, entende? É como um mantra. Digo para mim mesma: "honestidade, honestidade, honestidade". Lauritz me disse para manter isso em primeiro plano. — Um dedo fino tocou uma sobrancelha macia cor de bronze.

— O que *achava* que aconteceria quando a história fosse divulgada?

Silêncio.

— Michaela?

— Talvez a TV.

— Entrar para a TV?

— Reality shows. Uma mistura de *Punk'd*, *Survivor* e *Fear Factor*, mas sem ninguém saber o que é real e o que não é. Não estávamos tentando ser perversos. Só queríamos avançar.

— Que tipo de avanço?

— Mental.

— Não pensou em sua carreira?

— Como assim?

— Achou que poderiam chamá-la para um reality show?

— Dylan achava que sim — disse ela.

— Você não?

— Eu não achava nada e ponto... Talvez, no fundo, inconscientemente, tenha achado que aquilo poderia me ajudar a atravessar o muro.

— Que muro?

— O muro do sucesso. Você vai aos testes de elenco e eles olham como se você nem estivesse ali, e mesmo quando dizem que talvez liguem, não ligam. Você é tão talentosa quanto a garota escolhida, as coisas acontecem aleatoriamente. Então, por que não? Ser notada, fazer algo diferente, esquisito ou terrível. *Tornar-se* especial para ser especial.

Ela se levantou, andou pelo consultório. Tropeçou e quase perdeu o equilíbrio. Talvez estivesse dizendo a verdade sobre ser desajeitada.

— É uma vida de merda — disse ela.

— Ser atriz.

— Ser qualquer tipo de artista. Todo mundo adora os artistas mas também os odeia!

Ela agarrou o cabelo com ambas as mãos e puxou-o para trás, dando a seu belo rosto uma aparência de réptil.

— Você faz ideia de como isso é difícil? — perguntou ela com lábios esticados.

— O quê?

Ela soltou o cabelo e olhou para mim como se eu fosse idiota.

— Fazer. Alguém. Prestar. *Atenção*!

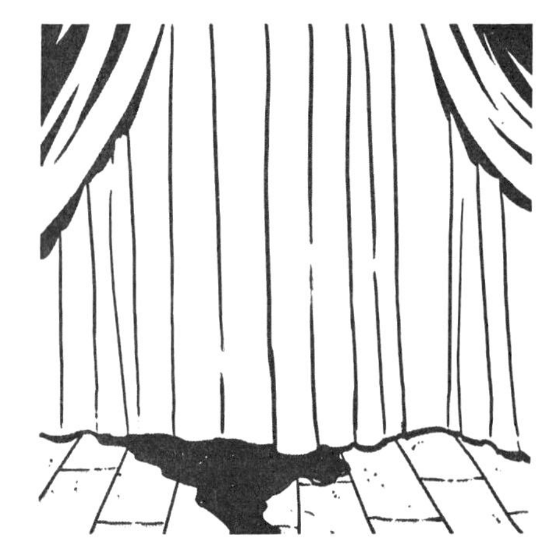

CAPÍTULO 5

Fiz mais três consultas com Michaela. Ela passou a maior parte do tempo voltando a uma infância marcada por negligência e solidão. A promiscuidade e as diversas patologias da mãe reveladas a cada sessão. Lembrou-se de anos de fracasso acadêmico, rompantes adolescentes e isolamento crônico provocado por se achar "parecida com uma girafa cheia de espinhas".

Os testes psicométricos revelaram que ela tinha uma inteligência mediana, pouco controle sobre seus impulsos e tendência à manipulação. Nenhum sinal de dificuldade de aprendizado ou déficit de atenção, e sua escala de mentiras no MMPI* era elevada, significando que ela nunca parou de representar.

---

* Minnesota Multiphasic Personality Inventory, ou Inventário Multifásico de Personalidade de Minnesota, um dos testes de personalidade mais utilizados no campo da saúde mental. (*N. do T.*)

Apesar disso, parecia ser uma jovem triste, assustada e vulnerável. Aquilo não me impediu de perguntar o que precisava ser perguntado.

— Michaela, o médico descobriu algumas escoriações em sua vagina.

— Se você diz...

— O médico que a examinou foi quem disse.

— Talvez *ele* tenha me machucado enquanto me examinava.

— Ele era bruto?

— Tinha dedos brutos. Aquele asiático. Dava para ver que não gostou de mim.

— Por que não gostaria de você?

— Você vai ter de perguntar para ele. — Ela olhou para o relógio.

— Essa é a história que você pretende contar? — perguntei.

Ela se espreguiçou. Usava uma calça jeans azul de cintura baixa naquela sessão, blusa de renda branca e gola em V. Vistos através do tecido, seus mamilos eram tênues pontos cinza.

— Preciso de uma história?

— Isso pode ser inventado.

— Só se você mencionar.

— Nada tem a ver comigo, Michaela. Está nos arquivos do caso.

— Arquivos do caso — disse ela. — Como se eu tivesse cometido algum crime grave.

Nada respondi.

Ela brincou com uma renda da camisa.

— Quem se importa com isso? Por que *você* se importa?

— Gostaria de entender o que aconteceu em Latigo Canyon.

— O que aconteceu foi que Dylan ficou maluco — disse ela.

— Louco fisicamente?

— Ele ficou excitado e me feriu.

— O que houve? — perguntei.

— O que geralmente acontecia.

— Ou seja...

— O que nós *fazíamos*. — Brincou com os dedos de uma mão. — Nos tocávamos. Nas poucas vezes.

— Nas poucas vezes que tiveram intimidade.

— Nunca fomos *íntimos*. De vez em quando ficávamos com tesão e nos tocávamos. É *claro* que ele queria mais, mas eu não deixava. — Ela mostrou a língua. — Algumas vezes deixei que fizesse, mas a maior parte do tempo era com o dedo, porque eu não queria ficar perto dele.

— O que houve em Latigo Canyon?

— Não vejo o que isso tem a ver com... o que aconteceu.

— Seu relacionamento com Dylan compreendia...

— Tudo bem — disse ela. — Em Latigo era com o dedo, e ele ficou bruto. Quando reclamei, ele disse que estava fazendo de propósito. Em prol do realismo.

— Para quando fossem descobertos.

— Acho que sim — disse ela.

Michaela desviou o olhar. Esperei.

— Foi na primeira noite — disse ela. — O que mais havia para fazer ali? Era tão chato ficar ali sentada, sem conversar.

— Quando foi que ficaram sem conversar? — perguntei.

— Logo. Ele estava envolvido com aquele negócio de *silêncio* zen. Preparando-se para a segunda noite. Ele disse que tínhamos de criar imagens em nossas mentes, não sobrecarregar nossas cabeças em palavras para estimular as *emoções*. — Ela riu com desdém. — A droga do silêncio zen. Até ficarmos com tesão. Aí ele não teve a menor dificuldade em me dizer o que queria. Achou que lá em cima as coisas seriam diferentes. Como se eu fosse transar com ele. Até parece. — Seus olhos ficaram severos. — Eu o odeio agora.

Demorei um dia para escrever um esboço do meu relatório.

A história dela se concentrava em capacidade reduzida combinada com a velha tática de defesa FOOQF: *Foi o outro quem fez.*

Perguntando-me se Lauritz Montez era seu novo professor de teatro, liguei para o escritório dele no tribunal de Beverly Hills.

— Não tenho boas notícias.

— Na verdade, isso não importa — disse ele.

— O caso se resolveu?

— Melhor. Foi adiado por sessenta dias, graças à minha colega que representa Meserve. Marjani Coolidge, conhece?

— Não.

— Viajou para a África em busca de suas origens, pediu para adiarmos tudo. Quando acabarem os sessenta dias, vamos conseguir outro adiamento. E mais outro. O interesse da mídia vai diminuir, a agenda vai se encher de crimes graves, não será difícil manter casos menores sob controle. Quando formos ao tribunal ninguém vai se importar. Isso é tudo pressão dos xerifes, e esses caras têm memória de formiga. Acho que o pior que pode acontecer com os dois é serem obrigados a ensinar Shakespeare para crianças do interior.

— Shakespeare não é a dela.

— E qual é a dela?

— Improviso.

— É, bem, tenho certeza de que ela vai se sair bem. Obrigado por seu tempo.

— Não precisa de um relatório?

— Você pode me mandar um, mas duvido que o leiam. O que talvez o aborreça, porque tudo o que posso pagar são 40 dólares por hora, nenhuma taxa extra por horas trabalhadas ou elaboração de relatório.

Fiquei em silêncio.

— Cortes de orçamento e tudo o mais — disse ele. — Desculpe.

— Sem problema.

— Tudo bem para você?

— Não sou muito de showbiz.

CAPÍTULO 6

Duas semanas depois da última sessão de Michaela, li uma matéria no fim da editoria de cidade que dizia:

Casal que forjou sequestro é sentenciado

Um casal de aspirantes a atores acusados de forjar o próprio sequestro para promover suas carreiras foi condenado a prestar trabalho comunitário como parte de um acordo entre a polícia, a promotoria e defensoria pública.

Dylan Roger Meserve, 24, e Michaela Ally Brand, 23, foram indiciados por uma série de infrações que poderiam render-lhes algum tempo de detenção, partindo de falsas ale-

gações de terem sido rendidos em West Los Angeles e levados ao Latigo Canyon, em Malibu, por um homem mascarado e armado. Investigações subsequentes revelaram que a dupla forjou o incidente, chegando ao ponto de se amarrarem e de simularem dois dias de fome.

"Este foi o melhor desfecho", disse a promotora Heather Bally, encarregada do caso. Ela considerou a juventude dos dois, a falta de antecedente criminal e enfatizou os benefícios que Meserve e Brand podem proporcionar à "comunidade teatral", citando dois cursos de teatro para os quais o casal poderia ser designado: TheaterKids, em Baldwin Hills, e The Drama Posse, em East Los Angeles.

Telefonemas feitos para o escritório do xerife não foram retornados.

Bastou um adiamento. Perguntei-me se algum deles permaneceria na cidade. Provavelmente sim, caso ainda tivessem ilusões de estrelato.

Eu havia mandado um recibo para o escritório de Lauritz Montez que ainda não fora pago. Liguei para ele, deixei uma mensagem educada na secretária eletrônica e esqueci o caso.

O tenente-detetive Milo Sturgis tinha ideias diferentes.

Passei o ano-novo sozinho e nas semanas seguintes não tive o que fazer.

O cão que eu tinha com Robin Castagna ficou velho da noite para o dia.

Spike, um buldogue francês de 11 quilos com alma apaixonada e o olhar perspicaz de um esnobe afetado, desprezou a guarda compartilhada e foi morar com Robin. Durante seus últimos meses de vida, sua visão de mundo diminuiu pateticamente e ele se entregou a uma passividade sonolenta. Quando começou a decair, Robin me contou. Comecei a aparecer em sua casa em Venice e me sentar em seu sofá bambo enquanto ela construía e reformava instrumentos de corda em seu estúdio ao fim do corredor.

Spike deixava que eu o abraçasse, repousava sua cabeça pesada sob meu braço e olhava para cima de tempos em tempos, com olhos acinzentados pela catarata.

Toda vez que eu ia embora, Robin e eu sorríamos brevemente um para o outro. Nunca discutimos o que era iminente, e nem qualquer outra coisa.

Na última vez que estive com Spike, nem o bater do martelo de Robin nem o barulho de suas ferramentas elétricas o fazia despertar, e seu tônus muscular estava fraco. Ofertas de guloseimas balançadas perto de seu nariz áspero não provocaram qualquer reação. Observei o movimento lento e trabalhoso de sua caixa torácica, ouvi sua respiração difícil.

Falência cardíaca congestiva. O veterinário disse que ele estava cansado mas que não sentia dor, não havia porque sacrificá-lo a não ser que não conseguíssemos tolerar vê-lo morrer assim.

Ele dormiu em meu colo, e quando ergui sua pata senti-a fria. Eu a esfreguei, levei-o para sua cama, deitei-o delicadamente e beijei sua testa enrugada. Cheirava surpreendentemente bem, como um atleta de banho recém-tomado.

Quando fui embora, Robin estava trabalhando em um velho bandolim Gibson F5, um instrumento de centenas de milhares de dólares que exigia muita concentração.

Parei à porta. Os olhos de Spike estavam fechados e sua cara achatada estava em paz, com uma expressão quase infantil.

Na manhã seguinte, ofegou três vezes e morreu nos braços de Robin. Ela me ligou e me contou os detalhes enquanto chorava. Fui até Venice, embrulhei o corpo, chamei o serviço de cremação e vi um sujeito simpático levar o corpo pateticamente diminuto. Robin estava no quarto dela, ainda chorando. Quando o sujeito foi embora, eu entrei. Uma coisa levou à outra.

No tempo em que eu e Robin estivemos separados, ela ficou com outro homem e eu me apaixonei por uma bela e inteligente psicóloga chamada Allison Gwynn.

Ainda me encontrava com Allison de vez em quando. Ocasionalmente a atração física que sentíamos prevalecia. Ao que eu soubesse, ela não andava saindo com mais ninguém. Achei que era apenas questão de tempo.

Passou o ano-novo com a avó e um bando de primos.

Mandou-me uma gravata de presente de Natal. Retribuí com um broche vitoriano incrustado de granadas. Ainda não tinha certeza do que dera errado. De tempos em tempos me incomodava o fato de não conseguir manter um relacionamento. Às vezes me perguntava o que diria se estivesse sentado na Outra Cadeira.

Diria para mim mesmo que a introspecção podia apodrecer os miolos, que era melhor se concentrar nos problemas de outras pessoas.

Foi Milo quem acabou me fornecendo alguma distração, às 9 horas de uma manhã fria e seca de segunda-feira, uma semana após o acordo no caso da farra.

— Sabe aquela jovem que você avaliou, Mikki Brand, que forjou o próprio sequestro? Encontraram o corpo dela ontem à noite. Estrangulada e esfaqueada.

— Não sabia que o apelido dela era Mikki. — As coisas que dizemos quando somos pegos desprevenidos.

— Era como a mãe a chamava.

— Ela devia saber — falei.

Encontrei-o na cena do crime quarenta minutos depois. O assassinato ocorrera na noite de domingo. Àquela altura, a área havia sido limpa, vasculhada e analisada, e a fita amarela já havia sido retirada.

Os únicos vestígios de brutalidade eram pequenos pedaços de corda branca que os motoristas do legista usavam para amarrar o corpo depois de o terem embrulhado em plástico grosso translúcido. Plástico acinzentado. Da mesma tonalidade, dei-me conta, de olhos tomados por catarata.

Michaela Brand foi encontrada em uma área gramada a 25 metros da Bagley Avenue, ao norte do National Boulevard, onde a rua passa por baixo da autoestrada 10. O sol iluminava uma marca tênue onde o corpo comprimira a grama. O viaduto fornecia sombra fresca e barulho constante. Havia pichações nas paredes de concreto. Em alguns lugares, a vegetação chegava à altura da cintura: ervas daninhas, aloés, dentes-de-leão e outras plantas rasteiras que não consegui identificar.

Aquilo era propriedade municipal, parte do escoamento do trânsito da autoestrada, imprensada entre as ruas afluentes e elegantes de Beverlywood ao norte e os prédios de apartamento populares de Culver City, ao sul. Havia alguns anos, o lugar tivera problemas com algumas gangues, mas ultimamente não se falava mais a esse respeito. Ainda assim, não seria um lugar onde eu andaria à noite, e eu me perguntava o que trouxera Michaela até ali.

O apartamento dela, na Holt, ficava a alguns quilômetros dali. Em L.A., esta é uma distância a ser percorrida de carro, não a pé. Seu Honda de 5 anos não fora localizado, e eu me perguntava se não teria sido roubado.

Desta vez, de verdade. Tão irônico.

— Em que está pensando? — perguntou Milo.

Dei de ombros.

— Você parece contemplativo. Desabafe, homem.

— Nada a dizer.

Correu a mão por seu rosto grande e áspero e estreitou os olhos ao olhar para mim, como se tivéssemos acabado de ser apresentados. Estava vestido para fazer trabalho sujo: casaco de náilon cor de ferrugem, camiseta branca com colarinho dobrado, gravata fina cor de sangue que me lembrou dois pedaços de carne-seca, calça marrom larga e botas marrons com solas de borracha rosadas.

O cabelo fora recém-cortado no mesmo "estilo", ou seja; escovinha nas laterais, o que enfatizava a cabeleira branca e preta no topo. Suas costeletas vinham até 1,5 centímetro o abaixo dos carnudos lobos das orelhas, sugerindo o pior tipo de imitação de Elvis. Seu peso se estabilizara. Calculava 117 quilos em 1,90m de altura, a maior parte de barriga.

Quando saiu de baixo do viaduto, a luz do sol amplificou os buracos de acne em sua pele e os cruéis desígnios da gravidade. Temos apenas alguns meses em diferença de idade. Ele gostava de dizer que eu estava envelhecendo bem mais devagar que ele. Geralmente eu respondia dizendo que as circunstâncias costumavam mudar rapidamente.

Ele fazia questão de não se importar com a aparência, mas havia muito que eu desconfiava que ele tinha uma autoimagem oculta no fundo de sua alma: *Gay, mas não o que você esperava.*

Rick Silverman desistira de lhe comprar roupas que nunca eram vestidas. Rick cortava o cabelo a cada 15 dias em um salão caríssimo em West Hollywood. A cada dois meses, Milo dirigia até La Brea e Washington, onde pagava 7 dólares mais gorjeta para um barbeiro de 89 anos que dizia ter cortado o cabelo de Eisenhower durante a Segunda Guerra Mundial.

Visitei a loja certa vez. Tinha chão de linóleo cinza, cadeiras que rangiam, cartazes amarelados de Brylcreem nos quais apareciam sujeitos sorridentes e anúncios igualmente antigos da pomada modeladora Murray's, dirigidos para a clientela majoritariamente negra.

Milo gostava de se vangloriar pela ligação com Ike.

— Provavelmente questão de um só tiro — falei.

— Por que isso?

— Para que Maurice possa evitar a corte marcial.

Tivemos esta conversa em um bar irlandês na Fairfax, perto da Olympic Boulevard, bebendo Chivas e nos convencendo de que éramos grandes pensadores. Um homem e uma mulher que ele fingia estar procurando foram pegos em uma blitz de trânsito em Montana e lutavam contra a extradição. Haviam matado um assassino perverso, um predador que merecia ser morto. A lei não leva em consideração a moral sutil, e a notícia de sua captura levou Milo a proferir um irritado sermão filosófico. Entornou um duplo, desculpou-se pelo rompante e mudou de assunto para a barbearia.

— Maurice não é *courant* o bastante para você?

— Espere algum tempo, e tudo se torna *courant*.

— Maurice é um artista.

— Tenho certeza de que George Washington achava o mesmo.

— Não meça as pessoas pela idade. Ele ainda pode manipular aquelas tesouras.

— Com tal destreza, ele devia ter estudado medicina — falei.

Seus olhos verdes brilharam, divertidos e alcoolizados.

— Há algumas semanas, eu estava dando uma palestra para um grupo de Vigilância de Bairro em West Hollywood Park. Prevenção de crimes, o básico. Tive a impressão de que alguns jovens presentes não estavam prestando atenção. Mais tarde, um deles veio a mim. Magro, bronzeado, tatuagens orientais no braço, todos aqueles músculos definidos. Disse que entendeu a mensagem mas que eu era o gay mais careta que ele já tinha conhecido.

— Soa como uma abordagem.

— Oh, claro. — Ele projetou o maxilar para a frente, relaxou, tomou um gole. — Falei para ele que gostara do elogio, mas que ele não devia baixar a guarda. Ele achou que eu falava em duplo sentido e foi embora chocado.

— West Hollywood é área do xerife — falei. — Por que você?

— Você sabe como é. Às vezes sou o porta-voz da polícia quando a plateia é alternativa.

— O capitão o pressionou.

— Isso também — disse ele.

Fui até onde Michaela fora encontrada. Milo permaneceu vários metros atrás, lendo as anotações que fizera na noite anterior.

Algo branco se destacava em meio às plantas. Outro pedaço de corda do legista. Os motoristas haviam aparado as cordas porque Michaela era magra.

Sabia o que acontecera ali: bolsos vazios, unhas limpas de detritos, cabelo penteado, qualquer "produto" recolhido. Afinal, os auxiliares a empacotaram, ergueram-na até uma maca e a levaram para uma van branca. Agora estaria esperando ao lado de dezenas de outros sacos plásticos, cuidadosamente preservada em uma prateleira de uma das grandes câmaras frigoríficas alinhadas ao longo dos escuros corredores do necrotério subterrâneo da Mission Road.

No Mission Road, fazem as coisas com respeito. Mas o acúmulo de trabalho — o enorme volume de cadáveres — prejudica a preservação da dignidade.

Peguei a corda. Macia, pesada. Como deveria ser. Qual a diferença entre aquilo e a corda amarela que Michaela e Dylan haviam comprado para fazer seu "exercício"?

Onde Dylan estaria agora?

Perguntei a Milo se ele fazia ideia.

— A primeira coisa que fiz foi ligar para o número que constava de sua ficha de detenção. Desligado. Não localizamos o proprietário do apartamento onde ele morava. Nem o de Michaela — respondeu ele.

— Ela me disse que estava sem dinheiro, tinha um prazo de um mês antes do despejo.

— Se ela foi despejada, seria bom saber onde estava agora. Acha que podem ter se mudado juntos?

— Não, se estava sendo sincera comigo — falei. — Ela o culpou por tudo. — Olhei para o local da desova. — Não há muito sangue. Foi morta em outro lugar?

— Assim parece.

— Quem encontrou o corpo?

— Uma mulher passeando com um poodle. O cão a farejou e pronto.

— Estrangulada e esfaqueada.

— Estrangulamento manual, forte o bastante para quebrar a laringe. A seguir, cinco facadas no peito e uma no pescoço.

— Nada na região da genitália?

— Ela estava inteiramente vestida, nada obviamente sexual quanto à pose.

Estrangulamento em si pode ser algo sexual. Alguns assassinos luxuriosos o descrevem como a dominação definitiva. É tempo bastante para olharem no rosto do ser humano que luta e arqueja e observarem a força vital se esvair. Um monstro a quem entrevistei me disse, rindo: *O tempo passa rápido quando a gente está se divertindo, doutor.*

— Alguma coisa sob as unhas? — perguntei.

— Nada muito interessante, vamos ver o que o laboratório descobre. Nenhum fio de cabelo, também. Nem mesmo do cão. Aparentemente, poodles não soltam muito pelo.

— Algum ferimento defensivo?

— Não, ela morreu antes das facadas. O ferimento do pescoço estava um pouco deslocado para o lado, mas pegou a jugular.

— Cinco é muito para ser um mero impulso, mas é menos do que se espera no caso de um crime hediondo. Algum padrão?

— Vestida, é difícil ver muito além de cortes e sangue. Estarei na autópsia, depois te conto.

Olhei para o lugar onde ela estava.

Milo disse:

— Então ela culpa Meserve pela farsa. Amor perdido?

— Ela disse que estava começando a odiá-lo.

— Ódio é um bom motivo. Vamos tentar encontrar esse astro do cinema.

CAPÍTULO 7

Dylan Meserve esvaziara seu apartamento em Culver City havia seis semanas, sem notificar a empresa proprietária do imóvel. A firma, representada por um sujeito de aspecto atormentado chamado Ralph Jabber, fora mais complacente que a de Michaela: Dylan devia três meses de aluguel atrasado.

Encontramos Jabber caminhando pelo apartamento vazio e fazendo notas em um fichário. Aquela era uma das 58 unidades de um complexo de três andares cor de melão maduro que o computador de bordo do Seville dizia ficar a uma distância de 5 quilômetros do lugar onde o corpo de Michaela fora encontrado. Aquilo localizava a cena em uma posição mais ou menos equidistante dos respectivos apartamentos do casal. Contei isso a Milo.

— O quê? Os dois chegando a algum tipo de acordo final?

— Estou sugerindo, não interpretando.

Ele resmungou e atravessamos portas duplas sem vigias, entrando em um saguão cheirando a mofo revestido de papel de parede cor de cobre, carpete cor de abóbora e móveis escandinavos feitos de uma coisa amarela que pretendia ser madeira.

O apartamento de Dylan Meserve ficava no final de um corredor estreito e escuro.

A uns 3 metros de distância, vi uma porta aberta e ouvi o ruído de um potente aspirador industrial.

Milo disse:

— Lá se vão as provas residuais. — E caminhou mais rápido.

Ralph Jabber gesticulou para a uma negra baixinha que empurrava o aspirador. Ela acionou um interruptor que diminuiu, mas não silenciou o barulho da máquina.

— O que posso fazer por vocês?

Milo mostrou o distintivo e Jabber baixou o fichário. Dei uma olhada na lista: *1. ANDARES: A. Desgaste normal B. Responsabilidade do inquilino 2. PAREDES...*

Jabber era pálido, baixo, peito cavo, e vestia um terno preto brilhante de quatro botões sobre uma camisa branca de seda e sapatos marrons sem meias. Nada tinha a dizer sobre o ex-inquilino, afora o aluguel devido.

Milo perguntou o que a mulher sabia e recebeu um sorriso confuso. Ela tinha menos de 1,50m, era robusta e tinha um rosto de traços bem marcados.

— Ela não conhece os inquilinos — disse Ralph Jabber.

O aspirador funcionava ruidosamente. A mulher o apontou para o chão. Jabber balançou a cabeça e consultou um Rolex grande demais e com diamantes demais para ser verdadeiro.

— *El otro apartmente.*

A mulher puxou o aspirador para fora do apartamento.

Dylan Meserve morava em um cômodo retangular de paredes brancas, com cerca de 90 metros quadrados. No alto de uma das paredes mais compridas, uma única janela com esquadrias de alumínio permitia uma vista de estuque cinzento. O tapete era ordinário, cor de aveia. O minúsculo quitinete possuía bancadas de fórmica com as bordas lascadas, gabinetes brancos pré-fabricados com manchas cinza ao redor dos puxadores e uma geladeira portátil marrom, vazia e com a porta aberta.

Sobre a bancada, repousavam frascos de Windex, Easy-Off e de uma marca genérica de desinfetante. Havia marcas de arranhões em algumas paredes e marcas quadradas no tapete onde outrora se apoiara a mobília. Pela quantidade delas, não havia muitos móveis.

Ralph Jabber pousou o fichário sobre a coxa. Imagino como ele avaliou o lugar.

— Três meses de aluguel atrasado — disse Milo. — Vocês são bastante flexíveis.

— Negócios — disse Jabber, sem entusiasmo.

— Como assim?

— Não gostamos de despejos. Preferimos manter baixa a taxa de desocupação.

— Ou seja, deixam rolar.

— É.

— Alguém falou sobre isso com o Sr. Meserve?

— Não sei.

— Quanto tempo o Sr. Meserve tinha antes que vocês o despejassem?

Jabber franziu as sobrancelhas.

— Cada caso é um caso.

— O Sr. Meserve pediu prorrogação?

— É possível. Como disse, não sei.

— Como pode não saber?

— Não cuido dos aluguéis. Sou o gerente de fim e transição de contrato — disse Jabber.

Aquilo soou como um eufemismo para agente funerário. Milo disse:

— Ou seja...

— Ajeito o lugar quando está vago, preparo-o para o novo inquilino.

— Já têm um novo inquilino para este lugar?

Jabber deu de ombros.

— Não demora. O ponto é muito requisitado.

Milo olhou ao redor do cômodo pequeno e deprimente.

— Locação, locação, locação.

— Exato. Perto de tudo, tenente. Os estúdios, as autoestradas, a praia, Beverly Hills.

— Sei que não é sua área de especialização, senhor, mas estou tentando descobrir as atividades do Sr. Meserve. Se ele não pediu uma prorrogação, haveria algum motivo para vocês simplesmente deixarem que ficasse três meses inadimplente?

Os olhos de Jabber se fecharam pela metade.

Milo aproximou-se, impondo seu corpo e altura. Jabber deu um passo atrás.

— Extraoficialmente?

— É um assunto delicado, Sr. Jabber?

— Não, não, não é isso... Para ser honesto, este prédio é grande e temos outros ainda maiores. Às vezes as coisas ficam... esquecidas.

— Então talvez Meserve tenha dado sorte.

Jabber deu de ombros.

— Mas sua inadimplência acabaria sendo notada — disse Milo.

— É claro. De qualquer modo, ao menos temos o primeiro mês e o depósito. Ele não vai ser reembolsado porque não nos notificou.

— Como descobriram que ele tinha ido embora?

— O telefone e a luz foram desligados por falta de pagamento. Pagamos o gás, mas as empresas de outros serviços públicos nos avisam quando não são pagas.

— Um tipo de sistema de aviso prévio.

Jabber sorriu, incomodado.

— Não foi prévio o bastante.

— Quando desligaram o telefone e a luz?

— Terá de ligar para o escritório.

— Talvez você pudesse ligar.

Jabber franziu as sobrancelhas, sacou um telefone celular e digitou um código de três dígitos.

— O Samir está? Oi, Sammy, é Ralph. Estou, é, o de sempre... Diga-me, quando os serviços foram interrompidos no Overland D-14? Por quê? Porque a polícia quer saber. É... eu sei lá, Sammy, estão aqui agora, se quiser falar com eles... tudo bem, então, apenas me diga e eu posso tirá-los da... E eles descobrem o que querem saber. Ouça, tenho mais seis para cuidar, Sammy, incluindo dois no Valley, e já são 11 horas... É, é...

Passou-se um minuto e meio. Prendendo o telefone entre o ouvido e o ombro, Jabber caminhou pelo quitinete abrindo gavetas e passando o dedo por elas.

— Ótimo. É. Tudo bem. É, eu vou, é.

Ele desligou.

— Os serviços foram desligados há quatro semanas. Um de nossos inspetores disse que não recebe correspondência há seis.

— Quatro semanas e você só veio hoje.

Jabber corou.

— Como disse, é uma empresa grande.

— Você é o dono?

— Quem me dera. É do meu sogro.

— Era com ele que você falava?

Jabber balançou a cabeça.

— Cunhado.

— Negócio de família — disse Milo.

— Família da esposa — disse Jabber. Ele torceu os lábios. — Tudo bem? Preciso trancar o lugar.

— Quem é o inspetor?

— Minha cunhada. Esposa do Samir. Ela vem verificar as coisas. Ela não é muito inteligente, não mencionou a ninguém a falta de correspondência.

— Tem alguma ideia de para onde foi o Sr. Meserve?

— Eu não o reconheceria se o visse aqui agora. Por que todas essas perguntas? O que ele fez?

Milo disse:

— Alguém na empresa teria informações a respeito dele?

— De modo algum — disse Jabber.

— Quem alugou o apartamento para ele?

— Ele provavelmente usou um dos serviços. Rent-Search ou outro parecido. Atendem on-line ou você pode ligar, a maioria das pessoas usa o serviço on-line.

— Como funciona?

— Os candidatos submetem uma solicitação, o serviço a passa para nós. Se o candidato se qualificar, ele paga o depósito, o primeiro mês e se muda. Uma vez que ele ocupa o imóvel, pagamos uma comissão ao serviço.

Meserve tinha um contrato de aluguel?

— Mês a mês. Não fazemos contratos de aluguel.

— Os contratos não mantêm baixa a taxa de desocupação?

— Se você pega um vagabundo, pouco importa o que está escrito no contrato — disse Jabber.

— O que é necessário para ser aceito como inquilino?

— Ei — disse Jabber. — Muitos sem-teto matariam por um lugar como esse.

— Vocês pedem referências?

— Claro.

— Que referências Meserve deu?

— Como disse, sou apenas...

— Ligue para seu cunhado. Por favor.

Três referências: um ex-senhorio no Brooklyn, o gerente da Foot Locker, onde Dylan Meserve trabalhava antes de ser preso, e Nora Dowd, diretora artística da PlayHouse, West em L.A., na qual o jovem fora qualificado como "consultor criativo".

Jabber examinou o que havia escrito antes de passar para Milo.

— O cara é ator? — perguntou ele, rindo.

— Vocês alugam imóveis para muitos atores?

— Atores são vagabundos. Samir é um idiota.

Fui com Milo à delegacia de West L.A., onde ele estacionou o carro no estacionamento de funcionários e entrou no Seville.

— Meserve cancelou sua caixa postal pouco depois de ser preso — disse ele. — Provavelmente planejava se esconder caso as coisas não dessem certo no tribunal. — Procurou o endereço da escola de atores em seu bloco de notas. — O que você acha desse negócio de "consultor criativo"?

— Talvez ele trabalhe lá como aprendiz, para ganhar um dinheiro a mais. Michaela culpou Dylan pela trapaça, mas obviamente Nora Dowd não pensa assim.

— Como Michaela se sentia a esse respeito?

— Ela não falou sobre a reação de Nora quanto a Dylan. Ela estava surpresa com a reação furiosa de Nora para com ela.

— Dowd expulsou Michaela mas manteve Dylan como consultor?

— Se isso for verdade.

— Meserve teria falsificado a referência?

— Meserve é conhecido por exagerar as coisas.

Milo ligou para o Brooklyn, localizou o senhorio que Dylan citara como referência.

— Guy disse que conhecia o pai de Dylan porque é músico de meio expediente e costumavam tocar juntos. Tem uma vaga lembrança de Dylan quando criança, mas nunca alugou um apartamento para ele.

— Consultor criativo — falei.

— Vamos falar com a consultada.

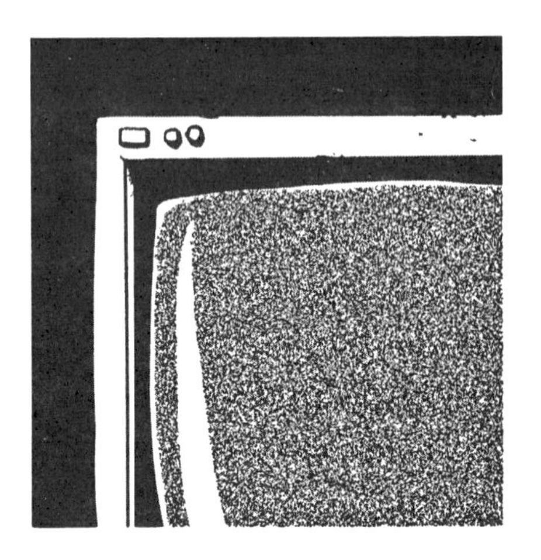

CAPÍTULO 8

A PlayHouse era uma antiga casa de um andar em estilo Craftsman, erguida em um grande terreno em U, ao norte da Venice Boulevard, em West L.A. Paredes laterais de madeira pintadas de verde com margens creme e beirais projetados que formavam uma pequena e escura varanda. A garagem à esquerda tinha antigas portas de celeiro que pareciam ter sido pintadas pouco antes. A paisagem era de um outro tempo: dois altos coqueiros, cesalpiniáceas mal podadas, agapantos e lírios cercando uma terra plana e marrom.

A vizinhança era de casas populares de aluguel, a maior parte de poucos cômodos e esperando para serem demolidas. Nada denotava o funcionamento de uma escola de atores. As janelas eram escuras.

Milo disse:

— Acho que ela não precisa de publicidade. Ou não funciona de dia.

— Se a maioria dos aspirantes trabalha de dia, é um negócio noturno — sugeri.

— Vamos verificar mesmo assim.

Fomos até a varanda. O chão de madeira era pintado de verde, com uma grossa camada de verniz. A janela na porta de carvalho estava bloqueada com uma cortina de renda opaca. Havia uma caixa de correio de cobre feita a mão à direita. Milo abriu a tampa e olhou lá dentro. Vazia.

Ele apertou um botão e a campainha soou.

Nenhuma resposta.

Duas portas mais abaixo, havia um velho Dodge Dart de costas para a rua. Ao volante, um hispânico com cerca de 30 anos deixava um bangalô pintado de azul-claro. Milo caminhou até lá, pediu que abrisse o vidro.

Sem distintivo, mas as pessoas tendiam a obedecê-lo.

— Bom dia, senhor. Sabe alguma coisa sobre seu vizinho?

Grande dar de ombros. Sorriso nervoso.

— *No hablo inglés.*

Milo apontou.

— A escola. *La escuela.*

Outro dar de ombros.

No sé.

Milo olhou-o nos olhos, gesticulou pra que fosse embora. Quando o Dart se foi, voltamos à varanda, onde Milo apertou o botão várias vezes. A sonata da campainha continuou sem resposta.

— Tudo bem, vou tentar outra vez hoje à noite.

Quando nos voltamos, ouvimos passos dentro da PlayHouse. A cortina tremulou na janela, mas a porta não se abriu.

Então, nada.

Milo virou-se e bateu forte à porta. Ouvimos a tranca sendo aberta. A porta se abriu e um homem corpulento segurando uma vassoura e parecendo confuso disse:

— Sim? — Antes de falar, seus olhos se estreitaram e a confusão deu lugar à avaliação.

Desta vez, Milo mostrou o distintivo. O sujeito mal olhou. Seu segundo "Sim?" foi mais baixo, desconfiado.

Tinha um rosto marcado, nariz carnudo e torto, cachos de cabelo grisalho encaracolado brotando das têmporas, costeletas desbotadas. O bigode sobre os lábios rachados eram os únicos pelos disciplinados que tinha na cabeça: bem cortado, preciso, um hífen grisalho-castanho. Os olhos cor de chá forte conseguiam ser ativos sem se moverem.

Camisa e calça de trabalho cinza e amarrotadas, sandálias abertas, meias brancas e grossas, repletas de poeira e resíduos. As tatuagens que cobriam suas mãos carnudas prometiam continuar por debaixo das mangas. Arte epidérmica preta e azul, rude e com cantos quadrados. Difícil de decifrar, mas consegui discernir uma pequena e sorridente cabeça de demônio, mais travessa que demoníaca, voltada para um nó de dedo enrugado.

— Nora Dowd está? — disse Milo.

— Não.

— E Dylan Meserve?

— Não.

— Conhece o Sr. Meserve?

— Sei quem é.

Tinha a voz baixa, engrolada, ligeiro atraso antes de formar as sílabas. Com a mão direita pegou o cabo da vassoura e, com a esquerda, baixou o tecido da camisa sobre a barriga substancial.

— O que sabe sobre o Sr. Meserve? — perguntou Milo.

A mesma hesitação.

— É um dos alunos.

— Ele não trabalha aqui?

— Não que eu saiba.

— Disseram-nos que era consultor criativo.

Sem resposta.

— Quando o viu pela última vez?

Mordeu o lábio superior rachado com dentes pequenos e amarelados.

— Faz algum tempo.

— Dias?

— É.

— Semanas?

— Pode ser.

— Onde está a Srta. Dowd?

— Não sei.

— Não faz ideia?

— Não, senhor.

— Ela é sua patroa.

— Sim.

— Tem um palpite de onde ela possa estar?

O homem deu de ombros.

— Quando a viu pela última vez?

— Trabalho de dia, ela vem aqui à noite.

Milo pegou o bloco.

— Seu nome, por favor.

Sem resposta.

Milo aproximou-se. O homem recuou, exatamente como fizera Ralph Jabber.

— Senhor?

— Reynold.

— Nome completo, por favor.

— Reynold. O sobrenome é Peaty.

— Reynold Peaty.

— Sim, senhor.

— É Peaty com dois *e* ou *e-a*?

— P-E-A-T-Y.

— Você trabalha em tempo integral, Sr. Peaty?

— Faço a limpeza e corto a grama.

— Tempo integral?

— Meio expediente.

— Tem outro trabalho?

— Limpo edifícios.

— Onde mora, Sr. Peaty?

A mão esquerda de Peaty flexionou-se. O tecido cinza da camisa brilhou.

— Guthrie.

— Guthrie Avenue, em L.A.?

— Sim, senhor.

Milo pediu o endereço. Reynold Peaty pensou um instante antes de dar. A leste da Robertson. Uma breve caminhada até o apartamento de Michaela Brand, na Holt. Também perto da cena do crime.

— Sabe por que estamos aqui, Sr. Peaty?

— Não, senhor.

— Há quanto tempo trabalha aqui?

— Cinco anos.

— Então, conhece Michaela Brand.

— Uma das meninas — disse Peaty.

Suas sobrancelhas fartas estremeceram. O tecido sobre sua barriga vibrou com mais força.

— Você costumava vê-la por aqui?

— Vi algumas vezes.

— Enquanto trabalhava durante o dia?

— Às vezes fico até mais tarde — disse Peaty. — Caso me atrase.

— Você a conhece pelo nome.

— Foi a que fez aquilo com ele.

— Aquilo?

— Com ele — repetiu Peaty. — Fingir ter sido sequestrada.

— Ela está morta — disse Milo. — Assassinada.

A mandíbula de Reynold Peaty projetou-se para a frente, como a de um buldogue, e rodou como se ele estive mastigando uma cartilagem.

— Alguma reação em vista disso, senhor? — perguntou Milo.

— Terrível.

— Alguma ideia de quem faria algo assim?

Peaty balançou a cabeça e correu a mão pelo cabo da vassoura.

— É, é terrível — disse Milo. — Uma moça tão bonita.

Os pequenos olhos de Peaty se estreitaram ainda mais.

— Acha que foi ele?

— Quem?

— Meserve.

— Algum motivo para pensarmos assim?

— Você perguntou por ele.

Milo esperou.

Peaty rolou a vassoura.

— Fizeram aquilo juntos.

— Aquilo.

— Passou na TV.

— Acha que isso tem conexão com o assassinato de Michaela, Sr. Peaty?

— Talvez.

— E por quê?

Peaty molhou os lábios.

— Eles não vêm mais aqui juntos.
— Para as aulas de interpretação.
— Sim, senhor.
— Vêm separadamente?
— Só ele.
— Meserve vem, mas Michaela não.
— Sim, senhor.
— Parece que muitos de seus dias se estendem até a noite.
— Às vezes ele vem de dia.
— O Sr. Meserve?
— Sim, senhor.
— Sozinho?
Ele balançou a cabeça.
— Quem vem com ele?
Peaty moveu a vassoura de uma mão para a outra.
— Não quero confusão.
— Por que se meteria em confusão?
— Você sabe.
— Não sei, Sr. Peaty.
— Ela. A Srta. Dowd.
— Nora Dowd vem aqui de dia com Dylan Meserve.
— Às vezes — disse Peaty.
— Alguém mais?
— Não, senhor.
— Exceto você.
— Vou embora quando ela diz que já fiz o bastante.
— E o que ela e Meserve fazem quando estão aqui?
Peaty balançou a cabeça.
— Estou trabalhando.
— O que mais pode me dizer? — perguntou Milo.
— Sobre o quê?
— Michaela, Dylan Meserve, qualquer coisa que lhe venha à mente.

— Nada — disse Peaty.

— A farsa que Michaela e Dylan tentaram armar — disse Milo. — O que achou?

— Passou na TV.

— O que *você* achou?

Peaty tentou morder o bigode, mas os fios estavam muito curtos para poder pegá-los com o dente. Agarrou a costeleta direita. Tentei me lembrar de quando havia visto uma costeleta tão crescida pela última vez. Na universidade? Em uma pintura de Martin Van Buren?

Peaty disse:

— É feio mentir.

— Concordo. No meu trabalho, as pessoas estão sempre mentindo para mim e isso me deixa muito nervoso.

Os olhos de Peaty voltaram-se para o chão da varanda.

— Onde estava na noite passada, Sr. Peaty, digamos entre as 20 e as 2 horas?

— Em casa.

— Em sua casa na Guthrie.

— Sim, senhor.

— Fazendo o quê?

— Comendo — disse Peaty. — Sticks de frango.

— Comida para viagem?

— Congelada. Eu esquento. Tinha cerveja.

Qual marca?

— Old Milwaukee. Tinha três. Então assisti TV, depois fui dormir.

— O que assistiu?

— *Family Feud*.

— A que horas apagou?

— Não sei. A TV estava ligada quando acordei.

— Que horas eram?

Peaty enroscou uma costeleta.

— Talvez 3.

Uma hora após o limite que Milo lhe dera.

— Como sabia que eram 3 horas?

— Você perguntou e falei qualquer coisa.

— Algo especial com as 3 horas?

— Às vezes, quando me levanto e olho para o relógio, são 3 horas, ou 3h30. Mesmo quando não bebo muito, tenho de levantar. — Peaty voltou a olhar para o chão. — Para urinar. Às vezes duas ou três vezes.

— É a meia-idade — disse Milo.

Peaty não respondeu.

— Qual a sua idade, Sr. Peaty?

— Tenho 38 anos.

Milo sorriu.

— Você é jovem.

Sem resposta.

— Quão bem conhecia Michaela Brand?

— Não fui eu — disse Peaty.

— Não lhe perguntei isso, senhor.

— As outras coisas que me perguntou. Onde eu estava. — Peaty balançou a cabeça. — Não quero falar mais.

— Apenas rotina — disse Milo. — Não há por que você...

Balançando a cabeça, Peaty recuou em direção à porta.

Milo disse:

— Estávamos conversando numa boa e, então, eu lhe pergunto quão bem conhecia Michaela Brand e de repente você não quer mais falar. Isso me faz pensar.

— Não é — disse Peaty, buscando a maçaneta da porta. Ele deixara a porta ligeiramente aberta e a maçaneta estava fora de seu alcance.

— Não é o quê? — perguntou Milo.

— Certo. Falar como se eu tivesse feito alguma coisa. — Peaty recuou, encontrou a maçaneta e a abriu, revelando chão e paredes revestidas de carvalho, um relance de vitral. — Tomei uma cerveja e fui dormir.

— Três cervejas.

Sem resposta.

— Ouça — disse Milo —, não pretendo ofendê-lo, mas meu trabalho é fazer perguntas.

Peaty balançou a cabeça.

— Comi e assisti TV. Isso não quer dizer nada.

Ele entrou na casa, começou a fechar a porta. Milo a prendeu com o pé. Peaty ficou tenso mas deixou. Apertava tanto a vassoura que seus nós dos dedos ficaram ressaltados. Balançou a cabeça e seu cabelo solto assentou-se sobre seus ombros largos e arredondados.

— Sr. Peaty...

— Deixe-me em paz. — Mais choramingou que exigiu.

— Tudo o que estamos tentando fazer é estabelecer alguns fatos básicos. Então, que tal entrarmos e...

Peaty agarrou a beirada da porta.

— Não é permitido!

— Não podemos entrar?

— Não! As regras!

— Quais regras?

— Da Srta. Dowd.

— E se eu ligar para ela? Qual o número?

— Não sei.

— Você trabalha para ela mas não...

— Não sei!

Peaty entrou e bateu a porta com força. Milo deixou que batesse.

Ficamos na varanda algum tempo. Os carros subiam e desciam a rua.

— Por mim, ele tem cordas e uma faca ensanguentada aí dentro. Mas não há como descobrir — disse Milo.

Eu nada disse.

— Você pode falar comigo — disse ele.

— Esse cara é esquisito — falei.

— É, é — disse Milo. — O cara mora na Guthrie perto da Robertson. Visualiza o mesmo que eu?

— Fica a alguns quarteirões da casa de Michaela. Não muito longe da cena do crime.

— E ele *é* esquisito.

Milo olhou para a porta. Tocou a campainha diversas vezes.

Sem resposta.

— Pergunto-me a que horas ele veio trabalhar hoje pela manhã.

Tocou a campainha outra vez. Esperamos. Milo guardou o bloco.

— Adoraria revistar o lugar, mas não vou entrar pelos fundos e dar a um advogado a possibilidade de alegar invasão ilegal. — Ele riu. — Um dia de investigação e já estou fantasiando sobre o julgamento. Tudo bem, vamos ver o que podemos fazer nos limites da lei.

Descemos da varanda e fomos até o carro.

— Provavelmente não adiantaria entrar — disse ele. — Mesmo que Peaty seja o bandido, por que traria provas para o trabalho? O que acha dele em termos de probabilidades?

— Definitivamente é possível — falei. — Falar sobre Michaela deixou-o evidentemente nervoso.

— Como se ele sentisse atração por ela?

— Era uma bela jovem.

— E não era para o bico dele — disse Milo. — Trabalhar com todas essas futuras estrelas deve ser frustrante para um sujeito assim.

Chegamos ao Seville.

— Quando Peaty balançou a cabeça, vi caírem fios de cabelo. Um sujeito assim tão hirsuto e despenteado pode ter deixado provas residuais no corpo ou, ao menos, na cena do crime — falei.

— Talvez tenha tido tempo de limpar.

— Pode ser.

— Estava ventando um pouco ontem à noite — disse ele. — O corpo podia já estar ali algum tempo antes de o poodle o encontrar. Ao que sabemos, o maldito *cachorro* lambeu as provas residuais.

— O dono deixou que farejasse o corpo?

Milo esfregou o rosto.

— A dona alega que o puxou no momento em que viu. Ainda assim...

Dei partida no carro.

Ele disse:

— Preciso ter cuidado para não focar em uma só pessoa tão rapidamente.

— Faz sentido.

— Às vezes faço isso.

CAPÍTULO 9

Uma verificação no Departamento de Veículos Motorizados revelou que não havia veículos registrados em nome de Reynold Peaty, que nunca teve uma carteira de motorista da Califórnia.

— Difícil transportar um corpo sem um veículo — falei.

Milo disse:

— Gostaria de saber como ele vai para o trabalho.

— De ônibus. Ou numa limusine de luxo.

— Sua tentativa de fazer humor é reconfortante. Se começarmos a vigiá-lo, vou verificar as linhas de ônibus, ver se é usuário regular.

Ele riu.

— O que foi? — perguntei.

— Ele parece ser um sujeito idiota e esquisito. Mas varre uma escola de *atores*.

— Estava fingindo para nós?

— O mundo é um palco — disse ele. — Portanto, é bom ter o roteiro.

— Se ele estava atuando, por que se faria passar por esquisito? — perguntei.

— Verdade... Vamos voltar.

Dirigi em direção à delegacia de West L.A. enquanto ele telefonava para o Departamento de Transportes Metropolitanos para saber quais ônibus Peaty tomaria de Pico-Robertson até a PlayHouse. As baldeações e a necessidade de andar diversos quarteirões a pé aumentava um trajeto que, de carro, demorava cerca de meia hora para uma jornada de ao menos noventa minutos.

— O Honda de Michaela já apareceu? — perguntei.

— Não... Acha que Peaty pode tê-la sequestrado?

— A farsa pode ter lhe dado ideias.

— A vida imitando a arte. — Discou alguns números no celular, falou brevemente, desligou. — Nenhum sinal ainda. Mas não estamos sendo razoáveis. Um Civic. E preto, ainda por cima. Se estiver sem placas ou se tiverem sido trocadas, pode demorar muito para encontrá-lo.

— Se Peaty for o assassino, talvez ele tenha vindo de carro até o trabalho e abandonado o Honda perto da PlayHouse — sugeri.

— Isso seria muita estupidez.

— É, seria.

Ele mordeu a própria bochecha.

— Incomoda-se de voltar?

Percorremos as cercanias da escola de atores em um raio de 1 quilômetro, vasculhando ruas e becos, garagens particulares e estacionamentos. Demoramos mais de uma hora para fazê-lo e, então, expandimos nosso raio de ação em mais 1 quilômetro, gastando mais uma hora e meia. Vimos vários Civics, três pretos, todos com placas verdadeiras.

De volta à delegacia, Milo ligou para o escritório do legista e soube que a autópsia de Michaela somente seria feita quatro dias depois, talvez mais, caso o ingresso de cadáveres continuasse alto.

— Algum modo de dar prioridade? É, é, eu sei... mas se puder fazer alguma coisa, eu agradeceria. Este caso pode ficar complicado.

Sentei-me na cadeira vaga no pequeno escritório sem janela de Milo enquanto ele tentava achar Reynold Peaty nos bancos de dados. Seu computador demorou um longo tempo para voltar à vida e ainda mais tempo para os ícones ocuparem a tela. Então, os ícones desapareceram, a tela escureceu e ele começou tudo de novo.

Quatro computadores em oito meses, todos de segunda mão, esse último doado por uma escola secundária de Pacific Palisades. As últimas máquinas doadas tiveram vida de leite fresco fora da geladeira. Entre o Cacareco Dois e o Três, Milo pagou do próprio bolso um caríssimo laptop, apenas para ver seu disco rígido ser fritado durante um pico de energia na delegacia.

Enquanto o computador se recompunha, Milo voltou a dar sinal de vida, murmurando algo sobre "idade-média avançada" e "encanamentos", e saiu durante alguns minutos. Voltou com duas xícaras de café, deu-me uma, bebeu a dele, pegou uma cigarrilha barata da gaveta de sua escrivaninha, desembrulhou-a e segurou o cilindro apagado com os incisivos. Enquanto tamborilava com os dedos, de olho na tela, mordeu com muita força, rasgou a cigarrilha e tiras de tabaco espalharam-se por seus lábios. Limpou a boca, jogou fora a cigarrilha nicaraguense e pegou outra.

Fumar era proibido em todo o prédio. Contudo, às vezes ele fumava. Hoje, estava muito ansioso para gozar do prazer da contravenção. Enquanto o computador lutava para ressuscitar, verificou suas mensagens e eu revisei a preliminar sobre Michaela Brand e analisei as fotografias da cena do crime.

Belo rosto bronzeado agora tomado por aquele peculiar verde-acinzentado.

Milo fez uma careta enquanto a tela brilhava e apagava, brilhava e apagava.

— Se quiser traduzir *Guerra e paz*, fique à vontade.

Provei o café, deixei-o de lado, fechei os olhos e tentei não pensar em coisa alguma. Um barulho atravessava as paredes, muito abafado para eu poder defini-lo.

A sala de Milo fica no fim do corredor do segundo andar, bem separado da sala dos detetives. Não por um problema de superlotação. *Ele* fora isolado. Embora citado nos livros como tenente, não tinha tarefas administrativas e continuava a trabalhar em casos.

Era parte do acordo que fizera com o ex-chefe de polícia, um conveniente acerto político que permitiu que o chefe se aposentasse rico e livre de processos criminais e Milo permanecesse no departamento.

Desde que sua taxa de casos resolvidos permanecesse alta e ele não ostentasse suas preferências sexuais, ninguém o incomodaria. Mas o novo chefe era afeito a mudanças grandes e drásticas, e Milo vivia esperando o memorando que atrapalharia sua vida.

No meio-tempo, ele trabalhava.

Barulho de algo girando, um estalo, clique-clique. Ele se sentou.

— Muito bem, lá vamos nós... — Ele digitou. — Não tem registros no estado, muito ruim... Vamos, tentar o Centro Nacional de Informação Criminal. Vamos, menino, seja bonzinho com o tio Milo... Sim!

Ele apertou um botão e a velha impressora matricial começou a puxar o papel. Ele recolheu as folhas, arrancou a lateral perfurada, leu e entregou a impressão para mim.

Reynold Peaty acumulara quatro condenações em Nevada: roubo havia 13 anos, em Reno; voyeurismo três anos depois, na mesma cidade, reduzida a bebedeira e perturbação da ordem pública; e duas condenações por embriaguez ao volante em Laughlin, havia sete e oito anos.

— Ele ainda bebe — falei. — Admitiu ter bebido três cervejas. Um longo histórico de problemas com álcool seria motivo para ele não ter carteira de motorista.

— Bêbado pervertido. Viu as tatuagens?

— Coisa de presídio. Mas não tem crimes em sua ficha desde que atravessou a fronteira do estado, há cinco anos.

— Isso o impressionou muito?

— Não.

— O que *de fato* me impressionou foi a combinação de roubo e voyeurismo — disse ele.

— Invadir residências pela excitação sexual — falei. — Todas aquelas combinações de DNA que acabam transformando ladrões em estupradores.

— Bebida para diminuir a inibição, jovens sensuais entrando e saindo. É uma adorável combinação.

Fomos até a casa de Reynold Peaty na avenida Guthrie, marcando o tempo de viagem a partir do lugar da desova. Com tráfego moderado, apenas sete minutos passando por ruas impecáveis e ladeadas de árvores de Beverlywood. Depois que escurecia, o trajeto era ainda mais curto.

No primeiro quarteirão a leste da Robertson, a vizinhança era de prédios de apartamentos, e a manutenção menos elaborada. O apartamento de Peaty no segundo andar era um entre dez em uma caixa cinzenta de dois andares. A gerente, que também morava no prédio, era uma mulher de cerca de 70 anos chamada Ertha Stadlbraun. Alta, magra, angulosa, pele cor de chocolate meio amargo e cabelo grisalho ondulado.

— Aquele branco maluco — disse ela.

Ela nos convidou a entrar em seu apartamento no andar térreo para tomar chá e nos sentou em um sofá de veludo limão com encosto de corcova de camelo. A sala era compulsivamente bem-arrumada, com tapetes cor de oliva, abajures de cerâmica, bricabraques nas prateleiras. Um conjunto do que se costumava chamar de mobília mediterrânea ocupava o espaço. Um retrato de Martin Luther King feito com aerógrafo dominava a parede sobre o sofá, flanqueada por fotos escolares de cerca de uma dúzia de crianças sorridentes.

Ertha Stadlbraun viera até a porta usando um penhoar. Desculpando-se, desapareceu em um quarto e voltou trajando um conjunto azul estampado com relógios e escarpins com saltos combinando. Sua colônia evocava o balcão de produtos cosméticos de algumas lojas de departamento de porte médio de minha infância no Meio-Oeste. O que minha mãe costumava chamar de "água de banho".

Obrigado pelo chá, senhora — disse Milo.

— Quente o bastante, cavalheiros?

— Perfeito — disse Milo, tomando um gole para demonstrar. Olhou para as fotos escolares. — Netos?

— Netos e afilhados — disse Ertha Stadlbraun. — E dois filhos de vizinhos que criei depois que a mãe morreu jovem. Têm certeza de que não querem açúcar? Uma fruta, biscoitos?

— Não, obrigado, Sra. Stadlbraun. Muito bonito.

— O quê?

— Ficar com os filhos da vizinha.

Ertha Stadlbraun desprezou o elogio com um gesto e pegou o açucareiro.

— Não devia estar fazendo isso por causa de meu nível de glicose, mas vou tomar de qualquer modo. — Duas colheres de chá cheias de açúcar nevaram em sua xícara. — Então, o que querem saber sobre o sujeito maluco?

— Quão maluco ele é, senhora?

Stadlbraun recostou-se na cadeira, ajeitou o vestido sobre os joelhos.

— Deixe-me explicar por que destaquei o fato de ele ser branco. Não é porque eu não goste dele por isso. É porque é o único branco aqui.

— Isso é incomum? — perguntou Milo.

— Você conhece esta vizinhança?

Milo assentiu.

— Então você sabe. Algumas das casas estão voltando a ser compradas por brancos, mas os inquilinos são mexicanos. De vez em quando temos algum hippie sem crédito na praça querendo alugar. Na maior parte do tempo, recebemos mexicanos. Um bando deles. Em nosso prédio, os negros somos eu, a Sra. e o Sr. Lowery e a Sra. Johnson, que é muito velha. O resto é mexicano. Com exceção dele — explicou Ertha Stadlbraun.

— Isso cria algum problema?

— As pessoas o acham estranho. Não porque faça barulho, ele é muito silencioso. Mas você não consegue se *comunicar* com o sujeito.

— Ele não fala?

— Ele não olha os outros nos olhos — disse Ertha Stadlbraun. — Deixa todo mundo nervoso.

— Antissocial — falei.

— Quando você vê alguém, diz olá porque quando era criança sua mãe lhe ensinou boas maneiras. Mas esta pessoa não aprendeu e não tem a gentileza de responder. Ele fica espreitando. Este é o verbo, espreitar. Como aquele mordomo daquele antigo programa de TV. Ele me lembra aquele sujeito.

— *A família Addams* — disse Milo. — Tropeço.

— Tropeço, espreita, tanto faz. A questão é que ele está sempre de cabeça baixa, olhando para o chão, como se estivesse procurando um tesouro. — Ela projetou a cabeça para a frente, como uma tartaruga, dobrou o pescoço abruptamente e olhou fixo para o tapete. — Assim. Como consegue ver para onde anda é um mistério para mim.

— Ele faz alguma coisa que a deixa nervosa, senhora?

— Estas suas perguntas estão me deixando nervosa.

— Rotina, senhora. Ele faz...

— Não é o que ele faz. Ele simplesmente é esquisito.

— Por que alugou para ele, senhora?

— Não aluguei. Ele já estava aqui antes de eu me mudar.

— Há quanto tempo foi isso?

— Cheguei pouco depois da morte de meu marido, há quatro anos. Tinha uma casa em Crenshaw, bela vizinhança que ficou ruim e agora está melhorando outra vez. Depois que Walter morreu, falei: "quem precisa de tanto espaço, um jardim tão grande para cuidar?" Um corretor de imóveis de fala rápida me ofereceu o que achei ser um bom preço, de modo que vendi. Grande erro. Ao menos investi o dinheiro e estou pensando em comprar outra casa. Talvez em Riverside, onde mora minha filha. As coisas estão mais em conta por lá.

Ela ajeitou o cabelo.

— Nesse meio-tempo, estou aqui, e o que eles me pagam dá para cobrir minhas despesas e mais um pouco.

— Quem são eles?

— Os proprietários. Dois irmãos, jovens ricos, herdaram o prédio dos pais junto com outros edifícios.

— O Sr. Peaty paga o aluguel em dia?

— Isso é algo que ele faz — disse Stadlbraun. — Primeiro dia do mês, ordem de pagamento postal.

— Ele vai trabalhar todos os dias?

Stadlbraun assentiu.

— Onde?

— Não faço ideia.

— Ele recebe visitas?

— Ele? — Ela riu. — Onde? Se eu pudesse lhes mostrar o apartamento dele, saberia o que quero dizer: é um cubículo. Costumava ser uma lavanderia até os proprietários o converterem. Mal há espaço para a cama, uma chapa elétrica para aquecer comida, uma TV portátil e um guarda-roupa.

— Quando esteve lá pela última vez?

— Deve fazer alguns anos. Sua privada entupiu e chamei um serviço de desentupimento para fazer o conserto. Estava pronta para culpá-lo, você sabe, por ter superlotado a privada como fazem alguns idiotas. — O remorso a fez baixar os olhos. — Acabou que eram fiapos de tecido. Quando converteram o lugar, ninguém pensou em limpar os sifões, e de algum modo o tecido se acumulou e causou um estrago. Lembro-me de ter pensado em como o lugar era *pequeno*, como alguém podia viver daquele jeito.

— Fala como se fosse uma cela — disse Milo.

— É exatamente o que é. — Stadlbraun estreitou os olhos. Recostou-se na cadeira. Cruzou os braços sobre o peito. — Devia ter me dito de primeira, meu jovem.

— Dito o quê, senhora?

— Como uma cela? Ele é um *ex-presidiário*, certo? O que ele fez que o levou à prisão? Mais importante, o que ele fez para vocês estarem aqui agora?

— Nada, senhora. Só precisamos fazer algumas perguntas.

— Ora, vamos — disse Ertha Stadlbraun. — Deixem de conversa fiada.

— A essa altura...

— Meu jovem, você *não* está me fazendo perguntas porque ele está pensando em se candidatar à *presidência*. O que ele *fez*?

— Nada, ao que saibamos. Esta é a verdade, Sra. Stadlbraun.

— Vocês não *sabem* nada com certeza, mas *suspeitam* de algo.

— Realmente, não posso dizer mais nada, Sra. Stadlbraun.

— Isso não é certo, senhor. Seu trabalho é proteger cidadãos, de modo que *deveria* dizer. Ele é um sujeito maluco e ex-presidiário vivendo no mesmo prédio de gente normal.

— Senhora, ele nada fez. Isto é parte de uma investigação preliminar e ele é apenas uma das muitas pessoas com quem temos conversado.

Ela cruzou os braços sobre o vestido.

— Ele é perigoso? Diga-me sim ou não.

— Não há motivo para pensarmos assim...

— Esta é uma resposta de advogado. E se ele for um desses homens-bomba sobre os quais lemos nos jornais, quieto até explodir? Alguns dos mexicanos têm filhos. E se ele for um desses pervertidos e você não me disser?

— Por que pensa assim, senhora?

— Ele *é*? — perguntou Stadlbraun. — Um *pervertido*? É *isso*?

— Não, senhora, e seria uma péssima ideia você...

— Estão todo dia no noticiário, todos esses pervertidos. Nos meus tempos não era assim. De onde *vieram*?

Milo não respondeu.

Ertha Stadlbraun balançou a cabeça.

— Ele me deixa apavorada. E agora você está me dizendo que ele é um ex-presidiário e molestador de crianças.

Milo aproximou-se dela.

— Eu *não* estou dizendo isso, senhora. Seria uma *péssima* ideia espalhar esse tipo de boato.

— Está dizendo que ele pode me processar?

— Estou dizendo que o Sr. Peaty não é suspeito de coisa alguma. Ele pode ser uma testemunha material, mas nem mesmo estamos certos disso. Isso é o que chamamos de uma verificação de antecedentes. Fazemos isso todo o tempo para sermos abrangentes. Geralmente não dá em nada.

Ertha Stadlbraun considerou o que ouvira.

— Que trabalho esse de vocês!

Milo suprimiu um sorriso.

— Se você estivesse correndo perigo, eu diria. Garanto, senhora.

Ela voltou a ajeitar o cabelo.

— Bem, nada mais tenho a dizer. Não gostaria de ser descuidada e espalhar *boatos*.

Ela se levantou.

— Posso lhe fazer mais algumas perguntas? — disse Milo.

— Tais como?

— Quando ele volta do trabalho, costuma sair outra vez?

Seu peito se ergueu.

— Ele é um cordeiro inocente, mas você quer saber sobre os horários dele... Ah, deixe para lá, vocês evidentemente não vão me dizer a verdade.

Ela nos deu as costas.

— Ele costuma sair depois de voltar do trabalho? — perguntou Milo.

— Não que eu tenha visto, mas não fico de olho.

— E quanto à noite passada?

Ela voltou a nos encarar, lançou-nos um olhar de desagrado.

— Na noite passada estava ocupada, cozinhando. Três frangos inteiros, feijões verdes com cebolas, inhames, repolho com toucinho, quatro tortas. Congelo no começo da semana, de modo que possa relaxar no domingo quando as crianças vêm me visitar. Assim, posso descongelar na manhã de domingo antes de ir à igreja, voltar, aquecer a comida e ter um jantar de verdade, não comida gordurosa de lanchonete.

— Então, não notou a hora que o Sr. Peaty chegou.

— *Nunca* noto — disse ela.

— Nunca?

— Às vezes o vejo chegar.

— A que horas ele geralmente volta do trabalho?

— Umas 18, 19 horas.

— E nos fins de semana?

— Ao que eu saiba, ele passa os fins de semana em casa. Mas não vou garantir que nunca sai. Não que ele pare para me dizer "olá" com aqueles olhos que vivem olhando para o chão como se estivesse contando formigas em uma encosta. Eu *definitivamente* não posso falar sobre a noite passada. Enquanto cozinhava, a música estava ligada, depois assisti ao noticiário, depois ao prêmio Essence, então fiz palavras cruzadas e fui dormir. Assim, se está esperando que eu forneça um álibi para aquele maluco, pode esquecer.

CAPÍTULO 10

Muito tem sido falado a respeito de perfis geográficos, teoria que prega que os criminosos tendem a permanecer dentro de uma zona de conforto. Como qualquer teoria, às vezes ela se aplica, outras não, e você acaba descobrindo assassinos que vão para outros estados ou se aventuram bem longe de casa, de modo a estabelecerem uma zona de conforto *longe* de olhos intrometidos.

Você terá sorte se conseguir alguma coisa além do acaso baseando-se em uma suposta regra de comportamento humano. Mas o trajeto de quatro minutos do apartamento de Peaty até o de Michaela Brand na Holt era difícil de ser ignorado.

O prédio estilo anos 1950 pintado de verde-hortelã era um lugar inexpressivo. A frente era ocupada por uma garagem aberta com chão de concreto manchado de óleo. Seis vagas, mas apenas uma ocupada por uma minivan Dodge empoeirada. A fachada era atravessada por dois diamantes verde-oliva. Salpicos no estuque capturavam a luz da tarde. Um ambiente frívolo.

O painel de caixas de correio em uma parede ao sul do estacionamento não exibia nomes de inquilinos, apenas os números das unidades. A unidade do administrador também não estava discriminada. O compartimento de Michaela estava trancado. Milo espiou através da fresta.

— Um bocado de coisas aí dentro.

O apartamento dela era de fundos. Janelas de fasquias de vidro tão velhas quanto o prédio eram o sonho de qualquer ladrão. As janelas estavam fechadas, mas as cortinas verdes estavam ligeiramente abertas. O interior estava às escuras, mas dava para ver o perfil dos móveis.

Milo começou a bater às portas.

O único inquilino em casa era uma mulher de cerca de 20 anos. Usava uma peruca marrom e um macacão jeans que lhe chegava à altura da batata da perna sobre um suéter branco de mangas compridas. A peruca me fez pensar em quimioterapia, mas ela era gorducha e seus olhos cinza brilhavam. A mesma compleição sardenta com que Michaela Brand fora abençoada. Rosto constrito de surpresa.

Vi o quipá e os cachos de cabelo na cabeça do menino louro que esperneava em seu colo e entendi: algumas judias ortodoxas cobriam o cabelo verdadeiro por pudor.

O distintivo a fez apertar o filho contra o peito.

— Sim?

A criança agitava os braços e os pés simultaneamente, quase desequilibrando a mãe. Parecia ter uns 3 anos. Forte, compacto, inquieto, emitia pequenos grunhidos.

— Acalme-se, Gershie Yoel!

O menino ergueu um punho.

— Herói, herói *Yehudah*! Derrube o elefante!

Ele continuou agitado. A mãe desistiu e o pôs no chão. Ele bateu os pés e grunhiu mais um pouco. Olhou-nos e disse:

— Caia!

— Gershie Yoel, vá até a cozinha e pegue um biscoito. Mas apenas um. E não acorde os bebês!

— Herói-herói! *Yehudah HaMa*kaw*bee* vai feri-lo com a lança, seu grego malvado!

— Vá *agora*, garoto, ou não terá biscoito!

— *Grr*! — Gershie Yoel se foi.

As paredes do cômodo eram cobertas de prateleiras de livros. Livros em cada mesa e sobre o sofá. O resto do espaço era preenchido por cercados, brinquedos e pacotes de fraldas descartáveis.

Os gritos do menino diminuíram.

— Ele ainda está celebrando o feriado — disse a jovem.

— Hanuká? — perguntou Milo.

Ela sorriu.

— Sim. Ele acha que é Yehudah, ou Judá Macabeu. É um grande herói na história do Hanuká. O elefante faz parte de uma história sobre um de seus irmãos... — Ela fez uma pausa, corou. — Como posso ajudá-los?

— Estamos aqui por conta de um de seus vizinhos, senhora...

— Winograd. Shayndie Winograd.

Milo a fez soletrar e escreveu o nome.

— Precisa do meu nome? — perguntou ela.

— Só para os registros, senhora.

— Que vizinho, os punks roqueiros?

— Que punks roqueiros?

Ela apontou para um apartamento no andar de cima, duas portas adiante.

— Ali, apartamento número 4. Há três deles, acham que são músicos. Meu marido me disse que são punks roqueiros. Eu não entendo dessas coisas. — Ela levou a mão aos ouvidos.

— Problemas de barulho? — perguntou Milo.

— Antes, sim — disse Shayndie Winograd. — Todo mundo reclamou com o proprietário e agora está bom... Dê-me um segundo, preciso ver os bebês, por favor, entrem.

Tiramos os livros que estavam em cima de um sofá de veludo cotelê marrom. Volumes com encadernação de couro com títulos dourados em hebraico.

Shayndie Winograd voltou.

— Ainda dormindo, *boruch*... graças a Deus.

— Quantos bebês? — perguntou Milo.

— Gêmeos — disse ela. — Sete meses.

— Mazel tov — disse Milo. — Muito trabalho.

Shayndie Winograd sorriu.

— Três seria fácil. Tenho seis, cinco deles em idade escolar. Gershie Yoel deveria estar na escola, mas estava tossindo esta manhã e eu achei que podia ser um resfriado. Então, milagrosamente, ficou bom.

— Deus age de modo misterioso — disse Milo.

O sorriso dela se alargou.

— Talvez vocês devessem conversar com ele sobre honestidade... Então, o problema é com os punks roqueiros?

— É sobre a Srta. Brand, a inquilina do apartamento 3.

— A modelo? — perguntou Shayndie Winograd.

— Ela é modelo?

— Eu a chamo assim porque ela parece uma modelo. Bonita, muito magra... Qual o problema?

— Infelizmente, senhora, ela foi assassinada na noite passada.

Shayndie Winograd levou a mão à boca.

— Ah, meu Deus... ah, não. — Foi até uma poltrona, afastou um caminhão de brinquedo e sentou-se. — Quem fez isso?

— É o que estamos tentando descobrir, Sra. Winograd.

— Talvez o namorado?

— Quem é?

— Outro magrelo.

Milo tirou da pasta uma fotografia de Dylan Meserve.

Winograd olhou.

— É ele. Foi preso? É um criminoso?

— Ele e a Srta. Brand se envolveram em uma situação. Saiu nos jornais.

— Não lemos jornais. Que tipo de situação?

Milo deu-lhe um resumo do falso sequestro.

— Por que fariam algo assim? — disse ela.

— Parece ter sido uma tentativa de fazer publicidade.

Shayndie Winograd não entendeu.

— Para ajudar em suas carreiras como atores — disse Milo.

— Não compreendo.

— É difícil compreender, senhora. Acharam que passariam a ser conhecidos em Hollywood. Então, por que acha que o Sr. Meserve feriria a Srta. Brand?

— Às vezes eles gritavam um com o outro.

— Dava para ouvir daqui?

— Era alto.

— Sobre o que gritavam?

Shayndie Winograd balançou a cabeça.

— Não ouvia as palavras, só o barulho.

— Essas brigas eram frequentes?

— Ele é mau? Perigoso?

— Você não corre perigo, senhora. Quão frequentemente ele e a Srta. Brand gritavam um com o outro?

— Não sei... Ele não mora aqui, apenas vem visitá-la.

— Com que frequência?

— De vez em quando.

— Quando foi a última vez que o viu?

Ela pensou.

— Há algumas semanas.

— Quando foi a última vez que discutiram?

— Faz ainda mais tempo... diria que um mês, talvez mais. — Ela deu de ombros. — Desculpe. Tento não notar essas coisas.

— Não quer bisbilhotar — disse Milo.

— Não quero *nahrish*, coisas tolas em minha vida.

— Então o Sr. Meserve não passa por aqui há algumas semanas.

— No mínimo — disse Shayndie Winograd.

— E quando viu a Srta. Brand pela última vez?

— Ela... Deixe-me ver... já faz algum tempo. Mas ela costumava chegar tarde. Só a via em ocasiões em que eu saía com meu marido e também voltava tarde, o que não é frequente.

— As crianças.

— As crianças acordam cedo, todos precisando de alguma coisa.

— Não sei como consegue, senhora.

— Me concentro no que é importante.

Milo assentiu.

— Então, não viu a Srta. Brand recentemente. Conseguiria se lembrar de algo mais específico?

A jovem acariciou um cacho de cabelo falso repleto de laquê.

— Talvez duas, três semanas. Realmente não posso ser mais precisa. Não quero prestar falso testemunho.

Milo conteve um sorriso. A jovem balançou a cabeça.

— Eu saio. Para trabalhar. Não presto atenção em coisas que não são importantes.

— Com seis filhos você ainda tem tempo para trabalhar?

— Na pré-escola, faço meio-expediente. O que aconteceu com ela é terrível. Tinha a ver com o modo como ela vivia?

— O que quer dizer, senhora?

— Não a estou insultando, mas vivemos de um modo, eles de outro.

— Eles?

— O mundo exterior. — Shayndie Winograd corou. — Não devia falar assim. Meu marido diz que cada um deve prestar atenção em seus próprios atos, não no que fazem as outras pessoas.

— Seu marido é rabino?

— Ele tem *smicha*. É um rabino, mas não trabalha como tal. Na metade do dia é contador, no resto do tempo estuda.

— Estuda o quê?

Shayndie Winograd sorriu outra vez.

— Torá, Judaísmo. Ele vai a uma *kollel*. É como uma faculdade.

— Trabalhando em um grau mais avançado — disse Milo.

— Ele estuda por estudar.

— Ah... de qualquer modo, parece que são muito ocupados... Então, fale-me sobre o modo de vida de Michaela Brand.

— Ela era normal para uma americana de hoje em dia.

— Como assim?

— Roupas apertadas, saias curtas, saindo o tempo todo.

— Saindo com quem?

— O único que vi foi esse da fotografia. Às vezes saía sozinha. — Shayndie Winograd piscou. — Algumas vezes nos cumprimentamos. Ela disse que meus filhos eram uma graça. Certa vez, ofereceu doces para Chaim Sholom, meu filho de 6 anos. Aceitei porque não pretendia insultá-la, mas não era kosher, de modo que dei para uma senhora mexicana que trabalha na limpeza durante o dia. Ela sempre sorria para as crianças. Parecia ser uma moça legal. — Suspirou profundamente. — Tão terrível para a família dela.

— Ela alguma vez falou na família?

— Não, senhor. Nunca conversamos de verdade, só olás e sorrisos.

Milo pôs o bloco de lado. Não escrevera coisa alguma.

— Algo mais que possa me dizer, senhora?

— Como o quê?

— O que vier à sua mente.

— Não, isso é tudo — disse Shayndie Winograd. Outro profundo suspiro. — Ela era bonita, mas eu tinha pena dela. Mostrava muito... a si mesma. Mas era uma boa moça, sorria para os bebês. Certa vez, deixei-a pegar um porque estava entrando no carro cheia de pacotes.

— Então não tinha problemas com ela.

— Não, não, de modo algum. Ela era legal. Lamento por ela, isso é tudo.

— Por quê?

— Morava sozinha. Saía muito. As pessoas acham que podem sair e fazer o que quiserem, mas o mundo é perigoso. Isso é verdade, não é mesmo?

Ouvimos gritos vindo do quarto.

— Opa.

Nós a seguimos até um quarto de 3 metros quadrados de área ocupado por dois berços. Os ocupantes eram uma dupla de crianças roxas de indignação e, pelo cheiro, recém-borradas. Gershie Yoel pulava como uma mola-maluca e começou a bater na mãe enquanto trocava as fraldas.

— Pare com isso! Esses homens são policiais, e se você não se comportar eles vão levá-lo para *Beis Hasohar* como *Yosef Aveenu*.

O menino grunhiu.

— *Beis Hasohar*, estou avisando.

Voltando-se para nós, acrescentou:

— Quer dizer "cadeia". Yosef... o José, da Bíblia, ficou preso sete anos até o faraó libertá-lo.

— O que ele fez? — perguntou Milo.

— Nada — disse ela. — Mas foi acusado. Por uma mulher. — Ela enrolou uma fralda suja, limpou as mãos. — Coisas ruins. Mesmo naquele tempo já aconteciam coisas ruins.

Milo deixou o cartão em outros apartamentos. Quando chegamos ao térreo, o carteiro estava distribuindo envelopes.

— Boa tarde — disse Milo.

O carteiro era um filipino grisalho, baixo e magro. Sua van do Correio estava estacionada no meio-fio. A mão direita segurava uma das muitas chaves de um chaveiro atado a seu cinto, e a esquerda pressionava uma pilha de cartas contra o peito.

— Olá — disse ele.

Milo se identificou.

— Qual é a situação da caixa 3?

— Como assim?

— Quando foi esvaziada pela última vez?

O carteiro abriu o compartimento de Michaela.

— Parece que não é aberta faz tempo. — Largou o chaveiro e usou ambas as mãos para procurar a correspondência. — Duas hoje. Não é meu trajeto regular... por sorte só recebeu essas duas. Não sobrou muito espaço livre.

Milo apontou para os dois envelopes.

— Posso dar uma olhada?

— Você sabe que não posso fazer isso — disse o carteiro.

— Não quero abri-los — disse Milo. — Essa mulher foi assassinada na noite passada. Só quero ver quem escreveu para ela.

— Assassinada?

— Exato.

— Esta não é minha rota regular.

— Você já disse isso.

O carteiro hesitou, então entregou os envelopes.

Um era uma oferta para que ela se candidatasse a um financiamento imobiliário com juros baixos, o outro um aviso de "Última Chance!" para que voltasse a assinar a revista *InStyle*.

Milo devolveu os envelopes para o carteiro.

— E quanto ao que há aí dentro?

— Isso é propriedade privada — disse o carteiro.

— O que acontece quando voltar daqui a alguns dias e não houver mais espaço?

— Deixamos uma notificação.

— Para onde vai a correspondência?

— Fica na agência.

— Posso voltar com um mandado para mandar abrir.

— Se você diz...

— Digo que só quero olhar os envelopes que estão aí dentro. Uma vez que a caixa já está aberta...

— Privacidade.

— Quando morreu, ela perdeu o direito à privacidade.

O carteiro fingiu nos ignorar enquanto entregava a correspondência dos outros inquilinos. Milo foi até a caixa 3 e, com alguma dificuldade, tirou dali um volumoso maço de correspondência.

— A maior parte é publicidade... algumas contas... uma urgente da companhia de gás, significando que ela estava inadimplente... mesma coisa com a companhia telefônica. — Verificou os carimbos postais. — São de dez dias atrás. Parece que ela foi embora daqui bem antes de morrer.

— Férias não são uma probabilidade — afirmei. — Ela estava quebrada.

Ele olhou para mim, ambos pensando a mesma coisa.

Talvez tenham ficado algum tempo com ela.

CAPÍTULO 11

Ficamos sentados dentro do carro, em frente ao prédio de Michaela.

— Dylan Meserve esvaziou o apartamento dele há algumas semanas — eu disse. — A vizinha ouviu os dois discutindo e Michaela me disse que o odiava.

— Talvez ele a tenha levado — disse Milo.

— Para outra aventura.

— E quanto ao Sr. Criminoso Sexual, Peaty? Talvez tenha sequestrado os dois.

— Se Peaty sequestrou alguém, não levou para casa — falei. — Não havia como ocultar o fato da Sra. Stadlbraun e dos outros inquilinos.

— Muito medíocre para ser levado em consideração.

— Ainda assim, ele tem ficha criminal.

— E é esquisito. Então, tenho agora dois suspeitos de alta prioridade.

Enquanto nos afastávamos dali, Milo disse:

— Café espantaria o meu sono.

Paramos em um lugar em Santa Monica perto de Bundy. Rabisquei as possibilidades em um guardanapo de papel que entreguei a Milo quando ele voltou do telefone.

1. *Dylan Meserve sequestra e mata Michaela, depois foge.*
2. *Reynold Peaty sequestra e mata Michaela e Dylan.*
3. *Reynold Peaty sequestra e mata Michaela e o desaparecimento de Dylan é uma coincidência.*
4. *Nenhuma das respostas anteriores.*

— Gosto mais da última.

Milo acenou para a garçonete, pediu a torta de nozes da casa. Terminou a borda em três garfadas, e comeu o resto em bocados desesperadamente diminutos, como se aquilo demonstrasse alguma temperança.

— Liguei outra vez para a mãe de Michaela. Só falou de si mesma, passou um tempão se lamentando. Doente demais para vir reclamar o corpo. Pelo modo como arquejava, acho que provavelmente era verdade.

Fiz um resumo do que Michaela me dissera sobre sua infância.

— Patinho feio? — perguntou ele. — Toda menina bonita diz o mesmo. Aquela senhora judia que falou sobre o estilo de vida dela talvez tivesse razão.

— Michaela foi vítima de Hollywood.

— Você sabe o que acontece com 99,9 por cento dos que fracassam. A questão é, foi isso que a matou ou ela foi simplesmente azarada?

— Teve o azar de cruzar com Peaty.

Comeu o último pedaço de torta, limpou a boca, pôs dinheiro demais na mesa e saiu do cubículo.

— De volta à mina de sal. Muito trabalho tedioso a fazer.

Tedioso era a palavra-chave que usava para dizer *quero ficar sozinho*. Levei-o de volta à delegacia e fui para casa.

Naquela noite, o assassinato de Michaela era a notícia principal dos noticiários, os apresentadores com meios sorrisos enquanto falavam de "crime chocante" e invocavam memórias falsamente solenes sobre o "golpe publicitário" de Michaela e Dylan.

Dylan foi citado como "uma pessoa de interesse para o caso, não um suspeito". Sempre que a polícia usava esses termos, a implicação era evidente. Sabia que Milo não dissera aquilo. Provavelmente algum relações-públicas, em algum press release repleto de lugares-comuns.

O jornal da manhã seguinte tinha uma matéria na página 3, cinco vezes maior do que aquela que a farsa merecera, ilustrada por duas fotografias de Michaela: um retrato sensual tirado por um fotógrafo especializado em fotografar aspirantes a Hollywood e sua foto na ficha da polícia de Los Angeles. Perguntei-me se algumas ou ambas as fotografias reapareceriam nos tabloides ou na internet.

Um modo de ficar famoso é morrer de modo errado.

Não tive notícia de Milo naquele dia e achei que deviam estar chovendo palpites ou ele descobrira alguma coisa ou nada. Ocupava meu tempo melhorando relatórios, pensando em arranjar um cachorro e atendendo a uma nova indicação de uma advogada chamada Erica Weiss.

Weiss estava processando um psicólogo de Santa Monica chamado Patrick Hauser por molestar três pacientes do sexo feminino que pertenciam a seu grupo de encontros. Parecia que a coisa ia se ajeitar e não haveria julgamento. Negociei uma tarifa horária bem cara e me senti muito bem com o acordo.

Olhei para o endereço de trabalho de Hauser. Santa Monica com Sétima. Allison também trabalhava em Santa Monica, a alguns quilômetros de Montana. Perguntei-me se conhecia Hauser, pensei em ligar para ela. Mas pensei que ela poderia achar que aquilo era uma desculpa para eu entrar em contato com ela, de modo que decidi não fazê-lo.

Faltando 15 minutos para as 6 horas, quando ela provavelmente estaria entre um paciente e outro, mudei de ideia. Seu número ainda estava na memória do meu celular.

— Oi, sou eu.

— Oi — disse ela. — Como está?

— Bem. E você?

— Bem... Estava a ponto de dizer: "Como está, minha linda?" Devo prestar mais atenção nesses detalhes.

— Todo elogio será recebido com gratidão, Lindíssimo.

— Quanto puxa-saquismo de ambas as partes.

— A mentira é a alma do negócio.

Silêncio.

— Na verdade, estou ligando por motivos profissionais, Ali. Conhece um colega chamado Patrick Hauser? — falei.

— Já o encontrei em algumas reuniões. Por quê?

Contei a ela.

— Acho que não estou surpresa. Há boatos de que ele bebe. Um grupo de encontros, hein? Não me surpreende.

— Por quê?

— Ele parece mais o tipo que dá consultoria em grandes empresas. De quantas pacientes estamos falando?

— Três.

— Isso é muito sério.

— Hauser alega que é uma ilusão do grupo. Não há prova física, de modo que se resume a uma questão de uma palavra contra outra. O conselho estadual está adiando isso há meses, ainda não demonstrou nenhuma tendência. As mulheres ficaram impacientes e contrataram um advogado.

— As três têm um advogado?

— Estão formulando a coisa como uma pequena ação de classe, esperando que outras ouçam falar a respeito e se apresentem.

— Como descobriram terem tido experiências semelhantes com Hauser?

— Saíram para tomar um drinque após uma sessão, a coisa aconteceu.

— Não foi muito esperto da parte de Hauser juntá-las na mesma sala.

— Assediar pacientes não é um ato de gênio.

— Então acha que ele é culpado.

— Tenho a mente aberta, mas as três se consultavam com Hauser por causa de depressão leve, nada a ver com alucinações.

— Como falei, ele bebe. É tudo o que posso dizer.

— Obrigado... Então, como está?

— A vida em geral? — perguntou ela. — Está tudo bem.

— Quer sair para jantar?

De onde veio *aquilo*?

Ela não respondeu.

— Desculpe. Volte a fita — falei.

— Não — disse ela. — Estava pensando no convite. Quando?

— Estou aberto. Incluindo hoje à noite.

— Hum... estarei livre em uma hora, terei de comer de qualquer modo. Onde?

— Você escolhe.

— Que tal em uma churrascaria? — perguntou ela. — Aquela onde nos conhecemos.

Pedi um reservado longe do bar de mogno, de seus bêbados tagarelas e do esporte na TV. Quando Allison chegou, dez minutos depois, eu terminava meu Chivas e já tomava um segundo copo d'água.

O restaurante era escuro e ela ficou parada alguns segundos até seus olhos se acostumarem à penumbra. Os cabelos longos e negros estavam soltos, e seu rosto de marfim estava sério. Pensei ter identificado tensão em seus ombros.

Ela deu um passo à frente e vi que usava uma calça cor de laranja. Ou melhor, tangerina. Com um cabelo como aquele, a fantasia de Halloween deveria ter sido um problema, mas ficava bem nela.

Ela me viu e avançou com seus sapatos de salto alto. Os adornos de sempre brilhavam nos lobos das orelhas, pulsos e pescoço. Ouro e safira. As pedras destacavam seus olhos profundamente azuis e contrastavam com o laranja das calças. Sua maquiagem era perfeita e as unhas estavam pintadas. O sorriso nos lábios dela era difícil de decifrar.

Uma mulher substantiva, mas que demorava um longo tempo para se arrumar.

O beijo em meu rosto foi rápido e frio. Ela entrou no reservado, perto o bastante para tornar a conversa possível, mas longe o bastante para que eu a tocasse. Antes de podermos falar, o garçom se plantou à nossa frente. Eduardo, o Sensível. Um imigrante argentino de 80 anos que alegava preparar frutos do mar melhor que o chef.

Ele curvou-se diante de Allison.

— Boa noite, Dra. Gwynn. O de sempre?

— Não, obrigada — disse ela. — Está um pouco frio lá fora, de modo que acho que vou tomar um café irlandês. Sem cafeína, Eduardo, ou vou ligar para vocês às 3 da manhã para jogar cartas.

Ele sorriu e disse que não seria assim tão ruim.

— Muito bem, doutora. Outro Chivas, senhor?

— Por favor.

Ele se foi.

— Tem vindo muito aqui? — perguntei.

— Não. Por quê?

— Ele a chamou pelo nome.

— Venho aqui a cada três semanas, mais ou menos.

Sozinha ou com outro sujeito?

— O T-bone daqui me deixou uma ótima impressão — disse ela.

Eduardo voltou com as bebidas e o cardápio. Creme extra para o café irlandês de Allison. Curvou-se novamente e se foi.

Brindamos e bebemos. Allison limpou a espuma do lábio superior. Seu rosto era macio e branco como creme fresco. Ela tem 39 anos, mas, quando usa joias, pode passar por dez anos mais jovem.

Ela afastou a bebida.

— Como vai Robin?

Tentei um dar de ombros casual.

— Acho que está bem.

— Não a tem visto?

— Não muito.

— Tem dormido com ela?

Bebi um gole de uísque.

— Isso quer dizer que sim — disse ela.

Quando em dúvida, reverta para táticas de psicólogo. Fiquei calado.

— Desculpe, isso foi totalmente inadequado. — Ela afastou o cabelo do rosto. — Eu sabia, mas quis perguntar de qualquer forma. — Curvando-se sobre o café, ela inalou o vapor. — Você pode dormir com quem quiser, eu estava sendo malvada. Às vezes eu mesma não me importaria de dormir com você.

— Às vezes é melhor que nunca.

— Então por que não temos feito isso? — perguntou ela. — Duas pessoas saudáveis e libidinosas. Éramos ótimos juntos. — Leve sorriso. — A não ser quando não éramos... muito profundos, certo?

Bebemos em silêncio. O segundo Chivas me causou um leve torpor. Talvez por isso eu tenha dito:

— Então, o que diabos aconteceu?

— Diga você.

— Eu estou perguntando.

— E estou devolvendo a pergunta.

Balancei a cabeça.

Ela bebeu e riu.

— Não que eu ache graça.

Eduardo veio para pegar os pedidos, viu a expressão em nossos rostos e deu meia-volta.

Allison disse:

— Talvez nada tenha dado errado, foi apenas evolução.

— Devolução.

— Alex, quando começamos, sentia uma coisa toda vez que o via. Bastava ouvir a sua voz e meu sistema nervoso produzia uma incrível *inundação* de emoções. Às vezes, quando a campainha tocava e eu sabia que era você, eu sentia um calor tão estranho que comecei a achar que estava entrando em uma menopausa precoce. — Ela olhou para o café irlandês. — Às vezes ficava completamente molhada. *Aquilo* era alguma coisa.

Toquei-lhe a mão. Fria.

— Talvez tivéssemos apenas uma coisa hormonal que acabou. Talvez tudo se resumisse a hormônios e estivéssemos confundindo as coisas — disse ela.

Voltou-se e pegou um lenço de papel na bolsa para secar os olhos.

— Um drinque e meu filtro vai para o espaço.

Sua boca ficou de um modo que seus lábios se estreitaram.

— Provavelmente vou me arrepender por dizer isso, mas o que mais me incomodou quando senti as coisas se apagando entre nós é que não era assim com Grant.

O marido que morreu. Formado em Wharton, rico, tipo bem-sucedido financeiramente. Morreu jovem, de um tipo raro de câncer. Mesmo quando Allison ainda me amava, ela falava dele com adoração.

— Você teve algo muito forte com ele.

— Você não era um sobressalente, Alex. Eu juro.

— Há coisas piores.

— Não seja nobre — disse ela. — Faz com que eu me sinta pior.

Fiquei em silêncio.

— Menti — disse ela. — A coisa *também* murchou com Grant. Depois que eu o enterrei e ele deixou de ser físico se tornou um... fantasma. Eu me sentia... Ainda me sinto culpada por isso.

Tentei encontrar algo para dizer. Cada opinião que me ocorria parecia-me conversa de psicólogo. Ir até lá foi um erro.

Subitamente, o quadril de Allison tocava o meu. Ela pegou meu rosto entre as mãos e me beijou com força. Em seguida recuou, e acabou ainda mais afastada de mim do que antes.

Ficamos ali sentados.

— Alex, o que eu sentia por você no começo era tão intenso quanto com Grant. Mais intenso ainda no plano físico. O que também me fazia sentir culpada. Comecei a pensar em nós dois em longo prazo. Imaginando como seria. Então, tivemos aquele problema no caso Malley e as coisas começaram a mudar. Sei que isso por si só não é o bastante, deve ter havido... Oh, veja só o que estou falando, estou parecendo outra mulher faladeira... É muito confuso. O trabalho era algo que me atraía. Então, subitamente, passei a sentir repulsa.

O caso Malley fora aquele do assassinato de uma criança de 8 anos. Uma das pacientes de Allison — uma jovem e frágil mulher — fora envolvida. Eu a enganei. Tudo em nome da verdade, da justiça.

Robin nunca gostou de me ouvir falar sobre *coisas de trabalho*. Allison adorava ouvir os detalhes sórdidos.

— As coisas mudam — falei.

— Verdade. Droga. — Ela desviou o olhar. — Se eu perguntar “na sua casa ou na minha” você se sentirá manipulado?

— Talvez por uma fração de segundo.

— Mas não vou dizer. Não hoje. Estou me sentindo feia.

— Isso é uma ilusão de sua parte.

— Feia *por dentro* — disse ela. — Não seria bom, acredite.

Ergui meu copo.

— À crua honestidade.

— Desculpe. Vamos esquecer o jantar?

— O jantar não era uma estratégia para levá-la para a cama.

— E o que era, então?

— Não sei... talvez um estratagema para levá-la para a cama.

Ela sorriu. Eu sorri.

Eduardo posicionou-se no outro lado do salão, espionando enquanto fingia estar acima de tudo aquilo.

— Eu comeria — falei.

— Eu também. — Ela acenou para o garçom. — Jantar com um ex-amante. Tão civilizado quanto num filme francês.

Aproximando-se, ergueu minha mão esquerda e contornou meu polegar.

— Ainda está aqui.

— O quê?

— Esta fenda em seu dedo, este pequeno Pac-Man saindo de sua unha. Sempre achei bonito.

Uma parte do meu corpo, e eu nunca tinha notado.

Ela disse:

— Você continua o mesmo.

CAPÍTULO 12

Passei o dia seguinte entrevistando as três mulheres que prestaram queixa contra o Dr. Patrick Hauser. Individualmente, revelaram-se vulneráveis. Como grupo, eram tranquilamente verossímeis.

Hora da empresa de seguros de Hauser entrar em acordo e diminuir o prejuízo.

Na manhã seguinte, quando eu tinha de trabalhar nos relatórios mas ainda estava na fase de elucubração, Milo ligou.

— Como está indo, garotão?

— Devagar. Ainda não pude entrar na casa de Michaela, o proprietário não volta de La Jolla. Se ele não chegar logo, vou arrombar a fechadura. Falei com o detetive de Reno que prendeu Reynold Peaty por voyeurismo. Peaty estava em um beco atrás de um prédio residencial, bêbado como um gambá, olhando através das cortinas do banheiro de um apartamento de fundos. O objeto de sua aflição eram três estudantes universitárias. Um sujeito que passeava com o cachorro viu Peaty balançando o pênis e gritou. Peaty correu, o sujeito foi atrás, derrubou Peaty no chão, ligou para a polícia.

— Bravo cidadão.

— Zagueiro do time de futebol americano da Universidade de Nevada — disse ele. — Bairro universitário.

— Apartamento térreo nos fundos? — perguntei.

— Assim como o de Michaela. As meninas eram um pouco mais jovens que ela, mas podemos abrir um caso por semelhança entre as vítimas. O que salvou Peaty era que as três tinham um histórico de serem mais que descuidadas com suas cortinas. Da mesma forma, o promotor não sabia que Peaty fora condenado por roubo anos antes. Foi uma invasão à luz do dia, dinheiro e peças íntimas femininas.

— O voyeur se encontra com as exibicionistas e todo mundo fica feliz?

— Porque as exibicionistas não quiseram prestar queixa. A exuberância das meninas incluía serem criativas com o videoteipe. Sua maior preocupação era que os pais descobrissem. Peaty definitivamente é um canalha, e eu o promovi ao topo da lista de suspeitos.

— Hora de uma segunda entrevista.

— Tentei. Nenhum sinal dele ou de ninguém mais na PlayHouse esta manhã, o mesmo em seu apartamento. A Sra. Stadlbraun quis tomar chá outra vez. Bebi tanto chá que poderia entupir um rinoceronte, e ela me falou dos netos e afilhados e o lamentável estado da moralidade moderna. Disse que começou a observar Peaty mais atentamente, mas que ele tem ficado fora a maior parte do dia. Vou pedir para Binchy segui-lo.

— Algum palpite decente por telefone?

— Os marcianos, os maníacos e os idiotas de sempre, mas há um que estou verificando. Foi por isso que liguei para você. Uma agência de notícias divulgou a matéria do *Times* e um sujeito de Nova York me ligou. Há alguns anos, sua filha desapareceu por aqui. O que me interessou foi que ela também frequentava uma escola de atores.

— A PlayHouse?

— O pai não tem ideia. Parece que não sabe muita coisa. Há um registro policial a respeito do desaparecimento da jovem, Tori Giacomo, mas parece que ninguém levou o caso adiante. Não me surpreende, dada a idade da jovem e nenhum indício de ato criminoso. O sujeito insistiu em vir até aqui de avião, de modo que achei que poderia dedicar-lhe algum tempo. Temos um encontro às 15 horas, espero que goste de comida indiana. Se você tiver tempo, agradeceria alguma intuição suplementar.

— Para quê?

— Descartar a filha dele. Ouvi-lo, mas sem me dizer o que desejo ouvir.

— Já fiz isso alguma vez?

— Não — disse ele. — Por isso é meu parceiro.

Cortinas de madras cor-de-rosa separavam o interior do café Moghul do trânsito e das luzes do Santa Monica Boulevard. A fachada penumbrosa ficava a alguns passos da delegacia, e quando Milo sentia necessidade de sair de seu escritório, usava o café como lugar alternativo de trabalho.

Os proprietários estavam convencidos de que a presença de um detetive grandalhão de aspecto ameaçador tinha a mesma serventia de um bem-treinado rottweiler. De vez em quando, Milo os agradava expulsando esquizofrênicos sem-teto que entravam no estabelecimento para provar o bufê livre do almoço.

O bufê era uma novidade recente. Ainda não tenho certeza se não foi criado para Milo.

Quando cheguei lá, às 15 horas, ele estava sentado diante de três pratos repletos de vegetais, arroz, lagostas ao curry e algum tipo de carne à tandoori. Uma cesta pela metade de cebolas. E junto a seu cotovelo direito havia uma jarra de chá aromatizado com cravo. Guardanapo preso ao redor do pescoço. Apenas algumas manchas de molho.

Muito tarde para o almoço, era o único que comia. A mulher de óculos que geria o lugar sorriu e disse:

— Está aqui, senhor. — E levou-me à sua mesa habitual, nos fundos.

Ele mastigou e engoliu.

— Experimente o cordeiro.

— Um pouco cedo para mim.

— Chai? — perguntou a mulher de óculos.

Apontei para a jarra.

— Só um copo.

— Muito bem.

Na última vez em que a vi, ela estava experimentando lentes de contato.

— Tive alergia com a solução de limpeza — disse ela. — Meu sobrinho é oftalmologista, disse que a operação a laser é segura.

Milo tentou ocultar uma careta, mas eu notei. Ele vive com um cirurgião mas fica pálido só de pensar em ir ao médico.

— Boa sorte — falei.

— Ainda não estou certa — disse a mulher, e foi buscar meu copo.

Milo limpou a boca e tirou um arquivo azul de sua pasta.

— Cópia do registro de desaparecimento de Tori Giacomo. Fique à vontade para olhar, mas posso resumir em um minuto.

— Vá em frente.

— Morava em North Hollywood, sozinha em um quitinete, trabalhando como garçonete em um restaurante de frutos do mar em Burbank. Disse que estava para se tornar uma estrela, mas ninguém a viu atuar e ela não tinha empresário. Quando desapareceu, o proprietário guardou suas coisas durante um mês e, então, jogou tudo fora. Quando a polícia metropolitana foi investigar, não havia mais nada.

— Os pais não foram notificados quando ela sumiu?

— Ela tinha 27 anos e não deixou o número deles na ficha de locação.

— Quem deu como referência?

— O arquivo não diz. Estamos falando de algo que aconteceu há dois anos. — Consultou seu Timex. — O pai ligou do aeroporto há uma hora. A menos que tenha acontecido algum desastre na estrada, já devia ter chegado.

Forçou os olhos pra ver os números que rabiscara na capa do arquivo, digitou no telefone celular.

— Sr. Giacomo? Tenente Sturgis. Estou à sua disposição... Onde? Como é o nome da rua transversal? Não, senhor, isso é em *Pequena* Santa Monica, é uma rua pequena que começa em Beverly Hills, que é onde você está... a 5 quilômetros a leste daqui... Sim, há duas. Pequena e Grande... Concordo, não faz... É, L.A. pode ser um tanto estranha... apenas volte e siga para o norte até Grande Santa Monica... há algumas obras no caminho mas dá para passar... eu o espero, senhor.

Desligou.

— Agora o pobre sujeito acha que está confuso.

Vinte minutos depois, um sujeito baixo de cabelo escuro com cerca de 50 anos abriu a porta do restaurante, cheirou o ar e veio direto em nossa direção como se viesse tirar satisfações.

Pernas curtas mas passos largos. Correndo por quê?

Vestia um casaco esporte de lã marrom que lhe caía bem nos ombros mas ficava largo demais no restante do corpo, uma camisa azul desbotada, calça azul-marinho, sapatos de trabalho de bico redondo. O cabelo escuro era preto com reflexos avermelhados que denunciavam o uso de tinturas. Denso nos lados mas esparso no topo — apenas alguns fios sobre um domo brilhante. O queixo era grande e partido, o nariz carnudo e achatado. Olhos ansiosos fixos em nós à medida que se aproximava. Não tinha mais que 1,75m, mas as mãos eram grandes, dedos grossos com pelos negros nas dobras.

Trazia uma maleta vermelha em uma das mãos. Estendeu a outra.

— Lou Giacomo.

Escolheu-me primeiro. Eu me apresentei sem mencionar o título e ele rapidamente voltou-se para Milo.

— Tenente.

Tratou-o pelo posto. Experiência militar ou simples e velha lógica.

— Prazer conhecê-lo, Sr. Giacomo. Está com fome?

Giacomo torceu o nariz.

— Tem cerveja aqui?

— De todo tipo.

Milo chamou a mulher de óculos.

Lou Giacomo pediu:

— Bud. Comum, não light.

Em seguida, tirou o casaco, colocou-o no encosto da cadeira e ajeitou os braços, os ombros e a lapela até ficar pendurado direito. A camisa era de manga curta. Os antebraços eram musculosos, porretes hirsutos. Pegou uma carteira, tirou dali um cartão de visita amarelo-claro e entregou-o para Milo.

Milo passou-o para mim.

LOUIS A. GIACOMO JR.
Conserto de eletrodomésticos e pequenos motores.
Você quebra, nós consertamos.

Chave inglesa vermelha no centro. Endereço e número de telefone em Bayside, Queens.

A cerveja de Giacomo chegou em um copo alto e gelado. Ele olhou para o copo mas não bebeu. Quando a mulher de óculos se foi, ele limpou a borda do copo com o guardanapo, forçou a vista, limpou um pouco mais.

— Obrigado por ter aceitado me encontrar, tenente. Soube de alguma coisa sobre Tori?

— Ainda não, senhor. Por que não me conta alguma coisa?

As mãos de Giacomo se entrelaçaram. Mostrou dentes que eram brancos e certos demais para não serem de porcelana.

— Primeira coisa que precisa saber: ninguém procurou por Tori. Liguei para seu departamento diversas vezes, falei com um bando de gente, finalmente consegui falar com um detetive, um sujeito chamado Mortensen. Ele não me disse coisa alguma, mas continuei ligando. Enjoou de me ouvir e deixou claro que Tori não era alta prioridade, o negócio dele eram crianças desaparecidas. Então, parou de atender meus telefonemas. Vim até aqui de avião, mas quando cheguei ele havia se aposentado e mudado para Oregon ou algo assim. Perdi a paciência, disse algo para o detetive para o qual me transferiram, qualquer coisa do tipo. O que há de errado com vocês, se preocupam mais com multas de trânsito do que com pessoas? Ele nada tinha a me dizer.

Giacomo franziu as sobrancelhas e olhou para a cerveja.

— Às vezes eu perdia a paciência. Não que fizesse diferença. Eu podia ser o sujeito mais educado do mundo, ninguém faria coisa alguma para encontrar Tori. Então, voltei, disse para minha mulher que não consegui nada e ela descarregou todo o seu colapso nervoso em cima de mim.

Deu um peteleco no copo.

— Lamento — disse Milo.

— Ela já superou — disse Giacomo. — Os médicos lhe deram antidepressivos, conselhos, sei lá. Fora isso, ela tinha cinco outros filhos para cuidar, o mais novo com 13 anos, ainda morando conosco. Manter-se ocupada é a melhor coisa. Ajuda a não pensar em Tori.

Milo balançou a cabeça e tomou seu chá. Giacomo finalmente ergueu o copo e bebeu.

— Tem gosto de Bud — disse ele. — Esse lugar é o quê, paquistanês?

— Indiano.

— Há parecidos de onde venho.

— Indianos?

— Eles e seus restaurantes. Nunca fui a um.

— Bayside — disse Milo.

— Cresci lá, fiquei por lá. Não mudou muito, embora agora, além dos italianos e judeus, haja também chineses, outros orientais e indianos. Já consertei algumas máquinas de lavar para eles. Já esteve em Bayside?

Milo balançou a cabeça.

Giacomo olhou para mim.

— Já estive em Manhattan — falei.

— Aquilo é que é cidade. Uma cidade para gente podre de rica ou sem-tetos. Não há espaço para gente normal no meio. — Tomou um gole generoso de cerveja. — Definitivamente, é Bud. — Rolando o punho na mesa, flexionou os antebraços. Os tendões saltaram. Dentes grandes e brancos outra vez. Ansiosos para morder alguma coisa.

— Tori queria ser notada. Desde pequena, minha mulher dizia que ela era especial. Levava-a a concursos de beleza infantil. Às vezes ela ganhava um prêmio, minha mulher ficava feliz. Aulas de dança e canto, todas aquelas peças na escola. O problema era que as notas de Tori não eram boas. Num semestre a ameaçaram, dizendo que teria de desistir das aulas de teatro caso não passasse em matemática. Passou com um D, mas era só o que adiantava com ela: ameaças.

— Representar era o que ela mais gostava — falei.

— A mãe estava sempre dizendo que ela seria uma grande estrela de cinema. Encorajando... como é mesmo o nome?... sua autoestima. A ideia parecia boa, mas também colocou coisas na cabeça de Tori.

— Ambições — falei.

Giacomo afastou o copo.

— Tori nunca devia ter vindo para cá, o que ela sabia a respeito de estar por conta própria? Foi a primeira vez que ela entrou em um avião. Este lugar aqui é uma loucura, certo? Digam-me se estiver errado.

— Pode ser difícil — disse Milo.

— Louco — repetiu Giacomo. — Tori nunca havia trabalhado até vir para cá. Até o bebê nascer ela era a única menina, não havia como ela trabalhar *comigo*, não é mesmo?

— Ela morava em sua casa antes de vir para cá?

— Sempre morou, com a mãe fazendo tudo para ela. Ela nunca fez a própria cama. Por isso foi loucura, começar do nada.

— Foi uma decisão súbita? — perguntei.

Giacomo franziu as sobrancelhas.

— A mãe vinha enfiando aquilo na cabeça dela havia anos mas, sim, quando ela anunciou, foi súbito. Fazia oito anos que Tori deixara a escola e nada fizera da vida exceto se casar. E nem o casamento durou.

— Quando ela se casou? — perguntou Milo.

— Quando tinha 19 anos. Um cara da escola com quem ela saía. Não era mau rapaz, mas também não era muito inteligente. — Giacomo deu um tapinha na cabeça. — No início, Mikey trabalhou para mim, eu estava tentando ajudar. O garoto não conseguia entender como usar uma maldita chave inglesa. Por isso, acabou indo trabalhar com o tio.

— Para fazer o quê?

— Departamento Sanitário, como o resto de sua família. Bom salário e benefícios, você entra para o sindicato... Tudo tem a ver com quem você conhece. Trabalhei lá, mas chegava em casa fedido e me cansei daquilo. Tori disse que Mikey fedia muito quando voltava para casa, aquilo não sai. Talvez por isso tenham anulado o casamento, eu não sei.

— Quanto tempo durou o casamento? — perguntou Milo.

— Três anos. Depois, ela voltou para casa e ficou lá sentada durante cinco anos sem fazer nada, além de comparecer a seleções de atores para comerciais, trabalhos de modelo, o que fosse.

— Alguma vez conseguiu alguma coisa?

Giacomo balançou a cabeça. Curvando-se, abriu o zíper de um compartimento na maleta amarela e tirou dois retratos.

O rosto de Tori Giacomo era alguns milímetros mais comprido que um perfeito oval. Olhos enormes e escuros adornados por cílios longos e falsos. A sombra ao redor dos olhos era muito acentuada, fora de moda. Mesmo queixo partido que o pai. Bonita, quase linda. Demorei alguns segundos para chegar a tal conclusão e, em um mundo de impressões instantâneas, aquilo não seria suficiente.

Em uma fotografia, seu cabelo era longo, escuro e ondulado. Em outra, mudara para um corte à altura dos ombros em camadas platinadas.

— Sempre foi uma bela menina — disse Lou Giacomo. — Mas isso não é o bastante, certo? Você tem de *fazer* coisas imorais para seguir em frente. Tori é uma boa menina, nunca faltou à missa no domingo embora nunca a tenhamos forçado a ir. Minha irmã mais velha se tornou freira e Tori sempre foi chegada a ela, Mary Agnes. Foi Mary Agnes quem mexeu os pauzinhos com o padre da paróquia, que conseguiu a anulação.

— Tori tinha um lado espiritual — falei.

— Muito, muito espiritual. Quando estive aqui descobri onde eram as igrejas perto do apartamento dela e fui a todas. — Os olhos de Giacomo se estreitaram. — Ninguém a conhecia, nem os padres, as secretárias, ninguém. Então imediatamente dei-me conta de que havia algo errado.

Sua expressão denotava que ele falava aquilo em mais de um sentido.

— Tori parou de ir à igreja — falei.

Giacomo endireitou-se na cadeira.

— Algumas dessas igrejas não são tão bonitas quanto St. Robert Bellarmine, a que minha mulher frequenta. Aquilo é uma *igreja*. Então, talvez fosse possível que Tori tenha desejado frequentar uma igreja bonita, como a que estava habituada a ir, não sei. Fui à maior que vocês têm, no centro. Falei com um assistente do assistente do cardeal, sei lá. Achei que talvez tivessem algum registro. Ninguém sabia de coisa alguma.

Ele se recostou.

— É isso. Perguntem o que quiserem.

Milo começou com as perguntas de sempre, começando com o ex-marido de Tori, o não-muito-esperto e fedorento Mikey.

— Mortensen quis saber o mesmo — disse Giacomo. — Então eu lhe digo o que disse para ele: sem chance. Em primeiro lugar, conheço a família e são boa gente. Segundo, Mikey é um bom moço, do tipo manso, sabe como é? Terceiro, ele e Tori ficaram amigos, não havia problema algum, eram apenas muito jovens. Quarto, ele nunca saiu de Nova York. — Ele inspirou, olhou por sobre os ombros. — Não há muito movimento neste lugar. Algum problema com a comida?

— Com que frequência Tori ligava para casa?

— Falava com a mãe algumas vezes por semana. Ela sabia que eu não tinha gostado daquele negócio de ela ter pego as coisas e ido embora. Achava que eu não entendia nada.

— O que ela dizia para a mãe?

— Que vivia de gorjetas e que estava aprendendo a representar.

— Onde?

Giacomo franziu as sobrancelhas.

— Ela não disse. Verifiquei com minha mulher depois que falei com você. Você pode ligar para ela e perguntar o que quiser, mas ela só vai chorar, acredite.

— Qual o nome completo de Mikey? — perguntou Milo. — Para o registro.

— Michael Caravanza. Trabalha no setor de Forest Hills. Ele e Tori pareciam melhor ao se separarem do que durante o casamento. Como se ambos estivessem livres ou algo assim. — Ele riu com ironia. — Como se fosse possível ser livre. Vá em frente, pergunte mais.

Mais dez minutos de perguntas revelaram uma triste verdade: Louis Giacomo Junior sabia pouco sobre a vida de sua filha desde que ela fora para L.A.

— O artigo sobre Michaela Brand chamou a sua atenção — disse Milo.

— O negócio do teatro, entende? — Os ombros de Giacomo tombaram. — Li aquilo, fiquei nauseado. Não quero pensar no pior, mas faz dois anos. Não importa o que diga a mãe, Tori teria ligado.

— O que diz a mãe?

— Arlene tem teorias malucas na cabeça. Tori conheceu algum bilionário e está em algum iate. Coisas idiotas assim. — O branco dos olhos de Giacomo ficou ligeiramente rosado nas bordas. Ele engoliu um surto emotivo com um furioso rosnado.

— Então, o que acha? — perguntou a Milo. — Esta jovem morta teria algo a ver com Tori?

— Não sei o bastante para achar alguma coisa, senhor.

— Mas acha que Tori está morta, certo?

— Também não poderia afirmar isso, Sr. Giacomo.

— Você não pode afirmar, mas *sabe* disso e *eu* também sei. Dois anos. Não há como ela não ter ligado para a mãe.

Milo não respondeu.

— A outra menina, quem a matou? — perguntou Giacomo.

— Acabamos de iniciar a investigação.

— Acontece muito? Jovens que querem ser estrelas de cinema se metendo em confusão?

— Acontece...

— Aposto que acontece muito. Qual o nome da escola de atores que a outra menina frequentava?

Milo esfregou o rosto.

— Senhor, não seria boa ideia você ir até lá e...

— Por que não?

— Como falei, é uma investigação recente...

— Tudo o que desejo é saber se conheceram Tori.

— Eu lhe peço, senhor. Se souber de algo, eu ligo. É uma promessa.

— Promessas, promessas — disse Giacomo. — Este é um país livre. Não é ilegal ir até lá.

— Interferir em uma investigação é ilegal, senhor. Por favor, não complique sua vida.

— Isso é algum tipo de ameaça?

— É um pedido para que não interfira. Se souber de alguma coisa sobre Tori, eu lhe digo.

Milo colocou dinheiro na mesa e se levantou.

Lou Giacomo também se levantou. Pegou a maleta vermelha e levou a mão ao bolso de trás das calças.

— Pagarei por minha cerveja.

— Não se incomode.

— Não me incomodo. Incomodar-se é perda de tempo. Eu pago minha própria *cerveja*.

Giacomo tirou do bolso uma carteira tão cheia que era quase redonda. Tirou cinco dólares e jogou a nota junto ao dinheiro de Milo.

— Se eu ligar para seus médicos-legistas, perguntar sobre corpos não reclamados, o que me dirão?

— O que o faz pensar que foi isso o que aconteceu com Tori, Sr. Giacomo?

— Eu estava assistindo àquele programa na TV a cabo. Detetives peritos em criminalística, algo assim. Disseram que em caso de corpos não reclamados, às vezes um teste de DNA pode resolver um caso antigo. Então, o que me diriam se eu perguntasse?

— Se um cadáver for identificado e alguém oferecer prova de que é parente, alguns formulários são preenchidos e o corpo pode ser liberado.

— É uma dessas coisas burocráticas, chatas e muito demoradas?

— Pode ser feito em dois, três dias.

— Por quanto tempo eles os guardam? — perguntou Giacomo. — Os corpos não reclamados.

Milo não respondeu.

— Quanto tempo, tenente?

— Legalmente, o máximo é um ano. Mas costuma ser menos.

— Quão menos?

— Trinta ou noventa dias.

— Uau. Entra e sai, hein? — disse Giacomo. — O que acontece? Congestionamento de cadáveres?

Milo ficou impassível.

— Mesmo se for um assassinato? — pressionou Giacomo. — Neste caso, eles têm de preservá-lo, certo?

— Não, senhor.

— Não precisam do corpo para todo aquele negócio de perícia?

— As provas são recolhidas e armazenadas. O que não é... Necessariamente não são guardadas.

— Como assim, algum puxa-saco do sindicato é pago para se livrar dos cadáveres? — perguntou Giacomo.

— Há problemas de espaço.

— Mesmo em caso de assassinato?

— Sim — disse Milo.

— Bem... então, e agora? Para onde vão os corpos se ninguém os reivindica?

— Senhor...

— Apenas diga. — Giacomo abotoou o casaco. — Sou desse tipo de gente, enfrento tudo, não fujo da raia. Nunca lutei em uma guerra, mas os fuzileiros me ensinaram um bocado. Qual o próximo passo?

— O crematório local.

— Eles os queimam... Tudo bem, e o que fazem com as cinzas?

— São colocadas em uma urna e guardadas durante dois anos. Se um parente se apresentar e pagar 541 dólares para cobrir custos de transporte, fica com a urna. Se ninguém reclamar a urna, as cinzas são espalhadas em uma cova comunitária no Evergreen Memorial, em Boyle Heights, East L.A., perto do laboratório do médico-legista. As covas são marcadas com números. É uma identificação grupal. Nenhuma identificação individual é possível. Nem todos os corpos não reivindicados são mantidos no necrotério principal. Alguns vão para Sylmar, um subúrbio ao norte de L.A., e outros vão para ainda mais longe, para Lancaster, que é uma cidade no Antelope Valley, em pleno deserto, a mais de 100 quilômetros a leste.

Expôs os fatos em voz baixa e sem emoção.

Giacomo ouviu tudo sem demonstrar fraqueza. Parecia gostar dos detalhes. Pensei nas urnas de plástico barato que o condado usava, empilhadas nas salas do frio subsolo de Mission Road, amarradas por cordas grossas e brancas. O fedor inevitável que se estabelece porque a refrigeração retarda a decomposição, mas não a detém.

Em minha primeira visita ao necrotério, não havia pensado naquilo e expressei surpresa para Milo ao ver as manchas esverdeadas que cobriam um cadáver deitado em uma maca no corredor do porão.

Homem desconhecido de meia-idade, esperando transferência para o crematório. Havia documentos sobre o tórax em decomposição, listando os poucos detalhes que se sabiam a respeito dele.

A resposta de Milo foi dolorosamente loquaz: "O que acontece com a carne se você a deixa tempo demais no congelador, Alex?"

Agora, ele dizia a Lou Giacomo:

— Realmente lamento sua situação, senhor. Se houver algo mais que possa me dizer sobre Tori, gostaria de ouvir.

— Como o quê?

— Qualquer coisa que me ajude a encontrá-la.

— O restaurante onde ela trabalhou, a mãe acha que tem a palavra "lagosta" no nome.

— O Lobster Pot — disse Milo. — Riverside Drive, em Burbank. Parou de funcionar há um ano e meio.

— Você verificou — disse Giacomo, surpreso. — Você está procurando por Tori porque *acredita* que tem algo a ver com a outra garota.

— Estou explorando todas as possibilidades, senhor.

Giacomo encarou-o.

— Você está escondendo alguma coisa de mim?

— Não, senhor. Quando volta para casa?

— Quem sabe?

— Onde vai ficar?

— Mesma resposta — disse Giacomo. — Vou encontrar alguma coisa.

— Há um Holiday Inn na Pico, depois da Sepulveda — disse Milo. — Não fica longe daqui.

— Por que gostaria de ficar perto daqui? — perguntou Giacomo.

— Nenhum motivo.

— Quer me vigiar?

— Não, senhor. Tenho muito o que fazer.

Milo gesticulou para mim. Ambos nos dirigimos à porta.

A mulher de óculos disse:

— Estava bom, tenente?

— Ótimo — disse Milo.

Lou Giacomo acrescentou:

— Sim, estava tudo fantástico.

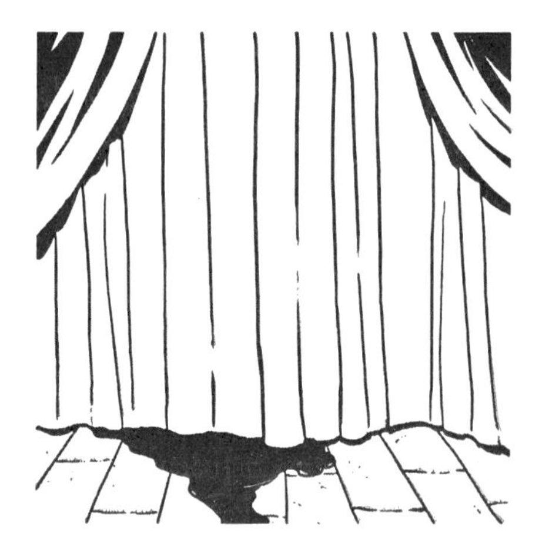

CAPÍTULO 13

O Escort alugado de Giacomo estava estacionado em uma área de carga e descarga a uns 10 metros do café Moghul, a multa previsível presa pela lâmina de um limpador de para-brisa. Milo e eu o vimos pegá-la e rasgá-la como confete. O papel picado caiu sobre o meio-fio.

Lançou um olhar de desafio para Milo, que fingiu não ter notado. Giacomo curvou-se, pegou o papel picado e guardou-o no bolso.

Depois entrou no Escort e foi embora.

— Toda vez que entro em uma situação dessas, digo para mim mesmo que tenho de ser sensível. De algum modo, porém, estrago tudo — disse Milo.

— Você se saiu bem.

Ele riu.

— Com toda a frustração e pesar não podia ter sido diferente — falei.

— Isso é exatamente o que você deveria dizer.

— Ao menos alguma coisa na vida é previsível.

Caminhamos para leste em Santa Monica, passamos por uma loja de importados asiáticos onde Milo parou e fingiu fascínio pelo bambu.

Quando voltamos a caminhar, falei:

— Acha que Giacomo está certo quanto a Tori estar morta?

— É uma possibilidade, mas talvez a mãe tenha razão e ela esteja em uma festa em Capri ou Dubai. O que acha da possibilidade da escola de atores?

— Há muitas em L.A. — falei.

— Um bocado de jovens garçons e garçonetes esperando mudar de vida. Seria interessante se Tori tivesse estudado na PlayHouse, mas fora isso você vê alguma semelhança marcante?

— Algumas semelhanças, mas muito mais diferenças. O corpo de Michaela foi deixado em campo aberto. Se Tori foi assassinada, o matador certamente não queria que fosse encontrada.

Dobramos à direita e caminhamos em direção ao sul na Butler.

— E se estivermos contemplando uma escalada, Alex? Nosso bandido começa escondendo seu trabalho mas adquire confiança e decide fazer publicidade?

— Alguém como Peaty, mudando de voyeurismo para assédio — falei. — Ficando progressivamente mais violento e desafiador.

— É possível.

— Um aspecto sexual no assassinato de Michaela apoiaria esta hipótese. Mas o corpo foi deixado composto e vestido. Talvez tenha sido abusada no lugar onde foi morta, e arrumada antes de ser transportada. A autópsia será feita em breve, certo?

— Daqui a um ou dois dias. Ou quatro.

— Andam atarefados no necrotério.

— Sempre estão.

— Realmente estão se livrando dos corpos com tanta rapidez?

— Se apenas as autoestradas funcionassem assim...

— Sabe quantas pés-rapados estão armazenadas lá? — perguntei.

— Se Tori esteve por lá, já se foi há muito tempo. Como seu pai logo há de descobrir. Quais as chances de ele estar telefonando para eles neste exato momento?

— Se fosse minha filha, eu estaria fazendo isso agora.

Ele fungou, limpou a garganta, coçou o nariz. Provocou um vergão rosa que se extinguiu tão rapidamente quanto se materializou.

— Resfriado? — perguntei.

— Não. O ar está me dando alergia, talvez alguma porcaria que inalei em Santa Susannas... É, também estou atrás deles.

De volta ao escritório, tentou falar com o legista e pediu que fizessem uma busca por mulheres caucasianas no necrotério. O atendente disse que o computador estava quebrado, estavam com pouco pessoal e uma busca manual nos arquivos demoraria muito tempo.

— Alguma ligação de um sujeito chamado Louis Giacomo? Pai de uma jovem desaparecida... Bem, provavelmente vai ligar. Está passando por maus bocados, peguem leve com ele... É, obrigado, Turo. Deixe-me fazer outra pergunta: qual o tempo médio para cremação atualmente? Apenas por alto, não vou usar isso no tribunal. Foi o que pensei... Quando verificar o inventário, volte alguns anos, está bem? Por volta de 20 anos, caucasiana, 1,65m, 55 quilos. Giacomo, primeiro nome, Tori. — Ele soletrou. — Pode ser loura, morena ou qualquer coisa intermediária. Obrigado, cara.

Ele desligou, girou na cadeira.

— Sessenta, setenta dias e vai para a fornalha. — Voltando-se para o telefone outra vez, voltou a ligar para a PlayHouse, ouviu alguns segundos, bateu o telefone no gancho. — Da última vez, apenas tocou. Desta vez ouvi uma voz feminina e sensual gravada. A próxima aula, alguma coisa chamada "solicitação espontânea", é amanhã à noite, às 21 horas.

— Horário noturno, como adivinhamos — falei. — Sensual, hein?

— Pense em Lauren Bacall resfriada. Talvez seja a Srta. Dowd. Se você for atriz, uma voz aveludada não lhe cai mal.

— Locução é um meio de vida para atores desempregados — falei. — O mesmo se aplica a aulas de interpretação.

— Aqueles que não sabem, ensinam?

— Universidades inteiras operam sob essa premissa.

Ele riu.

— Tudo bem, vamos ver o que o Departamento Veículos Motorizados tem a dizer sobre a Srta. Dowd de voz aveludada.

A data de nascimento de Nora Dowd indicava que ela tinha 36 anos, 1,57m, 50 quilos, cabelos e olhos castanhos. Um veículo registrado, um Range Rover MK III prateado com seis meses de idade. Endereço domiciliar em McCadden Place, Hancock Park.

Bela vizinhança — disse ele.

— Um tanto longe da escola. Hollywood fica depois de Melrose para quem vem de Hancock Park. Um endereço em Hollywood atrairia candidatos ao estrelato.

— Talvez Dowd tenha conseguido um abatimento no aluguel. Ou é dona do lugar. A casa em McCadden e o carro indicam que ela tinha dinheiro.

— Uma diletante rica que trabalha por diversão — falei.

— Não é um pássaro raro — disse ele. — Vamos ver se esse canta.

O Wilshire Boulevard, perto do Quarteirão dos Museus, estava fechado para a realização de uma filmagem e ficamos parados com o motor ligado, uma plateia para coisa nenhuma. Seis trailers gigantes ocupavam todo um quarteirão. Uma frota de carros estacionados de qualquer jeito entupia um beco a leste. Um esquadrão de operadores de câmera, técnicos de som, iluminadores, auxiliares, policiais aposentados e bicões sindicalizados riam ao redor do bufê contratado pela produção. Dois sujeitos grandalhões passaram por nós, cada um carregando uma cadeira de diretor dobrável. Não reconheci os nomes escritos nas lonas dos espaldares.

Espaço público ocupado com o descaso habitual. O pessoal motorizado em Wilshire não estava contente, e os ânimos estavam exaltados na rua de mão única. Consegui escapar para a Detroit, dobrei à direita na sexta, atravessei a La Brea. Alguns quarteirões depois: Highland, o limite oeste de Hancock Park.

A próxima transversal era a McCadden, ampla e tranquilamente ensolarada. Um Mercedes de luxo saiu de uma garagem particular. Uma babá passeava com um bebê em um carrinho azul-marinho com frisos cromados. Os pássaros voavam e cantavam sua gratidão. Ventos frios andavam açoitando a cidade nos últimos dias, mas o sol finalmente apareceu.

O endereço de Nora Dowd a localizava a meia quadra ao sul de Beverly. A maioria das residências vizinhas eram mansões maravilhosamente bem preservadas em estilo Tudor e espanhol erguidas por trás de gramados brilhantes cor de esmeralda.

A de Dowd era uma casa estilo Craftsman de dois andares, creme com frisos verde-musgo.

Esquema de cores inverso ao de sua escola de atores e, assim como a PlayHouse, cingida por uma varanda coberta à sombra de generosos beirais. Um muro baixo de pedra rente ao meio-fio e um portão aberto de ferro forjado. Dividindo o jardim, havia um amplo passeio de lajes. Paisagem semelhante à da escola: cesalpiniáceas, camélias, azaleias, sebes de eugênias de 5 metros de altura em ambos os lados da propriedade, um monumental cedro indiano junto à garagem para dois carros.

A garagem tinha portas de estábulo. A casa de Nora Dowd tinha o dobro do tamanho de sua escola, mas qualquer um com índice acima de nove na Escala de Coma de Glasgow podia ver os paralelos.

— Consistente em seus gostos — falei. — Um oásis de estabilidade nesta cidade louca e confusa.

— Sr. Hollywood — disse ele —, você devia escrever para a *Variety*.

— Se me agradasse mentir para viver, teria virado político.

Aquela varanda era belamente envernizada, decorada com mobília de vime e samambaias em vasos. Os vasos eram cerâmicas mexicanas pintadas a mão e pareciam antigas. As portas duplas eram de carvalho marrom-escuro de grão vertical.

A janela da porta era feita de placas de vidro opaco leitoso. Milo usou o nó dos dedos contra o carvalho. As portas eram pesadas e ele logo cansou de bater. Tentou a campainha. Nada.

Murmurou "então, qual a novidade?" e introduziu um cartão de visita no vão da porta. Ao voltarmos ao Seville, sacou o celular do bolso. Nada sobre o Honda de Michaela ou o Toyota de Dylan Meserve.

Voltamos para o carro. Ao abrir a porta do motorista, um som vindo da casa nos fez virar as cabeças.

Voz feminina, baixa, carinhosa, falando com algo branco e peludo aninhado em seu colo.

Ela saiu à varanda, nos viu, pousou o objeto de sua afeição no chão. Olhou-nos mais um pouco e caminhou até a calçada.

As dimensões físicas de Nora Dowd batiam com as de seu registro no Departamento de Veículos Motorizados mas seu cabelo estava tingido de azul-acinzentado, a parte de trás cortada bem alta na nuca. Usava um suéter cinza e longo sobre calças cinza e tênis brancos.

Caminhava saltitante, embora tenha se desequilibrado algumas vezes.

Ela nos ignorou e começou a caminhar na direção oposta.

— Srta. Dowd? — disse Milo.

Ela parou.

— Sim? — Uma única sílaba não justificaria um diagnóstico de sensualidade, mas sua voz era baixa e gutural.

Milo entregou-lhe outro cartão. Nora Dowd leu e devolveu.

— É sobre a pobre Michaela?

— Sim, senhora.

Sob o cabelo cinza e brilhante, o rosto de Nora Dowd era redondo e rosado. Seus olhos eram grandes e ligeiramente desatentos. Pequenos veios, não o vermelho das órbitas de Lou Giacomo, que eram quase escarlates nas bordas. Orelhas de elfo projetavam-se por entre cachos finos e grisalhos. Seu nariz era um botão de insolência.

Mulher de meia-idade tentando se fazer de garotinha. Parecia ter mais de 36 anos. Voltando a cabeça, recebeu um pouco de luz, e uma auréola iluminada abrandou seu queixo. Rugas nos olhos, dobras em ambos os lábios. O anel ao redor de seu pescoço era conclusivo. A idade em sua carteira de motorista era uma fantasia. Procedimento Operacional Padrão em uma cidade-estúdio onde o produto eram falsas promessas.

Uma coisa branca ficou sentada e imóvel, muito parada para qualquer tipo de cão que eu conhecesse. Talvez um chapéu de pele? Então, por que ela falava com ele?

— Podemos falar sobre Michaela com a senhora? — disse Milo.

Nora Dowd piscou.

— Você tem a voz parecida com a de Joe Friday. Mas ele era sargento, você é superior a ele. — Inclinou um quadril firme. — Conheci Jack Webb. Mesmo quando não estava trabalhando, gostava de usar essas gravatas pretas finas.

— Jack era um cavalheiro, ajudou a financiar a Academia de Polícia. Quanto a Michae...

— Vamos caminhar. Preciso fazer exercício.

Disparou à nossa frente, balançando os braços com exuberância.

— Michaela seria boa atriz se tivesse alguma estrutura. Suas habilidades de improvisação deixavam a desejar. Frustrada, sempre frustrada.

— Com o quê?

— Não ser uma estrela.

— Tinha algum talento?

O sorriso de Nora Dowd era difícil de decifrar.

— A grande improvisação que ela tentou não deu muito certo — disse Milo.

— Perdão?

— A farsa que ela e Meserve fizeram.

— Sim, isso.

Expressão neutra.

— O que achou daquilo, Srta. Dowd?

Dowd começou a caminhar mais rápido. A exposição à luz do sol havia irritado seus olhos vermelhos e ela piscou várias vezes. Pareceu perder o equilíbrio, voltou a recuperá-lo.

— A farsa... — disse Milo.

— O que achei? Achei ruim.

— Como ruim?

— Mal estruturada. Em termos teatrais.

— Ainda não...

— Falta de imaginação — disse ela. — O objetivo de qualquer apresentação é a abertura. Revelar o seu eu. O que Michaela fez foi contra tudo isso.

— Michaela e Dylan.

Mais uma vez Nora Dowd disparou na frente. Vários passos depois, ela balançou a cabeça.

— Michaela achou que você gostaria de sua criatividade — falei.

— Quem lhe disse isso?

— Um psicólogo com quem ela conversou.

— Michaela fazia terapia?

— Isso a surpreende?

— Não encorajo terapias — disse Dowd. — Fecha tantos canais quanto os que abre.

— O psicólogo a avaliou como parte do julgamento.

— Que tolice.

— E quanto a *Meserve*? — perguntou Milo. — Ele não a decepcionou?

— Ninguém me decepcionou. Michaela decepcionou a si mesma. Sim, Dylan deveria ter imaginado, mas foi levado àquilo. E ele tem uma origem diferente.

— Como assim?

— Os talentosos merecem mais tolerância.

— A farsa foi ideia dele ou de Michaela?

Outros cinco passos.

— Não devemos falar mal dos mortos. — Um passo. — Pobrezinha. — A boca de Dowd voltou-se para baixo. Se tentava exprimir empatia, não foi bem-sucedida.

— Por quanto tempo Michaela teve aulas? — disse Milo.

— Não dou aulas.

— Como chama?

— São experiências de representação.

— Por quanto tempo Michaela esteve envolvida com tais experiências?

— Não tenho certeza... talvez um ano, mais ou menos.

— Algum modo de saber com mais precisão?

— Pre-ci-são. Hum... não, acho que não.

— Poderia verificar em seus registros?

— Não faço registros.

— De nenhum tipo?

— Nada — cantarolou Dowd.

Ela girou os braços, inspirou profundamente e disse:

— Ah. O ar está bom hoje.

— Como tem um negócio sem guardar registros, senhora?

Nora Dowd sorriu.

— Não é um negócio. Não recebo por isso.

— Você dá aulas... experiências... de graça?

— Eu me *disponibilizo*, forneço tempo e lugar e uma atmosfera de avaliação seletiva para os que têm coragem.

— Que tipo de coragem?

— O tipo que se permite aceitar a avaliação seletiva. *Colhões* para ir fundo aqui. — Ela levou a mão direita ao seio esquerdo. — Tudo tem a ver com autorrevelação.

— Representar.

— *Apresentar-se*. Representar é uma palavra artificial. Como se a vida fosse aqui — inclinou a cabeça para a esquerda — e representar fosse ali, em outra galáxia. Tudo é parte da mesma gestalt. Esta é uma palavra alemã que significa o todo ser maior que a soma de suas partes. Sou abençoada.

— Ensinando Quer dizer, avaliando talentos? — disse Milo.

— Com consciência irrestrita e livre de preocupações.

— Também livre de guardar registros.

Dowd sorriu.

— Isso também.

— O fato de não cobrar significaria liberdade de preocupações financeiras?

— Dinheiro é uma atitude — disse Nora Dowd.

Milo tirou a fotografia de Tori Giacomo e mostrou a Nora. Suas passadas não vacilaram e ele teve de acelerar para se manter na linha de visão dela.

— No estilo *Embalos de sábado à noite*, não é feia. — Dowd desviou o olhar da fotografia e Milo baixou o braço.

— Você não a conhece?

— Não posso dizer com certeza. Por quê?

— O nome dela é Tori Giacomo. Veio para L.A. para se tornar atriz, teve aulas, desapareceu.

— Desapareceu? Tipo puft? — disse Nora Dowd.

— Ela alguma vez esteve na PlayHouse?

— Tori Giacomo... o nome não me faz lembrar de coisa alguma, mas não posso dizer sim ou não porque não fazemos chamada.

— Você não a reconhece mas não pode dizer que nunca a tenha visto?

— Todo tipo de gente aparece por lá, especialmente nas noites em que fazemos exercícios de grupo. A sala fica escura e eu não tenho como me lembrar de cada rosto. São muito parecidos, você sabe.

— Jovens e ansiosos?

— Jovens e famintos.

— Poderia dar outra olhada, senhora?

Dowd suspirou, agarrou a fotografia, olhou por um segundo.

— Simplesmente não posso dizer sim nem não.

— Muita gente aparecia, mas você conhecia Michaela — disse Milo.

— Michaela era frequentadora regular. Teve o cuidado de se apresentar a mim.

— Ambiciosa?

— Extremamente faminta, tenho de concordar. Sem muita *vontade* não há chance de passar pelo funil.

— Que funil?

Dowd parou, vacilou outra vez, recuperou o equilíbrio e fez um cone com as mãos.

— No topo estão todos os esforçados. A maioria desiste logo, o que permite que aqueles que sobram desçam um pouco. — Suas mãos baixaram. — Mas ainda existem muitos e eles batem um nos outros, colidem, todos ansiosos para chegarem ao bico. Alguns passam, outros são esmagados.

— Há mais espaço no funil para aqueles com coragem — disse Milo.

Dowd olhou para ele.

— Você tem uma coisa tipo Charles Laughton. Alguma vez pensou em representar?

Ele sorriu.

— Então, quem passa pelo funil?

— Aqueles que são carmicamente destinados.

— A serem celebridades.

— Não é uma doença, tenente. Ou devo chamá-lo de Charles?

— O que não é uma doença?

— A fama — disse Dowd. — Qualquer um que a alcance é um vencedor talentoso. Mesmo que não dure muito. O funil está sempre oscilando. Como uma estrela ao redor de seu eixo.

Estrelas não têm eixo. Guardei a informação para mim.

— Michaela tinha potencial para chegar lá? — disse Milo.

— Como disse, não pretendo insultar os mortos.

— Você se dava bem com ela, Srta. Dowd?

Dowd estreitou os olhos vermelhos e inflamados.

— Esta é uma pergunta estranha.

— Talvez eu esteja perdendo alguma coisa, senhora, mas você não parece abalada com a morte dela.

Dowd expirou.

— Claro que estou triste. Não vejo motivo para me abrir com você. Agora, se quiserem me deixar completar minha...

— Em um segundo, senhora. Quando foi a última vez que você viu Dylan Meserve?

— Vê-lo?

— Na PlayHouse — disse Milo. — Ou em qualquer outro lugar.

— Hum — disse Dowd. — Hum, a última vez... uma semana, mais ou menos? Dez dias? Ele ajuda de vez em quando.

— Ajuda como?

— Arrumando as cadeiras, esse tipo de coisa. Agora preciso fazer alguns exercícios de limpeza, Charles. Toda essa conversa poluiu o ar.

Ela se afastou de nós rapidamente, mas com um passo abrupto, quase mancando. Quanto mais rápido corria, mais evidente ficava seu destrambelho. Quando estava a um quarteirão de distância, começou a lutar boxe com um adversário imaginário. Balançava a cabeça de um lado para o outro.

Desajeitada, mas livre. Alheia a qualquer ideia de imperfeição.

CAPÍTULO 14

— Não preciso do seu diagnóstico — disse Milo. — Ela é louca. Mesmo sem a droga.

— Que droga?

— Não sentiu? Ela fede a erva do diabo, cara. E aqueles olhos?

Bordas vermelhas, falta de coordenação, respostas que pareciam um tanto atrasadas.

— Devo estar fora de forma.

— Você não chegou perto o bastante. Quando lhe dei meu cartão de visita, ela fedia. Devia ter acabado de fumar.

— Provavelmente por isso não abriu a porta.

Olhou para o fim do quarteirão. Nora Dowd havia desaparecido.

— Louca, drogada e não guarda registros. Pergunto-me se ela herdou o dinheiro que tem ou se casou com ele. Ou talvez tenha tido o seu tempo no fundo do funil e soube investir.

— Nunca ouvi falar dela.

— Como ela disse, o eixo oscila.

— Planetas têm eixos, estrelas não.

— Tanto faz. Não foi muito simpática em relação a Michaela, não é?

— Nem procurou esconder. Quando Dylan Meserve foi citado ela ficou tensa. Talvez porque ele esteja disponível de todas as maneiras para ela.

— Consultor criativo — disse ele. — É, estão transando.

— Em uma situação como essa, uma bela jovem pode ser uma ameaça para uma mulher da idade dela.

— Dois jovens bonitos, nas colinas, nus... Dowd deve ter o quê, 45, 50 anos? — perguntou Milo.

— Creio que sim.

— A rica senhora se fazendo de guru para os desprovidos, famintos e bem-apessoados... Ela escolhe Dylan, mas ele decide ficar com Michaela. É, temos um motivo, não temos? Talvez ela tenha dito para Dylan limpar o terreno. Ele pode estar bem ali, escondido naquele casarão, o carro estacionado na garagem dela.

Olhei para a casa.

— Seria também um bom lugar para manter Michaela enquanto pensavam no que fariam com ela.

— Colocá-la no Range Rover e desová-la perto de seu apartamento para se distanciarem. — Enfiou as mãos nos bolsos. — Bem, vejamos o que os vizinhos têm a dizer sobre a Srta. Doidona.

Três campainhas trouxeram três faxineiras à porta, cada uma dizendo: "*Señora no está en la casa.*"

Na terceira porta ao norte da casa de Nora Dowd, um homem idoso usando um cardigã verde-claro, camisa de lã vermelha, calças cinza e chinelos vinho nos avaliou por cima de seus óculos em estilo antigo. Os bicos de seus chinelos tinham cabeças de lobos bordadas. O vestíbulo em penumbra atrás dele exalava um cheiro de *eau de codger*.

Demorou um longo tempo examinando o cartão de visita de Milo e reagiu quando Milo começou a perguntar por Nora Dowd dizendo: "Aquela? Por quê?" Uma voz que soava como cascalho sob passos pesados.

— Perguntas de rotina, senhor.

— Não me venha com essa. — Alto, embora curvado, tinha a pele ressecada, cabelo branco e ralo e olhos azuis enevoados. Dedos endurecidos dobraram o cartão em dois. Um nariz carnudo, com poros abertos sobre o lábio superior fino e curvado para o lado. — Albert Beamish, ex-sócio da Martin, Crutch, Melvyn e 93 outros sócios até a cláusula de aposentadoria compulsória se fazer valer e eu ser considerado "emérito". Isso foi há 18 anos. Portanto, faça suas contas e escolha muito bem suas palavras. Posso morrer bem na sua frente e você terá de mentir para outra pessoa.

— Que chegue aos 120 anos, senhor.

— Vamos com isso, rapaz — disse Albert Beamish. — O que ela fez?

— Uma de suas alunas foi assassinada e estamos recolhendo antecedentes com as pessoas que conheciam a vítima.

— Então conversou com ela e viu quão lunática ela é.

Milo riu.

— Alunos? Deixam-na lecionar? — disse Albert Beamish. — Quando isso começou?

— Ela tem uma escola de atores.

Beamish gargalhou ruidosamente. Demorou algum tempo até a bebida chegar a seus lábios.

— Teatro. Não me surpreende.

— O que não o surpreende?

— Sendo indolente e mimada como sempre foi.

— Você a conhece há algum tempo — disse Milo.

— Ela cresceu naquela cabana de madeira avantajada. O avô dela construiu aquilo nos anos 1920. Na época, a casa era uma anomalia na vizinhança, exatamente como é agora. Não funciona nesse lugar. Devia estar em Pasadena ou em algum lugar onde gostam desse tipo de coisa. — As íris enevoadas de Beamish olharam para o outro lado da rua. — Viu alguma outra igual por aqui?

— Não, senhor.

— Há um motivo para isso, rapaz. Não *combina*. Tentei dizer isso para Bill Dowd, o avô. Sujeito sem sofisticação. Veio de Oklahoma, fez dinheiro no comércio, não molhados, algo assim. A esposa era de classe inferior, ignorante, achou que podia se impor gastando dinheiro. O mesmo se aplica à nora, mãe daquela ali. Loura vulgar, sempre promovendo festas espalhafatosas — Beamish bebeu mais um pouco. — Maldito elefante.

— Senhor? — disse Milo.

— Uma vez trouxeram um maldito elefante. Para um aniversário, não me lembro de quem. Sujou a rua toda, o fedor demorou dias para ir embora. — Suas narinas se retorceram. — Bill Jr. nunca trabalhou na vida, divertia-se com o dinheiro do pai, casou-se tardiamente. Uma mulher igual à mãe, sem classe. Agora você está me dizendo que *aquela* ali dá aulas para atores. Onde se dá esta farsa?

— West L.A. — disse Milo. — Na PlayHouse.

— Nunca me afastei tanto assim da civilização — disse Beamish. — Uma *play house*? Soa muito frívolo.

— É uma construção estilo Craftsman, assim como a casa — falei.

— Combina com as outras?

— A vizinhança é bastante hetero...

— Tanta madeira. Toda essa madeira escura e vitrais deveriam estar em uma igreja, onde o objetivo é impressionar e deprimir ao mesmo tempo. Bill Dowd Senior fez sua fortuna vendendo ervilhas em lata, ou o que seja, e construiu aquela pilha de madeira. Talvez tenha tido a ideia quando comprava propriedades em Pasadena, South Pasadena, Altadena, Deus sabe em quais outras "denas". É disso que vivem. Ela e os irmãos. Nenhum deles trabalhou um dia sequer em suas vidas.

— Quantos irmãos? — perguntei.

— Dois. Bill Terceiro e Bradley. Um é um idiota e o outro é trapaceiro. O trapaceiro entrou no meu jardim e roubou meus caquis. — A raiva fez os olhos azuis leitosos se avivarem. — Deixou a árvore pelada. Negou, mas todo mundo sabia que tinha sido ele.

— Há quanto tempo foi isso, senhor? — disse Milo.

— Ação de Graças de 1972. O delinquente nunca admitiu, mas eu e minha mulher sabíamos que foi ele.

— Por quê? — perguntou Milo.

— Porque havia feito o mesmo antes.

— Roubado de você?

— De outros. Não me pergunte quem e nem o quê, nunca ouvi os detalhes, apenas boatos de mulheres. Devem ter acreditado também. Eles o mandaram para longe. Algum tipo de academia militar.

— Por causa dos caquis?

— Não — disse Beamish, exasperado. — Nunca falamos sobre os caquis. Não se deve ficar muito em evidência.

— E quanto a Nora Dowd? — perguntou Milo. — Algum problema com ela?

— Ela é a mais jovem e a mais mimada. Sempre teve aquelas *ideias*.

— Quais, senhor?

— Ser uma *atriz.* — Os lábios de Beamish se retorceram. — Correndo de lá para cá tentando conseguir papéis em filmes. Sempre achei que a mãe estava por trás daquilo.

— Alguma vez ela conseguiu?

— Não que eu saiba. Os idiotas pagam para ouvir o que ela diz na PlayHouse?

— Assim parece — disse Milo. — Ela alguma vez se casou?

— Negativo.

— Ela mora com alguém?

— Não. Aquele monte de lenha é todo dela.

Milo mostrou a fotografia de Dylan Meserve. Beamish disse:

— Quem é esse cara?

— Um dos alunos dela.

— Para mim parece um delinquente. Estão fornicando?

— E quanto a visitas? — perguntou Milo.

Beamish pegou a foto da mão de Milo.

— Números ao redor do pescoço. Ele é criminoso?

— Preso por uma pequena transgressão.

— Hoje em dia, isso pode incluir homicídio — disse Beamish.

— Você não gosta da Srta. Dowd.

— Não servem para nada, nenhum deles — disse Beamish. — Aqueles caquis. Estou falando de uma variedade japonesa: amargos, firmes, diferentes dessas abominações gelatinosas que encontramos no mercado. Quando minha mulher era viva, adorava fazer compotas no Dia de Ação de Graças. Ela sempre esperava ansiosamente pelo Dia de Ação de Graças. Aquele delinquente roubou todos. Deixou a árvore *nua.*

Ele devolveu a fotografia.

— Nunca o vi, mas vou ficar de olho.

— Obrigado, senhor.

— O que acha daquele animal de estimação que ela tem?

— Que animal de estimação, senhor?

Albert Beamish riu tanto que começou a tossir.

Milo disse:

— Está se sentindo bem, senhor? — disse Milo.

Beamish bateu a porta.

CAPÍTULO 15

A coisa branca e peluda que Nora Dowd deixara na varanda era um brinquedo empalhado. Algum tipo de bichon ou maltês. Olhos marrons vazios.

Milo pegou-o, olhou de perto e disse:

— Oh, meu Deus! — E o entregou para mim.

Não era um brinquedo. Era um cachorro de verdade, empalhado e preservado. O laço rosado ao redor de seu pescoço tinha um pendente de prata em forma de coração.

Stan

Datas de nascimento e morte. Stan viveu 13 anos.

A expressão no rosto branco e peludo era neutra. Talvez fossem os olhos de vidro. Ou os limites da taxidermia.

— Pode ser Stan de Stanislavsky — sugeri. — Provavelmente ela conversa com o boneco e o leva para passear. Nos viu e desistiu.

— O que isso significa?

— Excentricidade em vez de psicose.

— Estou impressionado. — Pegou o cão e pousou-o no chão outra vez. — Stanislavsky, hein? Vamos passar o pente fino nisso aqui.

Ao passarmos pela casa em estilo Tudor de Albert Beamish, as cortinas da sala de estar tremularam.

— O vizinho encrenqueiro adorou — disse Milo. — Que pena que ele não reconheceu Meserve. Mas com a visão que tem, isso certamente não quer dizer nada. Ele certamente odeia os Dowd.

— Nora tem dois irmãos que possuem muitas propriedades — falei. — Ertha Stadlbraun disse que os senhorios de Peaty eram dois irmãos.

— Foi o que ela disse.

Quando chegamos à Sexta com La Cienega, ele o confirmou. William (Bill) Dowd III, Nora Dowd e Bradley Dowd, em nome da BNB Properties, eram proprietários do prédio residencial na Guthrie. Milo teve de fazer várias outras chamadas para ter uma ideia de seu patrimônio. Ao menos 43 propriedades registradas no condado de L.A. Múltiplas residências e prédios comerciais e a casa convertida no Westside onde Nora dava aulas a aspirantes ao estrelato.

— A escola provavelmente foi uma concessão para a irmã maluca — disse ele. — Para que ficasse quieta em um canto.

— E longe dos outros imóveis — acrescentei. — Mais: todos esses edifícios pedem muito trabalho de zelador.

— Reynold Peaty aparecendo em todas... Se ele mudou de voyeurismo para violência, muitas vítimas em potencial. É, vamos verificar isso.

A sede da BNB Properties ficava no Ocean Park Boulevard, perto do Aeroporto de Santa Monica. Não era um imóvel dos irmãos Dowd, e sim de um sindicato nacional de imóveis que possuía metade do centro da cidade.

— Por quê? — perguntou Milo.

— Talvez algum tipo de manobra para evitar impostos — sugeri. — Ou ficaram com o que herdaram do pai, sem aumentar o patrimônio.

— Jovens ricos e preguiçosos? É, faz sentido.

Eram 16h44, e dirigir àquela hora seria loucura. Milo ligou para o número, desligou rapidamente.

— Você ligou para o escritório, blá-blá-blá. Se for uma emergência com os encanamentos, aperte 1. Elétrica, aperte 2. Os jovens ricos e preguiçosos provavelmente estão bebendo no country clube. Vamos tentar de qualquer modo?

— Claro — falei.

O Olympic Boulevard parecia ser o melhor caminho. Os semáforos são sincronizados e as restrições ao estacionamento de veículos mantinham as seis pistas livres durante a hora do rush cada vez mais longa de L.A. O boulevard fora planejado nos anos 1940 como um meio rápido de ir do centro à praia. As pessoas velhas o bastante para se lembrarem desta promessa ficam com os olhos cheios de lágrimas.

Naquela tarde, o trânsito se movia a 30 quilômetros por hora. Quando parei na Doheny, Milo disse:

— A abordagem do triângulo amoroso se encaixa, dado o narcisismo e a loucura de Nora. Aquela mulher acha que seu cachorro é precioso o bastante para ser transformado em uma maldita múmia.

— Michaela insistiu que ela e Dylan não eram amantes.

— Queria evitar que Nora soubesse. Talvez quisesse que você também pensasse o mesmo.

— Se foi isso, a farsa foi realmente uma estupidez.

— Dois jovens nus — disse ele. — A notícia não deve ter agradado Dowd.

— Principalmente se ela não se sentia tão abençoada — falei.

— Nunca chegou ao fundo do funil.

— Nunca conseguiu, mora em uma casa enorme, não tem relações estáveis. Precisa fumar maconha antes de sair. Talvez o fato de se apegar a um cão empalhado seja apenas uma grande insegurança.

— Representando um papel — disse ele. — Fazendo-se disponível. Tudo bem, vamos ver se conseguimos um encontro com o resto desta gloriosa família.

O lugar era um centro comercial de dois andares no extremo norte do Ocean Park e a 28, bem em frente ao próspero parque industrial ao lado do aeroporto particular de Santa Monica. A BNB Properties era uma porta e uma janela no segundo andar.

Centro comercial de construção vulgar, paredes de estuque amarelo-limão manchadas de ferrugem junto às canaletas, um balcão aberto com balaustrada de ferro marrom, teto de telhas de plástico imitando estilo espanhol colonial.

No térreo havia uma loja de pizza para viagem, um café tailandês e sua contrapartida mexicana e uma lavanderia automática. Os vizinhos da BNB no andar de cima eram um quiroprático que oferecia tratamento para "lesões de trabalho", a Zip Technical Assistance e a Sunny Sky Travel, janelas decoradas com cartazes em cores claras e atraentes.

Enquanto subíamos os degraus de seixos cinza um jatinho executivo branco atravessou o céu.

— Aspen, Vail ou Telluride — disse Milo. — Alguém está se divertindo.

— Talvez seja uma viagem de negócios e estejam indo para Podunk.

— Com o que pagam de impostos, *tudo* é diversão. Imagino se os irmãos Dowd estão nessa categoria. Se estão, economizam na decoração.

Apontou para a porta marrom da BNB. Lascada, empenada e rachando na parte de baixo. O símbolo da empresa consistia em seis paralelogramos de folha de prata adesiva, alinhados de modo displicente.

BNBinc

Uma única janela com esquadrias de alumínio era fechada por minipersianas brancas. As ripas estavam afastadas para a esquerda, deixando um espaço triangular pelo qual se podia ver lá dentro. Milo protegeu os olhos com as mãos em concha e olhou.

— Parece ser um único cômodo... e um banheiro com a luz acesa. — Ele se ergueu. — Tem alguém lá dentro, vamos dar um tempo para ele se recompor.

Outro avião decolou.

— Esse vai para Aspen com certeza — disse ele.

— Como sabe?

— As turbinas estavam felizes. — Ele bateu e abriu a porta.

Um homem atrás de uma escrivaninha de madeira barata nos encarou. Esquecera de fechar o zíper da braguilha de suas calças cáqui e via-se um canto da camisa azul saindo pela abertura. A camisa era de seda, larga demais, com uma estampa que deve ter sido moda há uns dez anos. A calça sobrava em seu corpo magro. Sem cinto. Sapatos marrons, meias brancas.

Era baixo — 1,65m, ou 1,67m —, parecia ter cerca de 50 anos, com olhos castanhos curvados para baixo e cabelo grisalho encaracolado cortado à César. A penugem branca na nuca dizia que era hora de ir ao barbeiro. O mesmo se aplicava à barba de dois dias. Rosto cavo, feições angulosas, com exceção do nariz, um pequeno e brilhante botão que dava a seu rosto um aspecto de elfo. Ou tinha o mesmo cirurgião da irmã ou os narizes pequenos eram um traço dominante na família Dowd.

— Sr. Dowd? — disse Milo.

Ele sorriu, tímido.

— Sou Billy. — O distintivo o fez piscar. A mão roçou o canto da camisa e ele se sobressaltou. Fechou o zíper. — Opa. — Billy Dowd cheirou a mão. — Preciso de minhas balas de menta... onde eu as *guardei*?

Revirou quatro bolsos e tudo o que conseguiu foi fazer com que alguns fiapos de tecido caíssem no tapete cinza. Finalmente localizou as balas no bolso da camisa. Levou uma à boca, mastigou e ofereceu-nos.

— Querem?

— Não, obrigado, senhor.

Billy Dowd sentou-se na beirada da mesa. Do outro lado da sala havia um lugar de trabalho maior e mais substancial: escrivaninha de carvalho entalhado, monitor de computador de tela plana, o resto dos componentes escondidos.

Paredes marrons. A única coisa pendurada era um calendário da Humane Society. Um trio de gatinhos rajados.

Billy Dowd mascou outra bala de menta.

— Então... o que está acontecendo?

— Não parece surpreso de nos ver aqui, Sr. Dowd.

Billy piscou mais algumas vezes.

— Não será a primeira vez.

— Que fala com a polícia?

— É.

— Quando foram as outras?

Billy franziu uma sobrancelha.

— A segunda foi, digamos, no ano passado? Um dos inquilinos... Temos um bocado de inquilinos, meu irmão, irmã e eu, e no ano passado um deles andou roubando itens de informática. Um policial de Pasadena veio falar conosco. Dissemos que tudo bem, que o prendessem. Ele pagava atrasado.

— Prenderam?

— Não. Ele fugiu. Levou as lâmpadas, fez uma bagunça no lugar, Brad *não* ficou contente. Mas logo arranjamos um inquilino e ele se alegrou. Gente muito boa. Corretores de seguro, Sr. e Sra. Rose, pagam em dia.

— Qual era o nome do inquilino desonesto?

— Devo dizer... — O sorriso se alargou lentamente. — Devo dizer que não sei. Mas pode perguntar ao meu irmão, ele chega daqui a pouco.

— Quando foi a primeira vez que a polícia esteve aqui? — perguntou Milo.

— Perdão?

— Você disse que a segunda vez foi no ano passado. E a outra vez?

— Ah, sim. A primeira faz *muito* tempo, diria uns cinco anos, talvez seis?

Ele esperou confirmação.

— O que aconteceu há muito tempo? — perguntei.

— Aquilo foi diferente — disse ele. — Alguém feriu alguém no corredor, então chamaram a polícia. Não eram inquilinos, dois visitantes, brigaram ou algo assim. O que houve agora?

— Uma aluna de sua irmã foi assassinada e estamos visitando pessoas que a conheciam.

A palavra "assassinada" fez Billy Dowd levar a mão à boca. Ele a manteve ali e seus dedos abafaram-lhe a voz.

— Isso é *terrível*! — A mão baixou até o queixo, segurou a superfície com barbada. Unhas muito roídas. — Minha irmã está bem?

— Está — disse Milo.

— Tem *certeza*?

— Absoluta, senhor. O assassinato não foi na PlayHouse.

— Droga. — Billy levou a mão à sobrancelha. — Você me assustou, quase mijei nas calças. — Riu nervoso. Olhou para baixo para verificar.

Uma voz à porta disse:

— O que está acontecendo?

— Ei, Brad, é a polícia de novo — disse Billy Dowd.

O homem que entrou era 15 centímetros mais alto que Billy, e mais forte. Usava um terno azul-marinho bem cortado e uma camisa amarela com colarinho duro, sapatos de pele de bezerro.

Quarenta e poucos anos, mas cabelos inteiramente brancos. Denso, liso e curto.

Olhos escuros, lábios grossos, queixo quadrado, nariz aquilino. Nora e Billy Dowd foram modelados com argila macia. Seu irmão fora entalhado em pedra.

Bradley Dowd ficou junto ao irmão e abotoou o paletó.

— Outra vez?

— Você lembra — disse Billy. — Aquele cara que roubou computadores e levou as lâmpadas. Como era o nome dele, Brad? Era italiano?

— Polonês — disse Brad Dowd. Olhou para nós. — Edgar Grabowski voltou à cidade?

— Não é *sobre* ele, Brad — disse Billy. — Eu só estava explicando por que não fiquei completamente surpreso quando chegaram, porque não foi a primeira...

— Entendi — disse Brad, dando um tapinha no ombro do irmão. — Do que se trata, cavalheiros?

— Houve um assassinato... — disse Milo. — Uma das alunas de sua irmã...

— Meu Deus, isso é *terrível*... Nora está bem?

Mesma reação de proteção de Billy.

— Já perguntei isso, Brad. Nora está bem.

Brad deve ter se apoiado com força no ombro de Billy, porque este se curvou.

— Quando isso aconteceu e quem morreu?

— West L.A. A vítima é uma jovem chamada Michaela Brand.

— A que forjou o sequestro? — perguntou Brad.

O irmão olhou para ele.

— Você não me falou sobre isso, Bra...

— Saiu no noticiário, Bill. — Voltou-se para nós. — O assassinato dela teve alguma coisa a ver com isso?

— Por que teria? — perguntou Milo.

— Não estou dizendo isso — disse Brad Dowd. — Só estou perguntando. É uma pergunta natural, não acha? Alguém que se põe em evidência tem potencial para atrair gente esquisita.

— Nora falou sobre a farsa?

Brad balançou a cabeça.

— Assassinada... horrível. — Ele franziu as sobrancelhas. — Deve ter abalado Nora profundamente, melhor ligar para ela.

— Ela está bem — disse Milo. — Acabamos de falar com ela.

— Tem certeza?

— Sua irmã está bem. Estamos aqui, senhor, porque precisamos falar com alguém que possa ter tido contato com a Srta. Brand.

— Claro — disse Brad Dowd. E sorriu para o irmão. — Billy, poderia me fazer o favor de buscar um sanduíche no DiGiorgio para mim? Você sabe como gosto.

Billy Dowd levantou da escrivaninha e olhou para o irmão.

— Pimenta, ovo, berinjela e tomate. Bastante pesto ou apenas um pouco?

— Um bocado, irmão.

— Falou. Prazer em conhecê-los.

Billy saiu apressado.

Quando a porta se fechou, Brad Dowd disse:

— Ele não precisa ouvir esse tipo de coisa. Em que posso ajudá-los?

— Seu zelador, Reynold Peaty. Algo a dizer a respeito dele?

— Está perguntando por causa das prisões dele?

Milo assentiu.

— Bem, ele foi franco quanto a isso quando se candidatou ao cargo — disse Brad. — Gostei de sua honestidade e ele tem sido um bom empregado. Por quê?

— Apenas rotina, senhor. Como o encontraram?

— Agência. *Eles* não foram sinceros quanto ao passado dele, de modo que não mais utilizaremos seus serviços.

— Há quanto tempo ele trabalha para vocês?

— Cinco anos.

— Não muito tempo depois de ter sido preso em Nevada.

— Disse que havia tido problemas com bebida, mas que estava limpo e sóbrio. Ele não dirige, de modo que não pode ser pego por embriaguez ao volante.

— Sabia que ele foi preso por estar espreitando por uma janela? — disse Milo.

— Ele me contou tudo — disse Brad. — Alegou que também foi a bebida. Foi a única vez em que fez algo assim. — Flexionou os ombros. — Muitos de nossos inquilinos são mulheres e famílias com filhos pequenos. Não sou ingênuo, fico de olho em todos os meus empregados. Agora que o banco de dados Megan está operando, eu o verifico regularmente. Suponho que façam o mesmo, portanto sabem que Reynold não está lá. Há algum motivo para estarem me perguntando sobre ele, afora a rotina?

— Não, senhor.

Brad Dowd inspecionou as pontas dos dedos. Ao contrário das do irmão, belamente manicuradas.

— Por favor, seja sincero, detetive. Tem alguma pista que comprometa Reynold? Porque ele circula em vários de nossos prédios, e assim como quero confiar nele, detestaria ter de pagar alguma indenização. Isso para não mencionar o custo em vidas humanas.

— Nenhuma prova — disse Milo.

— Tem certeza?

— Por enquanto, é o que parece.

— Por enquanto — disse Brad Dowd. — Não é exatamente encorajador.

— Não há motivo para suspeitar dele, senhor. Se houver prova em contrário, eu lhe digo.

Dowd brincou com a lapela do terno.

— Não há nada subentendido aqui, não é, detetive? Você não está sugerindo que eu o demita, certo?

— Preferiria que não.

— Por quê?

— Não faz sentido, Sr. Dowd. Se Peaty mudou, melhor para ele.

— É como penso... Pobre menina. Como foi morta?

— Estrangulada e esfaqueada.

Dowd fez uma careta.

— Alguma ideia de quem foi?

— Não, senhor. Outra pergunta de rotina: você conhece Dylan Meserve?

— Sei quem é. Poderia saber por que ele faz parte de sua rotina?

— Não é visto há algum tempo, e quando tentamos falar sobre ele com sua irmã ela encerrou a conversa.

— Nora — disse Brad, preocupado. Olhou para a porta. — Ei, irmão. Está cheiroso, obrigado.

Billy Dowd trazia uma caixa de papelão aberta usando ambas as mãos, como se transportasse uma carga preciosa. Lá dentro havia um sanduíche tamanho família embrulhado em papel cor de laranja. Aromas de pasta de tomate, orégano e manjericão tomaram o escritório.

Brad voltou-se de modo que o irmão não visse e deu para Milo um cartão de visita amarelo. Combinava perfeitamente com sua camisa.

— Qualquer coisa que eu possa fazer para ajudar, detetive. Sinta-se à vontade para ligar se tiver mais perguntas. Isso está muito cheiroso, Billy. Você é o cara.

— *Você* é o cara — disse Billy, sério.

— Você também, Bill.

Billy Dowd escancarou a boca. Brad disse:

— Ei, ambos podemos ser o cara. — Pegou o sanduíche e deu um tapinha no ombro do irmão. — Certo?

Billy pensou e respondeu:

— Tudo bem.

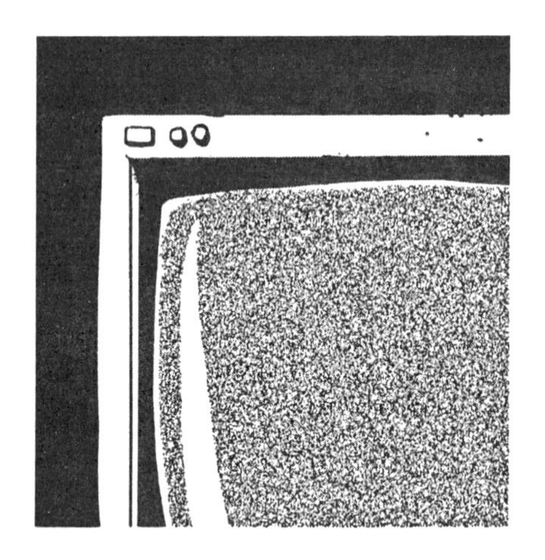

CAPÍTULO 16

Quando estávamos saindo, Brad Dowd recebia o seu jantar e dizia:

— Mandou bem, Bill.

— Aquele sanduíche estava cheiroso — disse Milo, quando chegamos ao térreo do centro comercial.

Estacionamos no aeroporto. O café do DiGiorgio era escuro e forte. Milo afastou o banco do carro o máximo que podia e atacou seu sanduíche de almôndegas com pimenta.

Após quatro mordidas ferozes, ele parou para respirar.

— Parece que o velho Bradley vigia os irmãos.

— Parece que ambos merecem ser vigiados.

— Qual o seu diagnóstico para Billy?

— A melhor palavra provavelmente seria "simplório".

— E Nora é uma drogada lunática.

— Você está pronto para prestar o exame do Estado.

Ele vasculhou o céu azul. Nenhum jato para alimentar suas fantasias. Pegou o cartão de visita amarelo de Brad Dowd e me entregou.

Papel áspero e pesado. O nome de Bradley Dowd gravado com letras em itálico cor de chocolate e, mais acima, um número de telefone com o prefixo 825.

— Cartão de cavalheiro — falei. — Não se vê desses muito frequentemente.

— Uma vez garoto rico, sempre garoto rico. Vou ligar para ele esta noite, descobrir o que ele não queria falar na frente do irmão.

Cheguei em casa às 18 horas, apaguei um monte de mensagens comerciais e ouvi uma de Robin que entrara havia dez minutos. Dizia:

— Podia dizer que estou ligando para compartilhar meu pesar pela morte de nosso cachorro, mas, na verdade, isso é... uma ligação com segundas intenções. Acho. Com sorte, você será a única pessoa a ouvi-la. Por favor, apague. Tchau.

Liguei de volta para ela.

— Apaguei.

— Estou me sentindo sozinha — disse ela.

— Eu também.

— Devemos fazer algo a respeito?

— Acho que sim.

— Isso não é exatamente um caso de desejo desenfreado, mas é o que temos.

Cheguei à casa dela em Venice às 19 horas. Passamos a hora seguinte na cama e o resto da noite lendo o jornal e assistindo ao último terço de *Humoresque*, no The Movie Channel

Quando o filme acabou, ela se levantou sem dizer palavra e foi para seu estúdio.

Tentei dormir mas não tive muito sucesso até ela voltar para a cama.

Acordei pouco depois das 7 horas, quando a luz do sol que se filtrava através das cortinas era inegável.

Ela estava nua junto à janela, segurando uma xícara de chá. Ela sempre bebeu café.

Resmunguei algo parecido com “bom dia”.

— Você sonhou um bocado.

— Fiz barulho?

— Estava agitado. Vou lhe trazer café.

— Volte para a cama, eu mesmo pego.

— Não, relaxe.

Ela saiu, voltou com uma caneca e ficou junto à cama.

Molhei a garganta.

— Obrigado. Está tomando chá agora?

— Às vezes.

— Há quanto tempo está acordada?

— Há algumas horas.

— Minha agitação?

— Não, virei uma madrugadora.

— Vacas a ordenhar, ovos a recolher.

Ela sorriu, vestiu um robe, sentou-se na cama.

— Volte para cá — pedi.

— Não, uma vez que acordo, não durmo mais.

Forçou um sorriso. Consegui perceber o esforço.

— Quer que eu vá embora?

— Claro que não — disse ela rápido demais. — Fique o quanto quiser. Não tenho muita coisa para o desjejum.

— Não estou com fome — falei. — E você tem de trabalhar.

— Tenho mesmo.

Ela beijou minha testa, levantou-se, foi até o armário e começou a se vestir. Fui tomar banho. Quando saí, seco e vestido, a serra já estava funcionando.

Tomei o café da manhã no John O'Groats, em Pico, saindo do meu caminho porque estava com vontade de comer bolinhos irlandeses de aveia e a companhia de estranhos parecia ser uma boa ideia. Sentei-me junto ao balcão e li o jornal. Nada sobre Michaela. Não que houvesse motivo para tanto.

De volta à casa, cuidei da papelada e pensei nas respostas insípidas de Nora Dowd às perguntas de Milo.

Não se incomodou em fingir preocupação ou interesse no assassinato de Michaela. O mesmo em relação ao desaparecimento de Tori Giacomo.

Mas o nome de Dylan Meserve causou-lhe certa emoção, e o irmão Brad não quis falar sobre Dylan na frente do vulnerável irmão Dowd.

Fui até o computador. O nome de Nora resultou em uma única citação: inclusão em uma lista de oficinas de teatro listadas por cidade que constava de um site chamado StarHopefuls.com.

Imprimi a lista, liguei para todas as oficinas da Costa Oeste, inventei uma história de diretor de elenco e perguntei se Tori Giacomo alguma vez estudara ali. Na maior parte das vezes, as pessoas ficaram confusas. Outras, desligaram na minha cara, significando que era eu quem devia ter algumas aulas de interpretação.

Ao meio-dia, não tinha conseguido coisa alguma. Melhor me ater àquilo que estava sendo pago para fazer.

Terminei o relatório sobre o Dr. Patrick Hauser e corri até a primeira caixa de correio. Estava de volta à minha escrivaninha, jogando papel fora, quando Milo tocou a campainha.

— Liguei antes — disse ele.

— Eu estava fora, correndo.

— Invejo seus joelhos.

— Acredite, não inveje. O que há de novo?

— O proprietário do apartamento de Michaela prometeu estar lá amanhã de manhã, consegui um mandado para ter acesso aos registros telefônicos dela mas meu contato na empresa telefônica disse que eu estava perdendo tempo. A conta fora fechada por falta de pagamento semanas antes de ela morrer. Se ela tinha uma conta de celular, não consegui encontrá-la. O lado positivo é: Deus salve os anjos do laboratório do legista. — Ele entrou. — Seus joelhos doem mesmo?

— Às vezes.

— Se você não fosse meu parceiro, eu adoraria saber disso.

Segui-o até a cozinha. Em vez de atacar a geladeira, ele se sentou e afrouxou a gravata.

— A autópsia de Michaela conseguiu prioridade? — perguntei.

— Não, ainda mais interessante. Meus colegas no necrotério procuraram nos arquivos de pés-rapados, encontraram algumas possíveis e descobriram que os restos mortais de uma delas estavam com uma analista de ossos que faz pesquisas sobre identificação de cadáveres. É uma antropóloga perita com uma bolsa de pesquisa que recolhe amostras de vários casos e tenta classificá-los etnicamente. Em seu acervo havia um crânio com a maioria dos dentes ainda intactos. Jovem, caucasiana, vítima de homicídio encontrada há cerca de um ano e meio, o resto do corpo foi incinerado seis meses após a descoberta. O odontologista perito disse que a dentição era classificável. Um bocado de pontes estéticas, incomuns em alguém tão jovem.

— Querendo parecer mais bonita. Como uma aspirante a atriz.

— Consegui o nome do dentista de Tori Giacomo em Bayside, e graças à mágica da fotografia digital e do e-mail, tivemos uma identificação positiva em uma hora.

— Como o pai está encarando isso?

— Não sei — disse ele. — Não consegui encontrá-lo aqui em L.A., de modo que liguei para a esposa dele. Ao contrário do que Giacomo nos disse, ela se revelou uma senhora sensível e equilibrada. Esperava o pior já havia algum tempo. — Ele baixou os ombros. — Cavalheiro como sou, não a desapontei.

Ele se levantou e encheu um copo com água da torneira.

— Tem limão?

Fatiei um, joguei um pedaço dentro do copo dele.

— Rick diz que devo manter os meus rins hidratados, mas água pura tem gosto de água pura... De qualquer modo, Tori não é mais a mulher não identificada 342-003. Gostaria de ter o resto do corpo, mas ela foi listada como um homicídio não resolvido de Hollywood e o relatório dos detetives era bastante claro a esse respeito.

Bebeu um pouco mais, pousou o copo sobre a pia.

— Foi encontrada quatro meses após desaparecer, jogada em meio à vegetação no lado L.A. do Griffith Park. Tudo o que restava eram ossos dispersos. O legista acha ter identificado algum dano na vértebra cervical e definitivamente havia alguns cortes relativamente superficiais no esterno e alguns na caixa torácica. A provável causa da morte foi estrangulamento seguido de facadas.

— Duas jovens aspirantes a atriz, ferimentos semelhantes e Nora Dowd não afastou a possibilidade de Tori ter comparecido às suas aulas — falei.

— Ninguém atende na casa ou na escola de Nora. Estarei na PlayHouse hoje à noite, misturado às *beautiful people*. Depois, vou me encontrar com Brad Dowd. Ele ligou, pediu desculpas por interromper a conversa, convidou-me à sua casa.

— Ansioso para falar sobre Dylan — falei. — Onde ele mora?

— Santa Monica Canyon. Incomoda-se em me acompanhar? Eu dirijo.

Bradley Dowd morava em Gumtree Lane, uns 2 quilômetros ao norte da Channel Road, a leste do ponto onde a Channel desce abruptamente até a Pacific Coast.

Um céu carregado e a copa de uma árvore antecipava a noite. O ar estava parado e anormalmente quente, e não se sentia nenhum aroma marítimo no canyon.

Geralmente faz uns 5 graus a menos junto ao litoral. Talvez seja eu, mas os padrões parecem estar mudando cada vez mais.

A casa de madeira vermelha e vidro tinha um só andar, erguido em uma depressão do terreno afastada da estrada. A vegetação luxuriante dificultava saber onde a propriedade começava ou terminava.

Casa luxuosa, adornos de cobre polido e uma varanda sustentada por vigas entalhadas. Holofotes cuidadosamente localizados iluminavam canteiros de flores e samambaias. O número da casa fora pintado a mão em uma placa de madeira engastada no batente de pedra do portão. Um Porsche cinza ou bege estacionado no acesso de veículos com chão de cascalho. Plantas enfeitavam a varanda decorada com cadeiras Adirondack.

Brad Dowd estava junto a uma das cadeiras, uma perna dobrada de modo que os ombros pendiam-lhe para a direita. Vestia camiseta e bermuda e segurava uma garrafa long-neck.

— Estacione atrás do meu carro, detetive.

Quando chegamos à varanda, ele ergueu a garrafa. Corona. Na camiseta estava escrito *Hobie-Cat*. Estava descalço. Pernas musculosas, joelhos nodosos, disformes.

— Acompanham-me?

— Não, obrigado.

Dowd sentou-se, acenou outra vez. Pegamos duas cadeiras e nos sentamos diante dele.

— Algum problema para encontrarem o lugar?

— Não — disse Milo. — Obrigado por ter ligado.

Dowd meneou a cabeça e bebeu. Ouvíamos o *cricri* dos grilos. Um aroma de gardênia passou por nós e se dissipou.

— Bonito aqui, senhor.

— Eu adoro — disse Brad. — Nada como paz e tranquilidade após um dia inteiro cuidando de vazamentos, curtos-circuitos e outros pequenos desastres.

— Ossos do ofício de proprietário.

— Você também é proprietário, detetive?

— Deus me livre.

Brad riu.

— É um trabalho honesto. O segredo é manter as coisas organizadas.

Ele deixara a porta da frente aberta uns 15 centímetros. Cadeiras cobertas com ponchos mexicanos, uma otomana, um bocado de couro. Encostada em um canto havia uma prancha de surfe branca. Pranchão, do tipo que não se vê mais ultimamente.

Os joelhos nodosos de Dowd eram assim por causa do surfe.

Milo disse:

— Havia algo que você queria nos dizer sobre Dylan Meserve.

— Obrigado por esperar. Não queria que Billy ouvisse.

— Protegendo Billy — falei.

Dowd voltou-se para mim.

— Billy precisa de proteção. Às vezes é difícil para ele entender as coisas no contexto.

— Algo quanto a Meserve o incomoda? — perguntou Milo.

Brad Dowd franziu a sobrancelha.

— Não, só mantenho Billy afastado daquilo que ele não precisa saber... Tem certeza de que não querem uma dessas?

— Estamos bem — disse Milo. — Então, você cuida de Billy.

— Ele não precisa de cuidados especiais. Não é retardado ou algo assim. Quando nasceu, houve um problema de oxigênio. Costumávamos dormir juntos. Então, há alguns anos dei-me conta de que ele precisava de alguma independência, de modo que arranjei um lugar para ele. Uma gentil senhora mora no andar de cima. Billy acha que são apenas vizinhos, mas ela é paga para isso. De qualquer modo, quanto a Meserve, não é grande coisa o que tenho a dizer. Minha irmã teve um caso com ele e eu o considero um idiota de primeira.

— É algo mútuo?

Dowd esticou as pernas, os dedos dos pés, massageou uma dobra. Talvez o cálcio explicasse a careta que fez.

— De certo modo, Nora pode ser um tanto adolescente. Todo o tempo que passa com jovens só piora as coisas.

— Dylan não foi o primeiro "caso" de Nora? — falei.

— Não disse isso.

Sorri.

Brad Dowd bebeu um gole de cerveja.

— Não faz sentido mentir. Você sabe como é, uma mulher chega a uma certa idade, toda essa coisa de culto à juventude. Nora tem direito de se divertir. Mas com Meserve a coisa estava ficando um tanto fora de controle, de modo que falei com Nora e ela se deu conta de que eu estava certo.

— Você não queria que Billy ouvisse isso porque...

A boca de Brad Dowd ficou tensa.

— Foi difícil convencer Nora. Ficaria ainda mais perturbada se Billy fosse envolvido nisso. Caso tentasse confortá-la ou algo assim.

— Por quê? — perguntou Milo.

— Nora e Billy não são muito chegados... verdade é que, quando éramos crianças, Billy deixava Nora constrangida. Mas Billy *pensa* que são chegados... — Ele parou de falar. — Este é um assunto de família sobre o qual você não precisa saber.

— Então Nora rompeu com Meserve? — disse Milo.

— Não foi preciso uma declaração formal porque, oficialmente, os dois nunca... — Ele sorriu. — Quase disse "tiveram uma relação estável".

— Como Nora terminou com Meserve?

— Mantendo distância. Ignorando-o. Ele acabou entendendo.

— Por que a relação deles estava ficando fora de controle? — perguntei.

Brad franziu as sobrancelhas.

— Isso realmente tem a ver com o assassinato daquela pobre mulher?

— Provavelmente não, senhor. Fazemos todo tipo de perguntas na esperança de conseguirmos alguma coisa.

— Meserve é suspeito?

— Não, mas amigos íntimos da vítima são considerados indivíduos de interesse, e não conseguimos localizar Meserve para falar com ele.

— Compreendo, detetive. Mas ainda assim não vejo por que a vida particular de minha irmã precisa ser aventada.

— Haveria algo a respeito de Meserve que o incomodava mais que os outros "casos" de Nora? — perguntei:

Dowd suspirou.

— Antes, os relacionamentos dela duravam pouco. Principalmente porque os homens que interessavam Nora não eram do tipo que fazem planos a longo prazo. Meserve pareceu-me ser diferente. Manipulador, como se estivesse planejando alguma coisa. A farsa que armou é uma prova disso, não é?

— Planejando o quê? — disse Milo.

— Não é óbvio?

— Você suspeita que ele estava atrás do dinheiro de Nora.

— Comecei a ficar preocupado quando ela lhe deu um trabalho remunerado na PlayHouse. Consultor criativo. — Dowd riu, debochado. — Compreenda: Nora não cobra um centavo pelas aulas que dá. Isso é um ponto crucial em termos de impostos, porque a PlayHouse, o prédio, a manutenção, o material, tudo é financiado por uma fundação que criamos.

— Você e seus irmãos.

— Basicamente, fiz aquilo por Nora, porque o teatro é sua paixão. Não estamos falando de um grande investimento, apenas o bastante para manter a escola funcionando. O prédio é um dos muitos que herdamos de nossos pais, e o aluguel que deixamos de ganhar representa uma bela dedução contra o lucro de outros imóveis de nosso portfólio. Sou o diretor nominal da fundação, de modo que aprovo os gastos. Por esse motivo, quando Nora veio me pedir um salário para Meserve, soube que era hora de termos uma conversa. O orçamento não comportava aquilo. E confirmava minhas suspeitas de que Meserve estava planejando alguma coisa.

— Quanto ela queria pagar para ele?

— Oitocentos por semana.

— Consultor muito criativo — disse Milo.

— Sem brincadeira — disse Dowd. — Esse é o ponto. Nora não entende de finanças. Como um bocado de artistas.

— Há quanto tempo ela pediu esse dinheiro?

— Depois de oferecer o emprego a ele. Uma semana mais ou menos antes de Meserve e a garota armarem aquela farsa. Talvez ele tenha feito aquilo por causa disso.

— Como assim?

— Tentando ganhar a afeição de Nora com uma atuação criativa. Se foi essa a ideia, o tiro saiu pela culatra.

— Nora não gostou.

— Diria que não.

— Ela ficou aborrecida com a farsa ou algo assim?

— Como o quê?

— Meserve estar com outra mulher.

— Ciúme? Duvido muito. Àquela altura, Nora já havia terminado com ele.

— Ela supera os "casos" rapidamente.

— Nada havia a ser superado — disse Brad Dowd. — Ela me ouviu, parou de dar atenção a ele e ele parou de aparecer.

— O que incomodou Nora na farsa?

— A exposição.

— A maioria das atrizes gosta de publicidade.

Brad colocou a garrafa de cerveja no parapeito da varanda.

— Detetive, a carreira de Nora se resumiu a uma única aparição em uma série de TV há 35 anos, quando tinha 10 anos. Conseguiu a participação porque uma amiga de nossa mãe tinha contatos. Depois disso, Nora foi de seleção em seleção. Quando decidiu canalizar seus esforços para o ensino, foi uma mudança saudável.

— Adaptando-se — disse Milo.

— Exato, detetive. Minha irmã tem talento, mas outras 100 mil pessoas também o têm.

— Então ela prefere ficar longe dos olhos do público — falei.

— Somos uma família reservada. — Dowd tomou um gole demorado e terminou a cerveja. — Algo mais, rapazes?

— Nora alguma vez falou sobre Michaela Brand?

— Não para mim. Não há como ela estar com ciúme. Jovens bem-apessoados entram e saem do mundo de Nora. Agora, realmente acho que devia parar de falar sobre a vida pessoal dela.

— Justo — disse Milo. — Vamos nos concentrar em Meserve.

— Como falei, um oportunista — disse Dowd. — Eu me meti, eu sei, mas às vezes é preciso se meter. No fim, minha irmã acabou agradecida por não ter se envolvido com alguém assim. Talvez devessem procurá-lo pelo assassinato da garota.

— Por que, senhor?

— O modo como vê as mulheres, o fato de ter uma relação com a vítima, e você acabou de dizer que ele está desaparecido. Fugir não implica culpa?

— O que quis dizer com "o modo como ele vê as mulheres"? — perguntou Milo.

— Você conhece o tipo. Sorriso fácil, olhares furtivos. Ele flertava com minha irmã desavergonhadamente. Serei franco: ele se oferecia e Nora entrou nessa porque ela...

— É impressionável.

— Infelizmente. Toda vez que eu ia à PlayHouse, lá estava ele a sós com Nora. Seguindo-a, lisonjeando-a, sentado aos pés dela, lançando-lhe olhares de admiração. Então, começou a lhe dar presentinhos baratos: quinquilharias, coisas cafonas de turistas. Um globo de neve, acredita numa coisa dessas? Hollywood e *Vine*, pelo amor de Deus, quando foi a última vez que nevou em Hollywood? — Dowd riu. — Adoraria acreditar que o que o atraiu nela foi sua alma e sua beleza interior, mas sejamos realistas. Ela é ingênua, está na menopausa e é financeiramente independente.

— Como a convenceu de que as intenções de Meserve não eram puras? — falei.

— Fui calmo e persistente. — Ele se levantou. — Espero que peguem quem matou essa mulher, mas por favor deixem meus irmãos fora disso. Não poderá encontrar duas pessoas mais inofensivas na face da Terra. Quanto a Reynold Peaty, andei falando com os inquilinos e as únicas queixas que recebi tinham a ver com não recolher o lixo a tempo. Ele tem se mostrado diligente, cuida de seu próprio trabalho, tem sido um trabalhador de primeira. Mas ficarei atento.

Inclinou a cabeça para a porta semiaberta.

— Café ou refrigerante para a viagem?

— Estamos bem — disse Milo, levantando-se.

— Então vou me deitar. *Buenas noches.*

— Dorme cedo?

— Dia cheio amanhã.

— Nada como um trabalho honesto — disse Milo.

Brad Dowd riu.

CAPÍTULO 17

Milo pegou a Channel Road para ir até o litoral.

— Temos tempo até o começo da aula na PlayHouse. Que tal tomarmos umas cervejas em um lugar que conheço?

— Coronas?

— Boa marca.

— Desde que Brad Dowd não as ofereça.

— Nunca confraternize com os civis. O que acha de nosso surfista crescidinho?

— Você também viu os joelhos dele.

— E a prancha.

— Ele é o guardião da família, faz bem seu trabalho.

Chegou à Pacific e parou num daqueles sinais demorados que parecem deter os carros por horas a fio. O mar estava sempre mudando. Naquela noite, estava calmo, cinzento e infinito. O lento marulhar das ondas, contínuo e metálico como uma bateria eletrônica.

— Talvez esteja levando isso muito a sério, Alex, mas as palavras de despedida de Brad pareceram querer dizer para que eu mantivesse Nora e Billy fora da investigação. Estávamos concentrados em Nora, por que mencionou Billy?

— Pode ser a força do hábito — falei. — Ele junta os dois no mesmo saco porque ambos precisam de proteção.

— Talvez seja isso.

— Billy lhe interessa?

— Adulto com habilidades sociais imaturas que precisa ser secretamente supervisionado? — Enquanto esperávamos, ligou para o Departamento de Veículos Motorizados e pediu que verificassem William Dowd III. Desligou antes de o sinal abrir. — Quer saber quantos veículos estão registrados no nome de Billy?

— Nenhum.

— E, assim como Peaty, nunca teve carteira.

— Andando com o irmão Brad — falei. — Quando Brad passa na PlayHouse, Billy está com ele. Todas aquelas belas atrizes em treinamento.

— Ver um bando de garotas como Michaela e Tori Giacomo pode ser muito estimulante.

— Billy pareceu gentil — falei. — Mas alimente o ego dele, e quem sabe o que pode acontecer?

— E se o real motivo de Brad não querer falar conosco na frente de Billy seja porque ele estava com medo de que o irmão deixasse escapar alguma coisa? Mais: Billy mora em um apartamento em Beverly Hills. Reeves Drive, perto do Olympic.

— A alguns quilômetros da casa de Michaela.

— Um sujeito sem carro poderia ir a pé.

— Mesmo problema de Peaty — falei. — Como transportar um corpo. E não vejo Billy dirigindo sem carteira. Não com o irmão Brad tão protetor.

Aquilo o fez ficar em silêncio até atingirmos a costa de Santa Monica. Mansões à beira da praia, outrora enclaves particulares, estavam agora expostas ao clamor e à realidade da areia pública à sua frente. O monstro de ripas de madeira que William Hearst construíra para Marion Davies estava a ponto de cair após anos de impedimento do conselho municipal de Santa Monica. Logo depois, vimos o exoesqueleto do píer, iluminado como uma árvore de Natal. A roda-gigante movia-se lentamente como a burocracia.

Milo subiu a rampa até o Ocean Front, seguiu pela Pacific Avenue, atravessou para a Venice.

— Então temos agora dois sujeitos estranhos com acesso à PlayHouse.

Pensei a respeito.

— Billy parou de morar com Brad há dois anos, pouco depois do desaparecimento de Tori.

— Por que Brad tiraria Billy de casa a essa altura de suas vidas? Esses caras são gente de meia-idade. Por que subitamente é hora de mudar?

— Brad queria manter distância de Billy? Mas, se suspeitava de algo, teria apertado a vigilância.

— Então, qual é a resposta?

— Não sei.

— Pode ser que Brad tenha *tentado* reprimir e Billy fosse bem mais difícil do que parece ser. Droga, talvez *Billy* tenha insistido em ir embora. Brad paga uma senhora para "cuidar dele" porque sabe que Billy precisa ser vigiado. No meio-tempo, se alguma coisa acontecer, ele está no outro lado da cidade em Santa Monica Canyon.

— Menos encargos — falei.

— Ele pensa nesses termos: fundações, redução de impostos, manter as coisas organizadas. Faz parte da escalada social, é um mundo completamente diferente.

Ele olhou para o relógio.

— Vamos ver como Nora vai reagir quando eu pressioná-la um pouco. Quanto tempo vai demorar até ela ir se queixar com o irmão Brad.

Ao longo dos anos, acompanhei Milo em diversas tavernas, botecos e bares. Alguns bares gay também. É uma experiência iluminadora observá-lo funcionar nesta esfera.

Aquele lugar era novo, um túnel estreito e escuro chamado Jody Z's, na borda sul do Pacífico, pouco acima da marina. Rock na jukebox, reprise de jogo de futebol na TV, sujeito cansado no balcão, revestimento de paredes grosseiro, redes de peixe e globos de vidro.

Serragem de plástico no chão. Para quê?

Perto da casa de Robin em Rennie. Em outro tempo e lugar, Milo teria mencionado aquilo. Mas sua mandíbula tensa dizia que a única coisa que tinha em mente era os assassinatos de duas jovens.

Quando terminamos duas cervejas e recapitulamos o que sabíamos, vimos que havia pouco sobre o que falar e ele começou a se misturar à clientela desanimada.

Ao ligar para o senhorio de Michaela em La Jolla, confirmou o encontro na noite seguinte. Trincou os dentes.

— O desgraçado está me fazendo um grande favor.

Olhou para o quadro-negro. Três pratos do dia, incluindo a promessa de um ensopado de mariscos frescos. Ele resolveu experimentar.

— Não é tão ruim — disse ele, mexendo a comida com a colher.

— "Não é tão ruim" e "frutos do mar" não deviam ser ditos numa mesma frase — falei.

— Se eu morrer, você faz o primeiro discurso. Eu me pergunto se Nora realmente cedeu quando Brad pediu que ela esfriasse com Meserve. Brad levantou um ponto importante: Meserve sumiu.

— Ele parece ansioso para que você considere Meserve como suspeito — falei. — Seria de seu interesse caso estivesse acobertando Billy, mas não quer dizer que esteja errado. Michaela me disse que odiava Meserve e a Sra. Winograd ouviu-os brigando mais de uma vez.

— Alguma teoria sobre o motivo de Dylan? Para Michaela *e* Tori.

— Talvez ele seja apenas um sujeito que escolhe garotas em aulas de interpretação. Ele brincou de morto com Michaela em Latigo, e se Michaela estava sendo sincera, planejou a farsa cuidadosamente. Acrescente a suspeita de Brad sobre o golpe do baú e o resultado não é muito favorável ao caráter dele.

— Michaela lhe disse como passou de íntima para inimiga?

— Na época, acreditei que ela estava jogando a culpa nele como estratégia de julgamento.

— Jogo de advogado.

— Adivinhe quem era o advogado dela: Lauritz Montez.

— Aquele sujeito do caso Malley? Achei que vocês não se davam.

— Não nos dávamos. Mas sou o maior, o melhor e o mais esperto psicólogo em todo o mundo. Uau!

— Ele o adulou e você caiu?

— O caso me interessou.

— É um bom motivo.

— Tão bom quanto qualquer outro.

— Incomoda-se em voltar a falar com Montez, ver se Michaela disse mais alguma coisa sobre seu parceiro no crime?

— De modo algum — falei. — Estava mesmo pensando em fazê-lo.

Ele afastou meia travessa de ensopado. Acenou pedindo outra cerveja, depois mudou o pedido para Coca-Cola.

A atendente de 65 anos riu.

— Desde quando você tem autocontrole?

— Não seja cruel — disse Milo.

Ela riu um pouco mais e se foi.

Dei-me conta de que todos os frequentadores eram homens. Pensava nisso quando Milo disse:

— Meserve, Peaty, irmão Billy. O Investigação 101 nos ensina a reduzir o número de suspeitos. Pareço estar fazendo justo o contrário.

— A busca pela verdade — falei.

— Ah, a agonia.

CAPÍTULO 18

Às 20h53 estacionamos a quatro quarteirões a oeste da Play-House. Enquanto caminhávamos em direção à escola, Milo projetava o corpo para a frente, como se caminhasse em meio a uma forte ventania.

Vasculhando ruas, garagens particulares e becos em busca do pequeno Honda preto de Michaela Brand.

O alerta para o carro fora estendido a todo o estado da Califórnia. Milo e eu havíamos cruzado essas mesmas ruas havia alguns dias, não havia motivo para olhar agora.

A habilidade de pôr a lógica de lado às vezes faz o grande detetive.

Chegamos ao lugar às 21h05, encontramos várias pessoas.

A fraca luz da varanda permitiu que eu os contasse quando nos aproximamos dos degraus. Oito mulheres, cinco homens. Todos magros, jovens e belos.

Milo murmurou "Mutantes" enquanto subíamos a escada. Treze pares de olhos se voltaram para olhar. Algumas das mulheres se encolheram para trás.

Os homens tinham mais ou menos a mesma altura: 1,80m a 1,90m. Ombros largos, quadrados, quadris estreitos, rostos angulosos que pareciam curiosamente estáticos. As mulheres variavam mais em estatura, mas a forma de seus corpos era igual: pernas longas, sem barriga, cintura de pilão, bundas empinadas, seios fartos.

Mãos bem cuidadas segurando garrafas de água e telefones celulares. Olhos arregalados e ansiosos questionavam nossa presença. Milo foi até o meio da varanda e os estudantes abriram espaço. A luz destacou cada ruga, cavidade, prega e poro de seu rosto. Parecia mais pesado e mais velho do que nunca.

— Boa noite, pessoal.

Olhares dúbios, confusão geral, sorrisos e olhares furtivos do modo como se vê em cantinas de escolas secundárias.

Um dos jovens disse, deliberadamente devagar:

— O que houve?

Brando em *Sindicato de ladrões*? Ou aquilo era história antiga?

— Polícia, amigo. — Milo mostrou o distintivo sob a luz.

— Uau — alguém disse.

Os risos silenciaram.

Milo verificou a hora em seu Timex.

— A aula não devia ter começado há dez minutos?

— A professora não está — disse outro Adônis. E mexeu na maçaneta da porta da frente.

— Esperando por Nora — disse Milo.

— Melhor que por Godot.

— Ao contrário dele, ela vai acabar aparecendo. — O sorriso de lobo de Milo assustou o jovem, que mostrou os dentes. Ele jogou a cabeça para trás e seu cabelo negro esvoaçou para voltar a se assentar no lugar.

— Nora se atrasa muito?

Dar de ombros.

— Às vezes — disse uma jovem de cabelo louro encaracolado e lábios tão grossos que pareciam pequenas bundas. Aquilo somado a seus enormes olhos azuis davam-lhe um ar aparvalhado. Boneca inflável que ganhou vida.

— Bem, isso nos dá tempo para conversar — disse Milo.

Goles nas garrafas de água. Flips de celulares se abrindo e uma série de guinchos de ratos eletrônicos.

— Suponho que vocês tenham ouvido falar de Michaela Brand — disse Milo.

Silêncio. Um menear de cabeça, dois mais. Dez.

— Se alguém tem algo a dizer, será muito bem-vindo.

Um carro passou rumo ao oeste. Diversos estudantes seguiram suas luzes traseiras que sumiam a distância, gratos pela distração.

— Alguma coisa, pessoal?

Cabeças balançando lentamente em negativa.

— Nada mesmo?

— Está todo mundo com medo — disse uma jovem de pele escura e queixo pontudo com olhos de coiote. Suspiro profundo. Seus seios subiam e desciam como se fossem uma coisa só.

— Eu a vi algumas vezes, mas não a conhecia — disse um homem de cabeça raspada e estrutura óssea tão pronunciada que parecia ter sido entalhado em marfim.

— Isso é porque você acabou de chegar, Joaquim — disse a menina de lábios de travesseiro e cabelo encaracolado.

— É o que estou dizendo, Brandy.

— Briana.

— Tanto faz.

— Você a conhecia, Briana? — perguntou Milo.

— Apenas daqui. Não saíamos juntas.

— Algum de vocês se dava com Michaela fora daqui? — perguntou Milo.

Cabeças balançaram em negativa.

— Ela era, tipo, quieta — disse uma ruiva.

— E quanto a Dylan Meserve?

Silêncio. Notável mal-estar.

— Nenhum de vocês conhece Dylan?

— Eram amigos — disse a ruiva. — Ela e ele.

— Algum de vocês viu Dylan recentemente?

A ruiva tirou um relógio da bolsa e fez uma careta.

— São 21h16 — disse Milo. — Nora geralmente se atrasa assim?

— Às vezes — disse Cachos Dourados.

— Nora é Nora — alguém falou.

Silêncio.

— O que há no programa de hoje à noite? — disse Milo.

— Não há programa — disse um rapaz que vestia camisa de flanela quadriculada feita sob medida para seu tórax em V, jeans desbotado e botas de alpinista limpas e brilhantes que nunca tinham visto lama.

— Nada é planejado? — perguntou Milo.

— É livre.

— Improviso?

Sorriso malicioso do Sr. Quadriculado.

— Algo assim, policial.

— Com que frequência vocês vêm aqui?

Nenhuma resposta.

— Eu venho uma vez por semana — disse Briana "Lábios de Travesseiro". — Outras pessoas vêm mais frequentemente.

— Eu também — disse Xadrez.

— Uma vez por semana.

— Venho mais vezes quando tenho tempo. Como disse, é livre.

E gratuito.

— Sem regras — disse eu.

— Sem restrições.

— Também não há restrições em ajudar a polícia — disse Milo.

Um sujeito de pele escura e um rosto que era ao mesmo tempo reptiliano e belo, afirmou:

— Ninguém sabe de nada.

Milo distribuiu cartões de visita. Alguns dos bonitinhos ali presentes se dignaram a ler o que vinha escrito.

Nós os deixamos esperando na varanda, descemos até a metade do quarteirão até ficarmos ocultos pela escuridão e observamos o lugar.

— É como se fossem feitos a máquina — disse Milo.

Esperamos em silêncio. Por volta das 21h33 Nora Dowd ainda não havia aparecido e os alunos começaram a ir embora. Quando a jovem chamada Briana veio em nossa direção, Milo disse:

— Carma.

Saímos das sombras a tempo de ela nos ver.

Apesar disso, ela se assustou. Agarrou a bolsa, recuperou o equilíbrio.

— Vocês me assustaram!

— Desculpe. Tem um minuto?

Os "Lábios de travesseiro" se entreabriram. Quanto colágeno deve ter sido usado para que ficassem assim? Ainda não tinha 30 anos, mas cicatrizes ao redor das orelhas diziam que ela não confiava na juventude.

— Nada tenho a dizer e vocês realmente me *assustaram*. — Passou por nós em direção a um velho Nissan branco, foi até a porta do motorista, procurou as chaves.

Milo a seguiu.

— Desculpe. É que sabemos muito pouco sobre o assassinato de Michaela e você parecia ser a que melhor a conhecia.

— Tudo o que disse foi que sabia quem ela era.

— Seus colegas não a conheciam de modo algum.

— Isso porque são novos aqui.

— Calouros?

Cachos balançaram.

— Não é como na faculdade...

— Eu sei, é livre — disse Milo. — Qual o problema em nos ajudar, Briana?

— Não há problema, só que não sei de coisa alguma. — Ela destravou a porta do motorista.

— Há algum motivo para você *não* querer ajudar?

Ela olhou para ele.

— Como o quê, por exemplo?

— Alguém disse para não ajudar?

— Claro que não. Quem faria isso?

Milo deu de ombros.

— De modo algum — disse ela. — Só sei que nada sei e não quero confusão.

— Não haverá confusão. Só estou tentando desvendar um assassinato. Um assassinato muito feio.

Os "lábios de travesseiro" tremularam.

— Lamento, mas não éramos íntimas. Como eu já disse, ela era fechada.

— Ela e Dylan.

— Certo.

— E agora ela está morta e ele sumiu. Alguma ideia de onde ele pode estar?

— Definitivamente não.

— *Definitivamente* não?

— Definitivamente não sei. Pode estar em qualquer lugar.

Milo se aproximou, forçou o quadril contra as dobradiças da porta do carro.

— O que me surpreende é a falta de curiosidade. De todos vocês. Alguém que vocês conhecem é morto, era de se esperar que houvesse algum interesse. — Ele cortou o ar com um gesto. — Mas não, ninguém se interessa. Tem algo a ver com ser ator?

Ela franziu as sobrancelhas.

— Ao contrário. Você precisa *ser* curioso.

— Para representar.

— Para aprender a respeito de nossos sentimentos.

— Nora lhe disse isso.

— Qualquer um que saiba alguma coisa a esse respeito diria o mesmo.

— Deixe ver se entendi — disse Milo. — Vocês têm curiosidade pelos personagens, mas não pela vida real?

— Veja — disse a jovem —, claro que gostaria de saber. Isso me assusta. Essa coisa de assassinato. Só de falar nisso. Quero dizer, ora vamos...

— Ora vamos?

— Se aconteceu com Michaela, pode acontecer com qualquer um.

— Você vê isso como um crime casual? — perguntei.

Ela se virou para mim.

— O que quer dizer?

— Que nada tinha a ver com Michaela.

— Eu... ela era... não sei, talvez.

— Haveria algo a respeito de Michaela que a tornaria uma vítima potencial? — perguntou Milo.

— Aquela coisa que ela... eles fizeram. Ela e Dylan. Mentir.

— Por que isso a colocaria em perigo?

— Talvez tenha incomodado alguém.

— Sabe de alguém assim furioso?

— Não.

Respondeu rápido demais.

— Ninguém, Briana?

— Ninguém. Tenho de ir.

— Em um segundo — disse Milo. — Qual o seu sobrenome?

Ela parecia estar a ponto de chorar.

— Tenho de dizer?

Milo tentou um sorriso.

— É rotina, Briana. Endereço e número de telefone também.

— Briana Szemencic. — Ela soletrou. — Isso pode ficar por baixo dos panos?

— Não se preocupe. Mora por aqui, Briana?

— Reseda.

— Longe.

— Trabalho em Santa Monica. Por causa do tráfego, é mais fácil ficar na cidade e voltar mais tarde.

— Que tipo de trabalho você faz, Briana?

— Trabalho de merda. — Sorriso culpado. — Sou assistente em uma agência de seguros. Cuido do arquivo, sirvo café, faço pequenos serviços. *Beaucoup* excitante.

— Mas também paga suas contas — disse Milo.

— Mal. — Ela tocou os próprios lábios.

— Então, quem ficou aborrecido com a farsa, Briana?

Longa pausa.

— Ninguém a esse ponto.

— Mas...

— Nora ficou um tanto aborrecida.

— Como sabe?

— Quando alguém fez uma pergunta sobre aquilo para ela, ficou tensa e mudou de assunto. Pode culpá-la por isso? Foi horrível usarem a PlayHouse daquele modo. Nora é uma pessoa discreta. Quando Michaela não voltou, eu achei que Nora a havia mandado embora.

— Dylan voltou.

— É — disse ela. — Isso foi engraçado. Ela não ficou brava com Dylan, continuou tratando-o bem.

— Mesmo a farsa tendo sido ideia dele — disse Milo.

— Não foi o que ele disse.

— Dylan culpou Michaela?

— Totalmente. Disse que ela fez a cabeça dele. Nora deve ter acreditado porque ela... Como você disse, ele voltou.

— Nora gosta mais de Dylan do que dos outros rapazes?

Ombros frágeis subiram e desceram. Briana Szemencic olhou para o fim do quarteirão.

— Acho que não devo falar sobre isso.

— Assunto delicado?

— Não é da *minha* conta — disse Briana. — De qualquer modo, Nora não seria capaz de ferir alguém. Se está pensando nisso, está completamente enganado.

— Por que pensaríamos assim?

— Você me perguntou se ela ficou brava. Ficou, mas não a esse ponto.

— Não o tipo de braveza enciumada?

Briana não respondeu.

— Nora e Dylan, Dylan e Michaela. Mas não foi ciúme — disse Milo.

— Nora sentia tesão por Dylan, está certo? Não é crime, ela é uma *mulher*.

— Tinha ou tem?

— Não sei.

— Repito a pergunta, Briana.

— Tem. Está bem assim?

— Como Nora se sentia a respeito de Dylan e Michaela estarem saindo?

Briana balançou a cabeça.

— Ela nunca disse coisa alguma a esse respeito. Não somos íntimas. Posso ir agora? *Por favor*?

— Nora não gostava que Dylan e Michaela saíssem, mas não estava aborrecida com isso.

— Ela nunca feriria Michaela. Sem chance. Você tem de compreender Nora, ela é... ela é, tipo, ela não é, você sabe... Ela funciona por *aqui*. — E deu um tapinha em sua bela testa.

— Intelectual?

Os lábios fartos tentaram formular uma palavra. Finalmente, ela disse:

— Não foi o que quis dizer, você sabe, ela funciona intensamente com o *lado direito do cérebro*. Intuitiva. Esse é o assunto de nossas oficinas, ela nos ensina como liberar o nosso interior... — Os lábios de travesseiro se retorciam à medida que ela buscava as palavras. — Nora funciona com *cenas*, ela está sempre nos dizendo para transformar tudo em cenas, desse modo a coisa não fica grande demais, e você pode lidar com aquilo até conseguir pegar toda a gestalt... ou seja, a visão global. Acho que ela é assim em sua vida comum.

— Cena a cena — disse Milo.

— Ela não presta atenção no aqui — disse ela apontando para o asfalto.

— Realidade.

A palavra pareceu incomodar Briana Szemencic.

— Tudo o que fica abaixo do lado direito do cérebro, como quiser chamar. Nora nunca machucaria alguém.

— Você gosta dela.

— Ela me ajudou. À beça.

— Como atriz.

— Como pessoa. — Ela mordeu seus lábios fartos.

— Nora é compreensiva — falei.

— Não... não é isso. Eu era muito tímida, sabe? Ela me ajudou a me libertar. Às vezes não era divertido. Mas ajudou. Posso ir agora?

Milo assentiu.

— Reseda, hein? Garota do vale?

— Nebraska.

— Planícies — disse Milo.

— Conhece Nebraska?

— Estive em Omaha.

— Sou de Lincoln, mas dá no mesmo — disse Briana Szemencic. — Você olha e não há nada no fim. Posso *ir* agora? Estou *muito* cansada.

Milo deu um passo atrás.

— Obrigado por quebrar o silêncio de seus amigos.

— Não são meus amigos.

— Não?

— Ali ninguém é amigo. — Ela olhou para a PlayHouse. A varanda vazia estava sombria, como um set de filmagem.

— Não é uma atmosfera amistosa? — perguntou Milo.

— Devemos nos concentrar no trabalho.

— Então, quando Dylan e Michaela começaram a sair eles quebraram uma regra.

— Não há regras. Michaela estava sendo idiota.

— Como assim?

— Andando com Dylan.

— Porque Nora gostava dele?

— Porque ele é completamente vazio.

— Você não tem o entusiasmo de Nora.

— Não mesmo.

— Como pode?

— Ele saía com Michaela mas também saía com Nora? Dá um tempo.

— Mas não havia ciúme da parte de Nora.

Cachos dourados sacolejaram violentamente. Ela pegou a maçaneta da porta do Nissan. Milo disse:

— E quanto a Reynold Peaty?

— Quem?

— O zelador.

— O gordo? — Os braços dela caíram. — O que tem ele?

— Ele alguma vez a incomodou?

— Tipo assédio? Não. Mas ele observa tudo, é assustador. Ele varre, passa pano no chão, o que seja, e com o canto dos olhos posso vê-lo olhando. Se eu olho para ele, ele desvia o olhar rapidamente, como se soubesse que não devia estar fazendo aquilo. — Ela estremeceu. — Ele é, tipo, um maníaco? Tipo o maníaco *mais procurado dos Estados Unidos*?

— Não diria isso.

O corpo delgado de Briana Szemencic se contraiu.

— Mas também não pode dizer que não?

— Não tenho provas de ele ter feito algo violento, Briana.

— Se ele não é pervertido, por que *perguntou* por ele?

— Meu trabalho é fazer perguntas, Briana. A maioria acaba se revelando inútil, mas eu arrisco. Acho que é tipo representar.

— Como assim?

— Um pouco de improviso, um bocado de trabalho. Peaty fica muito na PlayHouse?

— Quando está limpando.

— Dias e noites?

— Só vou lá três noites por semana.

— Alguém mais aparece?

— Só gente se candidatando para entrar na oficina. Geralmente Nora os manda embora, mas ainda assim vem muita gente.

— Sem talento.

Outra mordida no lábio.

— É.

— Algum outro motivo para mandá-los embora?

— Você terá de perguntar para ela.

— Bem, obrigado de novo — disse Milo. — É legal o fato de Nora ensinar de graça.

— Muito legal.

— Acho que pode fazer isso porque os irmãos dela bancam a PlayHouse.

— Os irmãos *e* ela — disse Briana Szemencic. — É uma coisa da família toda. São podres de ricos mas são artísticos e generosos.

— Os irmãos aparecem de vez em quando?

— Eu os vi algumas vezes.

— Sentados?

— Mais andando por lá. Aparecendo para visitar Nora. — Agarrou a bolsa com ambas as mãos. — Diga-me a verdade sobre o gordo.

— Já disse, Briana.

— Ele não é um pervertido? Pode me garantir isso?

— Ele realmente a assusta.

— Como eu disse, ele *olha* o tempo todo.

— Falei a verdade, Briana.

— Mas me enganou sobre o resto.

— Que resto?

— Sobre esse negócio de que ser policial é como representar. Aquilo era bobagem, certo?

— Conhece uma jovem chamada Tori Giacomo? — perguntou Milo.

— Quem?

— Talvez tenha estudado aqui.

— Estou aqui há apenas um ano. Você não respondeu minha pergunta. Aquilo foi papo furado, não foi?

— Não, fui sincero — disse Milo. — Há muitas semelhanças entre o trabalho de um policial e o de um ator. Como a frustração. Faz parte do meu trabalho, assim como do seu.

Os grandes olhos azuis pareciam confusos.

— Quando começo um caso novo, Briana, tudo o que posso fazer é perguntar, ver se algo começa a tomar forma. É como ler um novo roteiro.

— Que seja. — Ela abriu a porta do carro.

— Ambos sabemos de uma coisa, Briana. Tudo tem a ver com trabalho. Você faz o melhor que pode, tenta chegar ao fundo do funil, mas não há garantia.

— Acho que não.

Milo sorriu.

— Obrigado por falar conosco. Dirija com cuidado.

Quando nos afastamos, uma voz alta vinda do Nissan perguntou:

— O que é um funil?

— Um instrumento de cozinha.

Ela foi embora. Ele sacou o bloco e começou a escrever.

— Por baixo dos panos, hein? — debochei.

— Ela deve ter me confundido com um repórter... acho que Nora não compartilha a analogia do funil com os alunos.

— Causa muita ansiedade — disse eu. — Uma coisa que Nora *não* guardou para si foi sua atração por Meserve. Passado e presente. Parece que Brad superestimou sua capacidade de controle sobre ela. Se Nora e Dylan ainda estavam juntos quando Dylan culpou Michaela pela farsa, Nora teria acreditado nele. A questão é se isso tem alguma coisa a ver com Michaela acabar morta.

— Não importa o que aquela jovem acabou de dizer, acho que esse negócio de ciúme merece uma investigação.

— De fato, mas outros cenários me vêm à mente. Se Nora se aborreceu por causa de Michaela, Dylan deve ter feito de tudo para agradá-la. Ou Michaela se tornou uma ameaça para Dylan ameaçando ir a Brad e falar mal de Dylan. Ou para a própria Nora, inventando alguns detalhes eróticos sobre suas noites em Latigo com Dylan.

— Inventando? Os dois passaram duas noites nus lá em cima.

— Michaela me disse que nunca fizeram nada.

— Você é uma alma crédula. De qualquer modo, por que Michaela ameaçaria Dylan assim?

— Talvez fosse estratégia de tribunal — falei. — Pressionando-o para assumir toda a culpa pela farsa. No fim, o caso se ajeitou. Mas se ele ficou furioso, deve ter representado.

— E matou Tori apenas por que era malvado?

— Isso, ou ele e Tori também tiveram um caso e algo deu errado.

— Ele a mata, acha ainda mais fácil fazer o mesmo pela segunda vez... então desaparece. Nora sabe onde ele está, ou o está escondendo. Isso explicaria ela ter evitado o assunto quando o mencionamos. Tudo bem, basta de teorias esta noite.

Caminhamos até o carro.

— Ainda há Peaty — disse ele.

— Olha para as meninas e as faz chorar.

— Isso já lhe causou problemas anteriormente. Vamos ver se Sean descobriu alguma coisa.

Dirigiu com uma das mãos, ligou para Binchy com a outra. O jovem detetive ainda estava estacionado a alguns metros do prédio de Reynold Peaty. O zelador voltou para casa às sete e não saiu mais.

— Três horas olhando para um edifício — disse Milo, desligando. — Eu estaria possesso. Sean está tão contente quanto fica ao tocar baixo.

Sean Binchy era um ex-punk que abraçou a religião e a polícia simultaneamente.

— Como ele é? — perguntei.

— Ótimo com trabalhos de rotina, mas é difícil fazê-lo pensar por conta própria.

— Envie-o para Nora, para ela abrir o lado direito do cérebro dele.

— É — disse Milo. — Nesse meio-tempo, *meu* cérebro dói. Vou checar minhas mensagens e encerrar por hoje.

Duas mensagens, sem intervalo.

A esperada ligação de Lou Giacomo e um pedido para que telefonasse para o *senhor* Albert Beamish.

— Talvez queira indenização pelos caquis.

Discou o número, esperou, desligou.

— Sem resposta. — Suspirou. — Tudo bem, agora vamos nos divertir.

Lou Giacomo estava no Holiday Inn que Milo sugerira. Milo esperava apenas uma breve conversa de condolências, mas Giacomo queria conversar e Milo não conseguiu recusar.

Giacomo estava do lado de fora do hotel vestindo as mesmas roupas da véspera. Quando estacionamos, ele disse:

— Podemos ir a algum lugar para beber? Isso aqui está me fazendo subir pelas paredes.

— O hotel? — perguntou Milo.

— A sua maldita cidade.

CAPÍTULO 19

Nossa segunda espelunca da noite era uma taverna úmida e fria, pretensamente irlandesa, em Pico.

Lou Giacomo analisou a decoração.

— Isso podia ser no Queens.

Acomodamo-nos em um cubículo de encosto duro com almofadas Naugahyde. Milo pediu uma coca diet e eu, um café.

Giacomo disse:

— Bud, não Light, comum.

A garçonete era jovem, e tinha um piercing labial.

— Nunca imaginei que você fosse do tipo que bebe refrigerante diet.

Giacomo ignorou-a. Ela olhou feio para ele e se foi.

— Vocês são ex-alcoólatras ou algo assim? — disse ele.

Milo alongou os ombros e ocupou mais espaço no cubículo.

Giacomo massageou um pulso largo.

— Sem ofensa. Não estou em meu melhor momento, certo?

— Lamento quanto a Tori — disse Milo. — Sinceramente.

— Como disse da primeira vez, eu já sabia. Agora minha esposa alega que também sabia.

— Como ela está?

— Quer que eu vá para casa o quanto antes. Provavelmente vai me saudar com outro colapso nervoso. Não volto enquanto não me certificar de que Tori tenha um funeral decente. — Seus olhos se encheram de lágrimas. — Que coisa idiota a se dizer, é um maldito *crânio*, como posso arranjar-lhe um *funeral decente*? Fui até lá, no seu legista. Não queriam me mostrar, me disseram todas aquelas baboseiras de "não é como na TV, você não precisa ver isso". Eu os *obriguei* a me mostrar.

Mãos em forma de espadas formaram um trêmulo oval no ar.

— Aquela *coisa* horrorosa. O único motivo de eles a terem preservado é que uma mulher estava trabalhando com aquilo, algum maldito projeto científico, ela estava fazendo *buracos* no crânio, escavando o...

Sua falta de compostura foi súbita como um derrame. Pálido e suando, encostou-se contra o assento, ofegando como se tivesse levado um soco no estômago.

— Sr. Giacomo? — disse Milo.

Giacomo fechou os olhos com força e gesticulou para que Milo o deixasse em paz.

Quando a jovem garçonete trouxe as bebidas, ele ainda soluçava e ela foi madura o bastante para olhar para o outro lado.

— Desculpem a frescura.

— Nada a desculpar — disse Milo.

— Droga, eu *acho* que tem. — Giacomo esfregou os olhos com as mangas do casaco. O tecido deixou veios vermelhos em seu rosto. — O que me disseram é que devo preencher formulários para levá-lo comigo. Depois disso, vou embora daqui.

Olhou para a cerveja como se fosse uma amostra de urina. Bebeu mesmo assim.

— Tenho algo a lhes dizer: nas poucas vezes em que Tori ligou, a mãe a aborreceu com perguntas do tipo: "Conseguiu algum papel?", "Está dormindo direito?", "Está saindo com alguém?". Tentei dizer a Arlene para não interrogá-la e ela respondeu que fazia aquilo porque se *preocupava*. Dando a entender que eu *não* me preocupava. — Bebeu mais cerveja. — Agora, do nada, ela me diz que Tori talvez estivesse saindo com alguém. Como ela sabia? Tori não disse, mas não negou.

— Algum detalhe?

Giacomo franziu os lábios.

— Intuição materna. — Ele rodou a caneca. — Aquele lugar fede. Lá no legista. Fede como lixo deixado um mês do lado de fora. Algum meio de usarem o que eu lhes contei?

— Não sem algum tipo de prova.

— Não pretendo encher o saco de vocês, mas o que terei de fazer quando chegar em casa não vai ser fácil. Lidar com a igreja, vá lá saber a posição do papa a respeito de sepultamentos... Minha irmã falará com o monsenhor, vamos ver.

Milo tomou um gole de Coca-Cola.

— Fico dizendo para mim mesmo que Tori está em um lugar melhor — disse Lou Giacomo. — Se não puder me convencer disso é preferível...

— Se eu ligar para a sua mulher, seria possível que ela me dissesse algo mais? — perguntou Milo.

Giacomo balançou a cabeça.

— Mas fique à vontade. Ela estava sempre interrogando Tori. Está comendo? Tem feito exercícios? Como estão seus dentes? O que ela nunca *entendeu* era que Tori finalmente queria crescer. Então, vocês acham que a morte de Tori tem ligação com a daquela outra garota?

Milo mentiu tranquilamente.

— Não posso dizer isso, Sr. Giacomo.

— Mas você *não* está dizendo isso.

— Está tudo em aberto a essa altura.

— O que quer dizer que vocês não sabem de porra nenhuma.

— Esta é uma avaliação bem precisa.

Giacomo deu um sorriso perturbado.

— Vocês com certeza vão ficar furiosos, mas eu fiz uma coisa.

— O quê?

— Fui até lá. Ao apartamento de Tori. Bati em todas as portas para perguntar se eles se lembravam dela, ou se tinham visto algum rapaz por ali. Que espelunca. A maioria dos moradores é de mexicanos. Recebi todo tipo de olhar confuso, *no speaky english*. Vocês podem falar com os proprietários e pedir que mostrem os arquivos deles.

— Vejo que você já tentou. Eles se negaram?

— Ei...

— Não se preocupe, apenas diga o que eles disseram — falou Milo.

— Disseram quase nada. — Giacomo entregou-lhe um pedaço de papel. Timbre do Holiday Inn. Um nome e o número 323.

— Administração Home-Rite — disse Milo.

— Bando de chineses, falei com uma mulher com sotaque — disse Giacomo. — Disseram que há dois anos ainda não eram donos do prédio. Tentei explicar que era importante, mas nada consegui. — Passou as mãos pelos lados da cabeça. — Vaca idiota... sinto como se meu cérebro fosse explodir. Vou levar Tori de volta para casa em uma maldita *maleta*.

Fomos com ele até o Holiday Inn, deixamos o motor ligado em ponto morto e atravessamos as portas de vidro do hotel.

— Desculpe o comentário sobre bebidas, está bem? Naquela outra vez, naquele lugar indiano, vocês beberam chá, e eu... — Ele deu de ombros. — Saí da linha, não é da minha conta.

Milo pousou a mão sobre o ombro de Giacomo.

— Não precisa se desculpar. Imagino o que você tem passado.

Giacomo não evitou o contato.

— Seja franco comigo: você consideraria este um caso ruim? Comparado com a maioria dos que você já pegou?

— São todos ruins.

— É, claro, certo. A filha de outra pessoa não é tão importante quanto a minha. Mas é em minha filha que *eu* estou pensando. Acha que algum dia vou conseguir deixar de pensar nisso?

— As pessoas me dizem que fica mais fácil com o tempo — respondeu Milo.

— Assim espero. Se descobrirem algo, me avisam?

— Claro.

Giacomo balançou a cabeça e apertou a mão de Milo.

— Vocês são legais.

Nós o vimos entrar no saguão do hotel, passar pela recepção sem dizer palavra e ficar inquieto diante do elevador sem apertar o botão. Trinta segundos depois, deu um tapinha no lado da cabeça e finalmente chamou o elevador. Voltou-se, nos viu e mexeu os lábios dizendo "idiota".

Milo sorriu. Voltamos para o carro e fomos embora.

— "As pessoas me dizem que fica mais fácil com o tempo" — disse Milo. — Bastante terapêutico, não? Por falar em mentiras, preciso ir ao escritório, verificar todo aquele negócio que a Pequena Brie achou que estava por baixo dos panos. Não pretendo aborrecê-lo.

— Quer que eu o encontre no apartamento de Michaela amanhã de manhã?

— Não, isso também vai ser chato. Mas que tal você ligar para a mãe de Tori? Talvez um ph.D. ajude. Para o ex-marido também. Aqui estão os números.

Fiz as ligações na manhã seguinte. Arlene Giacomo era uma mulher séria e saudável.

— Lou deixou vocês malucos? — perguntou ela.

— Ainda não.

— Ele precisa de mim — disse ela. — Quero que ele volte para casa.

Deixei-a falar durante um tempo. Falou muito de Tori mas não forneceu nenhum dado novo. Quando mencionei a questão de ela estar saindo com alguém, ela disse:

— Uma mãe percebe, acredite. Mas não tenho detalhes, Tori realmente estava querendo liberdade, não queria mais esse negócio de conversa de menina com a mamãe. Isso é algo que o pai nunca entendeu, ele sempre a interrogou.

Agradeci-a e liguei para Michael Caravanza. Uma mulher atendeu.

— Peraí. *Mii keee*!

Momentos depois, ouvi um "Sim?" arrastado.

Expliquei por que estava ligando. Ele disse:

— Espere... só um segundo, querida. É sobre Tori? Você a encontrou?

— Seus restos mortais foram identificados ontem.

— Restos mortais... ai, merda, não quero dizer isso para Sandy, ela conhecia Tori.

— Ela a conhecia bem?

— Não — disse Caravanza. — Só da igreja. O que houve?

— É o que estamos tentando entender. Você manteve contato depois que ela foi para L.A.?

— Éramos divorciados, mas nos dávamos bem, sabe? Como dizem, éramos amigos. Ela me ligou algumas vezes, talvez no primeiro mês. Depois parou.

— Não estava mais só.

— Acho que ela estava saindo com alguém.

— Ela disse isso?

— Não, mas eu conheço... conheci Tori. Quando ela ficava com aquela voz significava que estava animada com alguma coisa. E certamente não era com a carreira de atriz, não estava conseguindo coisa alguma. Isso ela me disse.

— Nenhuma ideia de com quem ela estava saindo?

— Você acha que foi esta pessoa quem a matou?

— Qualquer pista seria bem-vinda.

— Bem — disse Michael Caravanza. — Se ela fez o que disse que ia fazer, estava de caso com um astro de cinema. Esse era o plano. Ir para Hollywood, frequentar as boates certas, o que fosse, conhecer algum astro de cinema e mostrar para ele que ela também podia ser uma estrela.

— Ambiciosa.

— Foi o que nos separou. Sou um sujeito trabalhador, Tori achava que... achava que ia ser Angelina Jolie ou algo assim... O que é isso... Espere um pouco, querida, só um segun... Desculpe, é Sandy, minha noiva.

— Parabéns — falei.

— É, vou tentar esse negócio de casamento outra vez. Sandy é legal e quer ter filhos. Nada de igreja dessa vez. Vamos arranjar um juiz e passar a lua de mel em Aruba ou algo assim.

— Parece uma boa ideia.

— Assim espero. Não me entenda mal. Tori era uma garota legal. Ela apenas achava que podia ser outra pessoa.

— Nas poucas vezes em que ela ligou disse alguma coisa que pudesse nos ajudar? — perguntei.

— Deixe-me pensar — disse Caravanza. — Foram apenas três vezes, quatro, sei lá... O que ela disse... Basicamente ela me disse que estava se sentido só. Foi basicamente isso, solidão. Em um apartamento de merda. Ela não estava com saudades e nem queria voltar para mim, nada assim. Ela só queria me dizer que estava se sentindo péssima.

— O que você disse?

— Nada, eu ouvi. Foi o que mais fiz quando estive casado. Ela falava, eu ouvia.

Liguei para o celular de Milo e falei sobre ambas as ligações.

— Saindo com um astro de cinema, hein?

— Talvez tenha se ajeitado com alguém que parecesse ser um.

— Meserve ou outro Adônis da PlayHouse.

— Do modo como era ingênua, teria se impressionado com qualquer um que ficasse por perto tempo o bastante.

— Pergunto-me há quanto tempo Meserve é instruído por Nora Dowd.

— Mais de dois anos — respondi. — Ele estava lá antes de Michaela chegar.

— E quando Tori apareceu. Então, onde diabos ele está... Tudo bem, obrigado, deixe-me pensar nisso enquanto espero pelo senhorio de Michaela.

O dia passou com a relevância de uma rolha flutuando no oceano. Pensei em ligar para Allison, então para Robin, então para Allison outra vez. Escolhi não ligar para nenhuma das duas e passei o sábado correndo, dormindo e fazendo tarefas domésticas.

O céu azul de domingo piorou as coisas. Aquele era um dia para se estar com alguém.

Fui de carro até a praia. O sol trouxera gente e carros para o litoral. Jovens de cabelo dourado passeavam vestindo biquínis e sarongues, surfistas dentro e fora de roupas de mergulho, turistas embasbacados com belezas naturais de todo tipo.

Na Pacific, um carro patrulha da polícia rodoviária ridiculamente lento fez com que o trânsito se arrastasse entre Carbon Beach e Malibu Road. A entrada sul para Latigo Canyon ficava mais perto, mas aquilo significaria mais quilômetros de estrada sinuosa. Continuei indo em direção a Kanan Dume e entrei.

Sozinho.

Dirigi pelo desfiladeiro, ambas as mãos no volante enquanto as curvas testavam a frágil suspensão do Seville. Apesar de ter estado ali havia alguns anos, fiquei surpreso com as curvas fechadas e os precipícios nos quais você podia cair caso errasse o caminho.

Não era lugar para se passear, e após escurecer a rota seria traiçoeira para alguém que não a conhecesse bem. Dylan Meserve viera até ali e voltara para encenar um falso sequestro.

Talvez por causa do isolamento. Ainda não havia visto outro carro além do meu desafiando as montanhas.

Dirigi mais alguns quilômetros, consegui fazer a volta em um estreito acostamento, entrei à direita na Kanan e fui em direção ao Valley.

O último endereço conhecido de Tori Giacomo era um prédio branco encardido. Carros e caminhões velhos lotavam a rua. Fiel à descrição de seu pai, as pessoas que vi tinham a pele parda.

Alguns estavam vestidos para irem à igreja. Para outros, a fé parecia ser a última coisa que lhes passava pelas cabeças.

A Laurel Canyon me levou de volta à cidade, e o Beverly Boulevard leste, até Hancock Park. O Range Rover não estava na garagem de Nora Dowd, e quando fui até a porta e bati ninguém respondeu.

Vá para o oeste, homem sem destino.

A vegetação sobre a qual Michaela fora jogada havia se recuperado, ocultando qualquer vestígio de violência. Olhei para as plantas, para a terra e voltei para o carro.

Na Holt Avenue, vi Shayndie Winograd e um homem jovem, de barba rala com um terno preto e um chapéu de abas largas passeando com quatro crianças e empurrando um carrinho de bebê duplo em direção à Pico. O supostamente doente Gershie Yoel era a imagem da saúde enquanto tentava galgar as calças do pai. O rabino Winograd o impediu, mas acabou erguendo-o nos ombros como um saco de farinha. O menino adorou.

Fui até o quarteirão de Reynold Peaty, na Guthrie, procurei Sean Binchy mas não o encontrei. Será que o sujeito era assim tão bom? Ou as obrigações de um convertido prevaleciam no domingo?

Quando passei pelo prédio de Peaty, uma jovem família hispânica com três crianças gorduchas com menos de 5 anos desceu a escadaria e caminhou em direção a uma van azul amassada. Evidentemente estavam vestidos para irem à igreja. Aqueles pais pareciam ainda mais jovens do que os Winograds: mal haviam saído da adolescência. A cabeça raspada e o modo de andar descontraído do pai estavam em desacordo com o sisudo terno cinza que usava. Ele e a esposa eram pesados. Ela tinha olhos cansados e cabelo louro com mechas.

Em meus tempos como interno, a equipe de psicologia tinha um bordão: *crianças tendo crianças*. O não dito *tsc-tsc*.

Lá estava eu, dirigindo sozinho.

Quem diria?

Estacionei sem querer em frente ao prédio de Peaty. Uma das crianças pequenas acenou para mim e eu acenei de volta, e ambos os pais se voltaram. O pai de cabeça raspada me olhou feio. Fui embora.

Nenhum movimento na PlayHouse, o mesmo no complexo cor de caqui em Overland que Dylan Meserve abandonara sem aviso prévio.

Lugar descuidado. Marcas de ferrugem entre as canaletas que não percebera da primeira vez. Fachada de janelas pequenas, que não indicavam se alguém morava por trás delas.

Aquilo ressuscitou lembranças de meu tempo de estudante morando em Overland, sozinho e anônimo e tão cheio de inseguranças que semanas inteiras se passavam em uma névoa narcótica.

Imaginei Tori Giacomo reunindo coragem para atravessar o país para acabar em um quarto pequeno e triste, em uma rua repleta de estranhos. Impulsionada pela ambição. Ou desilusão. Haveria alguma diferença entre as duas?

Solitária, todo mundo solitário.

Lembrei-me de uma frase que eu dizia às garotas na época: *Não, não tomo drogas, sou naturalmente deprimido*.

Sr. Irônico. Às vezes funcionava.

Na manhã de segunda-feira às 11 horas, Milo me ligou do carro.

— O maldito proprietário furou comigo no sábado. Muito tráfego em La Jolla. Acabou me dizendo que eu podia pegar uma chave com sua irmã, que morava em Westwood. Idiota. Esperei pelos peritos, acabei de fazer minha revista particular.

— Descobriu alguma coisa?

— Não vivia com fartura. Nenhuma comida na geladeira, barras de granola e diet shakes enlatados na despensa. Mydol, Advil, Motrin, Pepto-Bismol, Turns, um pouco de maconha na mesa de cabeceira. Nada de contraceptivo. Não lia muito. Sua biblioteca se resumia a números antigos da *Us*, *People* e *Glamour*. Tinha TV, mas não por assinatura, e o telefone estava desligado. Meu mandado para verificar as ligações dela expira em alguns dias mas, como já disse, o telefone fixo foi desconectado por falta de pagamento e não encontrei nenhuma conta de celular no nome dela. Uma coisa que ela tinha eram roupas bonitas. Não muitas, mas boas, provavelmente gastava todo o dinheiro naquilo. O gerente do restaurante onde ela trabalhava disse que ela era legal, sem problemas, não chamava muita atenção. Não se lembra de tê-la visto com algum rapaz. O patrão de Meserve na sapataria disse que ele não era confiável e às vezes arrogante com os fregueses. De qualquer modo, vamos ver se encontramos alguma digital interessante. Nenhum sinal de violência ou luta, não parece que foi morta aqui. Como foi seu fim de semana?

— Tranquilo.

— Parece ter sido bom.

Contei-lhe que fora até Latigo, deixando de fora o resto de meu passeio motorizado e as memórias que evocou.

— Não diga — disse ele. — Eu também estive por lá, cedo pela manhã. Bonito, não?

— E fora de mão.

— Falei com alguns vizinhos e com o velho que Michaela assustou quando pulou nua no meio da estrada. Ninguém vira nem ela e nem Meserve antes. Também falei por telefone com o Sr. Albert Beamish esta manhã. Ela passa os sábados e domingos em sua casa em Palm Desert. O sol não melhorou os ânimos dele. O que ele estava ansioso para me contar foi que viu o Range Rover de Nora saindo da casa dela na sexta-feira, por volta das 21 horas.

— Pouco depois de nossa reunião na casa de Brad.

— Talvez Brad a tenha aconselhado a tirar férias. Ou ela apenas decidiu que era hora de dar um tempo e se esqueceu de avisar os alunos porque é uma menina rica e indolente. Pedi que Beamish ficasse de olho, agradeci-lhe por ser observador. Ele gritou de volta para mim: "Mostre sua gratidão fazendo o seu trabalho com um mínimo de competência."

Eu ri.

— O poder de observação dele o levou a verificar quem eram os ocupantes do Rover?

— Quem dera. O carro de Meserve ainda não apareceu, mas se ele está com Nora os dois devem estar usando o dela e poupando o dele na garagem de Nora ou na da PlayHouse. Talvez eu possa forçar uma porta e dar uma olhada. Por outro lado, Reynold Peaty tem sido fiel a seu papel de esquisitão solitário. Esteve em seu apartamento todo o fim de semana. Dei folga para o Sean no domingo porque ele é religioso, de modo que é possível que tenhamos perdido alguma coisa. Mas fui até lá de tarde, umas 16 horas.

Outra vez, não nos encontramos por uma diferença de poucas horas.

— Por último, o prédio de Tori Giacomo mudou de dono duas vezes depois que ela morou lá. Os senhorios originais eram duas irmãs nonagenárias que morreram de morte natural. A propriedade foi a leilão, um especulador de Vegas a comprou barato e a revendeu para um consórcio de executivos de Koreatown. Nenhum registro de antigos inquilinos, o aroma de futilidade preenche o ar.

— Quando vai até a casa de Nora?

— Estou saindo do carro agora mesmo... — Ruído de uma porta batendo. — Estou caminhando até a porta dela. Toc toc... — Ergueu a voz até atingir um alto andrógino: — "Quem é?" "Tenente Sturgis." "Tenente Sturgis de quê?" Ouviu isso, Alex?

— O quê?

— Exato. Tudo bem, agora estou indo para a garagem... não cede, trancada. Onde está o aríete quando precisamos dele? Isso é tudo, pessoal, esta foi mais uma viagem inútil.

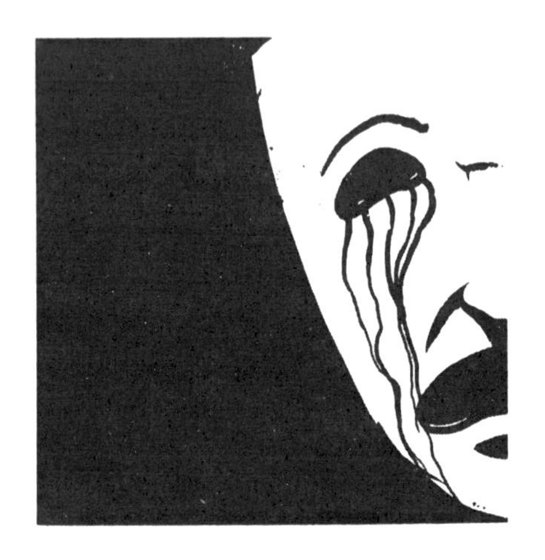

CAPÍTULO 20

Terça-feira pela manhã liguei para Robin, atendeu a secretária, desliguei. Em meu escritório, uma pilha empoeirada de boletins de psicologia acenou para mim. Um ensaio de vinte páginas sobre espasmos nas pálpebras de cobaias esquizofrênicas fez as *minhas* pálpebras se fecharem.

Fui até o tanque e alimentei as carpas. Para peixes, eram espertos, já se aglomeravam no momento em que eu descia a escada. É bom ser querido.

Ar morno e água fresca voltaram a me anestesiar. Depois o que vi foi o rosto enorme de Milo ocupando todo o meu campo visual.

Sorriso largo como um continente. O palhaço mais assustador do mundo. Murmurei algum tipo de saudação.

— O que há com você? — perguntou. — Dormindo no meio do dia como um velho excêntrico?

— Que horas são?

Ele disse. Havia se passado uma hora.

— O que virá a seguir, sapatos brancos e jantar às 16 horas?

— Robin cochila.

— Robin tem um trabalho de verdade.

Levantei-me e bocejei. Os peixes nadaram rapidamente em minha direção. Milo murmurou o tema de *Tubarão*. Em sua mão havia uma pasta. Tom de azul inconfundível.

— Outra? — perguntei.

Em vez de responder, subiu em direção à casa. Despertei afinal e o segui.

Sentou-se à mesa da cozinha, guardanapo enfiado no colarinho, pratos e talheres para um. Seis fatias de torradas, uma erupção vesuviana de ovos mexidos, copo de meio litro de suco de laranja pela metade.

Limpou os lábios.

— Adoro este lugar. Servem café da manhã o dia inteiro.

— Há quanto tempo está aqui?

— O suficiente para roubar tudo que é seu se quisesse. Por que não consigo convencê-lo a trancar a porta?

— Não aparece ninguém a não ser você.

— Isso não é uma visita, são negócios. — Garfou o monte de ovos, empurrou uma pasta azul em minha direção. Um segundo arquivo, diferente do primeiro. — Leia-os e desperte.

Dois casos de pessoas desaparecidas. *Gaidelas, A. Gaidelas, C.* Números de caso consecutivos.

— Mais duas garotas? — perguntei. — Irmãs?

— Leia.

Andrew e Catherine Gaidelas, 48 e 45, respectivamente, desapareceram dois meses depois de Tori Giacomo.

O casal, unido havia vinte anos, não tinha filhos. Eram donos de um salão de beleza em Toledo, Ohio, chamado Locks of Luck.* Estavam em L.A. na primavera em uma viagem de férias. Estiveram em Sherman Oaks com a irmã de Cathy e seu cunhado, o Dr. e a Sra. Barry Palmer. Em uma terça-feira clara e radiante de abril, os Palmers foram trabalhar e os Gaidelas foram caminhar nas montanhas de Malibu. Nunca mais foram vistos.

Relatório idêntico em ambos os arquivos. Li o de Catherine.

— Não diz onde em Malibu.

— Não diz várias coisas. Continue lendo.

Os fatos eram incompletos, sem vínculo aparente com Michaela ou Tori. Estaria esquecendo alguma coisa? Então, cheguei ao último parágrafo.

A irmã de C. Gaidelas, Susan Palmer, afirma que Cathy e Andy disseram ter vindo à Califórnia de férias mas acabaram decidindo ficar mais um pouco para poderem "começar a carreira de atores". S. Palmer diz que sua irmã já fizera alguns trabalhos como "modelo e atriz de teatro" após o colégio e costumava falar em se tornar atriz. A. Gaidelas não tinha experiência, mas todos em casa o achavam um sujeito bonitão "parecido com Dennis Quaid". S. Palmer afirma que Andy e Cathy estavam cansados de administrar um salão de beleza e não gostavam do frio de Ohio. Cathy disse que achava que eles poderiam conseguir alguns comerciais porque eram "americanos típicos". Ela também falou em "levar a coisa a sério e fazer aulas de atuação", e S. Palmer acha que Cathy entrou em contato com algumas escolas de atores, mas não sabe dizer quais.

* Trocadilho com a palavra "*locks*", "cachos de cabelo", com o termo "*lots of luck*", "muita sorte". (*N. do T.*)

Atrás havia dois retratos coloridos.

Cathy e Andy Gaidelas eram louros de olhos azuis com sorrisos contagiantes. Cathy posava em um vestido preto sem mangas com bordas de strass, e brincos combinando. Rosto largo, ombros rechonchudos, tinha cabelo platinado, queixo forte, nariz fino e reto.

O marido tinha cabelo louro-acinzentado, rosto longo e uma camisa branca amarrotada que expunha cachos alourados de pelos no peito. Achei que seu sorriso torto tinha um charme de Dennis Quaid. Mas não vi nenhuma outra semelhança com o ator.

Típico casal americano avançado na meia-idade. Deviam se candidatar a papéis de pais e mães em comerciais. Vendedores de comida de cachorro, comida congelada, sacos de lixo...

Fechei o arquivo.

— Candidatos ao estrelato desaparecidos — disse Milo. — Estou me fazendo entender?

— Como descobriu?

— Verificando outros casos de pessoas desaparecidas ligadas ao mundo da dramaturgia ou a Malibu. Como sempre, o computador não acusou nada, mas um xerife detetive lembrou-se de que os Gaidelas eram aspirantes a atores. Para ele, não foi homicídio, apenas dois adultos se escondendo. Falei com o cunhado, um cirurgião plástico. Os Gaidelas ainda estão desaparecidos, a família se encheu dos xerifes, tentou três investigadores particulares. Os dois primeiros não deram em nada, o terceiro, uma mulher, levantou o fato de o carro de aluguel dos Gaidelas ter aparecido cinco semanas depois do desaparecimento, mandou-os uma conta altíssima e disse que era tudo o que podia fazer.

— Os xerifes nunca pensaram em mencionar o carro à família?

— Foi um caso de recuperação de veículo pela polícia de Ventura, os xerifes nem souberam.

— Onde foi encontrado?

— Camarillo. Um dos estacionamentos no grande shopping outlet que há lá.

— Lugar enorme — falei.

— *Você* já fez compras lá?

Duas vezes. Com Allison. Esperando enquanto ela provava roupas na Ralph Lauren e na Versace.

— Cinco semanas e ninguém notou o carro?

— Para mim, foi guardado em algum lugar e depois levado até lá — disse ele. — O contrato de aluguel dos Gaidelas era para duas semanas e, quando não devolveram o carro, a empresa começou a ligar para o número no formulário. Não obteve resposta. Quando a empresa tentou cobrar o tempo extra, descobriu que o cartão de crédito e o telefone celular dos Gaidelas haviam sido cancelados no dia seguinte a seu desaparecimento. A empresa continuou cobrando serviços com taxas de juros de usurário. A conta aumentou significativamente após trinta dias, a dívida foi entregue a uma agência de cobrança. A agência encontrou o número dos Gaidelas em Ohio, outro telefone desligado. O que lhe parece?

— Uma fuga.

— Dez pontos. De qualquer modo, os bens dos Gaidelas foram penhorados, acabou-se seu crédito na praça. A detetive particular número três pediu uma verificação de crédito e descobriu tudo. Os Palmers achavam que os Gaidelas não tinham fugido, os dois estavam muito empolgados com a ideia de seguirem carreiras de atores, adoravam a Califórnia.

— O carro foi revistado em busca de provas?

Ele balançou a cabeça.

— Não havia por que fazer perícia em um carro alugado recuperado. A essa altura, ninguém mais sabe onde está. Provavelmente vendido em leilão e levado para o México.

— O outlet de Camarillo fica a uns 2 quilômetros de Malibu — falei. — Os Gaidelas podem ter ido caminhar e depois passaram por lá, para comprar roupas para usarem durante as seleções de atores. Ou nunca voltaram das montanhas.

— Compras são improváveis, Alex. A última despesa que fizeram com cartão de crédito antes de a conta ser cancelada foi um almoço em um restaurante italiano em Pacific Palisades no dia anterior. Meu voto vai para uma caminhada que acabou mal. Casal de turistas desfrutando da paisagem, sem saber da existência de um predador.

Ele mexeu os ovos no prato.

— Nunca gostei de natureza. Acha que vale a pena investigar?

— Malibu e uma possível ligação com uma escola de atores o exigem.

— O Dr. Palmer disse que perguntaria à mulher se ela gostaria de falar. Dois minutos depois, a secretária da Dra. *Susan* Palmer telefonou, dizendo que quanto antes melhor. Susan tem um consultório dentário em Brentwood. Vou encontrá-la para tomar café em quarenta minutos. Deixe-me terminar o desjejum. Vou ter de lavar minha própria louça?

A Dra. Susan Palmer era uma versão mais magra, mais natural, da irmã. Um tom mais claro de louro em seu cabelo curto e em camadas, olhos azuis, uma constituição física que parecia muito magra para seu rosto largo. Vestia uma camisa de seda branca com gola alta, calça azul-marinho, sapatos de camurça azul com fivelas douradas. Rugas de preocupação emolduravam seus olhos e puxavam sua boca para baixo.

Estávamos em uma cafeteria chique em San Vicente, no coração de Brentwood. Gente elegante pedia complexos expressos de seis dólares e doces do tamanho da cabeça de uma criança. Havia reproduções de antigos moedores de café penduradas nas paredes revestidas de cedro. O jazz suave alternava-se com flautas peruanas. O cheiro de grãos torrados tomava o ar.

Susan Palmer pediu "um café gelado semicafeinado com baunilha de Sumatra, metade soja, metade leite integral, certifique-se de que seja integral, não desnatado".

Meu pedido de "café médio" confundiu o rapaz atrás do balcão.

Olhei para o menu.

— Mistura do dia, extraquente, médio.

— O mesmo — disse Milo.

O rapaz fez cara de que havia sido enganado.

Levamos nossas bebidas para a mesa com tampo de pinho que Susan Palmer escolhera na frente da cafeteria.

— Obrigado por se encontrar conosco, doutora — disse Milo.

Palmer olhou para sua bebida gelada e disse:

— Eu que devo agradecer. Afinal, alguém está interessado.

Seu sorriso foi abrupto e compulsório. Suas mãos pareciam ser fortes. Rosadas de tanto esfregar, unhas cortadas rentes. Mãos de dentista.

— Fico feliz em ajudar, senhora.

— Tenente, acabei aceitando que Cathy e Andy estão mortos. Talvez isso soe terrível, mas depois de todo esse tempo, não há outra explicação lógica. Sei do cancelamento do cartão de crédito e das contas de serviços públicos em Toledo, mas vocês têm de acreditar em mim: Cathy e Andy *não* fugiram para começar vida nova. Não há como terem feito isso, não faz parte do caráter deles. — Ela suspirou. — Cathy não teria *ideia* de para onde fugir.

— Por quê, doutora?

— Minha irmã era a pessoa mais *doce* do mundo, mas muito simplória.

— Fugas nem sempre são sofisticadas, Dra. Palmer.

— Um fuga é algo além de Cathy. *E* Andy. — Mexeu a bebida outra vez. O líquido bege espumou. — Deixe que eu lhe dê alguns antecedentes familiares. Nossos pais são professores aposentados. Papai ensinava anatomia no Medical College de Ohio e mamãe ensinava inglês na Universidade de Toledo. Meu irmão, Eric, é médico ph.D. e faz pesquisas de bioengenharia na Universidade de Rockefeller, e eu sou ortodontista estética. — Outro suspiro. — Cathy mal completou o secundário.

— Não gostava de estudar — falei.

— Agora sei que Cathy tinha dificuldade de aprendizado. Com isso, vinha toda a questão de autoestima que é de se esperar. Na época nós só achávamos que ela era... menos inteligente que o restante de nós. Não a tratávamos mal, ao contrário, nós a *mimávamos*. Ela e eu tínhamos um ótimo relacionamento, nunca brigamos. Ela é dois anos mais velha, mas sempre me senti a irmã mais velha. Todos na família eram carinhosos e gentis, mas acontecia que... Cathy *tinha* de sentir aquilo. Carinho em excesso. Quando ela anunciou seus planos de se tornar cosmetologista, nossos pais fizeram tanto barulho que parecia que ela estava ingressando em Harvard. — Ela bebeu um pouco e afastou a xícara alguns centímetros. — Mamãe e papai não são pessoas exuberantes. Quando meu irmão *de fato* entrou em Harvard, suas reações foram reservadas. Cathy devia saber que estavam sendo condescendentes com ela.

— Ela e o marido tinham um negócio — disse Milo. — Em termos da habilidade dela de planejar...

Susan Palmer girou a cabeça rapidamente.

— Em qualquer outra família, Cathy poderia se considerar uma pessoa bem-sucedida. Mas na nossa... o negócio surgiu após muito... como dizer isso... Cathy teve problemas. Quando era mais jovem.

— Problemas de adolescente? — perguntou Milo.

— Cathy teve uma adolescência estendida. Drogas, bebidas, relacionando-se com as pessoas erradas. Oito anos depois de terminar o colégio ela ainda morava com meus pais e nada fazia a não ser dormir tarde e ir a festas. Algumas vezes, acabou na emergência de um hospital. Por isso meus pais ficaram *animados* quando ela começou a estudar cosmetologia. Foi onde ela conheceu Andy. Um par perfeito.

— Andy também era estudante? — perguntou Milo.

— Andy também teve problemas para terminar o secundário — disse Susan Palmer. — Ele era legal... legal para Cathy, que era o que importava. Ambos conseguiram empregos como cabeleireiros em salões locais. Mas suas rendas não aumentaram muito após dez anos, ainda viviam em um pequeno apartamento. Então, nós os ajudamos. Barry e eu, meu irmão e a esposa, mamãe e papai. Encontramos um antigo prédio comercial, reformamos o lugar, compramos equipamentos. Oficialmente era um empréstimo. Mas ninguém falava em pagamento.

— Locks of Luck — falei.

— Piegas, não? Foi ideia do Andy.

— Ganhavam dinheiro? — perguntou Milo.

— Nos últimos anos estavam conseguindo algum lucro. Mamãe e papai ainda ajudavam.

— Mamãe e papai estão em Toledo?

— Geograficamente em Toledo. Psicologicamente, em estado de negação.

— Acham que Cathy e Andy estão vivos.

— Estou certa de que às vezes chegam a *acreditar* nisso — disse Susan Palmer. — Em outras... digamos apenas que tem sido difícil. A saúde de mamãe se deteriorou e papai envelheceu muito. Se descobrir *alguma coisa*, estará ajudando pessoas muito boas.

— Você tem alguma teoria sobre o que aconteceu? — perguntou Milo.

— A única que faz sentido é que Cathy e Andy estavam caminhando nas montanhas e encontraram um maluco. — Susan Palmer fechou e abriu os olhos. — Apenas imagino. Não *quero* imaginar.

— Na manhã em que saíram para caminhar, aconteceu algo de anormal?

— Não, era uma manhã como qualquer outra. Barry e eu tínhamos um dia cheio de pacientes, estávamos realmente atarefados. Cathy e Andy estavam acordando quando saímos, animados com a ideia de explorarem a natureza. Barry e eu estávamos com tanta pressa que não prestamos muita atenção. — Seus olhos se enevoaram. — Como poderia saber que era a última vez que eu veria minha irmã? — Bebeu um gole. — Eu fui *muito clara* ao dizer que queria leite *integral*. Esse aqui é *desnatado. Idiotas.*

— Vou pedir outro — disse Milo.

— Esqueça — disse ela. A ponto de chorar. Seu rosto relaxou. — Não, obrigada, tenente. O que mais posso lhe dizer?

— Cathy e Andy mencionaram para onde iriam em Malibu?

— Barry e eu achávamos que eles haviam gostado do mar, mas eles tinham um livro guia e queriam ir a algum lugar no alto da Kanan Dume Road.

— Onde em Kanan Dume?

— Não saberia dizer — disse Susan Palmer. — Só me lembro de eles nos mostrarem um mapa no livro. Parecia haver muitas curvas, mas era o que queriam. Dissemos tudo isso aos xerifes e eles verificaram a área. Francamente, não confio neles, nunca nos levaram a sério. Barry e eu passamos muitas horas dirigindo no interior de Malibu. — Ela suspirou. — Muito espaço.

— O carro deles foi encontrado a 40 quilômetros ao norte de Kanan Dume — eu disse.

— Por isso acho que o que aconteceu, seja o que for, ocorreu nas colinas. Deve ter sido assim, certo? Por que alguém cancelaria o cartão de crédito de Cathy e Andy a não ser que estivesse ocultando algo terrível? O mesmo se aplica ao abandono do carro. Foi para nos despistar.

— Cathy e Andy conheciam o outlet?

— Nunca falamos sobre o lugar, mas talvez tenham lido no guia. — Ela apoiou os cotovelos sobre a mesa. — Minha irmã e meu cunhado eram pessoas simples e objetivas. Se disseram que iam caminhar em Malibu, foram caminhar em Malibu. Não há *como* eles desaparecerem e se envolverem em alguma aventura maluca.

— Eles tinham uma fantasia — falei.

— Como assim?

— Representar.

— *Aquilo* — disse ela. — Nos oito anos depois do curso secundário, Cathy se convenceu de que se tornaria atriz. Ou modelo, dependendo do dia. Não que tivesse feito grandes coisas nesse sentido, fora ler revistas de fofoca. Minha mãe conhecia o dono da loja de departamentos Dillman's e deram a Cathy um trabalho para desfilar com roupas de primavera. Cathy era bonita, quando jovem era linda. Mas na época era um tanto mais velha e não exatamente anorética. — Ela inspirou e prendeu a respiração durante vários segundos. — Fui até lá de avião para ver o desfile. Mamãe e eu nos sentamos na primeira fila e ambas compramos roupas das quais não precisávamos. Na primavera seguinte, a Dillman's não chamou Cathy de volta.

— Como ela reagiu? — perguntei.

— Não reagiu. Cathy era assim, ela aceitava as humilhações, como se merecesse ser desapontada. Nós todos *odiávamos* quando Cathy ficava desapontada. Foi por isso que mamãe a encorajou a estudar teatro. Educação de adultos no centro comunitário, reapresentações de musicais, esse tipo de coisa. Mamãe queria Cathy *envolvida* em alguma coisa e Cathy finalmente concordou. Parecia estar se divertindo. Então ela parou e anunciou que se tornaria cosmetologista. Por isso, Barry e eu ficamos chocados quando ela e Andy chegaram e disseram que iam tentar carreira como atores.

— Era um sonho de Andy, também?

— Era o sonho de Cathy, mas Andy embarcou nele, como todos nós.

— Isso contribui para um bom casamento — disse Milo.

— Andy e Cathy eram melhores amigos. Era quase... não quero dizer platônico, mas a verdade é que sempre me perguntei, assim como meu marido, meu irmão e qualquer um que conhecesse Andy também já se perguntou, se ele não seria...

— Se ele não seria o quê?

— Se ele não seria gay.

— Porque ele era cabeleireiro — disse Milo.

— Mais que isso. Andy definitivamente tinha um lado feminino. Era bom com roupas, decoração e culinária, e isso parece preconceito, mas se o conhecesse, compreenderia. — Ela piscou. — Talvez fosse um heterossexual afeminado. Mas isso não importa, certo? Ele *amava* minha irmã. Eles adoravam um ao outro.

— O arquivo de pessoas desaparecidas menciona algo sobre aulas de teatro — disse Milo.

— É mesmo?

— Está surpresa, doutora?

— Contei isso ao xerife, mas não fazia ideia que ele tinha anotado. É importante?

— Qualquer coisa a respeito das atividades de Cathy e Andy durante sua viagem a L.A. pode ser importante. Mencionaram escolas específicas?

— Não, só falavam de coisas de turista. Disneylândia, Universal City Walk, Hollywood e Vine. Foram ao museu de Hollywood em Vine, ao antigo prédio da Max Factor. Adoraram aquilo por causa da ênfase em cabelos e maquiagem. Andy só falava do Salão Louro, do Salão Moreno. Talvez tenham encontrado uma escola de atores em Hollywood. Deve haver alguma por lá, não?

— Várias.

— Gostaria de verificar, tenente. Vou ligar para cada uma delas.

— Eu o farei, Dra. Palmer.

Ela olhou para ele com uma expressão desconfiada.

— Juro.

— Desculpe, é que... preciso relaxar e confiar em alguém. Tenho um bom pressentimento em relação a você, tenente.

Milo corou.

— Tomara que eu esteja certa — disse Susan Palmer.

CAPÍTULO 21

Milo conversou com Susan Palmer mais dez minutos, detendo-se em perguntas em aberto, fazendo funcionar pausas e silêncios.

Boa técnica, mas que em nada resultou. Ela falou sobre o quanto sentia falta da irmã, referindo-se a ela exclusivamente no pretérito. Quando se levantou, seus olhos estavam vermelhos.

— Tenho um consultório repleto de maloclusões. Por favor, mantenham contato.

Nós a observamos atravessar o estacionamento e entrar em uma BMW 740 prateada. A placa era: I STR8 10.

— O consultório fica a dois quarteirões daqui, mas ela vai de carro — disse Milo.

— Californiana — observei. — Algo que a irmã desejava ser.

— Aulas de teatro e uma caminhada até Kanan Dume. Não pode ser coincidência. A pergunta é como os Gaidelas se encaixam com um par de jovens vítimas de rosto bonito?

— Aquela jovem com quem falamos, Briana, disse que Nora rejeitava alunos por outros motivos afora talento.

— Ela os quer jovens e bonitos — disse ele. — Cathy e Andy eram velhos demais e Cathy era gorda. Então o que houve? Foram descartados pela PlayHouse *e* assassinados? Isso é que é ser rejeitado em uma seleção.

— Talvez a óbvia vulnerabilidade deles tenha atraído um predador.

— Alguém na escola os detecta e os segue? — Olhou para fora da janela e voltou o olhar para mim.

— Pode ter sido assim que Tori Giacomo foi escolhida — disse eu. — Se seu ex-marido está certo quanto a ela estar saindo com alguém, é de se imaginar que esta pessoa viria à tona quando ela desapareceu. A não ser que tivesse algo a ver com a morte.

— Um predador bem-apessoado. Como Meserve. O que terá sido? Propôs um triângulo amoroso aos Gaidelas e a festa gorou?

— Ou apenas propôs ajudá-los em suas carreiras.

— É — disse ele. — Isso me parece possível.

— Por outro lado, Reynold Peaty pode observar todo o rebanho na PlayHouse.

— Aquele cara... Vamos ver se Sean viu alguma coisa. — Tentou o número de Binchy, fez uma careta, desligou. — Fora de área. Talvez as frequências estejam sendo perturbadas por emanações de café moca ambientalmente conscientes.

— O apego de Nora pela juventude é interessante — disse eu.

— Por quê? Isso só a torna igual a todo mundo no showbiz.

— Mas ela não tem motivação econômica. A escola é um projeto sem fins lucrativos, então por que ser tão exigente?

A não ser que aquilo que de fato ela deseja seja ter um lugar para arranjar casos amorosos.

— Para escolher os garanhões — disse Milo.

— E, quando eles se aproximam demais, o irmão Brad os expulsa. Ou acha que o faz.

— Tudo bem, ela é uma mulher de meia-idade libidinosa. Como os Gaidelas se encaixam nisso?

— Não sei, mas quando Susan Palmer descrevia a situação de sua família, percebi semelhanças entre Cathy e Nora. Ambas cresceram com dificuldade. Conexões familiares deram a Cathy uma oportunidade como modelo de passarela que ela não conseguiu aproveitar. Nora só conseguiu uma participação em uma série que não a levou a lugar algum. Cathy tinha um problema crônico com drogas. Nora fuma maconha para viver. Afinal, ambas receberam negócios montados por suas famílias. O salão de Cathy vinha dando lucro nos últimos tempos, o que quer dizer que deu prejuízo durante anos. A fortuna da família Dowd impediu que Nora sofresse algum tipo de pressão financeira mas, no fim das contas, temos um par de filhas pródigas. Talvez a aparição de Cathy na PlayHouse tenha evocado algo em Nora que ela não desejava.

— Cathy é parecida demais com ela, então Nora a mata? Isso é um tanto abstrato, Alex. Como Nora saberia da história de Cathy se a rejeitou na seleção?

— E se Cathy teve uma chance de se apresentar? — perguntei. — Nora é ótima em revelar a alma das pessoas.

— Cathy se abriu e aquilo fez Nora se retorcer na cadeira? Ótimo, mas não vejo epifanias arrebatadas como motivo para um assassinato. Tudo o que Nora tinha de fazer era mandar Andy e ela embora e se concentrar no próximo garanhão. E se memórias desagradáveis estão em pauta, como Michaela se encaixa? Ou Tori Giacomo, que desapareceu *antes* dos Gaidelas? Isso parece mais uma coisa sexual, Alex. Exatamente o que você disse: algum psicopata observa o rebanho e escolhe os mais fracos. Cathy podia estar muito velha para virar uma estrela, mas não era feia. Para um sujeito como Peaty ela pode ter parecido muito sensual, não acha?

— Peaty foi pego espreitando colegiais. Michaela e Tori se encaixariam, mas...

— Cathy não. Então, talvez ele não seja tão limitado quanto sugere aquele comportamento de troglodita. Ou Cathy despertou-lhe algo. Lembranças queridas de alguma prostituta de boteco que o rejeitou em Reno. Droga, talvez Cathy o tenha feito se lembrar de sua *mãe* e ele surtou. Vocês ainda acreditam naquela coisa de Édipo?

— Acontece.

— Sem falar no velho crânio, certo? — Ele se levantou e passou a caminhar a esmo. — Se é algo sexual, pode haver mais vítimas. Mas vamos nos concentrar nas que conhecemos. O que elas têm em comum é a escola de atores e/ou as colinas de Malibu.

— Uma pessoa com ligações com ambas as coisas é Meserve — falei. — Ele supostamente escolheu Latigo para a farsa porque já fizera caminhadas por lá. Nora ficou furiosa com aquilo, mas em vez de mandá-lo embora, promoveu-o. Talvez não estivesse completamente desinformada sobre o assunto.

— Dylan e Nora planejaram a farsa? Por quê?

— O verdadeiro jogo da representação. Dois atores fracassados escrevendo um roteiro. Descartando os figurantes. *Isso* parece Hollywood.

— Nora faz a coreografia, Meserve representa.

— Nora *dirige*. É o que todos no ramo desejam fazer.

A cafeteria ficou mais quente e barulhenta quando todas as mesas lotaram. Gente elegante começou a se aglomerar do lado de fora. Olhares impacientes voltavam-se em nossa direção.

Milo fez um sinal com o dedo e fomos embora. Uma mulher murmurou:

— Até que enfim.

Fomos à delegacia e topamos com Sean Binchy saindo do escritório de Milo. Os Doc Martens de Binchy brilhavam tanto quanto seu cabelo ruivo com gel.

— Ei, Loot. Acabei de ligar para você.

— Eu que tentei ligar para *você* — disse Milo. — Algo de novo sobre Peaty?

Binchy estava radiante.

— Podemos prendê-lo se quiser. Dirigindo sem carteira.

— Ele tem carro?

— Uma minivan vermelha marca Datsun, velha e arruinada. Ele a estaciona na rua, a três quadras de seu apartamento, o que mostra intenção de ocultar o veículo, certo? As placas são frias, originalmente eram de um Chrysler sedan que virou sucata há dez anos. A proprietária era uma velhinha de Pasadena. Literalmente, Loot. E adivinhe só, foi exatamente para lá que Peaty foi dirigindo esta manhã. Dez Leste, 110 Norte, saiu em Arroyo Parkway e então pegou ruas secundárias.

— Para ir aonde?

— A um prédio de apartamentos no lado leste da cidade. Tirou esfregões e material de limpeza da van e foi trabalhar. Tentei ligar para você, mas seu celular não estava recebendo chamadas.

— O maldito café metido a besta deu interferência — disse Milo.

— O quê?

— Volte ao prédio de Peaty esta noite, Sean. Veja se consegue o número de identificação da van e a rastreie.

— Claro — disse Binchy. — Fiz mal em interromper a vigilância, Loot? Tinha umas coisinhas que eu precisava fazer aqui.

— Como o quê? — perguntou Milo.

Sean ficou inquieto.

— O capitão me chamou ontem, eu estava querendo lhe dizer. Quer que eu trabalhe em um novo caso com Hal Prinski, loja de bebidas roubada e espancamento com cabo de arma na Sepulveda. Roubo não é a minha, mas o capitão disse que preciso aumentar minha experiência. Não estou certo do que o detetive Prinski vai querer de mim. O que sei é que vou fazer o possível para voltar a Peaty.

— Agradeço, Sean.

— Lamento muito, Loot, por mim não faria outra coisa senão trabalhar para você. Seu negócio é interessante. — Ele deu de ombros. — Aquele carro ilegal reitera o fato de Peaty ser marginal.

— Reitera — disse Milo.

Binchy riu.

— Uma palavra nova por dia. Ideia de Tasha. Ela leu em algum lugar que o cérebro começa a deteriorar após a puberdade. Tipo, estamos todos apodrecendo, sabia? Ela faz palavras cruzadas, jogos de palavras, para exercitar o cérebro. Para mim, ler a Bíblia é exercício bastante.

— A van reitera, Sean — disse Milo. — Se você não puder mais ficar com Peaty, avise-me imediatamente.

— Claro. Quanto à ligação de agora há pouco, também diz respeito a Peaty. Indivíduo chamado Bradley Dowd. O nome está no arquivo de Michaela Brand. É o chefe de Peaty.

— O que ele queria?

— Não disse, só que podia ser importante. Soava bastante apressado, não queria falar comigo, só com você. O número que deixou foi de um celular que não está no arquivo.

— Onde está?

— Junto a seu computador. Que eu percebi que estava desligado.

— E daí?

— Bem — disse Binchy —, não quero ensiná-lo a trabalhar, mas às vezes é melhor deixá-lo ligado direto, especialmente uma máquina tão antiga. Porque o próprio boot pode provocar um pico de voltagem e...

Milo passou por ele. Bateu a porta.

— ...drenar energia. — Binchy sorriu para mim.

— Ele teve um dia cheio — falei.

— Geralmente tem, Dr. Delaware. — Afastando um punho de manga francesa, Binchy examinou um relógio Swatch laranja brilhante. — Uau, já é meio-dia. Subitamente, desejo um burrito do Jones. Olá, máquina de venda. Tenha um bom dia, doutor.

Abri a porta de Milo e quase trombei com ele saindo da sala. Continuou andando e eu corri para acompanhá-lo.

— Para onde vamos?

— Para a PlayHouse. Recebi uma ligação de Brad Dowd. Tem algo para nos mostrar. Falava rápido, mas não me pareceu apressado. Parecia assustado.

— Ele disse por quê?

— Algo a ver com Nora. Perguntei se ela estava ferida e ele disse que não, então desligou. Achei melhor esperar estar cara a cara com ele antes de colocar em prática meus poderes de percepção.

CAPÍTULO 22

O portão da propriedade da PlayHouse estava aberto. Um céu pesado de neblina marítima escurecia a grama e adensava o verde da casa, tornando-o quase mostarda.

Bradley Dowd encontrava-se em frente à garagem. Uma das portas estava aberta. Dowd vestia um casaco preto de casimira sobre calça marrom e sandália preta. A neblina fazia seu cabelo grisalho parecer coberto de fuligem.

Nenhum sinal de seu Porsche na rua. Um Corvette vermelho dos anos 1960 estava estacionado mais acima. Todos os outros veículos à vista eram carros de luxo.

Dowd acenou quando estacionamos, junto ao meio-fio. Algo metálico brilhava em sua mão. Quando chegamos à garagem, ele abriu a porta. O exterior surrado era enganador. Lá dentro o chão era de cimento preto polido e as paredes revestidas de cedro eram adornadas com cartazes de corrida. Luzes halogênicas brilhavam no teto.

Garagem para três carros, todas as vagas ocupadas.

À esquerda havia um Austin Healy verde impecavelmente restaurado, rebaixado, agressivo. Junto a este, outro Vette, branco, cromado. Estilo de carroceria mais leve que o que estava estacionado na rua. Luzes traseiras em forma de mamilos. Um de meus professores de graduação tinha um carro parecido. Alegava ser um modelo 53.

Um filtro de poeira ressonava entre os dois carros esporte, mas aquilo não adiantava muito para o Toyota Corolla marrom amassado na vaga da direita.

Brad Dowd disse:

— Cheguei aqui há uma hora em meu Sting Ray 63 que acabou de sair da regulagem. — A coisa brilhante em sua mão era um cadeado com segredo. — Esta porcaria estava estacionada onde o Stinger deveria estar. As portas estavam destrancadas, de modo que verifiquei o registro. É de Meserve. Há algo no banco da frente que me assustou um pouco.

Milo passou por ele, contornou o Corolla, olhou dentro do carro, voltou.

— Viu? — perguntou Brad Dowd.

— O globo de neve

— É aquele sobre o qual falei. Quando Nora rompeu com ele deve ter devolvido. Não acha um tanto estranho ele tê-lo guardado nesta carroça? E estacioná-la na minha vaga? — A mandíbula de Dowd tremeu. — Liguei para Nora ontem, sem resposta. O mesmo hoje. Ela não tem obrigação de me informar sobre suas idas e vindas, mas geralmente ela retorna minhas ligações. Vou à casa dela, mas primeiro queria que você visse isso.

Albert Beamish vira Nora saindo de carro havia quatro dias. Milo nada disse a esse respeito.

— Meserve alguma vez deixou o carro dele aqui, Sr. Dowd?

— Droga, não. Nora usa o prédio principal para as aulas, mas a garagem é minha. Estou sempre com problemas de lotação.

— Muitos carros?

— Alguns. Às vezes reservo vagas em meus prédios, mas nem sempre é o suficiente. Costumava ter um hangar no aeroporto, o que é perfeito porque é perto do meu escritório. Então, por exigência dos donos de jatos, o aluguel subiu. — Brincou com o cadeado. — O que me incomoda é que apenas Nora e eu sabemos o segredo. Queria que ela a soubesse para o caso de um incêndio ou algum desastre. Ela não a revelaria para *ele*.

— Você está certo disso — disse Milo.

— Como assim?

— Nora é adulta, senhor. Talvez tenha escolhido desconsiderar seu conselho.

— Sobre Meserve? De modo algum, Nora concordou comigo a respeito daquele marginal. — Brad baixou a mão e balançou o cadeado. — E se ele a forçou a abrir?

— Por que faria isso, senhor?

— Para esconder aquela *coisa* — disse Dowd. Olhou para o Toyota. — Deixou aquele globo idiota ali... há algo errado. O que fará a respeito?

— Alguma ideia de há quanto tempo o carro está aqui?

— Não mais de duas semanas, porque foi quando levei o Stinger para a regulagem.

Milo circundou o carro outra vez.

— Não parece haver muito mais aqui afora o globo.

— Não há — disse Dowd, retorcendo as mãos. O cadeado fez clique. Ele o pendurou na tranca da porta e voltou, balançando a cabeça. — Eu a *adverti* sobre ele.

— Tudo o que temos é o carro dele — disse Milo.

— Eu sei, eu sei. Estou exagerando?

— É normal se preocupar com sua irmã, mas não cheguemos a conclusões.

— O que faço com essa carroça?

— Vamos rebocar a carroça para o depósito da polícia.

— Quando?

— Vou ligar agora mesmo.

— Obrigado. — Brad Dowd bateu os pés enquanto Milo fazia a chamada.

— Em meia hora, Sr. Dowd.

— Ótimo, ótimo. Sabe o que mais está me incomodando? Aquela garota... Brand. Ela se envolveu com Meserve e veja o que aconteceu com *ela*. Nora confia em qualquer um, tenente. E se ele apareceu, ela o convidou a entrar e ele se tornou violento?

— Verificaremos o carro em busca de sinais de violência. Tem certeza de que sua irmã e você são os únicos que têm o segredo?

— Total certeza.

— Nora não poderia ter dado o segredo para Meserve? Quando ainda estava interessada nele?

— Ela nunca se *interessou* por ele. Foi apenas um flerte temporário. — Dowd mordeu o lábio. — Ela nunca diria o segredo para ele. Eu explicitamente a proibi de fazê-lo. Mas não é lógico, de qualquer modo. Se ela queria abrir a garagem, podia fazê-lo ela mesma. O que não faria, porque ela sabia que o Stinger ia voltar para cá.

— Ela sabia quando?

— Por isso liguei para ela ontem. Para dizer que o traria de volta. Ela não atendeu.

— Então ela não sabia — disse Milo.

— Vou tentar ligar para a casa dela outra vez. — Pegou um pequeno celular preto e brilhante e digitou um código de dois dígitos. — Ninguém responde.

— Reynold Peaty poderia ter descoberto o segredo, senhor? Trabalhando aqui?

Os olhos de Dowd se arregalaram.

— Reynold? Por que ele o faria? Há algo a respeito dele que vocês não me contaram?

— Acontece que ele dirige. Tem um veículo não registrado.

— O quê? Por que diabos faria isso? Pago um consórcio de vans para trazê-lo ao trabalho e levá-lo de volta para casa.

— Hoje ele foi trabalhar em Pasadena dirigindo — Milo leu o endereço escrito no bloco.

— É, o prédio é meu. Oh, meu Deus... tem certeza... Claro que tem, obviamente o andou seguindo. — Dowd correu um polegar pelos cabelos brancos. A outra mão se fechou. — Na primeira vez que conversamos, perguntei se deveria me preocupar com ele. Agora está me dizendo que devo. — Brad cobriu os olhos com a mão trêmula. — Ele fica sozinho com minha irmã. Isso é um pesadelo. Não posso contar para Billy.

— Onde está Billy?

— Esperando por mim no escritório... O negócio é encontrar *Nora*. Que diabos fará a respeito, tenente?

Milo olhou para a PlayHouse.

— Você verificou lá?

— Lá? Não... Oh, meu Deus! — Brad Dowd correu em direção ao prédio subindo a escada da varanda com passadas largas, dois degraus por vez, remexendo os bolsos. Milo foi atrás dele e, quando Dowd girou a chave, Milo segurou-lhe a mão.

— Eu primeiro, senhor.

Dowd pensou em reagir, mas acabou concordando.

— Ótimo. Vá. Rápido.

Brad posicionou-se no lado leste da varanda, onde se encostou no parapeito e olhou para a garagem. O sol despontou através da neblina marítima. As folhas voltaram a ficar verdes. O Corvette vermelho de Dowd assumiu um tom alaranjado.

Seis minutos silenciosos se passaram antes que a porta se abrisse. Milo disse:

— Não parece uma cena de crime, mas vou chamar os peritos e pedir que deem uma olhada se você quiser.

— O que isso vai implicar? Vão estragar o lugar?

— Haverá pó de identificação de digitais, mas nenhum dano estrutural, a não ser que descubram algo.

— Como o quê?

— Sinais de violência.

— Mas você não viu nenhum?

— Não, senhor.

— Precisa de minha permissão para trazer seu pessoal?

— Sem causa provável, preciso.

— Então não vejo por quê. Deixe-me entrar, eu lhe digo rapidamente se alguma coisa está errada.

Havia carvalho polido em toda parte.

Paredes revestidas, chão de tábua corrida, vigas no teto, janelas com molduras. Madeira cortada e polida havia um século, com cor de bourbon envelhecido e unida por juntas de encaixe. Madeira mais escura — nogueira preta — fora usada para os pinos. Cortinas de veludo marrom cobriam algumas das janelas.

Outras não tinham cortinas, revelando vitrais. Flores, frutas, plantas, trabalho de alta qualidade, talvez Tiffany.

Não havia muita luz natural. A casa estava escura, silenciosa, e era maior do que parecia quando vista da rua. Possuía um modesto hall que dava acesso a duas salas. O cômodo que outrora fora a sala de jantar estava ocupado por cadeiras estofadas de brechó, almofadas de vinil, tatames enrolados, amortecedores de impacto de borracha. Uma porta aberta oferecia um relance de uma cozinha branca.

Um palco fora construído nos fundos da antiga sala de visitas. Trabalho grosseiro de compensado e vigas de madeira de qualidade duvidosa que contrastava com os encaixes perfeitos e as superfícies brilhantes do restante da casa. Três fileiras de cadeiras dobráveis na plateia. Havia fotografias grudadas na parede externa, muitas em preto e branco. Pareciam ser de filmes antigos.

Brad Dowd disse:

— Tudo parece normal. — Seus olhos voltaram-se para uma porta aberta, à direita do palco. — Olhou nos fundos?

Milo assentiu.

— Sim, mas fique à vontade.

Dowd foi até lá e eu o segui. Um corredor curto e escuro levava a dois pequenos cômodos com um antigo lavabo entre eles. Quartos de dormir de outrora revestidos com ripas de madeira até a metade das paredes, pintadas de verde-oliva dali para cima. Um cômodo estava vazio, os outros armazenavam cadeiras dobráveis adicionais e era decorado com mais fotografias de filmes. Ambos os armários estavam vazios.

Brad Dowd entrou e saiu rapidamente. A tranquilidade de surfista de meia-idade que vi na casa dele fora substituída por uma inquietação de galo de briga.

Nada como a família para deixá-lo inquieto.

Ele foi embora. Fiquei mais algum tempo e olhei para as fotografias. Mae West, Harold Lloyd, John Barrymore. Doris Day e James Cagney em *Ama-me ou esquece-me*. Veronica Lake e Alan Ladd em *A dália azul*. Voight e Hoffman em *Perdidos na noite*. Rostos em preto e branco que não reconheci. Uma seção devotada a atores jovens. As Lennon Sisters. A Família Dó Ré Mi. A Família Sol Lá Si. Os Cowsills. Um quarteto de crianças sorridentes com calças bocas de sino chamados Kolor Krew.

Voltei à sala da frente. Milo e Brad Dowd estavam sentados na borda do palco. Dowd estava de cabeça baixa. Milo dizia:

— Pode ajudar lembrando aonde sua irmã costuma ir quando viaja.

— Ela não deixaria aquela coisa na garagem.

— Estou aventando todas as hipóteses, Sr. Dowd.

— Quando viaja... Tudo bem, ela vai a Paris todo ano, em meados de abril. Fica no Crillon, custa uma fortuna. Às vezes vai para o sul, aluga um pequeno *château*. O maior período de tempo que ficou fora foi um mês.

— Algum outro lugar?

— Ela costuma viajar muito: Inglaterra, Itália, Alemanha... mas a França é o lugar que ela realmente prefere. Fala um francês de colégio, nunca teve nenhum desses problemas de que ouvimos falar.

— E aqui, nos Estados Unidos?

— Esteve em um spa no México algumas vezes — disse Dowd. — Em Tecate. Acho que ela também vai a um lugar em Ojai. Ou Santa Barbara, algum lugar nas redondezas. Ela gosta desse negócio de spa. Acha que pode ter sido isso? Ela só quer ser mimada e eu estou me preocupando à toa? Droga, talvez Meserve soubesse o segredo, guardou aquela porcaria ali, Nora não sabe de nada e está tomando banho de lama ou algo assim. — Seus dedos tamborilaram sobre o joelho. — Vou ligar para todos os malditos spas no estado.

— Eu farei isso, senhor.

— Quero fazer *alguma coisa*.

— Ajude-me a pensar — disse Milo. — Nora mencionou *alguma coisa* sobre viajar recentemente?

— Definitivamente não — disse Brad. — Vou verificar com Billy, depois vou à casa de Nora, tenente. Ela não gosta que eu use a chave, mas e se ela caiu e precisa de ajuda?

— Quando foi a última vez que se lembra de tê-la visto com Meserve? — perguntou Milo.

— Depois que Meserve fez aquela farsa e ela me assegurou de que havia acabado.

Milo nada disse.

Dowd riu com amargura.

— Então, o que esse maldito carro está fazendo aqui, certo? Não faço ideia.

— Sua irmã é adulta.

— Supostamente — disse Brad Dowd em voz baixa.

— É difícil ser o responsável — falei.

— É, é uma beleza.

— Então você tem a chave da casa de Nora — disse Milo.

— Em meu cofre, no escritório, mas nunca a usei. Ela me deu a chave há alguns anos, pelo mesmo motivo que lhe dei o segredo da garagem. Se ela não estiver em casa, talvez eu dê uma olhada nas coisas. Ver se consigo encontrar o passaporte dela. Não sei onde ela o guarda, mas posso tentar. Embora ache que posso descobrir mais depressa, basta ligar para as empresas aéreas.

— Depois do 11 de Setembro, ficou um pouco complicado — disse Milo.

— Cretinices burocráticas?

— Sim, senhor. Nem mesmo posso ir à casa de sua irmã com você, a não ser que ela tenha lhe dado permissão explícita para levar convidados.

— Convidados — disse Brad Dowd. — Como se estivéssemos dando uma maldita festa... Não, ela nunca fez isso. A verdade é que eu nunca estive lá sem Nora. Nunca pensei que *precisaria*. — Limpou poeira invisível do suéter. — Vou demitir Reynold.

— Por favor, não o faça — disse Milo.

— Mas...

— Não há provas contra ele, Sr. Dowd, e não quero alertá-lo.

— Ele é um maldito *pervertido* — disse Brad Dowd. — E se ele fizer algo no trabalho? Quem seria processado? O que mais deixou de me dizer?

— Nada, senhor.

Dowd olhou para Milo.

— Tenente, desculpe se isso atrapalha sua investigação, mas *vou* demiti-lo. Assim que falar com meu advogado e meu contador, me certificar de que está tudo de acordo com a lei. É meu direito cuidar de meu negócio...

— Estamos de olho em Peaty — disse Milo. — Portanto, a possibilidade de ele sair da linha é nula. Preferiria que não o demitisse.

— Você *preferiria* — disse Dowd. — *Eu* preferiria não ter de lidar com os erros de outras pessoas.

Ele nos deixou, passou pelas fileiras de cadeiras dobráveis. Chutou uma perna de metal. Amaldiçoou em surdina.

Milo permaneceu no palco, segurando o queixo.

Espetáculo solo. O Detetive Triste.

Brad Dowd foi até o hall de entrada e olhou para trás.

— Planejam dormir aqui? Vamos, tenho de trancar a casa.

CAPÍTULO 23

Milo chegou ao meio-fio e observou o Corvette se afastar.

— Você queria que Brad levasse Peaty mais a sério — falei.

Ele limpou a parte de trás da calça.

— Hora de cobrir a retaguarda. Se alguma coisa ruim aconteceu com Nora, ele vai procurar alguém a quem culpar.

— Você não disse a ele que Nora saiu na sexta-feira à noite.

— Minha honestidade tem limite. Em primeiro lugar, Beamish não viu quem estava no carro. Segundo, não há lei que a obrigue a ficar em casa. Pode ter saído para beber. Ou de fato tinha planos de viajar. Ou foi abduzida por alienígenas.

— Se Meserve a pegou, por que deixaria o carro na escola? E se o globo de neve for algum tipo de troféu?

— Se? — perguntou ele. — O que mais poderia ser?

— Talvez uma mensagem desafiadora para Brad enviada por Dylan *e* Nora: "Ainda estamos juntos." Isso também se encaixa com o fato de terem deixado o Toyota em uma das valiosas vagas do irmão Brad. Há algum motivo para você não confiar em Brad?

— Porque não lhe disse tudo? Não, simplesmente não sei o bastante para compartilhar. Por que, ele o incomoda?

— Não, mas acho que o valor dele como fonte de informação é limitado. Ele claramente superestima sua autoridade sobre Nora.

— Não tem tanta autoridade de irmão mais velho quanto pensa.

— Ele assumiu o papel de protetor porque Billy e Nora não são competentes. Isso permite que permaneçam como crianças adultas. Nora é a eterna adolescente: egocêntrica, adepta do sexo casual, fuma maconha. E o que adolescentes rebeldes fazem quando estão acuados? Resistem passivamente ou reagem. Quando Brad insistiu para que ela rompesse com Meserve, Nora escolheu a resistência passiva.

— Saindo em seu Range Rover e deixando o calhambeque do amante para trás de modo a poderem viajar com estilo? É, pode ser. Então o que temos? Apenas uma viagem de carro? Bonnie e Clyde em um carro elegante saindo da cidade porque fizeram coisas erradas.

— Não sei — falei. — As pessoas que frequentam a escola de Nora desaparecem, mas agora que sabemos que Peaty tem carro, ele ficou em destaque.

— Uma van. O veículo básico dos psicopatas. E logo vai ficar desempregado. Se Sean relaxar a vigilância e o desgraçado fugir, estarei com menos ainda do que quando comecei. — Cruzou os braços sobre o peito. — Errei ao falar sobre a van de Peaty para Brad.

— Peaty limpa um bocado de edifícios — falei. — Seria o correto a ser feito, moralmente.

— Você não ouviu? Eu estava cobrindo minha retaguarda.

— Desculpe, não estou ouvindo o que você está dizendo.

Enquanto esperávamos o reboque da polícia, Milo tentou ligar para Binchy. Outra vez fora de área. Falou algo sobre "a grande mentira da alta tecnologia" e caminhou para cima e para baixo no quarteirão.

O reboque apareceu, movendo-se lentamente enquanto o motorista procurava o endereço. Não viu o aceno de Milo. Finalmente, estacionou e um motorista sonolento com cerca de 19 anos saltou do veículo.

— Ali, o Toyota — disse Milo. — Considere isso uma cena de crime e leve-o diretamente para a garagem da perícia.

O motorista folheou alguns papéis e disse:

— Estas não foram as ordens que recebi.

— Agora são.

Milo deu-lhe luvas. O motorista as vestiu e caminhou até a porta do carro de ombros caídos.

— Há um globo de neve sobre o assento. É uma prova — disse Milo.

— Um o quê?

— Uma dessas porcarias que nevam quando você as vira de cabeça para baixo.

O motorista pareceu estar perplexo. Abriu a porta e tirou o globo. Virando o brinquedo de cabeça para baixo, observou os flocos de plástico caindo. Olhou para o que estava escrito na base e franziu a sobrancelha.

Milo vestiu um par de luvas, pegou o objeto e meteu-o em um saco de provas. Seu rosto estava vermelho.

— Devo levar isso? — perguntou o motorista.

— Não, professor, eu fico com o globo.

— Neve — disse o rapaz. — Hollywood e Vine? Nunca vi neve por aqui.

Quando voltamos para a delegacia, Milo disse:

— Faça-me um favor e entre em contato com aquele advogado, Montez, o quanto antes. Descubra se Michaela falou algo sobre Meserve e Nora que ele não tenha contado a você. Alguma ideia de quem era o advogado de Meserve?

— Marjani Coolidge.

— Não a conheço.

— Nem eu, mas posso tentar.

— Tentar seria ótimo.

A segunda ligação para Binchy foi completada. Milo disse:

— Verifique seu telefone, Sean. Ainda está seguindo o cara? Não, não se preocupe com isso, ele provavelmente está trabalhando. Foi pensar em alguma coisa para as noites. O que você *pode* me fazer é começar a ligar para spas do condado de Santa Barbara até a metade da Baja Califórnia e ver se Nora Dowd ou Dylan Meserve se hospedaram por lá... Spas: massagens e comida saudável. O quê?... não, tudo *bem*, Sean.

Guardou o telefone no bolso.

— Enrolado com os roubos? — perguntei.

— Parece estar. — Tamborilou um chá-chá-chá no painel do carro. Consegui sentir a vibração no volante.

— Melhor eu ir ao prédio de Peaty esta noite. A van sem registro me permite prendê-lo. Talvez possamos conversar em seu apartamento para eu poder dar uma olhada na espelunca. Nesse meio-tempo, vou ligar eu mesmo para esses spas... olá, câncer de orelha.

— Eu posso fazer isso. Deixe o detetive grande e forte trabalhar para você.

— Em quê?

— Descobrir se Nora usou o passaporte. Realmente está difícil depois do 11 de Setembro? Achei que houvesse mais comunicação entre as agências.

— Como você é sabido — disse ele. — É, eu menti para Bradley, achando que isso o motivaria a entrar na casa de Nora e me dizer se algo estava faltando. Tecnicamente nada mudou, você ainda precisa de um mandado de busca para verificar as listas de passageiros. E as linhas aéreas, ocupadas em encontrar meios de atormentar os clientes, concordam com isso. Mas a coisa pode funcionar na base da camaradagem. Lembra o caso daquela vovó baleada que fechei no ano passado?

— A doce velhinha cobrindo a ausência do filho na loja de bebidas.

— Alma Napier. Tinha 82 anos, saúde perfeita, e um porra-louca drogado descarregou uma escopeta nela. A busca na casa do tal porra-louca descobriu uma caixa de papelão de câmara de vídeo da Indonésia com compartimentos em forma de pistola. Acho que os oficiais de justiça que cuidam da aviação gostariam de ouvir falar a respeito, conheço um dos supervisores lá.

Pegou o celular, pediu para falar com o comandante Budowski.

— Bud? Milo Sturgis... Ótimo. E você? Perfeito. Ouça, preciso de um favor.

Quinze minutos depois de chegarmos a seu escritório, um secretário civil trouxe o fax. Nos dividimos na tarefa de localizar e ligar para os spas, a qual terminamos de mãos vazias.

Milo leu o relatório de Budowski, entregou-o para mim, voltou ao telefone.

Nora Dowd não usara o passaporte para viajar para o exterior desde abril passado. Viagem de três semanas à França, exatamente como dissera Brad.

Dylan Meserve nunca tirou passaporte.

Os nomes de Nora e Dylan não constavam de nenhum voo doméstico partindo dos aeroportos de Los Angeles, Long Beach, Burbank, John Wayne, Lindbergh ou Santa Barbara.

Budowski deixara uma nota escrita à mão no fim. Se Nora pegou um jato executivo, nunca descobriríamos. Algumas empresas de charter aéreo eram menos que meticulosas na verificação da identidade de seus passageiros.

— Há as pessoas comuns — disse Milo. — E os ricos.

Fez mais algumas ligações para resorts, fez uma pausa para o café às 14 horas. Em vez de continuar, folheou o bloco de notas, encontrou um número e ligou.

— Sra. Stadlbraun? Detetive Sturgis, passei por aí na semana passada para falar sobre... Ele está? Como assim? Entendo. Não, isso não seria muito educado... Sim, é. Aconteceu algo além disso... Não, não há nada de novo, mas estava pensando em passar para falar com ele. Se você pudesse me ligar quando ele chegar, eu gostaria. Ainda tem o meu cartão? Aguardo... Sim, isso é perfeito, senhora, qualquer um desses números. Obrigado... Não, senhora, não há com o que se preocupar, apenas rotina.

Ele desligou e rodou o fone, enrolando o fio e deixando que desenrolasse sozinho.

— A velha Ertha disse que Peaty vem agindo de modo "ainda mais esquisito". Costumava manter a cabeça baixa, fingindo não estar ouvindo. Agora ele a olha nos olhos com o que ela chama de "expressão maldosa". O que acha disso?

— Talvez tenha visto Sean vigiando-o e está ficando nervoso — falei.

— É possível, mas se há algo em que Sean é ótimo é em não se fazer notar. — Afastou a cadeira os poucos centímetros que o espaço permitia. — Será que o nervosismo deixou Peaty mais perigoso?

— Pode ser.

— Acha que devo advertir Stadlbraun?

— Não sei o que você pode dizer que não cause pânico. Sem dúvida Brad despejará Peaty além de demiti-lo.

— Então teremos um sem-teto desempregado furioso dirigindo um carro ilegal. Hora de pedir ajuda ao capitão na vigilância. — Ele desapareceu e voltou balançando a cabeça. — Está em uma reunião no centro da cidade.

Eu estava ao telefone com a Wellness Inn, no Big Sur, aturando uma mensagem gravada a respeito de máscaras de algas marinhas e massagem ayurvédica e aguardando para falar com alguém.

Por volta das 15h30, ambos havíamos terminado. Nora Dowd não se hospedara em nenhum retiro elegante usando seu nome ou o de Dylan Meserve.

Tentei Lauritz Montez no escritório da defensoria pública de Beverly Hills.

No tribunal, chegaria em meia hora.

Muito tempo sentado. Levantei-me e disse a Milo aonde ia. Em resposta, fez-me um gesto com o dedo. Não me incomodei em retribuir.

Cheguei ao tribunal de Beverly Hills às 15h55. Hora do encerramento da maioria das sessões. Os corredores estavam lotados de promotores, policiais, advogados e testemunhas.

Montez estava no meio de tudo isso, puxando uma pasta de couro preto com rodízios. Magro e abatido como sempre, cabelo grisalho puxado para trás em um rabo de cavalo. Um enorme bigode pendente, grisalho nas bordas. As lentes de seus óculos eram hexagonais, cor azul-cobalto.

Caminhando ao lado dele havia uma jovem pálida trajando um vestido cor-de-rosa de vovó. Longos cabelos negros, belo rosto, curvada como uma velha. Falava com Montez. Se ele se importava com o que ela tinha a dizer, não o demonstrava.

Misturei-me à multidão, consegui ficar atrás dos dois.

Toda vez que eu via Montez ele estava vestido com elegância exagerada. A roupa do dia era um terno de veludo de caimento perfeito com corte eduardiano, lapelas largas bordadas com cetim. O rosa de sua camisa evocava dolorosas memórias infantis de queimaduras de sol. Sua gravata-borboleta azul-pavão era de seda brilhante.

A jovem pálida disse algo que o fez parar. Os dois dobraram à direita e caminharam para trás da porta aberta de um tribunal. Aproximei-me pelo outro lado e fingi ler um cartaz na parede. A multidão diminuíra, e conseguia ouvir a conversa deles.

— O que esse adiamento significa, Jessica, é que consegui algum tempo para você ficar limpa e se manter assim. Também pode conseguir um emprego e tentar convencer o júri a pensar que você quer ser uma cidadã consistente.

— Que tipo de trabalho?

— Qualquer coisa, Jessica. Fritar hambúrguer no McDonald's.

— E quanto ao Johnny Rockets? É, tipo, parecido.

— Se conseguisse um emprego no Johnny Rockets, seria ótimo.

— Nunca fritei hambúrgueres.

— O que já fez?

— Dançava.

— Balé?

— Topless.

— Tenho certeza de que você era ótima ao redor do poste, Jessica, mas isso não vai ajudá-la.

Ele foi embora. A jovem não. Saí de trás da porta e disse:

— Boa tarde.

Montez voltou-se. Estava de costas contra a parede, como se presa por uma mão invisível.

— Vá procurar um emprego, Jessica.

Ela fez uma careta e foi embora.

— Michaela disse alguma coisa a respeito de Dylan e Nora Dowd terem um relacionamento? — perguntei.

— Você está me seguindo, doutor? Ou será uma feliz coincidência?

— Precisamos conversar.

— Preciso ir para casa e esquecer o trabalho. Isso inclui você. — Ele pegou sua bagagem.

— Meserve desapareceu — eu disse. — Em vista do fato de sua cliente ter sido assassinada na semana passada, você deveria reconsiderar esta sua atitude idiota.

Ele trincou os dentes.

— Aquilo foi uma droga, certo? Agora me deixe em paz.

— Meserve pode estar em perigo ou ser um assassino. Michaela lhe disse algo que esclarecesse esta situação?

— Ela o culpou pela farsa.

Esperei.

— É, ele estava transando com Dowd. Está bem?

— Como Michaela se sentia sobre isso?

— Ela achava que Meserve estava errado — disse Montez. — Transando com uma pessoa mais velha. Acho que as palavras exatas dela foram "carne flácida".

— Ciúmes?

— Não, ela não gostava de Meserve, apenas achava aquilo repreensível.

— Havia alguma indicação de que Nora participou da farsa?

— Michaela nunca disse isso, mas eu me perguntei o mesmo. Porque ela *estava* transando com Meserve e ele não foi expulso da escola. Você acha que ele matou Michaela?

— Não sei — respondi.

— Ora vejam — disse ele. — Finalmente consegui fazer um psicólogo ser direto.

— Marjani Coolidge voltou de sua viagem à África?

— Ela está logo ali. — E apontou para uma negra baixa e magra usando um vestido azul. Dois homens altos e grisalhos ouviam o que ela dizia.

— Obrigado. — Voltei-me para ir embora.

— Apenas para lhe mostrar que não sou o babaca que você acha que sou, aqui vai outra dica: Dowd me ligou pouco depois de eu ter assumido o caso. Ofereceu-se para pagar tudo que o condado não estivesse cobrindo. Eu disse que o condado cuidaria de tudo e perguntei-lhe o porquê da generosidade. Ela disse que Meserve era um artista talentoso, ela queria ajudá-lo e, se isso significava livrar a cara de Michaela, ela o faria. Consegui sentir o cheiro dos hormônios dela pelo telefone. É bonita?

— Não é de se jogar fora.

— Para a idade?

— Algo assim — respondi.

Ele riu e se foi, arrastando a bagagem enquanto eu caminhava em direção a Marjani Coolidge. Os dois homens haviam ido embora e ela estava examinando o conteúdo de sua pasta dupla, de couro marrom, tão cheia que as costuras estavam arrebentando.

Apresentei-me, falei sobre o assassinato de Michaela. Ela disse:

— Ouvi dizer, pobrezinha. — Então ela me interrogou a respeito de minha associação com a polícia de L.A. Avaliava minhas palavras e minha linguagem corporal com grandes olhos castanhos. Seu cabelo era cuidadosamente trançado, a pele macia e firme.

— Meserve lhe disse alguma coisa que pudesse esclarecer o assassinato? — perguntei.

— Fala sério.

— Algo não incriminador — acrescentei. — Qualquer coisa que pudesse ajudar a localizá-lo.

— Ele é suspeito?

— Pode acabar sendo uma vítima.

— Da mesma pessoa que matou Brand?

— Talvez.

Ela ajeitou a camisa.

— Nada incriminador. Ao que eu saiba isto é um animal extinto.

— E que tal você me dizer, sem divulgar o conteúdo, se Meserve é alguém a quem se deve temer?

— Se eu tive medo dele? Não mesmo. Não era a estrela mais brilhante da constelação, mas fez o que lhe foi pedido. Por outro lado, aquela namorada dele...

— Qual namorada?

— A professora de teatro, Dowd.

— Ela causou problemas?

— Osso duro — disse Coolidge. — Ligou-me logo no início, disse que contrataria um advogado particular caso eu não desse alta prioridade ao Menino Bonito. Tive vontade de dizer: "Isso é uma ameaça ou uma promessa?"

— O que disse para ela?

— "Faça como quiser, *madame*." Então desliguei. Nunca mais ouvi falar dela. Representei Meserve como a qualquer outro cliente. Deu certo, não acha?

— A parceira de Meserve está morta e ele desapareceu.

— Irrelevante — disse ela. — O caso foi encerrado, minhas obrigações terminaram.

— Sem mais nem menos — falei.

— Melhor acreditar em mim. Em meu trabalho, você aprende a ficar na sua órbita.

— Órbita, constelação. Você se interessa por astronomia?

— Estudei astronomia em Cornell. Então me mudei para cá, entrei para uma faculdade de direito e descobri que não dá para ver coisa alguma por causa da poluição luminosa. — Ela sorriu. — Civilização, acho que pode chamar assim.

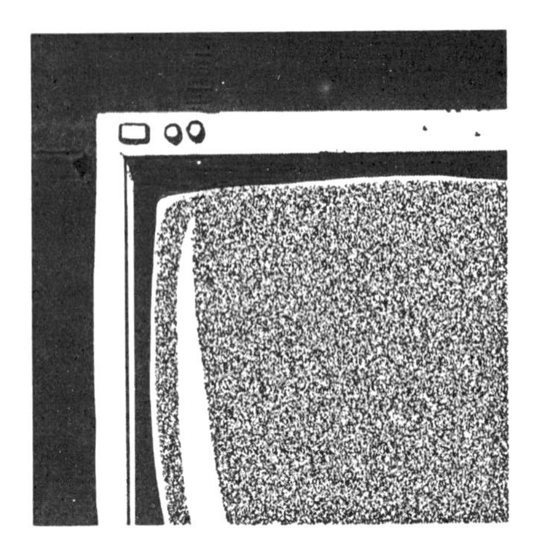

CAPÍTULO 24

Saí do estacionamento do tribunal e peguei a Rexford Drive pelo complexo municipal de Beverly Hills. O semáforo em Santa Mônica demorou o bastante para que eu deixasse uma mensagem no celular de Milo.

Dirigindo de volta para casa, pensei no caso entre Meserve e Nora. Parceiros no pior tipo de crime ou apenas outro romance de maio a dezembro?

Seria legal se Reynold Peaty fosse pego fazendo algo errado, confessasse o múltiplo assassinato.

Percebi que estava dirigindo muito rápido. Coloquei um CD no aparelho de som e ouvi a límpida e doce voz de soprano de Mindy Smith. Esperando seu homem chegar no próximo trem.

As únicas coisas que esperavam por mim eram o correio e um jornal não lido. Talvez fosse hora de arranjar outro cachorro.

Quando saí da Sunset, um Audi Quattro marrom estacionado no lado leste de Beverly Glen encostou atrás de mim e manteve-se próximo. Acelerei, o Audi também, rodando tão perto que dava para ver cocô de passarinho na grade do radiador pelo retrovisor. Um para-brisa escurecido impedia saber quem estava dirigindo. Dobrei à direita. Em vez de passar, o Audi reduziu, ficou à minha esquerda um segundo, então acelerou. Consegui ver um motorista, nenhum passageiro. Um adesivo de para-choque com letras vermelhas sobre fundo branco. Muito rápido para que eu conseguisse ler toda a mensagem, mas achei ter lido a palavra "terapia".

Quando cheguei ao beco que leva à minha rua, procurei o carro. Não estava em lugar algum.

Apenas mais um dia amigável nas ruas de L.A. Eu estava obstruindo sua passagem e ele se sentiu compelido a me dizer isso.

O telefone tocava quando cheguei em casa.

— Desculpe, não respondi sua chamada — disse Robin.

Aquilo me deixou confuso. Então, lembrei-me de que ligara para ela pela manhã e não deixara mensagem.

Ela compreendeu a pausa e disse:

— Identificador de chamadas. O que houve?

— Só liguei para dizer oi.

— Quer se encontrar comigo? Só para conversar?

— Claro.

— Que tal conversar *e* comer? — perguntou ela. — Nada muito intenso, diga onde.

Fazia muito tempo que ela não vinha à casa que ela mesma projetara.

— Posso preparar algo aqui — disse.

— Se não se importa, preferiria sair.

— A que horas pego você?

— Que tal às sete... sete e meia? Espero do lado de fora.

Tipo não entre? Ou ela estava ansiosa para respirar ar fresco após horas de serragem e verniz?

Aquilo importava?

A Rose Avenue tinha mais algumas butiques e cafés elegantes espremidos entre as lavanderias e os estandes de fast-food. O ar marinho que soprava através das janelas estava azedo, mas não desagradável. O céu noturno era uma mistura de cinza e índigo, com a textura de pigmentos misturados ao acaso em uma palheta. Logo, os cafés elegantes estariam superlotados, gente bonita e disponível fortificada por margaritas até o meio-fio.

Robin morava a minutos dali. Alguma vez teria ela participado daquilo? E *isso* importava?

Seu quarteirão na Rennie está quieto e mal-iluminado, pequenas casas bem-cuidadas e sobrados lado a lado. Olhei para o canteiro de flores que ela plantara na frente da casa, e então a vi emergir das sombras.

Seu cabelo balançava enquanto ela se dirigia até o carro. A noite fizera seus fios ruivos ficarem rosados. Seus cachos me lembravam, como sempre lembraram, cachos de uvas na videira.

Usava uma blusa apertada de tonalidade escura, jeans e botas com saltos barulhentos. Quando abriu a porta, a luz da cabina esclareceu tudo: blusa cor de chocolate, seda texturizada, um tom mais claro que o de seus olhos amendoados. As calças jeans eram creme, as botas marrom-claras. Usava um brilho prateado nos lábios. O blush nas maçãs do rosto dava-lhe um ar felino.

Aquelas curvas.

Lançou-me um sorriso largo e ambíguo e atou o cinto de segurança. A faixa passava diagonalmente entre seus seios.

— Aonde vamos? — perguntou ela.

Seguira a sugestão dela de "nada intenso". Cozinha refinada significava ritual e altas expectativas, e não podíamos com nenhuma das duas coisas.

Allison gostava de restaurantes elegantes. Gostava de rodar a haste das taças de vinho entre dedos com unhas feitas enquanto discutia um menu sofisticado com garçons arrogantes, os pés roçando minhas pernas...

Mencionei um lugar de frutos do mar na Marina que Robin e eu frequentávamos antes da Era do Gelo. Espaçoso, junto a um cais, estacionamento fácil, bela vista do porto repleto de barcos grandes e brancos, a maioria dos quais parecia nunca sair dali.

— Aquele lugar. Claro — disse ela.

Conseguimos uma mesa ao ar livre, perto da parede de vidro que impede que o vento incomode. A noite esfriara e acenderam-se aquecedores de butano. O bar esportivo em frente estava lotado, mas ainda era cedo para o público que jantava na marina e mais da metade das mesas estava vazia. Uma garçonete agitada que parecia ter 12 anos trouxe o vinho de Robin e meu Chivas antes de termos a chance de nos sentirmos esquisitos.

Beber e olhar para os iates adiou aquilo mais um pouco.

Robin baixou a taça.

— Você está bem.

— Você está linda.

Ela olhou para a água. Negra, brilhante, imóvel, sob um céu manchado de ametista.

— Deve ter sido um pôr do sol e tanto.

— Vimos alguns assim — lembrei. — Naquele verão em que moramos na praia.

No ano em que reconstruímos a casa. Robin fizera o papel de empreiteira. Será que sentia falta do cargo?

— Tivemos pores do sol espetaculares no Big Sur — disse ela. — Aquele lugar zen supostamente luxuoso, mas que tinha banheiros químicos e um fedor horrível...

— Vida rústica. — Perguntei-me se o lugar não estaria na lista de resorts que Milo e eu acabáramos de conferir. — Como se chamava?

— Great Mandala Lodge. Fechou no ano passado. — Ela desviou o olhar e eu descobri por quê. Ela voltara lá. Com *ele*.

Ela bebeu vinho e disse:

— Mesmo com o cheiro, os mosquitos e aquela farpa de pinho no dedo do pé, foi divertido. Quem poderia saber que um *pinho* pudesse ser letal.

— Você se esqueceu das *minhas* farpas — falei.

Seus grandes incisivos brilharam.

— Não esqueci, preferi não lembrá-las. — Sua mão fez movimentos circulares no ar. — Esfregando aquele unguento em sua bela bundinha. Como poderíamos saber que o outro casal estava olhando? Com tanta coisa mais que podiam ver de sua cabina.

— Devíamos ter cobrado a aula — eu disse. — Curso intensivo de educação sexual para casais em lua de mel.

— Eles pareciam ser bastante ineptos. Toda aquela tensão no desjejum. Acha que o casamento deles durou?

Dei de ombros.

Os olhos de Robin baixaram um pouco.

— O lugar merecia falir. Cobrar o que cobrava e ainda feder como uma fossa.

Mais álcool para ambos.

— Legal estar com você — falei.

— Pouco antes de você me ligar esta manhã, eu estava pensando. — Breve sorriso.

— O que sempre é arriscado, não acha?

— Pensando em quê?

— O desafio dos relacionamentos. Não você e eu. Eu e ele.

Senti um frio no estômago. Esvaziei meu scotch. Olhei ao redor em busca da garçonete com cara de bebê.

— Eu e ele tipo "onde eu estava com a cabeça?" — disse Robin.

— Isso raramente é útil.

— Você não tem dúvidas?

— Claro.

— Acho bom para o espírito — disse ela. — A antiga menina católica ressurgindo. Tudo o que consegui concluir foi que ele se convenceu de que me amava e sua intensidade quase convenceu a *mim*. Fui eu que rompi, você sabe. Ele ficou mal... mas isso não é problema seu. Desculpe ter mencionado o assunto.

— Ele não é mau rapaz.

— Você nunca gostou dele.

— Não o suporto. Onde ele está?

— Você se importa?

— Gostaria que estivesse longe.

— Então teve seu desejo realizado. Londres, ensinando canto na Royal Academy of Drama. A filha está vivendo com ele. Ela tem 12 anos, queria mudar. — Ela brincou com um cacho de cabelo. — Foi rude de minha parte trazê-lo à baila.

— Ele é um chato — falei. — Mas o problema não era você e ele, era você sem *mim*.

— Não sei o que foi — disse ela. — Todo esse tempo e eu ainda não entendo. Igual à primeira vez.

Separação número um, fazia anos. Nenhum de nós perdeu tempo encontrando novos parceiros sexuais.

— Talvez conosco devesse ser assim mesmo — falei.

— Como assim?

— Épocas juntos, séculos separados.

Em algum lugar no mar ouviu-se o apito de um navio.

— Foi mútuo, mas por algum motivo acho que devia lhe pedir desculpas — disse Robin.

— Não deve.

— Como está Allison?

— Vivendo a vida dela.

— Vocês realmente terminaram? — perguntou, baixinho.

— Acho que sim.

— Do modo como fala, parece que não tem controle sobre isso — disse ela.

— Em minha limitada experiência, raramente é necessário fazer um anúncio formal.

— Desculpe.

Bebi.

— Você realmente vê isso como algo mútuo e não como culpa minha?

— Sim. E não entendo isso melhor do que você.

O mesmo se aplicava a meu rompimento com Allison. Talvez com qualquer outra mulher...

— Você sabe que nunca fui desleal com você. Não o toquei até você e eu estarmos morando separados.

— Você não me deve qualquer explicação — falei.

— Depois de tudo pelo que passamos, não consigo definir o que eu lhe devo.

Passos aproximando-se da mesa evitaram que eu tivesse de responder. Ergui a cabeça esperando a Srta. Agitada. Mais que pronto para outro drinque.

Um homem se aproximou de nós.

Barrigudo, corpulento, careca, 50 e poucos anos. Óculos de aro preto ligeiramente tortos, testa suada. Usava um casaco marrom com gola em V sobre uma camisa polo branca, calças cinza, sapatos marrons. O colarinho da camisa tinha motivos florais.

Cambaleando, pousou as mãos largas e sem pelos sobre a mesa. Dedos grossos como salsichas, um anel no indicador da mão direita.

Ele se apoiou sobre a mesa, que balançou sob seu peso. Olhos cansados por trás dos óculos olharam para nós. Exalava cerveja.

Algum chato do bar.

Seja simpático. Meu sorriso foi prudente.

Ele tentou se aprumar, perdeu o equilíbrio e bateu com a mão de volta na mesa, forte o bastante para derramar água de nossos copos. Robin foi rápida e segurou sua taça antes que entornasse.

O bêbado olhou para ela e sorriu.

— Ei, amigo... — falei.

— Eu não sou seu amigo.

Voz rouca. Procurei pela Srta. Atrevida. Não estava à vista. Vi um copeiro mais adiante, limpando as mesas. Ergui uma sobrancelha. Ele continuou limpando. O casal mais próximo, duas mesas mais abaixo, estava envolvido em um tango de olhares.

— O bar é lá atrás — eu disse ao bêbado.

Ele se aproximou.

— Você não sabe quem eu sou?

Balancei a cabeça.

Robin tinha espaço para recuar. Gesticulei para que ela se fosse dali. Quando ela tentou se levantar, o bêbado rugiu:

— Sente aí. Vagabunda!

Meu cérebro estava a mil.

Mensagens conflitantes vinham de meu córtex pré-frontal: jovens agressivos gritando: *"É isso aí, meu irmão! Quebre a cara dele!"* E a voz de um sujeito mais velho sussurrando: *"Cuidado com as consequências."*

Robin voltou a se sentar.

Perguntei-me o quanto ainda me lembrava das aulas de caratê. O bêbado falou:

— Quem sou eu?

— Não sei. — Meu tom de voz dizia que o velho estava perdendo para os bad boys pré-frontais. Robin meneou a cabeça ligeiramente.

— O quê você falou? — disse o bêbado.

— Não sei quem é você e gostaria...

— Eu sou doutor Hauser. *Doutor* Hauser. E você é um maldito *mentiroso*.

O velho sussurrou: "*Autocontrole. Tudo tem a ver com controle.*"

Hauser recuou o punho.

O velho sussurrou: "*Esqueça tudo isso.*"

Peguei-o pelo pulso, torci com força e desferi um soco no nariz dele. Forte o suficiente para atordoá-lo, mas evitando que os ossos entrassem em seu cérebro.

Enquanto ele cambaleava para trás, segurei-lhe a camisa para que não caísse muito feio.

Minha recompensa foi um rosto cheio de cuspe com cheiro de cerveja. Soltei-o pouco antes de suas nádegas tocarem no chão. Amanhã, seu cóccix doeria um bocado.

Ficou sentado um instante, babando e esfregando o nariz. O lugar onde o feri estava rosado e apenas um pouco inchado. Ele produziu mais cuspe, fechou os olhos, virou de lado e começou a roncar.

Uma voz excitada disse:

— O que houve?

Uma voz nasalada disse:

— Aquele sujeito tentou agredir o outro e o outro protegeu a companheira.

O copeiro, ao lado da garçonete. Olhei para ele e este sorriu, ansioso. Ele observara tudo.

— Você não teve culpa, cara. Vou chamar a polícia.

A polícia chegou 11 longos minutos depois.

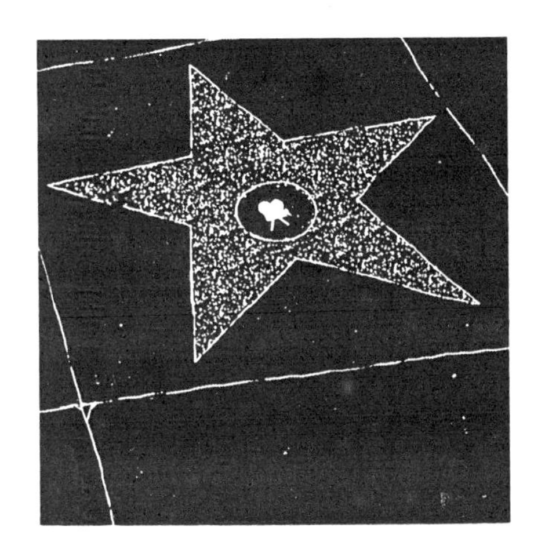

CAPÍTULO 25

Patrulheiro *J. Hendricks*, corpulento, impecável, negro como ébano polido.

Patrulheira *M. Minette*, gorducha, impecável, cabelo bege com rabo de cavalo.

Hendricks olhou para o lugar onde Patrick Hauser caíra.

— Então vocês dois são médicos?

Estava em pé diante de mim, longe do alcance do meu braço, bloco de notas em mão. Eu estava de costas para a parede de vidro. Os clientes que continuaram no restaurante fingiam não estar olhando.

Uma ambulância veio buscar Hauser. Recebeu os paramédicos amaldiçoando e cuspindo e teve de ser amarrado na maca.

Dinheiro miúdo caiu de seu bolso. Duas moedas de 25 centavos e uma de 1 centavo permaneceram no deque.

— Somos psicólogos — falei. — Mas, como disse, nunca o vi antes.

— Um completo estranho os atacou.

— Ele estava bêbado. Um Audi Quattro marrom me seguiu esta tarde. Se encontrarem um no estacionamento, ele também me seguiu até aqui.

— Tudo por causa desse... — Hendricks consultou suas anotações — ...desse relatório que escreveu sobre ele.

Recontei minha história com frases curtas e claras. Disse o nome de Milo. Outra vez.

— Então está me dizendo que o golpeou uma vez sob o nariz com o punho — disse Hendricks.

— Com a base da mão.

— Isso é um tipo de golpe de arte marcial.

— Pareceu-me o melhor a fazer sem infligir ferimentos sérios.

— Esse tipo de golpe podia ter causado *muito* estrago.

— Fui cuidadoso.

— Você pratica artes marciais?

— Não muito.

— As mãos de um lutador de artes marcais são armas mortais, doutor.

— Sou um psicólogo.

— Parece que você se movimentou com agilidade.

— Aconteceu rápido — respondi.

Escreve. Escreve.

Olhei para a patrulheira Minette, que ouvia o copeiro e também escrevia. Ela entrevistara Robin primeiro, depois a garçonete. Eu era tarefa de Hendricks.

Sem algemas, aquilo era um bom sinal.

Minette deixou o copeiro e se aproximou.

— Todo mundo conta a mesma história. — A narrativa dela repetia o que eu dissera a Hendricks. Ele relaxou.

— Tudo bem, doutor. Vou verificar seu endereço com o Departamento. Se conferir, você pode ir embora.

— Você devia verificar se Hauser tem um Quattro.

Hendricks olhou-me.

— Vou fazer isso, senhor.

Procurei Robin.

— Sua amiga foi ao banheiro — disse Minette. — Ela disse que a vítima a chamou de vagabunda.

— Chamou.

— Isso deve ter sido irritante.

— Ele estava bêbado. Não o levei a sério.

— Ainda assim — disse ela. — É muito perturbador.

— Não foi até ele tentar me agredir.

— Alguns sujeitos teriam reagido com mais energia por muito menos.

— Sou um homem discreto.

Ela sorriu. O parceiro não a acompanhou.

— Acho que acabamos aqui, John — disse ela.

Quando Robin e eu atravessamos o restaurante, alguém sussurrou:

— Esse é o cara.

Quando saímos, expirei. Minhas costelas doíam. Hauser não me tocara. Eu é que estava prendendo o ar havia muito tempo.

— Que desastre.

Robin me abraçou pela cintura e eu disse:

— Você precisa saber que isso foi um assunto civil, nada a ver com trabalho policial. — Contei-lhe sobre as acusações de assédio contra Hauser, minhas entrevistas com as vítimas, o relatório que escrevi.

— Por que preciso saber? — perguntou ela.

— Pelo modo como se sente a respeito dessas coisas. Isso veio do nada, Robin.

Fomos até o Seville e eu vasculhei o estacionamento em busca do Audi marrom.

Lá estava, estacionado seis vagas mais ao sul. As letras vermelhas no para-choque diziam "*Faça terapia*".

Queria rir mas não conseguia. Não me surpreendi ao chegar ao Seville e descobrir que ambos os pneus traseiros de meu carro estavam arriados. Não foram cortados. As válvulas haviam sido abertas.

— Isso é patético — disse Robin.

— Tenho uma bomba no porta-malas.

Parte do kit de emergência que Milo e Rick me deram no último Natal. Conjunto de troca de pneus, lanternas, triângulo de segurança laranja, cobertores, água engarrafada. Rick me levou para o lado e confidenciou: "Eu teria escolhido um belo suéter, mas... uma cabeça mais racional prevaleceu." A voz de Milo se fez ouvir do canto da sala de estar: "Roupas da Haberdashery não têm utilidade quando você está parado no escuro em alguma estrada, com lobos e Deus sabe que outros carnívoros dentuços voltando seus olhos predadores para você, apenas esperando que..." Rick rebateu: "Então por que você não lhe deu uma arma?" Milo respondeu: "No ano que vem. Algum dia você vai me agradecer. De nada adiantado, Alex."

Conectei a bomba e comecei a trabalhar.

Quando terminei, Robin disse:

— O modo como você lidou com aquilo... Apenas o suficiente para acabar com a situação e ninguém se ferir. Teve classe.

Pegou meu rosto entre as mãos e me beijou com força.

Encontramos uma delicatéssen no Washington Boulevard, compramos mais comida do que precisávamos, voltamos a Beverly Glen.

Robin entrou na casa como se morasse ali, foi até a cozinha e pôs a mesa. Comemos metade da comida.

Quando ela se levantou, eu acordei. Transpirava, mas meus olhos estavam secos.

Através de olhos semicerrados, eu a vi vestir meu robe amarelo e tatear pelo quarto. Tocava o topo das cadeiras e das mesas. Fez uma pausa diante do guarda-roupas. Acertou um quadro na parede.

Na janela, abriu um lado da cortina de seda que ela escolhera. Encostou o rosto no vidro, olhou para as colinas.

— Bela noite — falei.

— A vista — disse ela, sem se voltar. — Ainda é livre.

— Parece que vai continuar assim. Bob fez o levantamento do resto do terreno e descobriu que definitivamente é inadequado para construções.

— Bob, o vizinho — disse ela. — Como vai ele?

— Quando está na cidade, parece estar bem.

— Tem outra casa no Taiti — disse ela.

— A casa principal dele é no Taiti. Nada como riqueza herdada.

— Boas notícias... sobre a vista. Esperava por isso quando projetei o quarto deste modo. — Ela soltou a cortina. Alisou os vincos. — Fiz um trabalho decente com esse lugar. Gosta de viver aqui?

— Não tanto quanto antes.

Ela apertou o robe ao seu redor, olhou-me de lado. Seu cabelo estava solto, os lábios ligeiramente inchados. Olhos distantes.

— Achei que seria estranho — disse ela. — Voltar aqui. É menos estranho do que eu pensei.

— É sua casa, também.

Ela ficou em silêncio.

— Estou falando sério.

Foi até o outro extremo da cama, brincou com as bordas do edredom.

— Você não pensou nisso de verdade.

Eu não tinha pensado mesmo.

— Claro que sim. Mais que uma longa noite.

Ela deu de ombros.

— O lugar faz eco, Robin.

— Sempre fez. Pretendíamos uma boa acústica.

—- Pode ser musical — falei. — Ou não.

Ela puxou o edredom, ajeitou as bordas sobre o colchão.

— Você se vira bem sozinho.

— Quem disse?

— Você sempre foi autossuficiente.

— Como o diabo. — Minha voz estava rouca. Ela olhou para mim.

— Volte — eu disse. — Fique com o estúdio se precisa de privacidade, mas more aqui.

Ela ajeitou o edredom mais um pouco. Sua boca se retorceu em um formato que não consegui decifrar. Ela abriu o robe e deixou-o cair no chão. Reconsiderou o gesto, pegou-o e dobrou-o cuidadosamente, pousando-o sobre uma cadeira. A mente organizada de alguém que trabalha com instrumentos elétricos.

Ajeitando o cabelo, ela voltou para a cama.

— Não a estou pressionando, só estava pensando a respeito — eu disse.

— É muito para digerir.

— Você é uma garota forte.

— Como o diabo. — Ela se encostou de lado em mim, entrelaçou os dedos e apoiou-os sobre a barriga.

Puxei a coberta.

— Assim está melhor, obrigada — disse ela.

Nenhum de nós se moveu.

CAPÍTULO 26

Uma vez desperto, fico inquieto durante horas. Enquanto Robin dormia, vaguei pela casa. Acabei em meu escritório e compus uma lista mental. Passei para uma lista por escrito.

A primeira coisa a fazer na manhã seguinte seria entrar em contato com Erica Weiss e falar com ela sobre Hauser. Mais munição para seu processo. Se Hauser estava fora de controle, implicações legais talvez não o impedissem de me assediar. Ou de se tornar litigioso.

Aquela confusão poderia me custar caro. Tentei me convencer de que eram os ossos do ofício.

Deve ser legal ser assim tão tranquilo.

Relembrando a cena do restaurante, perguntei-me como Hauser durou tanto tempo como terapeuta. Talvez o mais inteligente seria abrir uma ação cautelar contra ele. Os policiais Hendricks e Minette pareceram ver as coisas em meu favor, de modo que o relatório da polícia podia ajudar. Mas nunca se sabe.

Milo saberia o que fazer, mas ele tinha outras coisas em mente.

Eu também.

Minha oferta para Robin se esvaiu como conversa sob efeito de pentotal. Se ela dissesse sim, aquilo seria um final feliz?

Muitos "ses".

— Estava prestes a ligar para você — disse Milo.

— Kismet.*

— Você não vai gostar desse tipo de kismet. — Ele me disse por quê.

— Vou já para aí — falei.

O bilhete que deixei na mesa de cabeceira dizia:

Querida R, tive de sair, coisas desagradáveis a resolver. Fique o tempo que quiser. Se tiver de ir embora, vamos conversar amanhã.

Vesti-me em silêncio, caminhei até a cama na ponta dos pés e beijei-lhe a face. Ela se espreguiçou, estendeu um braço, deixou-o cair e virou de lado.

Fragrância feminina misturada com cheiro de sexo. Dei uma última olhada nela e saí.

O corpo de Reynold Peaty fora embrulhado em plástico translúcido, amarrado com cordas e embarcado na maca da direita da van branca do legista. O veículo ainda estava estacionado em frente ao prédio de Peaty, portas de trás abertas. Travas de metal aparafusadas protegiam o corpo e o espaço vazio à sua esquerda.

---

* Em árabe, "A vontade de Alá". (*N. do T.*)

Noites movimentadas em L.A. Veículos de transporte com espaço para dois eram uma boa ideia.

Ao lado da van do legista havia quatro carros patrulha, luzes do teto pulsando. As frases lacônicas dos operadores de transporte cortavam a noite, mas ninguém ouvia.

Diversos policiais uniformizados ao redor. Milo e Sean Binchy conversavam perto do carro de polícia mais afastado. Milo falava e Binchy ouvia. Pela primeira vez desde que conheci o jovem detetive, ele parecia perturbado.

Ao telefone, Milo me disse que o tiroteio ocorrera havia uma hora. Mas o suspeito acabara de ser trazido de dentro do edifício de Peaty.

Jovem hispânico, forte, cabeça larga coberta de penugem escura. Escoltado por dois patrulheiros corpulentos que o faziam parecer menor.

Eu o vira uma vez, quando passara pelo prédio no domingo anterior.

Era o pai da jovem família a caminho da igreja. Mulher e três crianças gorduchas. Terno cinza formal que não combinava.

Crianças tendo crianças.

Olhara feio para mim quando parei em frente ao prédio daquela vez. Agora, eu não podia ver seus olhos. Seus braços estavam algemados às costas e sua cabeça estava baixa.

Descalço, vestindo uma camiseta preta que chegava quase aos joelhos, calças de jogging largas que ameaçavam escorregar de seus quadris e um grande punho de ouro em uma corrente que pendia sobre o pit bull da *BaaadBoyz*.

Alguém esquecera de retirar o adorno. Milo foi até lá para consertar a situação e os policiais corpulentos pareceram perplexos. Ergueu a cabeça enquanto Milo se esforçava em tirar-lhe o cordão, pálpebras pesadas. Quando Milo tirou o adereço, o jovem sorriu e disse alguma coisa. Milo sorriu de volta. Olhou atrás das orelhas do jovem. Acenou para os policiais e entregou o colar a um perito, que o guardou em um saco.

Quando os policiais puseram o atirador em um dos carros-patrulha e se foram, a Sra. Ertha Stadlbraun saiu de seu apartamento no térreo e foi até a calçada. De pé junto à fita de isolamento, ela tremia e abraçava a si mesma. Usava um vestido pregueado amarelo-mostarda. Chinelos brancos protegiam seus pés, e rolos amarelos faziam seus cabelos parecerem tortellini branco. Pele alva e brilhante. Algum tipo de creme noturno.

Ela tremeu outra vez e apertou os braços. Inquilinos e alguns residentes do prédio ao lado olhavam pelas janelas.

Milo acenou para mim. Seu rosto estava suado. Sean Binchy ficou para trás. Quando cheguei lá ele disse:

— Doutor. — E mordeu o lábio.

— Lugar quente, verão na cidade — disse Milo.

— Em fevereiro.

— Por isso moramos aqui.

Disse ter visto o suspeito anteriormente. Descrevi o comportamento dele.

— Bate — disse Milo.

Um auxiliar do legista fechou as portas da van, entrou e se foi.

— Qual a distância entre o apartamento dele e o de Peaty? — perguntei.

— Duas portas mais abaixo. Seu nome é Armando Vasquez, tem um histórico gelado de gangues juvenis, alega ser trabalhador regular, religioso e casado há quatro anos. Trabalha com paisagismo para uma empresa que cuida da manutenção de grandes propriedades em Beverly Hills, ao norte de Sunset. Costumava apenas cortar grama, mas este ano aprendeu a podar árvores. Ele tem muito orgulho disso.

— Qual é a idade dele?

— Ele tem 21. A mulher tem 19, três filhos com menos de 5 anos. Enquanto eu tentava conversar com o pai, as crianças dormiam. Em dado momento, o mais velho acordou. Deixei Vasquez beijar a criança. O menino sorriu para mim. — Ele suspirou. — Vasquez não tem ficha criminal desde que se tornou adulto, então talvez esteja dizendo a verdade quando disse que encontrou Deus. Os vizinhos com quem falei até agora dizem que as crianças podem ser barulhentas mas que a família não causa problemas. Ninguém gostava de Peaty. Aparentemente, todos no prédio comentavam a respeito dele desde que conversamos com Stadlbraun.

Ele olhou para a velha. Ainda abraçando a si mesma, olhando para a rua escura. Parecia estar lutando para manter a compostura.

— Ela espalhou o boato que Peaty era perigoso — falei.

Milo assentiu.

— O velho moinho da fofoca estava a todo vapor. Antes de Vasquez começar a se contradizer, ele me disse que Peaty sempre lhe incomodara.

— Conflitos anteriores?

— Sem brigas, apenas muita tensão. Vasquez não gostava que Peaty morasse tão perto. O termo usado foi "maluco desgraçado". Depois de dizer isso, ele começou a mover a cabeça para a frente e para trás, para cima e para baixo. Perguntei: "O que está fazendo, Armando?" Ele respondeu: "Estou algemado, de modo que só posso fazer o sinal da cruz assim."

— Peaty alguma vez incomodou a mulher dele?

— Ele olhava para ela, o que confirma o que todo mundo disse. "Olhar de maluco." Mas, para azar de Vasquez, isso não justifica estourar os miolos de Peaty.

Sean Binchy aproximou-se, ainda parecendo incomodado.

— Precisa de mim para algo mais, Loot?

— Não, vá para casa. Relaxe.

Binchy fez uma careta.

— Obrigado. Oi, doutor. Tchau.

— Você se saiu bem, Sean — disse Milo.

— Como queira.

Quando ele se foi, perguntei:

— O que o está incomodando?

— Ele tem um senso de responsabilidade muito desenvolvido. Trabalhou em um caso de roubo o dia inteiro, saiu às 23 horas e decidiu dar uma olhada em Peaty por conta própria. Começou aqui, não viu a minivan, saiu para comer um hambúrguer em um lugar aberto 24 horas, voltou pouco depois da meia-noite e viu a van de Peaty um quarteirão para lá. — Apontou para leste. — Estava procurando um ponto de observação no beco quando ouviu os três tiros. Peaty levou todos na cara. Não achava que aquela fisionomia pudesse ficar mais feia do que já era, mas...

— Sean está se sentindo culpado por não estar aqui.

— Culpado pelo hambúrguer. Por nada. Não havia como ele ter evitado.

— Ele prendeu Vasquez?

— Pediu reforços, então subiu. O corpo de Peaty estava no corredor entre os apartamentos. Àquela altura, Sean esperou pelos policiais uniformizados, que bateram de porta em porta. Quando chegaram ao apartamento de Vasquez, ele estava sentado no sofá, assistindo TV, a arma a seu lado, assim como a mulher e o filho mais velho. Vasquez levantou os braços e disse: "Eu o matei, agora faça seu trabalho." A mulher começou a gritar, a criança ficou em silêncio.

— Como aconteceu? — perguntei.

— Quando tentei saber detalhes, Vasquez ficou com laringite. Minha impressão é que ele andava irritado com Peaty havia algum tempo, o que piorou quando a velha Ertha lhe falou sobre minha visita. Por algum motivo, hoje à noite ele se cansou de não fazer coisa alguma, viu Peaty chegar em casa e foi lhe dizer para ficar longe da Sra. Vasquez. Como dizem nos jornais, seguiu-se um confronto. Vasquez alega que Peaty fez menção de atacá-lo, ele precisou se defender e... bang bang bang.

— Vasquez saiu de casa armado.

— Há esse detalhe — disse ele. — Talvez algum advogado tente alegar que Vasquez estava com medo de Peaty.

— Álcool ou drogas envolvidas? — perguntei.

— Vasquez admite quatro cervejas, o que bate com as latas vazias em sua lixeira. Considerado seu peso, isso pode ou não ser relevante, dependendo do que o exame de sangue revelar. Agora vamos ver se os peritos acabaram na casa de Peaty.

Um cômodo e um meio banheiro, ambos pequenos e pútridos.

Fétida mistura de queijo rançoso, tabaco queimado, gases corporais, alho, orégano.

Uma caixa de pizza vazia e manchada de gordura estava aberta sobre a cama de casal com estrado de metal. Farelos de pão cobriam os lençóis amarrotados cor de tinta de impressão molhada e a colcha verde era estampada com um padrão repetitivo de chapéus e cartolas. Diversas manchas grandes e desagradáveis nos lençóis. Pilhas de roupa suja ocupavam a maior parte do chão. Uma pilha de embalagens de seis unidades de cerveja Old Milwaukee que chegava à altura da cintura e a cama ocupavam o restante do espaço. Havia pó para detecção de impressões digitais por toda parte. Aquilo parecia ser desnecessário — o corpo caíra do lado de fora —, mas nunca se sabe aonde pode chegar a criatividade dos advogados.

Milo abriu caminho em meio à bagunça e aproximou-se de uma caixa de madeira que servia como mesa de cabeceira. Sobre a caixa, havia diversos cardápios engordurados de comida para viagem, lenços de papel usados, latas de cervejas amassadas — contei 14 —, uma garrafa de vinho fortificado Tyger dois terços vazia e um frasco tamanho econômico de Pepto-Bismol.

A única mobília de verdade além da cama era uma cômoda surrada de três gavetas que apoiava uma TV de 19 polegadas e um videocassete grande o bastante para ser antiquado. Antena em V.

— Não tem TV a cabo — falei, e abri uma gaveta da cômoda. — Suas necessidades de entretenimento eram frugais.

Lá dentro havia fitas de vídeo empilhadas como livros, em uma prateleira horizontal. Cores berrantes. Um bocado de pornografia. *Not-So Legal Temptresses*, volumes 1 a 11. *Shower Teen*, *Upskirt Adventures*, *X-Ray Journey*, *Voyeur's Village*.

As últimas duas gavetas continham roupas que não pareciam mais limpas que as que estavam no chão. Sob um emaranhado de camisetas, Milo encontrou um envelope com 600 dólares em dinheiro e uma pequena caixa de plástico onde estava escrito *Kit de costura*, recheada com cinco baseados bem apertados.

O meio banheiro era um cubículo a um canto. Meu nariz se acostumara ao fedor do quarto, mas aquilo era outro tipo de desafio. O chuveiro era de fibra de vidro, onde mal cabia uma mulher, muito menos um homem com o corpo de Peaty. Originalmente bege, agora marrom, com algo preto-esverdeado florescendo no ralo. Um espelho manchado estava grudado à parede sobre a pia. Não tinha armário de remédios. No chão, junto à privada rachada e encardida, havia um pequeno cesto de vime. Lá dentro havia um estoque de antiácidos e analgésicos que se podem comprar sem prescrição, uma escova de dentes que parecia não ser usada havia algum tempo, uma garrafa contendo duas pílulas de Vicodin. A prescrição original fora de 21 tabletes, receitada por um médico em Las Vegas havia sete anos e preenchida na farmácia da clínica.

— Guardando para tempos difíceis — falei. — Ou fáceis.

— O coquetel ocasional — disse Milo. — Estilo acampamento de trailers.

Voltou para o quarto, procurou sob a cama, voltou com as mãos vazias e empoeiradas. Manteve as mãos longe das calças, olhou para o banheiro. — Acho que não ficarei mais limpo usando esta pia... vamos ver se tem alguma torneira lá fora.

Depois de descermos as escadas, ele me levou para olhar o lugar do homicídio. Peaty perdera muito sangue. O lugar onde caiu estava demarcado com fita preta.

Uma policial uniformizada estava do lado de fora do apartamento de Vasquez. Milo a cumprimentou e encontramos uma torneira perto do apartamento da Sra. Stadlbraun. A velha voltara à casa e fechara bem as cortinas.

Quando terminou de se lavar, Milo disse:

— Alguma ideia?

— Se Peaty é nosso homem, não guardava troféus ou algo interessante — falei.

Mas eu estava enganado.

Na parte de trás da minivan vermelha enferrujada, Milo encontrou caixas de produtos de limpeza, lonas, vassouras, esfregões, panos de chão. Escondida sob as lonas havia uma caixa de ferramentas de múltiplos compartimentos. Havia um cadeado pendurado no fecho, mas estava aberto.

Milo pôs as luvas e abriu a caixa. No compartimento de cima havia chaves de fenda, martelos, chaves inglesas, alicates, pequenos cilindros de plástico contendo pregos e parafusos. No compartimento de baixo havia um jogo de gazuas, dois rolos de fita adesiva, uma lâmina de abrir caixas de papelão, um cortador de fios, um estilete, um rolo de cordas grossas de náilon branco, quatro pares de meias-calças femininas e uma pistola automática de metal azulado enrolada em um pano de chão encardido.

Estava carregada. Havia muita munição na caixa de balas calibre 22 no canto da caixa de ferramentas.

Junto às balas, havia outra coisa embrulhada em uma flanela. Redonda, firme.

Milo abriu o embrulho. Um globo de neve. Na base de plástico cor-de-rosa lia-se *MALIBU, CALIF. SURF'S UP!*

Ergueu a esfera. Flocos de neve começaram a cair sobre um mar azul-cobalto. Examinou a parte de baixo da base: "Feito nos Estados Unidos. New Hampshire." Aquilo explicava tudo. Os filhos da puta gostavam de pensar em nós congelando como eles.

Devolveu o globo à caixa e falou pelo rádio com um dos peritos na cena do crime.

— Lucio? Venha até aqui. Há mais coisa.

Enquanto a equipe de cena de crime inspecionava a van, Milo localizou o número do veículo e fez uma busca.

Roubado havia quatro anos em Highland Park e nunca recuperado, dono registrado: Wendell A. Chong. Chong tinha um endereço em South Pasadena que Milo copiou.

— Peaty limpa um bocado de prédios no lado leste — falei. — Provavelmente teve uma oportunidade um ano após ter chegado à Califórnia e nunca se incomodou em dizer ao chefe. Brad Dowd pagava um serviço de van. Peaty usava o serviço na maior parte do tempo. Enquanto isso, tinha uma opção.

— Equipado com um kit de arrombamento e estupro. — Ele franziu as sobrancelhas. — Tudo bem, vamos nos mexer.

Era 0h34 quando o acompanhei a um Coco's, na Pico com Wooster. Passou um longo tempo no banheiro masculino, saiu com o cabelo molhado e as mãos rosadas de tanto esfregar.

— Não sabia que tinham chuveiros — eu disse.

— Lavei na pia.

Pediu uma fatia de torta e café para nós dois.

— Não estou com fome — falei.

— Bom. Desse modo como por dois sem parecer um porco. Então Peaty era um sujeito extremamente malvado. O que esse globo significa?

— O globo que Dylan deu a Nora podia ser parte de uma dupla. Ou uma coleção. Um ficou no carro de Dylan porque Peaty estava se jactando. O outro, guardou para memórias masturbatórias.

— Significando que, se você for prudente, não deve conceder uma apólice de seguros para Nora e Meserve. Alguma ideia de onde começar a procurar pelos corpos?

Balancei a cabeça.

— A van e o kit indicam que Peaty pode ter viajado para algum lugar. Também fornecem um cenário para Michaela. Ele a viu na PlayHouse, seguiu-a até em casa, descobriu que morava perto dele. Depois disso, foi fácil observá-la da van. Na hora adequada, ele a sequestrou, levou-a a algum lugar escondido e a estrangulou. Talvez até mesmo na van.

Ele franziu as sobrancelhas.

— Sequestro e ocultação parecem trazer à vida real a farsa de Dylan e Michaela. Acha que foi isso o que estimulou Peaty?

— Ele provavelmente já estava de olho em Michaela, mas a farsa precipitou a ação. E o fato de Michaela ter sido expulsa da escola a fez passar mais noites em casa, sozinha.

— Seja lá onde ele a tenha matado, Alex, ele a trouxe de volta à vizinhança. O que significa, queria ficar dentro de sua zona de conforto?

— Ou o contrário — sugeri. — Quem quer que tenha matado Tori Giacomo a desovou no Griffith Park e escondeu o corpo de modo bem eficiente. O parque fica a quilômetros do apartamento de Tori na Valley e ainda mais longe da casa de Peaty. Também fica a um breve desvio da autoestrada do Valley para Pasadena: deixe a 101, pegue uma saída na 5, faça o que tem de fazer e volte.

— Desovou-a a caminho do trabalho — disse ele. — Do mesmo modo como roubou a van.

— Mas o fato de ter-se livrado de Tori pode tê-lo tornado mais audacioso com Michaela. Com todo mundo pensando que Peaty não tinha carro, ele não se importou com o fato de o corpo poder ser associado a ele. Então, deixou-o a céu aberto.

— A mentira da falta de carro não era difícil de ser desmascarada.

— A vontade de se vangloriar prevaleceu sobre a cautela — falei. — Ele não era um gênio do crime. Como a maioria deles.

A torta chegou. Milo comeu a dele, depois pegou a minha.

— Talvez com Michaela ele tenha sido apenas preguiçoso. Vendo que ela morava tão perto dele, não havia por que sair com ela por aí. Tori estava em North Hollywood, não fazia sentido trazê-la para casa. E quanto aos Gaidelas? A coleção de vídeos de Peaty é consistente com sua prisão por voyeurismo. Jovens bonitas.

— É difícil enquadrar os Gaidelas nisso — eu disse —, mas, como falei antes, ele podia ter outras taras. A descoberta do carro em Camarillo é mais difícil de explicar. Se ele deixou a van perto do lugar do assassinato e levou o carro alugado dos Gaidelas ao shopping, como voltou a Malibu?

— Para mim este não é o problema. Pegou carona, roubou outro carro, pegou um ônibus... ou não usou o carro alugado. Tudo o que precisava fazer era deixá-lo estacionado em Kanan Dume, janelas escancaradas, chaves na ignição. Convite aberto para algum jovem que gostasse de dirigir.

— E que tivesse ido ao shopping? — perguntei. — Delinquentes juvenis procurando barganhas?

— Por que não? Roubar alguns Nikes e roupas de hip-hop. De qualquer modo o fato de o Sr. Peaty estar fora do mundo dos vivos não é nenhuma coisa a se lamentar.

— Verdade.

Diversas mordidas depois:

— O que tem em mente?

— Os cenários que construímos dependem de planejamento e paciência. O modo como Peaty morreu, não recuando diante de um homem armado, demonstra falta de controle.

— Ele estava bêbado. Ou Vasquez não lhe deu chance para recuar.

— Vasquez apenas saiu e o baleou?

— Acontece.

— Verdade — falei. — Mas pense nisso: os corpos dos Gaidelas nunca foram encontrados e seus cartões de crédito nunca foram usados. Afora isso, alguém teve o trabalho de telefonar para a companhia de eletricidade em Ohio para mandar desligar o fornecimento de energia. Isso demonstra um alto grau de calculismo e prudência. Peaty foi pego por um passante que o flagrou olhando para colegiais enquanto se masturbava. Continuou a olhar abertamente para mulheres, que ficavam apavoradas com aquilo. Isso lhe parece discreto?

— Até os idiotas aprendem, Alex. Mas vamos deixar os Gaidelas de fora um instante. Concorda com a hipótese de Michaela e Tori terem sido mortas por Peaty?

Assenti.

— Bom, porque carro roubado, fita adesiva, corda, faca e uma pistola carregada são provas relevantes. Ferramentas básicas de seu Empório Local de Psicóticos Assassinos.

Ele massageou uma têmpora. Comeu torta, bebeu café. Empurrou o prato vazio até a minha frente e pediu mais.

— Nossa, vocês estavam com fome — disse a garçonete.

Milo sorriu. Ela pensou que era sincero e sorriu de volta.

Quando ela se foi, seus olhos se enevoaram e ele disse:

— Quase dois anos se passaram entre Tori e Michaela. A velha pergunta desagradável volta à tona.

— Quantas outras no intervalo.

— Peaty as escolhia na PlayHouse. Sem ficha, sem lista de presença, as pessoas entravam e saíam. É o sonho de um predador. Achei que talvez Nora estivesse sendo evasiva quando me disse isso. Agora, quando ela cada vez mais se assemelha a uma vítima, acredito nela.

— Não encontramos troféus adicionais no apartamento de Peaty ou na van, de modo que talvez não haja mais vítimas.

— Ou ele as escondia em outro lugar.

— Talvez. Vou começar com os prédios onde Peaty trabalhava como zelador.

— Usando espaço de estocagem gratuito — disse ele. — Talvez isso explique o fato de ele ter deixado o Toyota de Meserve na garagem de Brad. Também indica grande hostilidade contra autoridades. Todas aquelas propriedades que possuem os Dowds, e Peaty fazendo a limpeza. Deve ser difícil para Brad supervisionar tudo... Então me diga, sobre o que queria falar quando me ligou e eu lhe falei sobre Peaty?

— Não era importante.

Foi importante o bastante para que ligasse.

Contei-lhe o incidente com Hauser.

— Você e Robin?

— É.

Caprichou no estoicismo:

— O cara é psicólogo? Parece ser um maluco.

— No mínimo é um alcoólatra.

— Foi preso?

— Não sei. Eles o levaram em uma ambulância.

— Você o pegou de jeito, hein?

— Fui discreto.

Ele fez uma careta, esticou as mãos como se fossem lâminas, cortou o ar e disse:

— Haaaaa! Pensei que tivesse largado desse negócio de faixa preta.

— Nunca passei da marrom — falei. — É como andar de bicicleta.

— Com sorte o idiota vai acordar com o nariz doendo e se dar conta de seu erro. Quer que eu veja o boletim de ocorrência?

— Estava esperando que sim.

— Algum detetive apareceu?

— Só policiais uniformizados. Hendricks e Minette. Equipe ele-ela.

Ele ligou para a Divisão Pacífico, pediu para falar com o comandante de plantão, explicou a situação, ouviu, desligou sorrindo.

— No boletim de ocorrência oficial, você é tratado como vítima. Hauser foi indiciado por causar tumulto em lugar público e libertado. Qual o tipo de carro dele?

— Não perca tempo com isso.

— Um psicólogo, deixe-me ver... Acho que deve ser um Volvo, talvez um tipo de Volkswagen.

— Audi Quattro.

— Acertei o continente — disse ele. — É, vou perder tempo com isso.

— É improvável que ele insista, Milo. Quando ficar sóbrio vai ver que outro incidente o levará ao tribunal. Caso contrário, seu advogado o orientará neste sentido.

— Se ele fosse assim inteligente, Alex, nunca o teria perseguido, para começo de conversa.

— Não se preocupe com isso — falei. — Estou bem e você está com o prato cheio.

— Interessante — disse ele.

— O quê?

Afrouxou o cinto e suprimiu um arroto.

— Ter escolhido uma imagem gastronômica.

CAPÍTULO 27

Nenhum sinal do Audi de Hauser quando cheguei em casa, às 2 horas. A cama estava feita e Robin havia ido embora. Liguei para ela seis horas depois.

— Ouvi você sair — disse ela. — Fui lá fora, mas você já estava se afastando com o carro. Que tipo de coisas desagradáveis tem de resolver?

— Você não ia querer saber.

— Ia. A nova eu.

— A antiga estava boa.

— É o que você diz agora. O que houve, Alex?

— Alguém foi baleado. Um sujeito extremamente mau. Você podia ter ficado.

— Fiquei ansiosa — disse ela. — É uma casa grande.

— Não que eu saiba.

— A noite foi boa, Alex.

— Com exceção do interlúdio hostil.

— Está achando que Hauser vai causar mais problemas?

— Talvez seja mais esperto quando sóbrio. A polícia ficou ao meu lado. Quanto ao que eu lhe pedi...

— Mudou de ideia?

— Claro que não.

— Não foi uma coisa de momento, Alex?

Talvez tivesse sido.

— Não.

Alguns segundos de silêncio.

— Ficaria bravo comigo se eu dissesse que preciso de algum tempo para pensar?

— É um grande passo — falei.

— É mesmo. O que é estranho, diante de tudo o que compartilhamos.

Nada respondi.

— Não vou demorar — disse ela.

Deixei uma mensagem com a secretária de Erica Weiss, dizendo que desejava falar sobre Patrick Hauser. Assim que terminei, Milo ligou.

Parecia exausto. Provavelmente ficara acordado a noite inteira por causa de Peaty. Talvez por isso não perdeu tempo com gentilezas.

— Wendell A. Chong, o sujeito cuja van foi roubada por Peaty, é um consultor de softwares que alugava uma sala comercial em um prédio dos Dowds. A van foi roubada de sua vaga, à noite, enquanto Chong trabalhava até tarde. Chong recebeu o seguro, comprou outro carro, não teve interesse em reclamá-lo.

— Peaty viu o carro ali e aproveitou a oportunidade — falei. — Chong fez algum comentário sobre Peaty?

— Nunca o viu. Mas se lembra de Billy Dowd. Sempre se perguntou se Billy tinha algo a ver com o roubo.

— Por quê?

— Porque Billy costumava andar a esmo por lá quando Brad vinha recolher o aluguel. Certa vez entrou no escritório de Chong e ficou ali, como se fosse dono do lugar. Chong perguntou o que ele queria, Billy ficou com uma expressão ausente e foi embora sem dizer nada. Chong seguiu Billy, viu-o caminhando para cima e para baixo, como se estivesse patrulhando o corredor. Duas mulheres saíram de um escritório e Billy as olhou. De modo intenso, de acordo com Chong. Então, Brad apareceu e tirou Billy dali. Mas continuou trazendo Billy, de modo que Chong passou a trancar a porta. Interessante, não?

— Billy e Peaty? — perguntei.

— Malucos descobrindo coisas em comum. Acontece, não é? Brad protege Billy, mas não pode estar em toda parte. E como você disse, ele superestima seu poder. Talvez leve Billy com ele quando vai à garagem da PlayHouse. Ou à própria PlayHouse. Não vejo Billy agindo sozinho.

— Billy pareceu-me gentil.

— Talvez seja — disse ele. — Exceto quando não é. De qualquer modo, consegui permissão do advogado de Vasquez para entrevistar seu cliente, estou a caminho da cadeia. Estou apostando em um caso rápido, talvez homicídio involuntário. É legal ter um caso que feche assim tão fácil.

— Você pode acusar Peaty pelo assassinato de Michaela e fechar este também.

— Contudo, tenho minhas dúvidas quanto a Billy — disse ele. — Por quê? Porque sou um idiota autodestrutivo, não durmo há dois dias, estou *vulnerável*, amigo. Diga-me para esquecer Billy e eu o esquecerei.

— Dois bandidos podem explicar como o carro dos Gaidelas acabou a 40 quilômetros de Kanan Dume. Billy não parece capaz de se virar sozinho nas ruas, mas Peaty pode tê-lo ajudado. Ainda assim, é difícil imaginá-lo longe do irmão. Ele e Brad parecem estar juntos a maior parte do dia e, à noite, há uma vizinha vigiando-o.

— A "boa senhora". Pergunto-me quão feia deve ser. Deveria ter verificado isso, mas com tudo o que aconteceu... acha interessante o fato de essas coisas ruins terem começado a acontecer após Billy começar a morar sozinho?

— Se as coisas ruins eram produto de um relacionamento doentio, com a morte de Peaty, Billy talvez não entre em ação outra vez — respondi.

— O que seria confortável para você.

— Posso passar por lá e falar com a vizinha.

— Isso seria ótimo. Estarei enrolado com Vasquez o dia inteiro. — Ele me deu o endereço de Billy na Reeves Drive. — Teve mais problemas com aquele babaca do Hauser?

— Não.

— Bom.

— Ainda estou em dúvida quanto a uma coisa.

— Será que vou gostar de ouvir?

— Dylan Meserve escolheu Latigo para a fraude porque costumava caminhar por lá. O que levou os Gaidelas ao mesmo lugar?

— Ah — disse ele. — Já pensei nisso. Talvez Peaty tenha ouvido Dylan falando em ir até lá. Enquanto os Gaidelas estavam esperando para participar da seleções de atores, mencionaram a vontade de caminhar. Peaty ouviu a conversa e deu-lhes a dica.

— Quanto "ouvir dizer".

— Ele é um observador — disse Milo.

— Tudo bem.

— Você não concorda.

— O que sabemos sobre Meserve sugere falta de consciência, ou ao menos uma consciência fraca. A descrição de Michaela de seu comportamento naquelas noites me incomoda. Jogos mentais, preocupação com a morte, sexo brutal. Lamento aumentar seu fardo, mas...

— Não é meu fardo. Os Gaidelas nunca foram caso meu.

Alguém que não o conhecesse acreditaria.

— Peaty no caso das garotas, Meserve no dos Gaidelas? Aquela maldita escola seria um ímã para maníacos homicidas? — disse ele.

— Algo aconteceu lá.

Ele riu. Não foi um som agradável.

CAPÍTULO 28

Erica Weiss ligou de volta quando eu estava no chuveiro. Sequei-me e telefonei para seu escritório.

— Que experiência, doutor. Você está bem?

Como muitas indicações que recebo, ela era apenas uma voz ao telefone. Falava rápido, enérgica, agitada como uma animadora de torcida.

— Estou bem. Algum sinal de Hauser?

— Ainda não verifiquei. O que exatamente aconteceu?

Quando terminei de contar, ela estava ainda mais excitada.

— O advogado dele vai adorar saber que a aposta acaba de subir. O idiota acabou de assar sua galinha dos ovos de ouro *bem passada*. Quando posso pegar seu depoimento?

— Está tudo na ocorrência policial — falei.

— Ainda assim. Quando é conveniente para você?

Nunca.

— Que tal amanhã?

— Eu estava pensando em hoje.

— É muito em cima.

— O dinheiro do acordo é importante para aquelas pobres mulheres, doutor.

— Tente falar comigo amanhã à tarde.

— Você é um amor — disse ela. — Vou encontrá-lo com o escrivão da corte. Apenas diga onde.

— Vamos conversar mais tarde.

— Não gosta de se comprometer? Claro, como quiser. Mas, por favor, faça-o o quanto antes.

Billy Dowd morava no lado sul de Beverly Hills, uma breve caminhada até Roxbury Park. No ano passado, eu testemunhara um tiroteio no parque que não fora noticiado pelos jornais. Aquilo era Beverly Hills, com sua aura de segurança e uma polícia capaz de responder qualquer chamado em noventa segundos.

Um bocado de sobrados em estilo espanhol dos anos 1920 no quarteirão. O de Billy era cor-de-rosa com janelas de esquadrias de chumbo, telhado vermelho e exuberantes decorações em gesso. Um portão aberto conduzia a uma escadaria de azulejos que levava ao segundo andar. A unidade do térreo tinha uma entrada sombreada pelo ressalto mais acima.

A caixa de correio de ferro forjado à esquerda do portão não tinha nome. Subi até a unidade do segundo andar e bati em uma porta pesada. A portinhola estava bloqueada por uma ripa de madeira, mas manteve-se fechada quando a porta foi aberta.

Uma morena trajando um vestido de náilon branco encarou-me enquanto penteava o cabelo. Cabelo curto e grosso exigia movimentos curtos e rápidos. Tinha 40 e poucos anos, bronzeado perigoso, nariz adunco e olhos negros. Um crachá do hospital Santa Monica sobre o seio esquerdo dizia: *A. Holzer, E.R.*

Um homem estranho aparecendo sem se anunciar não a perturbou.

— Em que posso ajudar? — Sotaque teutônico.

— Billy Dowd mora no andar de baixo?

— Sim, mas não está aqui.

Mostrei-lhe minha credencial de consultor da polícia. Vencida havia seis meses. Poucas pessoas prestam atenção ao detalhe. A. Holzer mal olhou.

— Polícia? Sobre Billy?

— Um dos empregados do irmão de Billy se envolveu em uma confusão.

— Ah, e você quer falar com Billy sobre isso?

— Na verdade, estou aqui para falar com você.

— Comigo? Por quê?

— Você cuida de Billy?

— Cuidar? — Ela riu. — Ele é um homem adulto.

— Fisicamente sim — falei.

A mão ao redor do cabo da escova ficou pálida.

— Não entendo por que você está me fazendo essas perguntas. Billy está bem?

— Sim. São perguntas de rotina. Você parece gostar dele.

— Claro, Billy é ótimo — disse ela. — Ouça, estou muito cansada, deixei meu plantão cedo pela manhã. Gostaria de dormir...

— Costuma fazer turno da noite?

— Sim. Por isso gostaria de dormir. — Novo sorriso. Gélido.

— Você fala como se merecesse isso. Em que unidade trabalha?

— Cardiologia.

— Oito horas no centro de tratamento cardíaco e o resto do tempo com Billy.

— Não é... Billy não precisa... Por que isso é importante? — Ela apoiou uma das mãos na porta.

— Provavelmente não é — respondi. — Mas quando algo muito ruim acontece, é preciso fazer muitas perguntas. Sobre todo mundo que conhecia a vítima.

— Houve uma vítima. Alguém se feriu?

— Alguém foi assassinado.

Ela levou a mão à boca.

— *Gott en Himmel*... quem?

— Um homem chamado Reynold Peaty.

Ela balançou a cabeça.

— Não conheço.

— Era zelador de alguns prédios de Brad e Billy.

Descrevi Peaty para ela. Quando falei das costeletas, ela parecia conhecê-lo.

— Ah, ele — disse.

— Você o conheceu.

— Não o conheci, só o vi.

— Ele veio aqui.

Ela ajeitou o crachá. Deu mais umas escovadas no cabelo.

— Srta. Holzer...

— Annalise Holzer. — Voz mais baixa, suave, em guarda. Só faltou dizer seu posto e número de série.

— Reynold Peaty veio ver Billy — falei.

— Não, não, não veio vê-lo, veio trazer coisas.

— Coisas?

— Coisas que Billy esquece. No escritório. Às vezes o Sr. Dowd as traz pessoalmente. Em outras, envia este homem.

— Reynold Peaty.

— Billy não o matou, tenho certeza. Billy abre as janelas para deixar as moscas saírem de modo a não ter de matá-las.

— Gentil.

— Gentil — concordou Annalise Holzer. — Como um menino comportado.

— Mas esquecido — falei.

— Todo mundo esquece coisas.

— O que Billy esquece?

— Relógio, carteira. Várias vezes esqueceu a carteira.

— O Sr. Peaty passou e lhe entregou a carteira?

— Não — disse ela. — Ele me disse que Billy esqueceu a carteira, e que estava devolvendo.

— Quantas vezes isso aconteceu?

— Algumas — disse ela. — Não contei.

Várias vezes esqueceu a carteira. Ergui uma sobrancelha.

— Algumas vezes, isso é tudo — disse Annalise Holzer.

— Nessas vezes o Sr. Peaty entrou no apartamento de Billy?

— Não sei.

— Você o vigia.

— *Nein* — disse ela. — Não vigio, não sou babá. O Sr. Dowd me pediu para ajudar se Billy precisasse de algo.

— Parece um bom trabalho.

Ela deu de ombros.

— Bom salário?

— Nenhum dinheiro, apenas um aluguel mais barato.

— O Sr. Dowd é seu senhorio?

— Muito bom senhorio, alguns deles são como... cobras.

Milo não mencionara nenhuma propriedade em Beverly Hills nos bens dos Dowds.

— Então você consegue um desconto no aluguel por tomar conta de Billy.

— Sim, exato.

— O que isso envolve no dia a dia?

— Estar aqui — disse Annalise Holzer. — Caso precise de algo.

— Como Billy se desloca?

— Desloca?

— De um lugar para outro. Ele não dirige.

— Ele não sai muito — disse Annalise Holzer. — Às vezes eu o levo ao cinema no domingo. Century City, eu o deixo lá e o busco depois. Na maioria das vezes alugo DVDs na loja de vídeo do Olympic perto da Almont Drive. Billy tem uma grande TV de tela plana, melhor que um cinema, não acha?

— Alguém mais dirige para ele?

— O Sr. Dowd o pega pela manhã e o traz para casa. Todos os dias em que trabalham.

Um amplo circuito de Santa Monica Canyon até Beverly Hills e de volta. O trabalho não remunerado de Brad.

— Há alguém mais?

— Como assim?

— Táxi, serviço de transporte?

— Nunca vi.

— Então Billy não sai muito.

— Nunca sozinho — disse Annalise Holzer. — Nunca o vi sair, nem para caminhar. Gosto de caminhar e, quando pergunto se ele não quer andar comigo, ele responde: "Annalise, eu não gostava de ginástica na escola. Sou um pamonha." — Ela riu. — Brinco dizendo que é preguiçoso. Ele ri.

— Ele tem amigos?

— Não... mas é muito amistoso.

— Um rapaz caseiro — falei.

A frase a confundiu.

— Ele volta para casa e fica lá.

— Sim, sim, exato. Assistindo TV, DVDs, comendo... Às vezes eu cozinho. Ele gosta de algumas coisas... *sauerbraten*, carne de vitela especial. Spaetzle, um tipo de macarrão. Cozinho para dois, levo para ele. — Ela olhou por sobre o ombro. O cômodo atrás dela estava limpo e arrumado. Figuras de porcelana lotavam o consolo da lareira.

No mercado atual, o aluguel seria 3, 4 mil por mês. Muito mais do que podia pagar uma enfermeira.

— Mora sozinha, Srta. Holzer?

— Sim.

— Você é alemã?

— Lichtenstein. — Juntou o polegar ao indicador. — É um país bem pequenino entre...

— A Áustria e a Suíça — completei.

— Conhece Lichtenstein?

— Ouvi dizer que é bonito. Bancos, castelos, os Alpes.

— Sim, é bonito — concordou. — Mas gosto mais daqui.

— L.A. é mais excitante.

— Mais a fazer, a música, os cavalos, a praia.

— Você anda a cavalo?

— Faço qualquer coisa ao sol — disse ela.

— Trabalhando à noite, dormindo de dia e fazendo coisas para Billy.

— O trabalho é bom. Às vezes faço turno dobrado.

— Quais são as necessidades de Billy? — perguntei.

— Muito simples. Quando ele quer comida para viagem e o restaurante demora muito a entregar, faço o jantar para ele. Há uma Domino's em Doheny perto do Olympic. Billy gosta de comida tailandesa, e há um bom restaurante em La Cienega, esquina com o Olympic. Sushi também é no Olympic. Há um bom lugar perto de Doheny. Muito conveniente morar perto do Olympic.

— Billy é um gourmet.

— Billy come de tudo — disse Annalise Holzer. — Deve pensar nele como um menino. Um bom menino.

Quando voltei ao Olympic, liguei para Milo esperando ouvir a caixa postal porque ele estaria com Armando Vasquez.

— Cancelado — disse ele. — O advogado de Vasquez tinha outros planos, mas não se incomodou em me avisar. A preliminar sobre a autópsia de Michaela finalmente chegou. Estaria lá, mas a realizaram antes do previsto. O ponto decisivo é que não houve ataque sexual: a causa da morte foi estrangulamento, os ferimentos a faca no peito eram relativamente superficiais. O ferimento no pescoço foi uma punção, o patologista não sabe o que a provocou. Já foi ao apartamento de Billy?

— Acabo de vir de lá e você vai gostar. A mulher do andar de cima é uma enfermeira que trabalha à noite no hospital Santa Monica, o que quer dizer que sai por volta das 22h15. Mais, ela acha L.A. uma cidade excitante, gosta de arte, praia, andar a cavalo. Seu bronzeado diz que ela sai muito durante o dia.

— Não supervisiona muito.

— Fora isso, Peaty veio ao apartamento de Billy diversas vezes. Alegava que era enviado por Brad para devolver coisas que Billy esquecera no escritório. Brad nos disse achar que Peaty não dirigia. A não ser que tenha mentido quanto a isso, Peaty esteve lá sem ele saber.

— Quantas vezes são diversas vezes?

— A mulher não soube quantificar. Ou não quis. Disse que Billy perde muito a carteira. Então retificou dizendo que ele a perdeu algumas vezes.

— Qual o nome dela?

— Annalise Holzer. É uma dessas pessoas que lhe dão um bocado de detalhes e acabam não dizendo coisa alguma. Ela considera Billy infantil, gracioso, absolutamente sem problemas. Um pouco disso pode ser por conta do desconto que Brad lhe dá no aluguel. O prédio é outra propriedade dos Dowds.

— É mesmo? Não estava na lista da BNB.

— Talvez os Dowds tenham outra empresa ou uma holding que não esteja registrada em seu nome.

— Todas essas propriedades — disse ele. — Essa gente deve ser muito rica, e gente rica se protege.

— Holzer foi protetora, tudo bem. Mas não confiaria nela para obter detalhes sobre a vida de Billy.

— Querendo dizer que Peaty podia ser um frequentador assíduo da casa de Billy. *Tenho* de dar uma boa olhada nesse cara. Depois de falar com a mulher de Vasquez. Esta é a mudança de planos. Subitamente, não posso falar com Armando antes de falar com a esposa.

— Sobre o quê?

— O departamento de polícia não foi muito claro. Provavelmente deve ser um truque idiota de advogado, mas o promotor insiste que eu verifique.

— O departamento de polícia tem seus próprios investigadores.

— A quem tem de pagar. Por isso a bomba estourou na minha mão.

— Onde vai se encontrar com a mulher?

— Aqui no meu escritório, em meia hora.

— Estou a vinte minutos daí.

— Ótimo.

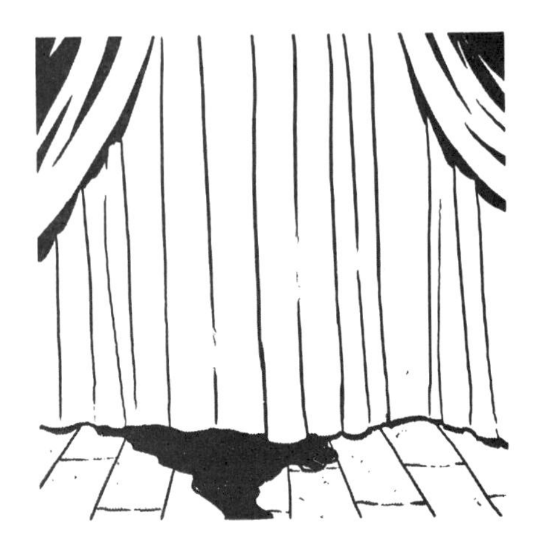

CAPÍTULO 29

Jacalyn Vasquez sem os três filhos, maquiagem e joias parecia ainda mais jovem do que quando a vi naquele domingo. Os cabelos tingidos estavam amarrados em um rabo de cavalo. Usava uma blusa branca larga, jeans e tênis. A acne devastava sua testa e bochechas. Tinha olheiras ao redor dos olhos.

Uma mulher alta de cabelo cor de mel de cerca de 20 anos segurava o braço de Vasquez. Os cabelos da loura eram longos e sedosos. Usava um terno preto apertado sobre um corpo escultural. Um rubi cravado na narina esquerda fugia ao corte conservador do terno. O belo cabelo e o corpo em forma contrastavam com um rosto simiesco.

Ela olhou para o espaço exíguo e franziu as sobrancelhas.

— Como vamos caber aí?

Milo sorriu.

— Você é quem?

— Brittany Chamfer, da defensoria pública.

— Achei que o advogado do Sr. Vasquez era Kevin Shuldiner.

— Sou estudante de direito do terceiro ano — disse Brittany Chamfer. — Trabalho no Projeto de Exoneração. — Franziu mais as sobrancelhas. — Isso é do tamanho de uma despensa.

— Bem — disse Milo —, um corpo a menos pode ajudar. Desfrute do ar fresco, Srta. Chamfer. Entre, Sra. Vasquez.

— Tenho ordens de ficar com Jackie.

— E eu tenho ordens de que você desfrute do ar fresco. — Ele se levantou e a cadeira rangeu. Silenciando-a com uma das mãos, ofereceu o assento para Jacalyn Vasquez. — Aqui, senhora.

— Eu *deveria* ficar — disse Brittany Chamfer.

— Você não é uma advogada e a Sra. Vasquez não está sendo acusada de nada.

— Ainda assim.

Milo deu um passo largo que o deixou diante da porta. Brittany Chamfer teve de dar um passo atrás para evitar a colisão e deixar de apoiar Jacalyn Vasquez.

Vasquez olhou para mim ao passar.

— Terei de ligar para meu escritório — disse Chamfer.

Milo fez Vasquez entrar, fechou a porta.

Ao se sentar, Jacalyn Vasquez estava chorando.

Milo deu-lhe um lenço de papel. Quando ela secou os olhos, ele disse:

— Tem algo a me dizer, Sra. Vasquez?

— Sim.

— O quê, senhora?

— Armando estava nos protegendo.

— A família?

— Sim.

— De...

— Dele.

— Do Sr. Peaty?

— Do pervertido.

— Sabia que o Sr. Peaty era um pervertido?

Ela assentiu.

— Como?

— Todo mundo estava dizendo.

— Todo mundo no prédio.

— É.

— Como a Sra. Stadlbraun.

— É.

— Quem mais?

— Todo mundo.

— Pode me dar alguns nomes?

Ela baixou os olhos.

— Todo mundo.

— O Sr. Peaty alguma vez fez algo pervertido de que você soubesse?

— Ele observava.

— Para...

Jacalyn Vasquez coçou o seio esquerdo.

— Ele olhava para você — disse Milo.

— Muito.

— Ele alguma vez a tocou? — Balançar de cabeça. — Seus olhares a faziam se sentir incomodada.

— É.

— Falou para Armando?

— Não.

— Por que não?

— Não queria que ele ficasse furioso.

— Armando é temperamental.

Silêncio.

— Então Peaty olhava para você — disse Milo. — Acha que por isso Armando deveria atirar nele?

— Os telefonemas também. Por isso estou aqui.

Os olhos de Milo se estreitaram.

— Quais telefonemas, senhora?

— À noite. Ligava, desligava, ligava, desligava. Achei que fosse ele.

— Peaty?

— É.

— Porque...

— Ele era um pervertido. — Ela baixou os olhos outra vez.

— Achou que era o Sr. Peaty — disse Milo.

— É.

— Ele já havia feito isso antes?

Hesitação.

— Sra. Vasquez?

— Não.

— Ele não havia feito, mas você suspeitava dele. Foi o Sr. Shuldiner quem sugeriu isso?

— Podia *ter sido* ele!

— Algum outro motivo para os telefonemas a aborrecerem? — disse Milo.

— Ficavam desligando.

— Ficavam — disse Milo, destacando a palavra.

Vasquez ergueu a cabeça, confusa.

— Talvez você estivesse preocupada com "eles", Jackie — disse Milo.

— Hein?

— Os antigos parceiros de Armando.

— Armando não tem parceiros.

— Costumava ter, Jackie.

Silêncio.

— Todo mundo sabe que ele andava com os 88s, Jackie.

Vasquez fungou.

— Todo mundo sabe — repetiu Milo.

— Isso foi, tipo, há muito tempo — disse Vasquez. — Armando não faz mais parte de nenhuma gangue.

— Quem são eles?

— Os telefonemas. Foram muitos.

— Algum outro telefonema na noite passada?

— Minha mãe.

— A que horas?

— Por volta das seis. — Jacalyn Vasquez ajeitou-se na cadeira. — O outro não foi de membros de gangue.

— Que outro?

— Depois daqueles que desligaram sem dizer nada. Alguém falou. Como um sussurro, entende?

— Um sussurro.

— É.

— O que sussurraram?

— *Ele* sussurrou. Disse que ele era perigoso, que gostava de ferir mulheres.

— Alguém sussurrou isso a respeito de Peaty?

— É.

— Você ouviu isso.

— Falaram com Armando.

— A que horas receberam esse telefonema sussurrado, Jackie?

— Bem... estávamos na cama assistindo TV. Armando atendeu e já estava furioso por causa dos outros telefonemas. Ele começou a berrar ao telefone, então parou e ouviu. Perguntei o que era, ele fez um gesto, tipo, você sabe? Ele ouviu e ficou com o rosto vermelho. Foi a última vez.

— Armando ficou furioso.

— Muito furioso.

— Por causa do sussurro.

— É.

— Armando falou sobre o sussurro depois de desligar?

Jacalyn Vasquez balançou a cabeça.

— Depois.

— Quando, depois?

— Na noite passada.

— Ligou da cadeia.

— É.

— Você não ouviu o sussurro e Armando nada falou na hora. Então, depois que Armando baleou Peaty, resolveu contar.

— Não estou mentindo.

— Posso compreender o fato de você querer proteger seu marido...

— Não estou mentindo.

— Digamos que alguém de fato sussurrou — disse Milo. — Acha que isso justifica balear Peaty?

— Sim.

— Por quê, Jackie?

— Ele era perigoso.

— De acordo com o sussurro.

— Não estou mentindo.

— Talvez Armando esteja.

— Armando não mentiu.

— Armando disse se o sussurro era de homem ou de mulher?

— Armando disse que não dava para discernir.

— Sussurro bom, esse.

— Não estou mentindo. — Jacalyn Vasquez cruzou os braços sobre o peito e olhou para Milo.

— Você sabe, Jackie, que qualquer ligação feita para seu apartamento pode ser verificada.

— Como assim?

— Podemos verificar seus registros telefônicos

— Ótimo — disse ela.

— O problema é que tudo o que podemos descobrir é que alguém ligou para vocês a uma determinada hora — disse Milo. — Não podemos verificar o que foi dito.

— Aconteceu.

— De acordo com Armando.

— Armando não mentiu.

— Vários telefonemas sem ninguém dizer nada — disse Milo. — Então, de repente, alguém sussurra algo sobre Peaty e Armando ouve.

As mãos de Jacalyn Vasquez, ainda cruzadas sobre o peito, subiram até seu rosto, que se contraiu. Quando falou através dos lábios apertados, as palavras saíram-lhe como as de uma criança brincando.

— Aconteceu. Armando me disse. Aconteceu.

Brittany Chamfer esperava no corredor, mexendo no piercing do nariz. Ela se voltou e viu Jacalyn Vasquez enxugando os olhos.

— Você está bem, Jackie?

— Eles não acreditam em mim.

— *O quê*? — perguntou Chamfer.

— Obrigado por vir — disse Milo.

— Estamos procurando a verdade — disse Chamfer.

— O objetivo é comum.

Chamfer pensou no que responder.

— O que devo dizer ao Sr. Shuldiner?

— Agradeça-o por seu dever cívico.

— Perdão?

— E pela criatividade também.

— Não vou dizer *isso* para ele — disse Brittany Chamfer.

— Tenha um bom dia.

— Terei. — Chamfer ajeitou os longos cabelos. — E *você*, vai ter? — Voltou a pegar Jacalyn Vasquez pelo braço e puxou-a corredor acima.

— Foi por isso que a promotoria a mandou para mim — disse Milo.— Que palhaçada.

— Você está descartando a possibilidade? — perguntei.

— Você não?

— Se Vasquez está mentindo para se livrar, ele poderia ter escolhido algo mais forte. Algo como Peaty ameaçando-o explicitamente.

— Então ele é um idiota.

— Talvez seja — falei.

Ele se inclinou na janela, chutou o rodapé.

— Mesmo que alguém tenha ligado para Vasquez para jogá-lo contra Peaty, o suspeito certo está na cadeia. Digamos que Ertha Stadlbraun tenha posto lenha na fogueira porque Peaty sempre a assustou. Minha entrevista a apavorou e ela apavorou os inquilinos. Um deles era um membro de gangue não completamente reformado com um mau temperamento e bang bang bang.

— Se você se sente à vontade não verificando, eu também me sinto.

Ele me deu as costas, levou as duas mãos ao cabelo e o transformou em um penteado assustador. Ajeitou-o de volta com sucesso parcial. Voltou ao escritório.

Quando entrei, estava com o telefone em mãos, mas não discava número algum.

— Sabe o que *me* manteve acordado na noite passada? O maldito globo de neve. Brad achou que Meserve o tinha posto ali, mas o outro que encontramos na van indica que foi Peaty. Estaria Peaty debochando de Brad?

— Talvez não tenha sido Peaty quem o deixou lá.

— O quê?

— Meserve acha que é ator — falei. — Atores fazem dublagem.

— O Sussurrador Infernal? Não posso me distrair com esse tipo de bobagem, Alex. Ainda tenho de verificar todos aqueles prédios que Peaty limpava, pode haver coisas escondidas por lá. Também não posso ignorar Billy, porque ele andava com Peaty e eu fui masoquista o bastante para descobrir.

Passou o telefone de uma mão para a outra.

— O que eu adoraria seria pegar Billy em seu apartamento, longe de Brad, e avaliar sua reação quando souber da morte de Peaty. — Ele bufou. — Vamos verificar essa babaquice de sussurro.

Ligou para a companhia telefônica, falou com alguém chamado Larry.

— O que preciso é que você me diga que é mentira, de modo que eu possa evitar esse negócio de mandado. Obrigado, é... Para você também. Eu aguardo.

Momentos depois, enrubesceu e começou a escrever furiosamente em seu bloco.

— Tudo bem, Lorenzo, muito obrigada... Não, estou falando sério... vamos esquecer que esta conversa aconteceu e eu lhe trago o maldito papel o quanto antes.

Ele desligou, tirou a folha do bloco e a entregou para mim.

Naquela noite, o primeiro telefonema para o apartamento de Vasquez aconteceu às 17h52 e durou 32 minutos. O número de quem ligou era de Guadalupe Maldonado. A mãe de Jackie Vasquez ligara "tipo umas 18 horas".

Milo fechou os olhos e fingiu cochilar enquanto eu lia.

Cinco outras ligações entre 19 e 22 horas, todas de um telefone com código de área 310 que Milo anotou como vindo de um "celular roubado". O primeiro durou oito segundos; o outro, quatro. Então vieram três ligações de dois segundos que devem ter sido aquelas em que Armando Vasquez perdeu a paciência e bateu com o fone no gancho.

— Roubado de quem? — perguntei.

— Ainda não sei, mas aconteceu no mesmo dia das ligações. Continue.

Sob os cinco telefonemas, havia o tracejar de uma mancha amébica repleto de cruzes. Então, via-se algo que Milo grifou tão forte que rasgou o papel.

Última chamada. 22h23. Quarenta segundos de duração.

Apesar da fúria de Vasquez, algo conseguiu chamar sua atenção.

Outro número, código de área 805.

Milo pegou a folha de papel, picou-a meticulosamente e jogou-a na lixeira.

— Você nunca viu isso. Verá quando o maldito mandado que agora se faz necessário fornecer uma prova legítima.

— Condado de Ventura. Seria Camarillo? — perguntei.

— Seria não, é. Lawrence diz que foi de um telefone público em Camarillo.

— Perto do shopping?

— Não conseguiu ser tão preciso, mas vamos descobrir. Agora tenho uma possível ligação com os Gaidelas. O que deveria deixá-lo feliz. Durante todo o tempo, você nunca achou que Peaty estivesse envolvido com o casal. Então, o que temos aqui? Um assassino com código de área 805 que age ao longo da costa e eu terei de começar tudo de novo?

— Apenas se os Gaidelas forem vítimas — falei.

— Senão...?

— Os xerifes acharam que os fatos apontavam para um desaparecimento desejado e talvez estivessem certos. Armando disse à mulher que era impossível identificar o sexo da pessoa que sussurrava ao telefone. Se estamos falando de teatro amador, Cathy Gaidelas pode ser uma candidata.

Ele trincou a mandíbula. Projetou a cadeira para a frente, ficando a centímetros de meu rosto. Agradeci a Deus por sermos amigos.

— Subitamente, os Gaidelas passaram de vítimas a *assassinos* psicóticos?

— Isso resolve muitos problemas — falei. — Nenhum corpo recuperado e o carro alugado teria sido deixado em Camarillo porque os Gaidelas o abandonaram ali, como supôs a empresa. Quem melhor para cancelar cartões de crédito do que seus donos legítimos? E saber para quais empresas de serviços ligar em Ohio?

— O casal simpático se escondendo no Condado de Ventura e se aventurando em L.A. para cometer crimes? Para começo de conversa, por que teriam se estabelecido lá?

— Proximidade do mar, e você não precisa ser milionário para isso. Ainda há lugares em Oxnard onde os aluguéis são baratos.

Ajeitou o cabelo para trás e franziu a sobrancelha.

— De onde *veio* tudo isso, Alex?

— De minha mente conturbada. Mas pense: o único motivo de considerarmos os Gaidelas um casal simpático foi porque a irmã de Cathy os descreveu assim. Mas Susan Palmer também falou de um lado antissocial: uso de drogas, anos de parasitismo familiar. Cathy casou-se com um homem que as pessoas suspeitavam ser gay. Há alguma complexidade aí.

— O que estou ouvindo é um tipo de complexidade *menor*. Qual seu motivo para se tornarem *homicidas*?

— Que tal extrema frustração chegando a um limite? Estamos falando de duas pessoas de meia-idade que jamais conseguiram muito para si. Mudam-se para L.A., iludidos como milhares de outros candidatos a ator. Sua idade e aparência tornam as coisas ainda mais difíceis, mas eles resolvem assumir uma abordagem metódica: aulas de teatro. Talvez tivessem sido rejeitados por outros professores e Nora fosse sua última chance. E se ela os rejeitou de um modo não diplomático? Charles Manson não gostou de ouvir que nunca seria um astro de rock.

— Trata-se de uma revanche contra Nora? — perguntou.

— Revanche contra ela e contra os símbolos de juventude e beleza dos quais ela se cerca.

— Tori Giacomo foi morta *antes* do desaparecimento dos Gaidelas.

— Isso não impediria de os Gaidelas terem tido contato com ela. Se não na PlayHouse, no trabalho. Talvez ela tenha servido uma lagosta para eles e tenha sido assim que *souberam* da PlayHouse.

— Matam Tori, então esperam dois anos para matar Michaela? Este é um prato muito frio a ser comido, Alex.

— Isso se aceitarmos que nenhum outro aluno da PlayHouse desapareceu.

Ele suspirou.

— A farsa pode ter servido como algum tipo de catalisador — sugeri. — O nome de Nora no jornal. O de Michaela e Dylan, também. Isso para não mencionar o Latigo Canyon. Posso estar totalmente errado, mas não creio que o código de área 805 possa ser ignorado. Tampouco a história de Armando Vasquez.

Ele se levantou, espreguiçou-se, voltou a se sentar, escondeu o rosto entre as mãos um instante e então ergueu a cabeça, olhos cansados.

— Criativo, Alex. Imaginativo, inventivo, impressionantemente fora do maldito contexto. O problema que isso *não* resolve é o de Peaty. Um notório delinquente com acesso a todas as vítimas e um kit-estupro em sua van. Se os Gaidelas buscavam o estrelato, por que teriam alguma coisa a ver com um perdedor como eles, isso sem falar em tramar seu assassinato? E como sabiam que para isso bastavam telefonar para Vasquez?

Pensei a respeito.

— Talvez os Gaidelas tenham conhecido Peaty na PlayHouse e criaram algum tipo de vínculo com ele... Perdedores expressando mútua simpatia.

— É um bocado de coisa para acontecer durante uma seleção. Isso supondo que os Gaidelas alguma vez estiveram *na* PlayHouse.

— Talvez Nora os deixou esperando muito tempo e então os dispensou sem cerimônias. Se criaram um vínculo com Peaty, poderiam ter tido a oportunidade de visitar seu apartamento e perceber a tensão no prédio. Ou Peaty lhes disse que não gostava de Vasquez.

— Ertha Stadlbraun disse que Peaty nunca recebia visitas.

— Ertha Stadlbraun vai dormir às 23 horas — eu disse. — Seria interessante saber se alguém no prédio reconhece as fotografias dos Gaidelas.

Ele olhou para mim.

— Peaty, Andy e Cathy. E vamos acrescentar Billy Dowd, porque somos generosos. O que seria? Algum tipo de clube de aberrações?

— Veja todos esses tiroteios em universidades cometidos por gente deslocada.

— Ai, meu Deus — disse ele. — Antes de ser sugado por esse vórtice de fantasia, preciso fazer um pouco do tedioso trabalho policial: descobrir o telefone público, tentar recolher algumas digitais e procurar troféus que Peaty possa ter escondido Deus sabe onde. Tal como... Vamos parar de conversa fiada, está bem? Minha cabeça está se quebrando como um coco verde.

Ele afrouxou a gravata, levantou-se, atravessou o pequeno escritório e abriu a porta com força, fazendo-a bater na parede algumas vezes e arrancando um pedaço de reboco.

Meus ouvidos ainda estavam zumbindo quando ele enfiou a cabeça no vão da porta, segundos depois.

— Onde posso encontrar aqueles preparados de aminoácido que tornam a gente mais inteligente?

— Não funcionam — falei.

— Obrigado pela informação.

CAPÍTULO 30

A porta de jacarandá brasileiro do escritório de advocacia de Erica Weiss devia ser usada para fazer fundos de violões. Vinte e seis sócios eram listados na placa de peltre. Weiss estava perto do topo.

Ela me fez esperar durante vinte minutos, mas saiu para me receber pessoalmente. Trinta e tantos anos, cabelo prateado, olhos azuis, vestindo Armani negro como carvão e joias de coral.

— Desculpe o atraso, doutor. Estava ansioso para vê-lo.

— Sem problema.

— Café?

— Preto seria ótimo.

— Biscoitos? Um de nossos estagiários preparou biscoitos de chocolate esta manhã. Cliff é um grande padeiro.

— Não, obrigado.

— Volto com o café. — Ela atravessou o tapete azul-marinho e foi até um gabinete de madeira de lei. Sua saída foi um solo de castanholas com saltos stiletto.

Seu esconderijo ficava em um canto claro e fresco no oitavo andar de um arranha-céu em Wilshire, a leste de Rossmore, em Hancock Park. Paredes de feltro cinza, móveis de ébano de Macassar, cadeiras cromadas de couro preto que combinavam com o monitor do computador. O diploma de Stanford pendurado em um canto onde certamente seria notado.

Uma mesa de reunião de jacarandá em forma de ataúde era cercada de cadeiras pretas com rodízios. Sentei-me à cabeceira. Talvez fosse o lugar de Erica Weiss, mas ela poderia me dizer isso quando voltasse.

A parede leste era de vidro, voltada para Koreatown e para o brilho distante do centro da cidade. A oeste, fora de vista, ficava a casa de Nora Dowd em McCadden.

Weiss voltou com uma caneca azul com o nome e o logotipo da empresa impressos em dourado. O símbolo era um capacete sobre uma grinalda com um texto em latim. Algo a ver com honra e lealdade. O café era forte e amargo.

Ela olhou para a cadeira da cabeceira e sentou-se à minha direita sem fazer comentários a respeito. Uma filipina trazendo uma máquina de estenografia de tribunal entrou, seguida de um jovem de cabelo espetado vestindo um terno verde e largo que Weiss apresentou como sendo Cliff.

— Ele será testemunha de seu juramento. Pronto, doutor?

— Claro.

Ela pôs os óculos de leitura e leu um arquivo enquanto eu tomava café. Então, tirou os óculos, ficou séria e o azul de seus olhos se metalizou.

— Para começo de conversa — disse ela, e a mudança de seu tom de voz me fez baixar a xícara. Ela fixou o olhar no topo de minha cabeça, como se algo estranho tivesse brotado ali. Apontando um dedo, ela transformou a palavra "doutor" em algo ofensivo.

Na meia hora seguinte, respondi perguntas, todas feitas em voz estridente e repleta de insinuações. Diversas perguntas, muitas assumindo o ponto de vista de Patrick Hauser. Sem pausas. Erica Weiss parecia ser capaz de falar sem respirar.

Quase tão subitamente quanto começou, ela disse:

— Terminou. — Grande sorriso. — Desculpe se fui um tanto brusca, doutor, mas considero depoimentos como ensaios e gosto que minhas testemunhas estejam preparadas para o tribunal.

— Acha que chegaremos a tanto?

— Achava que sim, mas já não acho. — Esticou o braço e olhou para um Rolex feminino com pulseira de safiras. — De qualquer modo, você estará pronto. Agora, se me permite, tenho um compromisso.

Trajeto de dez minutos para McCadden Place.

Ainda não havia um Range Rover, mas a garagem não estava vazia.

Um Cadillac azul-bebê conversível ano 1959 do tamanho de um iate ocupava o espaço. Rodas com aros brilhantes, teto conversível branco aberto, rabos de peixe que deveriam ser registrados como arma mortal.

Brad e Billy Dowd estavam junto ao carro, de costas para mim. Brad usava uma camisa de linho marrom-claro e gesticulava com a mão direita. O braço esquerdo repousava sobre o ombro de Billy, que usava a mesma camisa azul e calças Dockers. Quinze centímetros mais baixo que o irmão. Contudo, por conta de seu cabelo grisalho, os dois podiam passar como pai e filho.

O pai falava, o filho ouvia.

O som de meu motor ao desligar fez Brad olhar por cima do ombro. Um segundo depois, Billy o imitou.

Quando saí, ambos olhavam para mim. Brad usava uma camisa polo azul sob o casaco. Calçava sandálias italianas vazadas, cor de amendoim. Embora o dia estivesse nublado, Brad estava vestido para um almoço à beira-mar. Seu cabelo grisalho estava despenteado e ele parecia tenso. O rosto de Billy era inexpressivo. Tinha uma mancha de graxa igual a uma imagem de teste de Rorschach na frente das calças.

Ele me cumprimentou primeiro.

— Oi, detetive.

— Como vai, Billy?

— Mal. Nora não está em parte alguma e estamos assustados.

— Mais preocupados que assustados, Bill — disse Brad.

— Você disse...

— Lembra dos folhetos, Bill? O que falei para você?

— Seja positivo — disse Billy.

— Exato.

— Folhetos? — perguntei.

Billy apontou para a casa.

— Brad esteve lá de novo.

— Primeiro fiz uma busca superficial — disse Brad. — Desta vez abri algumas gavetas e encontrei folhetos de viagem na mesa de cabeceira de minha irmã. Nada parece fora de lugar a não ser, talvez, algum espaço vazio em seu guarda-roupa.

— Fez as malas para viajar.

— Espero que seja isso.

— Que tipo de folhetos? — perguntei.

— Lugares na América Latina. Quer vê-los?

— Por favor.

Foi até o Cadillac e trouxe uma pilha de panfletos. Pelican's Pouch, Southwater Caye, Belize; Ilha Tumeffe, Belize; Pousada La Mandragora, Búzios, Brasil; Hotel Monasterio, Cusco, Peru; Tapir Lodge, Equador.

— Parece um plano de viagem — falei.

— Ainda assim, ela nos diria — disse Brad. — Ia ligar para saber se vocês a descobriram em algum voo.

O passaporte de Nora não fora usado.

— Nada até agora, mas continuamos procurando — respondi. — Nora costuma voar em jatos executivos?

— Não. Por quê?

— Cobrindo todas as alternativas.

— Já falamos sobre isso — disse Brad. — Ou eu já falei sobre isso. Morando tão perto do aeroporto de Santa Monica, a gente vê aquelas belezas decolando e a coisa é muito atraente.

O mesmo que Milo dissera. Mas, para os Dowds, aquilo podia ser mais que fantasia.

— O que Nora achou? — perguntei.

— Estava pronta para fretar um. Mas quando soube o preço, falei para ela esquecer. O legal seria ter meu próprio avião, mas isso nunca foi uma opção.

— Como assim?

— Não chegamos nem perto daquela esfera financeira, detetive.

— Nora concordou?

Brad sorriu.

— Nora não é muito de calcular orçamentos. Se ela fretaria algo por conta própria? Creio ser possível. Mas teria de pedir o dinheiro para mim.

— Ela não tem fundos próprios?

— Ela tem uma conta para despesas do dia a dia, mas dinheiro maior ela tem de pedir a mim. Assim é melhor para todos nós.

Os olhos de Billy voltaram-se para o céu.

— Nunca vou a parte alguma.

— Ora, vamos, Bill — disse Brad. — Fomos a San Francisco.

— Isso foi há um tempão.

— Foi há dois anos.

— Isso é um tempão. — Os olhos de Billy ficaram sonhadores. Levou uma das mãos até o vão das pernas. Brad pigarreou e Billy enfiou a mão no bolso.

Voltei-me para Brad.

— Nora não costuma viajar sem avisá-lo?

— Nora faz suas coisas em um nível limitado, mas nunca viajou muito tempo sem me dizer.

— Aquelas viagens a Paris.

— Exato. — Brad olhou para os folhetos. — Eu ia entrar em contato com aqueles resorts, mas se quiser fazê-lo, pode nos manter informados.

— Manterei.

Esfregou o canto de um olho.

— Talvez Nora volte amanhã com... Ia dizer ótimo bronzeado, mas Nora não gosta de sol.

Acenei para os folhetos.

— São todos lugares ensolarados.

Brad olhou para Billy, cujos olhos ainda estavam voltados para o céu.

— Estou certo de que há uma explicação lógica, detetive. Só queria que... De qualquer modo, obrigado por passar por aqui. Se souber de algo, por favor me avise.

— Há algo que deve saber — falei. — Reynold Peaty foi assassinado na noite passada.

Brad ficou atônito.

— O quê? Que loucura!

Billy ficou estático, mas seus olhos cravaram-se nos meus. Nada de ausente em seu olhar.

— Billy? — chamou Brad.

Bill continuou olhando para mim. Apontou um dedo.

— Você disse algo terrível.

— Desculpe...

— Reyn foi assassinado? — As mãos de Billy se embaralharam. — *Não pode ser!*

Brad tocou-lhe o braço, mas Billy o evitou e correu até o centro do jardim de Nora, onde começou a socar as próprias coxas.

Brad correu até ele, falou ao ouvido do irmão. Billy balançou a cabeça violentamente e se afastou vários metros. Brad o seguiu, falando sem parar. Billy se afastou outra vez. Brad insistiu enquanto Billy balançava a cabeça e fazia caretas. Finalmente, Billy permitiu ser trazido de volta. Narinas infladas dobravam a largura de seu nariz de buldogue. Seus lábios estavam salpicados de saliva branca e grossa.

— Quem matou Reyn? — perguntou.

— Um vizinho — falei. — Discutiram e...

— Um vizinho? — perguntou Brad. — Um de nossos *inquilinos*? *Quem*?

— Um homem chamado Armando Vasquez.

— *Aquele* sujeito. *Merda*, desde o início tive um mau pressentimento em relação a ele, mas sua ficha estava em ordem e hoje em dia você não pode abrir mão de um inquilino baseado em intuição. — Ele puxou a lapela do casaco. — Jesus. O que *aconteceu*?

— O que o incomodou em relação a Vasquez?

— Ele me pareceu... você sabe, um *cholo*.

— Onde ele está, Brad? — perguntou Billy. — Eu quero matá-lo.

— Shh! Uma discussão? Como passaram da discussão para o homicídio?

— Difícil dizer.

— Meu Deus — disse Brad. — Falavam sobre o quê?

Os olhos de Billy estavam semicerrados.

— Onde está o *marginal*?

— Na cadeia — disse Brad. E voltou para mim. — Certo?

— Está sob custódia.

— Por quanto tempo? — perguntou Billy.

— Um longo tempo — respondi.

— Diga-me quando vai ser solto para eu dar um tiro na bunda dele.

— Billy, *pare*! — disse Brad.

Billy olhou feio. Inspirou profundamente.

Brad tentou tocá-lo. Outra vez, Billy o evitou.

— Eu paro agora, certo, tudo bem. Mas quando ele sair vou dar um tiro no *cu* dele. — Ele socou o ar.

— Billy, isso é...

— Reyn era meu *amigo*.

— Bill, ele não era amigo de... Tudo bem, tudo bem, como quiser, Bill, desculpe. Ele era seu amigo, você tem o direito de ficar zangado.

— Não estou zangado. Estou *puto*.

— Ótimo, fique puto. — Voltou-se para mim. — Uma *discussão*? Meu Deus, ia passar naquele prédio hoje ou amanhã.

— Por quê?

Brad inclinou a cabeça em direção ao irmão. Billy olhava para a grama.

— Fazendo o circuito.

A ponto de demitir e despejar Peaty.

Billy deu um soco na palma da mão.

— Reyn era meu *amigo*. Agora está *morto*. Isso é uma *merda*.

— O que você e Reyn faziam juntos, Billy? — perguntei.

Brad tentou se interpor entre Billy e eu, mas Billy fez a volta ao redor dele.

— Reyn era educado comigo.

— Billy, Reyn teve alguns problemas — disse Brad. — Lembra que eu lhe falei a respeito...

— Dirigir rápido demais. E daí? *Você* faz o mesmo, Brad.

— Billy... — Brad sorriu e deu de ombros.

Billy inclinou a cabeça em direção ao Cadillac.

— Não no 59, a droga do 59 é muito lenta... É o que você sempre diz, essa droga é muito lenta para carregar essa bunda velha e gorda. Você dirige rápido no Sting Ray, no Porsche, no Austin...

— Ótimo — interrompeu Brad, voltando a sorrir. — O detetive entendeu, Bill.

— Você diz que o Ray é tão fogoso quanto aquela garota da sua aula... Como é o nome dela? Ãh, ãh, ãh, Jocelyn... O Sting Ray é tão fogoso quanto Jocelyn... Jocelyn... Olderson... Oldenson... e tão caro quanto ela. Você sempre diz isso, o Sting...

— Isso é uma piada, Bill.

— *Eu não estou rindo* — disse Billy. E voltou-se para mim. — Reyn dirigiu rápido há muito tempo e se meteu em confusão. Tinha de morrer por causa disso?

— Ninguém está dizendo isso, Billy — disse Brad.

— Eu estou perguntando para *ele*, Brad.

— Ninguém está dizendo isso — respondi.

— Isso me deixa *puto*! — Billy voltou a se livrar do irmão, foi em direção à garagem. Com algum esforço, pulou sobre a porta do lado do passageiro do Cadillac, afundou no banco, braços cruzados, olhando fixamente para a frente.

Brad disse:

— Pulou daquele jeito, ele sabe que é contra as... Ele deve estar realmente furioso, embora eu jure não saber lhe dizer por quê.

— Ele considera Peaty seu amigo.

Ele baixou a voz.

— Ele não tem noção das coisas.

— Como assim?

— Meu irmão não tem um grupo de amigos. Quando contratei Peaty percebi que ele olhava para Billy como se Billy fosse algum tipo de anormal. Disse-lhe para parar de fazer isso e, então, ele passou a tratar Billy de modo amigável. Achei que estivesse me adulando. De qualquer modo, Billy está respondendo a isso. Qualquer um que o trate como metade de um ser humano ele considera amigo. Depois que vocês passaram no escritório, ele me disse que *vocês* eram amigos dele.

No Cadillac, Billy começou a se mexer para a frente e para trás.

— Ele está muito perturbado para não ter tido qualquer tipo de relacionamento com Peaty — falei.

— Meu irmão tem problemas com mudanças.

— Saber que alguém que você conhece morreu é uma mudança brusca.

— Sim, claro, não estou minimizando as coisas. Tudo o que estou dizendo é que é difícil para Billy processar esse tipo de coisa. — Ele balançou a cabeça. — Baleado em uma discussão idiota? Agora que Billy não está ouvindo, pode me dizer o que realmente aconteceu?

— Exatamente o que contei — falei. — Eu não estava pro tegendo Billy.

— Oh. Tudo bem, desculpe. Veja, é melhor eu ir acalmá-lo. Então, se me...

— Você está certo de que Billy e Peaty não tinham qualquer tipo de associação.

— Certamente. Peaty era um *zelador*, pelo amor de Deus!

— Ele esteve no apartamento de Billy — falei.

O lábio inferior de Brad caiu.

— O que está dizendo?

Repeti o que Annalise Holzer me dissera.

— Coisas esquecidas? — perguntou ele. — Isso não faz sentido.

— Billy é esquecido?

— Sim, mas...

— Pensamos que Peaty passava lá por ordens suas.

— Ordens minhas? Ridículo. Achava que ele não dirigia, lembra-se? — Brad enxugou as sobrancelhas. — Annalise disse isso?

— Ela é confiável?

— Meu Deus, espero que sim. — Coçou a cabeça. — Se ela disse que Peaty passou por lá, creio que passou. Mas, devo lhe dizer, estou surpreso.

— Que Peaty e Billy se associassem?

— Não sabemos se eles se *associaram*, apenas que Peaty trouxe-lhe coisas. Sim, Billy é esquecido, mas geralmente ele me diz quando esquece algo e eu lhe digo para não se preocupar, que pegamos no dia seguinte. Se Peaty deixou algo lá, estou certo de que a coisa acabou aí.

Ele olhou para Billy, que se movia para a frente e para trás com mais força.

— Primeiro o sumiço de Nora, agora isso...

— São adultos — falei.

— Cronologicamente.

— Deve ser difícil ser protetor.

— Na maior parte do tempo não é nada demais. Às vezes é um desafio.

— Este é um desses "às vezes".

— Este é um "às vezes" realmente *grande*.

— Precisaremos falar com Billy sobre Peaty em algum momento.

— Por quê? Peaty está morto e você sabe quem o baleou.

— Apenas para completar minha investigação.

— O que isso tem a ver com Billy?

— Provavelmente nada.

— Peaty ainda é suspeito do assassinato daquela jovem?

— Ainda?

— Todas aquelas perguntas que você me fez sobre ele quando foi à minha casa. Era bastante óbvio o que tinha em mente. Você realmente acha que Peaty poderia ter feito algo assim?

— Esta é uma investigação aberta — falei.

— O que quer dizer que não vai falar. Veja, gosto do que vocês fazem, mas não posso simplesmente deixar que assustem Billy.

— Assustar não faz parte de nossa agenda, Sr. Dowd. Apenas algumas perguntas.

— Acredite, detetive, ele nada tem a lhe dizer.

— Você tem certeza disso.

— Claro que sim. Não posso deixar que meu irmão seja envolvido em algo sórdido.

— Porque cronologicamente ele é um adulto, mas...

— Exato.

— Ele não me parece retardado.

— Eu lhe disse, ele não é — disse Brad. — Agora, o que ele *é* ninguém parece saber ao certo. Hoje em dia ele provavelmente seria classificado como algum tipo de autista. Quando criança ele era apenas "diferente".

— Deve ter sido difícil.

Seus olhos derivaram para o Cadillac. Billy encostara a cabeça no painel.

— Não há um pingo de maldade ali, detetive, mas isso não impedia que outras crianças o atormentassem. Sou mais jovem, mas sempre me senti o mais velho. Foi assim que sempre foi e terei de pedir que respeite nossa privacidade.

— Falar talvez seja bom para Billy — eu disse.

— Por quê?

— Ele pareceu ficar muito traumatizado com a notícia. Às vezes, falar ajuda.

— Agora você soa como um psiquiatra — disse Brad. A voz voltou a ficar agressiva.

— Você tem experiência com psiquiatras?

— Quando éramos crianças, Billy foi levado a todo tipo de impostor. O impostor das vitaminas, o da hipnose, o dos exercícios, o da psiquiatria. Nenhum deles conseguiu fazer coisa alguma por ele. Então, vamos nos restringir ao que melhor sabemos. Você caça bandidos e eu cuido do meu irmão.

Fui até o Cadillac, Brad protestando atrás de mim. Billy se aprumou no banco, rígido. Seus olhos estavam fechados, as mãos agarrando a camisa.

— Prazer em vê-lo de novo, Billy.

— Não foi um prazer. Esse foi um dia de más notícias.

Brad sentou-se no banco do motorista.

— Notícias realmente ruins — falei.

Billy assentiu.

— Muito, muito, ruins.

Brad girou a chave na ignição.

— Estou indo, detetive.

Depois que foram embora, esperei cinco minutos, então fui até a porta de Nora Dowd e bati. O silêncio que eu esperava.

Caixa de correio vazia. O irmão Brad recolhera a correspondência de Nora. Limpando a sujeira de todo mundo, como sempre. Ele alegava que Billy era inofensivo, mas sua opinião não tinha qualquer valor.

Voltei ao Seville e me afastei dali, passando pela casa de Albert Beamish. As cortinas da casa do velho estavam fechadas, mas ele abriu a porta.

Camisa vermelha, calças verdes, bebida em mãos.

Parei e baixei o vidro da porta do carro.

— Como vai?

Beamish começou a dizer algo, mas balançou a cabeça, desgostoso, e voltou a entrar.

CAPÍTULO 31

Billy tinha uma ligação com Peaty. E Billy era temperamental. Seria idiota o bastante para se dar conta das implicações de um relacionamento com Reynold Peaty? Ou *não* haveria implicações?

Uma coisa era provável: as visitas do zelador tinham sido para algo além de devolver objetos esquecidos.

Enquanto cruzava a Sexta em direção ao San Vicente, considerei a reação de Billy. Choque, raiva, desejo de vingança.

Outro irmão desafiando Brad.

A impulsividade de uma criança com os hormônios de um adulto podia ser uma combinação perigosa. Como Milo destacou, Billy começara a viver sozinho por volta da época do assassinato de Tori Giacomo e do desaparecimento dos Gaidelas.

Oportunidade perfeita para Billy e Peaty elevarem sua amizade a outro nível? Se os dois se tornaram uma equipe de homicidas, Peaty certamente era o membro dominante.

Que liderança. Um voyeur alcoólatra e um homem idiota e infantilizado não combinavam com o tipo de planejamento que limpara de provas periciais o lugar onde Michaela fora encontrada e escondera o corpo de Tori Giacomo tempo o bastante para reduzi-lo a ossos dispersos.

E havia também a questão do telefonema sussurrado feito no Condado de Ventura. Não havia como Billy ter feito aquilo.

Inspirado no Iago shakespeariano, cortesia das linhas telefônicas. Funcionou.

Divagara a respeito de um lado cruel dos Gaidelas, mas havia outro casal que merecia ser considerado.

Nora Dowd era uma diletante excêntrica e atriz fracassada, mas fora habilidosa o bastante para enganar o irmão sobre ter rompido com Dylan Meserve. Acrescente a isso um jovem amante com uma queda para sexo brutal e jogos psicológicos e a coisa fica interessante.

Talvez Brad não tenha encontrado sinais de luta na casa de Nora porque não havia nenhum. Folhetos de viagem em uma mesa de cabeceira e roupas faltando no armário, somados ao não pagamento do aluguel de Dylan Meserve havia semanas, indicavam uma viagem longamente planejada. Albert Beamish não vira ninguém morando com Nora, mas alguém que entrasse e saísse da casa após escurecer ter-lhe-ia passado despercebido.

Uma mulher que achava que voar de jatinho executivo era uma boa ideia.

Seu passaporte não fora usado recentemente, e Meserve nunca tirara o seu. Mas ele crescera nas ruas de Nova York, poderia saber como obter um documento falso. Passar pelo controle de passaportes no aeroporto de Los Angeles teria sido um desafio. Mas ir de jato de Santa Monica até um campo de pouso em alguma aldeia ao sul da fronteira pagando propina seria outra história.

Folhetos na gaveta, nenhuma tentativa de escondê-los. Seria porque Nora acreditava que ninguém violaria sua privacidade?

Quando parei em um sinal vermelho na Melrose, dei uma olhada melhor nos resorts que ela pesquisara.

Belos lugares na América do Sul. Talvez em busca de algo mais que clima.

Dirigi de volta para casa o mais rapidamente que o Sunset permitia, mal tive tempo de procurar o Audi marrom de Hauser. Pesquisando na internet, descobri que Belize, Brasil e Equador tinham tratados de extradição com os Estados Unidos e que quase todos os países sem tratado ficavam na África e na Ásia.

Esconder-se em Ruanda, Burkina Fasso ou Uganda não seria muito divertido, e eu não conseguia ver Nora aceitando a moda feminina da Arábia Saudita.

Estudei os folhetos outra vez. Todos aqueles resorts ficavam em regiões remotas.

Para ser extraditado, você precisa ser encontrado.

Imaginei a cena: o casal se hospeda em uma suíte luxuosa, desfruta da praia, do bar, da piscina. À noite, jantares à luz de velas ao ar livre, talvez uma massagem para o casal. Dias longos, quentes, incandescentes, com tempo de sobra para procurar um subúrbio arborizado que receba bem estrangeiros afluentes.

Criminosos de guerra nazistas se esconderam durante décadas na América Latina, vivendo como nobres. Por que não um casal de assassinos desconhecidos?

Contudo, se Nora e Dylan de fato fugiram, por que deixar os folhetos de onde poderiam ser descobertos?

A não ser que fossem uma pista falsa.

Procurei por aluguel de jatos, charter aéreo e empresas time-share no sul da Califórnia, compilei uma lista surpreendentemente longa, passei as duas horas seguintes alegando ser Bradley Dowd experimentando uma "emergência familiar", procurando desesperadamente a irmã e o sobrinho, Dylan. Consegui um bocado de recusas, e os poucos que verificaram suas listas de passageiros não encontraram referência a Nora ou Meserve. O que nada provava, caso o casal tivesse assumido novas identidades.

Para que Milo conseguisse um mandado para verificar os registros, precisaria de provas de comportamento criminoso, e tudo o que Dowd e Meserve haviam feito fora desaparecer.

A não ser que a pequena contravenção de Dylan pudesse ser usada contra ele.

Milo estaria ocupado naquele momento com "trabalho policial tedioso". Liguei para ele e descrevi o comportamento de Billy Dowd.

— Interessante — disse ele. — Acabei de receber o resultado completo da autópsia de Michaela. Também é interessante.

Nos encontramos às 21 horas, em uma pizzaria no Colorado Boulevard, no coração do centro histórico de Pasadena. Gente elegante e jovens executivos se fartavam de pizza branca e canecas de cerveja.

Milo estava revistando edifícios da BNB nos subúrbios do leste em busca de coisas que Peaty teria escondido e perguntou se eu poderia encontrá-lo. Quando saí de casa, às 20h15, o telefone tocou, mas o ignorei.

Quando cheguei, ele estava em um reservado na parte da frente do restaurante, longe da ação, ocupado com um disco de 16 centímetros de diâmetro coberto de coisas não identificáveis, a jarra gelada pela metade. Desenhara um rosto alegre no gelo acumulado sobre o vidro, mas este derretera transformando-se em algo mal-humorado e psiquiatricamente interessante.

Antes que eu pudesse sentar, ergueu a pasta surrada, tirou de lá um arquivo de legista e pousou-o sobre o colo.

— Quando acabar. Não estrague seu jantar.

— Já comi.

— Não foi muito social de sua parte. — Segurou a jarra, apagou o rosto. — Quer um copo?

— Não, obrigado — respondi.

Ainda assim, pediu um e deixou o arquivo na cadeira.

Na frente havia formulários de rotina assinados pelo legista assistente A. C. Yee, médico. Nas fotografias, aquilo que outrora fora Michaela Brand havia sido transformado em um manequim de loja de departamentos desmontado em etapas. Veja fotografias de autópsia suficientes e aprenderá a reduzir o corpo humano a seus componentes. Tente esquecer que foi criado por Deus. Pense demais e você não conseguirá mais dormir.

Milo voltou e serviu-me uma cerveja.

— Ela morreu estrangulada, e todos os cortes foram feitos após a morte. O que é interessante são as fotografias números 6 e 12.

A 6 era um close-up do lado direito do pescoço. O ferimento tinha cerca de 3 centímetros de comprimento, ligeiramente estufado no centro, como se algo tivesse sido inserido na fenda e deixado ali tempo o bastante para criar uma pequena protuberância. O legista circundara a lesão e escrevera um número de referência acima da régua usada como escala. Fui até o sumário e encontrei a anotação.

Incisão post mortem, borda superior da fenda esternoclavicular, evidência de alargamento de tecido e exploração da superfície da veia jugular direita.

A 12 era uma visão frontal de seios femininos. Os implantes de Michaela estavam espalhados, como se esvaziados.

O Dr. Yee apontara os lugares onde foram costurados e anotou: "Boa cicatrização". Na superfície plana entre as protuberâncias havia cinco pequenos ferimentos. Sem protuberância. As medições de Yee revelaram que eram rasos, alguns mal penetravam a pele.

Voltei à descrição da lesão no pescoço. "Exploração superficial". Estaria mexendo com a veia?

— Talvez um tipo especial de procedimento — disse Milo. — Yee não escreveu, mas disse que, para ele, os cortes lembravam aquilo que faz um embalsamador ao começar a preparar um cadáver. Exatamente o que deveria ser feito, caso se pretendesse expor a jugular e a artéria carótida para serem drenadas. Depois disso, abre-se o ferimento para expor os vasos e inserir cânulas em ambos. O sangue é drenado para fora da veia enquanto são bombeados conservantes na artéria.

— Mas isso não foi o que aconteceu aqui — eu disse.

— Apenas um arranhão na veia.

— Um embalsamador iniciante que perdeu o sangue-frio?

— Ou mudou de ideia. Ou não tinha equipamento e conhecimento para prosseguir. Yee disse haver um quê de "imaturidade" no assassinato. Considerou o corte no pescoço e as lacerações no peito pequenos e ambivalentes. Ele também não pôs isso por escrito. Disse que cabia a um psicólogo decidir.

Ele estendeu a palma de uma das mãos.

— Melhor encontrar um psicólogo mais confiável — falei.

— Medo de se comprometer?

— Assim me disseram.

Ele riu, bebeu e comeu.

— De qualquer modo, a coisa acaba aí. Não houve penetração sexual, manipulação da genitália ou sadismo explícito. Também não houve muita perda de sangue, a maior parte se assentou, e a lividez demonstrou que o corpo ficou deitado de costas durante algum tempo.

— Estrangulamento manual — falei. — Olhou-a nos olhos enquanto via a vida dela se esvair. Demora. Talvez seja o suficiente para a satisfação sexual de alguém.

— Olhar — disse ele. — A especialidade de Peaty. Com ele e Billy sendo uma dupla de perdedores com retardamento mental, imaturos, consigo entender que tenham brincado com um corpo, mas que tiveram medo de irem muito fundo. Agora você está me dizendo que Billy é temperamental.

— Ele é.

— Mas?

— Mas o quê?

— Você não está convencido.

— Não vejo Billy e Peaty como espertos o bastante para tanto. Mais importante, não vejo Billy comprometendo Peaty com aquela ligação telefônica.

— Talvez não seja tão idiota quanto parece. O verdadeiro ator da família.

— Brad obviamente pode ser enganado — falei. — Mas ele e Billy moravam juntos, e duvido que pudesse ser enganado a esse ponto. Descobriu alguma coisa sobre o celular roubado?

Ele abriu a pasta, pegou o bloco de notas.

— Motorola V551, conta na Cingular, registrado para a Sra. Angeline Wasserman, Bundy Drive, Brentwood. Projetista de interiores, casada com um banqueiro. O telefone estava em sua bolsa quando foi roubado no dia da ligação, nove horas antes. A Sra. Wasserman estava fazendo compras, distraiu-se, virou a cabeça e puft! Sua grande preocupação era a questão do roubo de identidade. A bolsa também. Uma Badgley sei-lá-o-quê de quatro dígitos.

— Badgley Mischka.

— Sua marca preferida?

— Conheci algumas mulheres.

— Ah! Adivinhe onde ela estava fazendo compras?

— Nos outlets de Camarillo — falei.

— No Barneys, especificamente. Amanhã quando abrir, às 10, estarei lá mostrando fotografias de Peaty, Billy, dos Gaidelas, de Nora e Meserve, do juiz Crater, Amelia Earhart, quem mais você sugerir.

— Nora e Meserve podem estar se divertindo enquanto falamos. — Contei-lhe sobre os folhetos de viagem, minhas ligações para as empresas de jatos executivos.

— Peça outro mandado, se eu tiver base para tanto — disse ele. — O do celular da Sra. Wasserman saiu rápido porque ela deu queixa do roubo, mas ainda estou esperando o registro do telefone público. Com sorte, eu o terei em mãos esta noite.

— Juiz madrugador?

Ele sorriu, cansado.

— Conheço alguns juristas.

— A condenação de Meserve por fraude não ajudaria com a lista de passageiros? — perguntei.

— Contravenção reduzida a trabalhos comunitários? Difícil. Está gostando mais dele e de Nora agora? Não mais contempla a possibilidade de Andy e Cathy serem psicopatas?

— Sua fuga da cidade os colocou em meu radar.

— Nora e o Sr. Globo de Neve. Ele escondeu o carro na vaga querida de Brad, como supôs Brad, e deixou o globo lá como deboche.

— Se ele e Nora tinham Peaty como alvo, podem ter sabido da van não registrada de Peaty. Deixaram o segundo globo como pista falsa.

— O kit-estupro também?

— Por que não? — perguntei. — Ou *eram* de Peaty. Todos na PlayHouse parecem saber que Peaty ficava olhando, e Brad sabia das prisões de Peaty, de modo que não é forçar demais a barra assumir que Nora também pode ter descoberto. Se Nora e Dylan queriam um bode expiatório, tinham um candidato perfeito.

— Anos escolhendo os mais fracos e então decidem fugir para os trópicos?

— Já fizeram o que queriam. Hora de explorar novas paisagens — sugeri.

— Brad lhe disse que Nora apelaria a ele se precisasse de dinheiro graúdo.

— Brad tem se enganado a respeito de um bocado de coisas.

Pegou o relatório do legista, folheou-o ao acaso.

— Dylan fez com que Michaela o amarrasse com força ao redor do pescoço — falei. — Fingiu estar morto de modo tão eficiente que a apavorou. Ela também disse que a dor não parecia incomodá-lo.

— A famosa dormência dos psicopatas — disse ele.

Uma garçonete negra e jovem com tranças veio saber se estava tudo certo.

— Por favor, embrulhe isso para viagem — disse Milo. — Vou experimentar agora o sundae com brownies.

Fechou o relatório. A garçonete viu o rótulo *Legista*.

— Vocês são da TV? — perguntou ela. — *C.S.I.* ou algo assim?

— Algo assim — disse Milo.

Ela remexeu as tranças. Os cílios piscaram.

— Sou atriz. — Grande sorriso. — Que surpresa!

— Verdade? — perguntou Milo.

— Verdade *mesmo*. Fiz um bocado de teatro regional em Santa Cruz e San Diego, incluindo o Old Globe, onde fui a fada principal em *Sonho de uma noite de verão*. Também fiz improvisações no Groundlings e um comercial em San Francisco, mas nunca o verão. Era para a Amtrak e eles nunca o divulgaram. — Ela fez beicinho.

— Acontece — falei.

— Com certeza. Mas veja, estou indo bem. Estou em L.A. há poucos meses e um empresário da Starlight está a ponto de me contratar.

— Bom para você.

— D'Mitra — disse ela, estendendo a mão.

— Alex. Este é Milo. Ele é o chefe.

Milo olhou feio para mim, sorriu para ela. Ela se aproximou furtivamente dele.

— Belo nome, Milo. Prazer em conhecê-lo. Posso lhe deixar meu nome e o número de meu telefone?

— Claro — disse Milo.

— Legal. Obrigada.

Inclinando-se, pousou um seio no ombro dele e anotou o pedido no bloco.

— Vou trazer seu sundae com brownies agora mesmo. Por conta da casa.

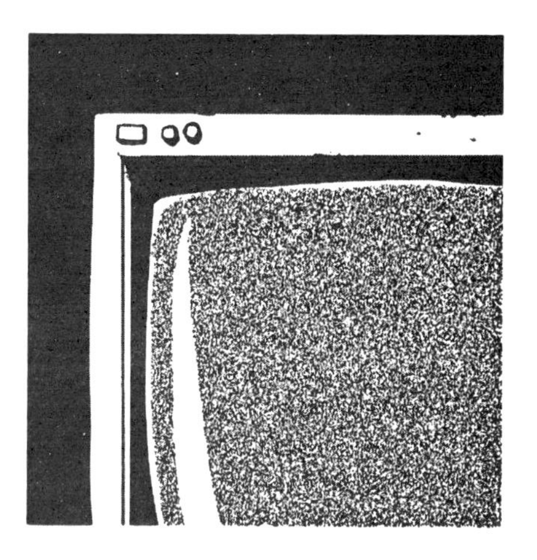

CAPÍTULO 32

Fomos ao shopping às 9 horas.

Pegamos o Seville porque "tem bancos de couro".

Lindo dia, 18 graus, ensolarado. Se você não tivesse nada na cabeça, podia fingir que a Califórnia era o Éden.

— Vamos pegar o trajeto paisagístico — disse Milo.

Aquilo significava pegar o Sunset até a autoestrada litorânea, depois subir rumo ao norte através de Malibu. Quando me aproximei da Kanan Dume Road, ergui o pé do pedal do acelerador.

— Continue. — Falou com os ombros caídos, mas seus olhos estavam fixos no hodômetro. Imaginando a viagem pela perspectiva do assassino.

Na Mulholland Highway atravessamos a fronteira do condado de Ventura. Passamos diante da casa que eu e Robin alugamos havia alguns anos. A chamada telefônica que não atendi às 8h15 fora dela. Não havia mensagem, fora um pedido de que eu retornasse a chamada. Tentei. Ninguém em casa.

A estrada se estreitou para duas pistas e continuou através de quilômetros de área de preservação margeada de despenhadeiros e campings de frente para o mar. Em Sycamore Creek, as colinas estavam cobertas de vegetação. Tremoceiros, flores silvestres e cactos de um lado. A oeste, o Pacífico e ondas arrebentando como milk-shake. Vi golfinhos pulando a uns 20 metros da praia.

— Glorioso.

— Todo esse verde — disse Milo. — Quando o fogo pega, vira um churrasco. Lembra-se de que, há alguns anos, tudo aqui era carvão?

— Bom dia para você também.

Um desvio rumo ao leste na Las Posas Road nos levou através de quilômetros de plantações. Fileiras verdes em alguns terrenos, o resto marrom, plano e inativo. Os depósitos e estandes de frutas estavam fechados na baixa estação. Colheitadeiras e outros monstros de metal aguardavam nas aleias das plantações, esperando para mastigar, agitar e inseminar. Na periferia oeste de Camarillo, pegamos a Factory Stores Drive ao sul, que nos levou a um vilarejo comercial de cor pêssego.

Cento e vinte lojas divididas em setores norte e sul. A Barneys New York ocupava o lado oeste da ala sul, um espaço compacto, bem-iluminado, atraente, bem-abastecido, quase vazio.

Havíamos dado três passos quando um jovem de cabelo espetado vestido de preto veio até nós.

— Posso ajudar? — Tinha maçãs da face afundadas, olhos maquiados, usava uma colônia de frutas cítricas. O piercing de platina no lábio inferior movia-se a cada sílaba, como um pequeno trampolim.

— Vocês têm gravatas Stefano Ricci? — perguntou Milo. — A de 500 dólares com fios de ouro verdadeiro?

— Não, senhor, lamento mas...

— Estava brincando, amigo — disse Milo, mexendo na coisa fina e amarrotada de poliéster pendurada sobre sua barriga.

O jovem ainda forçava um sorriso quando Milo mostrou-lhe o distintivo. De um lado, duas vendedoras persas olharam para nós e começaram a cochichar.

— Polícia?

— Estamos aqui por causa de um roubo que aconteceu há dois dias. Uma cliente teve a bolsa roubada.

— Claro. A Sra. Wasserman.

— Ela é cliente assídua?

— Todo mês, como um relógio. Encontro a bolsa dela todo o tempo. Desta vez acho que foi roubada mesmo.

— Ela é esquecida?

— Diria que sim — disse o jovem. — São bolsas belíssimas, é de se pensar que ela... Não pretendo fazer fofoca, ela é uma senhora legal. Desta vez foi uma Badge-Mish couro de cobra. Também tem Missonis, Cavallos, bolsas de compras Judith Leiber, Hermès, Chanel.

— Você diria que sim — disse Milo.

— Não a estou depreciando, ela realmente é uma pessoa legal. E ainda tenta dar gorjetas para o pessoal embora não seja permitido. Encontrou?

— Ainda não. Essas outras vezes, onde ela as deixou, senhor....

— Topher Lembell. Sou estilista, de modo que estou sempre prestando atenção em detalhes. A Badge era linda. A Anaconda com aquele padrão é-melhor-prestar-atenção-em-mim era tão bem-tingida que dava para crer que uma cobra realmente poderia ser púrpura.

— Onde a Sra. Wasserman costuma esquecer a bolsa?

— No provador. É onde sempre as encontro. Você sabe, sob uma pilha de roupas? Desta vez ela alegou que a viu ali pela última vez. — Apontou para um mostruário no meio da loja. Coisas brilhantes alinhadas cuidadosamente sob o vidro. Ali perto havia um mostruário de ternos de linho em tons terrosos da última estação, sapatos de lona, chapéus de palha, camisetas de trinta dólares.

— Você acha que não foi o que aconteceu — disse Milo.

— Acho que ela devia saber — disse Topher Lembell. — Embora eu ache que, se a deixou a vista, alguém teria percebido, sendo uma bolsa tão bonita. Ainda mais todo mundo sabendo que a Sra. Wasserman é esquecida.

— Talvez alguém tenha notado — disse Milo.

— Refiro-me a *nós*, policial. Trabalhávamos com a equipe completa naquele dia porque a loja estava muito cheia, havia chegado um bocado de mercadoria, incluindo coisas que não foram mandadas para a queima de estoque e que tinham grandes descontos. A empresa anunciou e clientes preferenciais receberam e-mails.

— Como a Sra. Wasserman.

— Ela certamente é preferencial.

— Um dia atarefado pode dificultar perceber as coisas — disse Milo.

— Você pensa assim, mas em dias muito atribulados somos *supercuidadosos*. Na verdade, a taxa de roubos diminui. Os dias comuns são os piores, temos menos gente e basta dar as costas para que roubem alguma coisa.

— Ainda assim, a bolsa da Sra. Wasserman foi roubada.

Topher Lembell aborreceu-se.

— Ninguém é perfeito. Ainda acho que foi no provador. Ela entrou e saiu dali a manhã inteira, experimentando coisas, jogando-as no chão. Quando está assim ela pode fazer uma tremenda bagunça... não diga a ela que falei isso, está bem? Sou um de seus favoritos. Ela me tem como seu vendedor exclusivo.

— Ficarei de bico calado — disse Milo. — Agora você me faria o favor de olhar essas fotografias e me dizer se alguma dessas pessoas esteve na loja naquele dia?

— Suspeitos? — perguntou Topher Lembell. — Isso é legal. Posso contar a meus amigos que estou fazendo parte de uma investigação ou isso é um assunto muito sigiloso?

— Diga a quem quiser. Há alguém na loja hoje que estivesse trabalhando naquele dia?

— Havia cinco pessoas além de mim, incluindo um dos amigos *delas* do Valley. — Olhou para as persas. — As outras eram Larissa, Christy, Andy e Mo. Todas estudam na universidade e vêm trabalhar nos fins de semana ou em dias mais movimentados. Larissa e Christy estão vindo buscar o pagamento, posso ligar e perguntar se podem vir mais cedo. E talvez consiga encontrar Mo e Andy pelo telefone, são colegas de quarto.

— Obrigado pela ajuda — disse Milo.

— Claro, vamos ver esses suspeitos. Como disse, sou bom em perceber detalhes.

Quando Milo mostrou as fotografias, Topher Lembell percebeu sua gravata amarrotada e a camisa sem passar.

— A propósito, ainda temos algumas ofertas da última estação. Um bocado de coisas largas e confortáveis.

Milo sorriu e mostrou-lhe os retratos de Nora Dowd e Dylan Meserve.

— Ele é mais jovem e mais bonito que ela.

Os de Cathy e Andy Galdelas o fizeram dizer:

— Desculpe, não. Esses dois parecem gente de Wisconsin. Fui criado em Kenosha. São criminosos?

— E quanto a este aqui?

Lembell estudou a fotografia de Reynold Peaty tirada quando ele foi preso e pôs a língua para fora.

— Argh. No momento em que *este* cara entrasse aqui, ficaríamos de olho. Com certeza.

— Em um dia movimentado, e apesar do pessoal extra, alguém não poderia se misturar à multidão? — perguntou Milo.

— Se foi em meu turno, nunca. Meus olhos são como lasers. Por outro lado, *certas* pessoas... — Outro olhar para as vendedoras, então paradas em silêncio junto a um cabide de vestidos de grife.

Uma delas atraiu a atenção de Milo e acenou.

— Vejamos o que suas colegas têm a dizer — disse ele. — E se pudesse ligar para as vendedoras temporárias agora, eu agradeceria.

— Claro — disse Topher Lembell, seguindo-nos enquanto atravessávamos o salão. — A propósito, faço roupas. Ternos masculinos, casacos, calças sob medida, tudo o que cobro é cinco por cento do preço do tecido, e tenho vários rolos de Dormeuil e Holland & Sherry, alguns Super 100 muito legais. Se você tiver dificuldade de encontrar roupas do seu tamanho...

— Tenho dificuldade depois de uma grande refeição — disse Milo.

— Sem problema, posso criar uma faixa abdominal expansível com toneladas de elástico.

— Hum — disse Milo. — Deixe-me pensar a respeito... olá, senhoras.

Quarenta minutos depois, estávamos estacionados perto da praça de alimentação na extremidade norte do complexo, bebendo chá gelado em copos de 600ml.

Milo removeu o canudo, dobrou-o em segmentos, criou uma tênia de plástico.

Seu moral estava baixo. As vendedoras não identificaram ninguém nas fotografias, incluindo as histriônicas Larissa e Christy, que chegaram rindo e continuaram a achar o processo hilário. As colegas de quarto Andy e Mo foram entrevistadas por telefone em Goleta. O mesmo com Fahriza Nourmand em Westlake Village. Ninguém se lembrava de alguém espreitando Angeline Wasserman ou sua bolsa.

Não havia gente suspeita naquele dia, embora alguém tenha roubado uma caixa de cuecas masculinas.

Topher Lembell forneceu o telefone de Angeline Wasserman, escrito no verso de seu cartão de visita azul-bebê.

— Ligue-me quando quiser para marcar hora, mas não diga a ninguém aqui. Tecnicamente, não tenho permissão de fazer trabalhos particulares em hora de expediente, mas acho que Deus não se incomoda, não é mesmo?

Um pouco mais tarde, Milo copiou o número de Wasserman em seu bloco, amassou o cartão e jogou-o no cinzeiro.

— Não tem interesse em roupas sob medida? — perguntei.

— Para isso ligo para Omar, o fabricante de tendas.

— E quanto a Stefano Ricci? Quinhentos dólares por uma gravata é uma pechincha.

— Rick — disse ele. — Suas gravatas custam mais que meus ternos. Quando me sinto vingativo, uso isso contra ele.

Ele brincou com o canudo, tentou rasgar o plástico, não conseguiu e o enfiou através da tampa de sua bebida.

— Antes de ir até sua casa, consegui identificar o telefone público usado para a chamada sussurrada. Vamos dar uma olhada, não fica muito longe daqui.

Posto de gasolina entre Las Posas e Ventura, um trajeto de cinco minutos.

Caminhões e carros alinhados nas bombas, motoristas famintos entrando e saindo de uma Stop & Shop adjacente. A cabina ficava a um lado, perto dos banheiros. Nenhuma fita de isolamento ou indicação de alguém ter recolhido impressões digitais.

Chamei-lhe a atenção para isso e ele disse:

— A polícia de Ventura veio às 6 horas, levantou um bocado de impressões potenciais. Mesmo com o Sistema Automático de Identificação de Digitais vai demorar um pouco para desembaraçar aquilo.

Fomos até a loja de conveniência, onde ele mostrou as fotografias para os balconistas. Cabeças balançando em negativa, apatia. Ao sairmos, ele disse:

— Alguma ideia?

— Quem quer que tenha pegado a bolsa usou o celular para os telefonemas mudos, então usou o telefone público para os sussurros. Ou eram duas pessoas, agindo em equipe. De qualquer modo, quem quer que tenha ligado ficou por aqui mesmo, em Camarillo, então que tal tentar ali? — Apontei para um grupo de lanchonetes no outro lado da Ventura.

— Claro, por que não?

Visitamos seis restaurantes antes de ele dizer:

— Basta. Talvez a distraída Sra. Wasserman reconheça alguém.

— Você não mostrou a fotografia de Billy Dowd.

— Não consegui nenhuma — disse ele. — Não me dei conta de que fosse importante porque não vejo Billy vindo até aqui por conta própria.

— Mesmo que conseguisse vir, o pessoal da Barneys o teria notado. Por que se incomodou em mostrar a fotografia de Peaty? Ele não ligou para Vasquez para dizer que era perigoso.

— Queria saber se ele esteve aqui algum dia. Parece que nenhum deles esteve.

— Não necessariamente — falei. — Angeline Wasserman vem aqui todo mês, "como um relógio". O pessoal da loja sabe que ela é esquecida, de modo que mais alguém poderia saber o mesmo. Alguém como Dylan Meserve, elegante o bastante para se misturar com a multidão.

— Ninguém reconheceu a fotografia dele, Alex.

— Talvez ele saiba alguma coisa de efeitos especiais.

— Ele faz compras disfarçado?

— Uma representação — sugeri. — Esse pode ser o negócio.

Peguei a 101 de volta à cidade enquanto Milo ligava para verificar suas mensagens. Teve de se apresentar três vezes para alguém que atendeu na delegacia de West L.A. e desligou, amaldiçoando.

— Novo recepcionista?

— Um idiota sobrinho de um membro do conselho municipal, ainda não sabe quem sou. Nos últimos três dias não recebi mensagens, o que não é incomum, a não ser quando estou tentando resolver um caso. Acontece que todas as minhas mensagens acabaram na caixa de outra pessoa, um detetive chamado Sterling, que está de férias. A sorte é que não eram importantes.

Ele discou o número de Angeline Wasserman. Mal teve tempo de dizer o nome, e a pessoa do outro lado começou a falar sem parar. Finalmente, interrompeu e marcou um encontro dali a uma hora.

— Design Center, está em uma loja de tapetes, decorando um "condomínio chique de vários andares em Wilshire Corridor". No dia em que foi roubada achou que um homem a estava observando no estacionamento do outlet.

— Quem?

— Tudo o que sabe é que o sujeito tinha um utilitário. Disse que vai tentar se lembrar. Quer hipnotizá-la? — Ele riu. — Ela pareceu animada.

— Assim como Topher, o estilista. Você não sabia que tinha uma profissão tão glamorosa.

Mostrou os dentes para o espelho retrovisor, cutucou um incisivo.

— Pronto para um close-up, Sr. DeMille. Hora de assustar algumas crianças e bichinhos de estimação.

A Manoosian Tapetes Orientais era um espaço cavernoso no térreo do setor azul do Design Center, cheirando a poeira e a papel pardo e lotado com centenas de tesouros feitos à mão.

Angeline Wasserman estava no centro do salão principal da galeria, ruiva, alegremente anoréxica, com o rosto tão mexido por plásticas que seus olhos migraram, como os de um peixe, para os lados da cabeça. Calças de lona verde-limão cobriam suas pernas finas. Seu casaco de casimira cor de laranja teria alargado na extremidade se ela tivesse quadris. Saltando como uma mola maluca entre tapetes enrolados, sorria e dava ordens a dois jovens hispânicos que desenrolavam uma pilha de sarouks de 20 x 20 que chegava à altura da cintura.

Quando nos aproximamos, ela gritou: "Deixe que eu faço!" e lançou-se em direção aos tapetes, que jogava para o lado enquanto fazia julgamentos instantâneos de cada um.

— Não. Não. *Definitivamente* não. Talvez. Não. Não. Esse também não. Precisamos melhorar, Darius.

O sujeito forte e barbudo a quem ela se dirigiu disse:

— Que tal ver alguns kashans, Sra. W.?

— Se forem melhores que esses.

Darius acenou para os jovens e estes se foram.

Angeline Wasserman notou nossa presença, inspecionou mais algumas pilhas, terminou, ajeitou o cabelo e disse:

— Oi, pessoal da polícia.

Milo agradeceu-lhe a cooperação, mostrou as fotografias.

Ela batia com o dedo indicador em cada uma e dizia:

— Não. Não. Não. Não. Não. Então, diga-me, como a polícia de Los Angeles está envolvida em algo acontecido em Ventura?

— Pode estar relacionado com um crime cometido em L.A., senhora.

Os olhos de piscina de Wasserman brilharam.

— Algum tipo de quadrilha sofisticada? Parece.

— Por quê?

— Alguém que reconheça uma Badgley Mischka claramente é um profissional. — Ela acenou para as fotografias. — Acha que pode encontrar minha belezinha?

— Difícil dizer.

— Em outras palavras, não. Tudo bem, assim é a vida. Ela já tinha um ano. Mas caso aconteça um milagre, o que peço é que só me devolvam se a bolsa estiver em perfeito estado. Caso contrário, doem para alguma obra de caridade e me avisem para que eu possa assinar a doação. Hoje estamos aqui, amanhã podemos não estar mais, certo, tenente?

— Boa atitude, senhora.

— Meu marido acha que sou patologicamente despreocupada, mas adivinhe quem adora e quem detesta acordar de manhã? De qualquer modo, não havia muito dinheiro dentro dela, talvez 800, 900 dólares, e assim eu dou um tempo no cartão de crédito.

— Alguém tentou usar os cartões?

— Graças a Deus, não. Meu AmEx Black não tem limite. O celular também não era grande coisa, estava na hora de trocar. Agora, deixe-me falar sobre o sujeito que estava me olhando. Ele já estava lá quando cheguei ao estacionamento, de modo que não estava me seguindo ou algo assim. O que provavelmente aconteceu é que ele estava procurando um pato, esse é termo adequado, não é? E me viu como uma patinha perfeita.

— Por causa da bolsa.

— A bolsa, minhas roupas, meu comportamento. — Mãos esquálidas passaram sobre um quadril esquálido. — Eu estava bem-vestida, rapazes. Mesmo quando procuro *le grande bargainne* recuso-me a me vestir mal.

— Como era a pessoa que a estava observando? — perguntou Milo.

— Olhando para mim. Através do para-brisa de seu carro.

— O vidro estava fechado?

— Completamente. E era escurecido, de modo que não pude ver direito. Mas estou certa de que estava de olho em mim. — Ela piscou diversas vezes. — Não estou me exibindo, tenente. Acredite, ele estava olhando.

— De que se lembra dele?

— Caucasiano. Não consegui ver detalhes, mas do modo como estava consegui ver bem o rosto dele. — Um dedo com unha pintada de vermelho tocou um lábio de colágeno. — Quando digo caucasiano, refiro-me a pele clara. Podia ser um latino pálido ou algum tipo de asiático. Não era negro, isso eu posso garantir.

— Ficou no carro todo o tempo?

— E continuou a me olhar. Eu *sei* que me seguia com os olhos.

— O motor estava ligado?

— Hum... não, acho que não... não, definitivamente.

— Tudo o que viu foi através do vidro.

— Sim, mas não foi apenas o que vi, foi o que *senti*. Você sabe, aquela sensação que você tem na nuca quando alguém está olhando para você?

— Claro — disse Milo.

— Estou feliz que *você* compreenda, porque meu marido não compreende. Está convencido de que estou me gabando.

— Maridos — disse Milo, sorrindo.

Wasserman devolveu o sorriso, testando os limites externos de seu rosto esquelético.

— Seria possível haver mais de uma pessoa no carro, Sra. Wasserman?

— Creio que sim, mas a *sensação* que tive foi de apenas uma pessoa.

— A sensação.

— Havia algo de... solitário nele. — Tocou um abdome côncavo. — Confio *nisso aqui.*

— Há algo mais que possa nos dizer a respeito dele?

— A princípio, tomei aquilo por um comportamento de *homem*: examinando a mercadoria. Depois que a Badge foi roubada, comecei a pensar diferente. O telefone foi usado?

— Sim, senhora.

— Para onde ligaram? Mongólia ou algum lugar maluco?

— L.A.

— Bem, isso demonstra falta de criatividade — disse Angeline Wasserman. — Talvez eu estivesse enganada.

— Sobre o quê?

— Ao achar que ele era um criminoso de alto nível e não apenas um marginal.

— Alto nível porque reconheceu uma Badge — disse Milo.

— A coisa toda: estar na Barneys, dirigir um Rover.

— Um Range Rover?

— Muito bonito, brilhante e novo.

— Qual cor?

— Prateado. O meu é coral. Foi por isso que não me incomodei a princípio, pelo fato de ele estar olhando para mim. Ambos com Rovers, estacionados um ao lado do outro? Um tipo de carma gêmeo, entende?

CAPÍTULO 33

Uma nova pilha de tapetes chegou. Angeline Wasserman inspecionou uma borda.

— Esses nós estão emaranhados.

— É a história de minha vida — murmurou Milo.

Se ela o ouviu, não pareceu.

— Darius, estes são os *melhores* que você tem?

Dirigindo em direção à Butler Avenue, falei:

— AmEx Black, nunca usado.

— Eu sei, o mesmo com os Gaidelas. Mas você os vê dirigindo um Range Rover que se parece com o de Nora Dowd?

Não foi preciso responder.

Quando chegamos à delegacia, Milo pediu os recados ao novo recepcionista, um sujeito careca de cerca de 40 anos chamado Tom, que disse:

— Nada novo, tenente, juro.

Segui Milo escada acima. Quando chegamos a seu escritório, abriu sua pasta, pousou o relatório da autópsia junto ao computador e pediu um BOLO* no Range Rover, tudo isso antes de se sentar.

— E que tal isso, Alex: Nora e Meserve têm um ninho de amor na praia e esses folhetos são um despiste. Penso em algo na praia porque o que é uma menina rica sem uma casa na praia? Pode ser lá mesmo, em Camarillo, ou mais longe ao norte: Oxnard Harbor, Ventura, Carpinteria, Mussel Shoals, Santa Barbara, ou ainda além.

— Ou ao sul — falei. — Talvez Meserve não conhecesse Latigo apenas porque já tivesse caminhado por lá.

— Nora é uma garota de Malibu — disse ele. — Tem um esconderijo rural nas montanhas.

— Algo registrado em seu nome individualmente, e não parte da parceria BNB.

— É fácil saber o que ela paga de imposto sobre imóveis. — Milo ligou o computador. A tela piscou em azul, então ficou escura, piscou algumas vezes e se apagou. Diversas tentativas de reiniciar a máquina foram saudadas com silêncio. — Expelir impropérios é um desperdício de oxigênio. Vou pegar emprestada a máquina de alguém.

Aproveitei para deixar outra mensagem para Robin. Ler os resultados da autópsia de Michaela outra vez.

Brincando com veias e artérias.

A PlayHouse.

---

* Abreviação de "Be On the Look Out", ou "Fique de Olho". (*N. do T.*)

Nora se cansa de abstrações teatrais. Conhece Dylan Meserve e descobre interesses em comum.

Embalsamamento. O gosto de Nora por animais domésticos.

Milo voltou.

— Boas-novas? — perguntei.

— Se fracasso é sua ideia de sucesso... A rede que alimenta todos os computadores caiu, a assistência técnica foi chamada há horas. Vou ao centro da cidade até o escritório da Receita fazer isso à moda antiga. Se os sanguessugas do imposto se comunicam com seus colegas em outros países, talvez eu consiga uma conexão entre Ventura e Santa Barbara. Se não, estou de volta à estrada. — Murmurou a canção de Willie Nelson.

— Está se saindo bem.

— Tudo parte de minha representação — disse ele.

— Representando o quê?

— Um indivíduo mentalmente estável. — Pegou o casaco, abriu a porta e a manteve aberta para que eu passasse.

— Taxidermia — falei.

— O quê?

— O palpite do legista sobre embalsamamento. Pense no cachorro empalhado de Nora.

Ele voltou a se sentar.

— Alguma coisa macabra?

— Eu estava pensando em adereço teatral.

— Para o quê?

— Grand Guignol.*

Ele fechou os olhos, massageou uma têmpora.

— Essa sua cabeça... — Abriu os olhos. — Se Dowd e Meserve têm um hobby criminoso, por que Michaela também não estava envolvida?

---

* Famoso teatro de horrores parisiense do século XIX. (*N. do T.*)

— Ela foi rejeitada — falei. — O mesmo para Tori Giacomo. Ou não. Ossos dispersos impossibilitam uma avaliação.

— Por quê?

Balancei a cabeça.

— Em tal nível de patologia, o simbolismo pode estar além da compreensão de qualquer um.

— Duas belas jovens que não serviram para o papel — disse ele. — Os Gaidelas, por outro lado, nunca foram encontrados. Será que suas cabeças estão penduradas em uma maldita parede? — Outra massagem nas têmporas. — Tudo bem, agora que as imagens estão firmemente plantadas em meu cérebro e estou certo de que terei um ótimo dia, vamos dar o fora daqui.

Eu o segui pelo corredor. Quando chegou à escadaria, ele disse:

— Tiro e queda. Sempre posso contar com você para me animar.

Enquanto saíamos, Tom, o recepcionista, disse:

— Tenha um bom dia, tenente.

A resposta de Milo foi obscena e a meia-voz. Ele me deixou parado na calçada e continuou caminhando até o estacionamento da delegacia.

Ao ver sua irritação por causa dos recados perdidos lembrei-me do olhar de desagrado no rosto de Albert Beamish na véspera.

Disposição constitucional? Ou será que, ansioso para enlamear o nome dos Dowdo, o velho teria de fato descoberto algo útil? Tentou falar e não recebeu atenção?

Não fazia sentido sobrecarregar os circuitos de Milo. Fui até Hancock Park.

Toquei a campainha na casa de Beamish e fui atendido por uma pequena empregada indonésia usando uniforme preto e segurando um espanador de penas empoeirado.

— Sr. Beamish, por favor.

— Não está em casa.

— Alguma ideia de quando volta?

— Não está em casa.

De volta à casa de Nora, olhei de perto as portas de estábulo da garagem. Empurrei, senti que havia uma folga, mas minhas mãos nuas eram incapazes de abrir a porta o suficiente. Milo parara ali. Mas eu não estava limitado pelas regras das provas criminais.

Pegando um pé de cabra no porta-malas do Seville, carreguei-o paralelamente em relação à perna, voltei e consegui abrir uma fresta de 3 centímetros.

Senti cheiro de gasolina velha. Nenhum Range Rover ou qualquer outro veículo. Ao menos Milo podia evitar ter de pedir um mandado.

Meu celular tocou.

— Dr. Delaware? É Karen, de sua central de recados. Tenho uma mensagem do Dr. Gwynn assinalada como prioritária. Ele pediu que passasse em seu consultório assim que possível.

— Dra. Gwynn. Ela é mulher — falei.

— Oh... desculpe. Foi Louise quem anotou o recado, sou nova aqui. Vocês geralmente especificam gênero?

— Não se importe com isso. Quando ela ligou?

— Há vinte minutos, pouco antes de eu chegar.

— A Dra. Gwynn disse por que queria me ver?

— Só disse para ser o mais rápido possível, doutor. Quer o número?

— Eu tenho.

Para Allison me ligar, tinha de ser algo ruim. A avó. Outro derrame? O pior?

Ainda assim, por que me ligar?

Talvez porque não tivesse mais ninguém com quem falar.

A secretária eletrônica atendeu. Fui para Santa Monica.

Sala de espera vazia. A luz vermelha junto a seu nome estava apagada, o que significava que não estava em consulta. Abri a porta para o escritório, continuei através de um curto corredor até a suíte de Allison, no canto. Bati à porta e não esperei resposta.

Ela não estava na escrivaninha. Nem em uma das cadeiras brancas e macias destinadas aos pacientes.

— Allison?

Ninguém respondeu.

Alguma coisa estava errada.

Antes de poder processar aquilo inteiramente, a parte de trás de minha cabeça explodiu de dor.

Dor de martelo atingindo um melão.

Os cartunistas estão certos. Você de fato vê estrelas.

Cambaleei, levei outra pancada. Na nuca, desta vez.

Caí de joelhos, arrastei-me pelo tapete de Allison, lutei para me manter consciente.

Uma *nova* dor feriu meu flanco direito. Aguda, elétrica. Estaria sendo furado?

Respiração pesada atrás de mim, alguém fazendo esforço, um relance de calças escuras.

O segundo chute nas costelas me tirou completamente de combate e caí de cara para o chão.

Couro duro continuou a se chocar contra meus ossos. Minha cabeça vibrava como um gongo. Tentei evitar novos golpes, mas meus braços estavam dormentes.

Por algum motivo, contei.

Três chutes, quatro, cinco, seis...

CAPÍTULO 34

Mundo cinzento e indefinido, visto do fundo de uma sopeira.

Afogando-me em minha cadeira, pisquei, tentando enxergar através de olhos que não se abriam. Alguém tocava um solo de trombone. Minhas pálpebras finalmente cooperaram. O teto baixou, mudou de ideia, subiu quilômetros, um céu de gesso branco.

Céu azul. Não, o azul estava à esquerda.

Uma mancha preta no alto.

Azul-claro, gosto de rolha queimada na garganta.

O preto, o cabelo de Allison.

O azul-claro, um de seus aventais. Memórias inundaram minha mente. Jaqueta apertada, saia curta o bastante para mostrar um pedaço de joelho. Rendas na lapela, botões forrados.

Muitos botões. Demoraria muito, muito tempo para abri-los.

A dor em minha cabeça prevaleceu. Minhas costas e meu lado direito...

Alguém se moveu. Acima de Allison. À direita.

— Não vê que ele precisa de ajuda...?

— Cale-se!

Minhas pálpebras se fecharam. Pisquei mais. Transformei aquilo em uma atividade aeróbica e finalmente consegui algum foco.

Lá estava ela. Em uma das cadeiras brancas e macias onde não estava antes... havia quanto tempo?

Tentei olhar meu relógio. O mostrador era um disco prateado.

Minha visão clareou um pouco. Eu estava certo: ela vestia a roupa que eu imaginara, dê ao rapaz um A por...

Movimento à direita.

Sobre ela estava o Dr. Patrick Hauser. Uma de suas mãos havia desaparecido em seu cabelo. A outra empunhava uma faca apertada contra sua garganta macia.

Cabo vermelho. Canivete do exército suíço, dos maiores. Por algum motivo, achei aquilo ridiculamente amador.

As roupas de Hauser combinavam com a faca. Camisa branca de golfe, calças largas e sapatos marrons.

Sapatos de bico fino, muito elegantes para o resto das roupas. Branco é uma cor inadequada para esconder manchas de sangue insubordinadas.

A camisa de Hauser estava manchada de suor, mas livre de sangue. Sorte de principiante. Não fazia sentido destacar aquilo. Sorri para ele.

— Qual a graça?

Eu tinha *tantas* respostas ríspidas. Esqueci todas. Gong. Gong.

Os olhos de Allison voltaram-se para a direita. Além de Hauser, em direção à escrivaninha?

Nada ali, fora uma parede e um armário.

O armário obstruído pela porta quando aberta.

As íris azuis voltaram a se mover. Definitivamente ela olhava para a escrivaninha. Na outra extremidade, onde estava sua bolsa.

— Sente-se e pegue aquela caneta — disse Hauser.

Eu já estava sentado. Sujeito idiota.

Abri os braços para mostrar para ele, bati em um dos braços da cadeira de madeira da escrivaninha.

Não estava sentado. Estava caído, cabeça voltada para trás, coluna em uma posição estranha.

Talvez por isso tudo doesse tanto.

Tentei me ajeitar, quase desmaiei.

— Vamos, suba, suba, suba — gritou Hauser.

Cada centímetro de movimento esquentava as molas da torradeira que substituíram minha coluna. Demorou anos até eu conseguir me sentar, e o esforço me deixou sem fôlego. Inspirar era um inferno, expirar era ainda pior.

Mais alguns séculos e meus olhos clarearam. Ganhei um senso de contexto: Allison e Hauser a 4,5 metros. Minha cadeira arrastada para perto da escrivaninha de Allison. Do lado em que deve se sentar o paciente consultado.

Gráficos de terapia e os objetos da escrivaninha de Allison sobre a pálida superfície de carvalho. Ela estava cuidando de documentos quando ele...

— Pegue a caneta e comece a escrever — disse Hauser.

Que caneta? Ah, ali estava, escondida em meio ao barulho e à cor. Junto a uma folha de papel em branco.

— Escrever o quê?

Pigarreei. Molhei os lábios. Tentei falar outra vez.

— Ess... crever o quê?

— Deixe de fingimento — disse Hauser —, você está bem.

Allison moveu o sapato esquerdo. Disse algo que parecia "desculpe". Ela fez uma careta quando a lâmina da faca foi pressionada contra sua pele. Hauser não parecia estar ciente de seu movimento ou da reação dela.

— Escreva, seu filho da puta.

— Claro.

— Você vai retirar tudo o que disse para a puta daquela advogada, definir as outras putas como as putas preguiçosas que são, assinar e datar.

— E daí?

— Daí o quê?

— O que acontece depois que eu escrever?

— Então veremos, seu babaca sem moral.

— Amoral.

— Uma vez que você seja desmascarado, a vida vai ser uma maravilha — disse Hauser.

— Para quem?

Seus óculos escorregaram pelo nariz e ele jogou a cabeça para a direita para ajeitá-los. O movimento distanciou a lâmina do pescoço de Allison.

Então voltou.

Um som baixo saiu de seus lábios.

— Cale-se e escreva, ou vou cortá-la e fazer parecer que foi você.

— Você não está falando sério.

— Pareço estar brincando? — Seus olhos se encheram de água. Seu lábio inferior vibrou. — Estava me dando bem até todo mundo começar a mentir. Durante toda a minha vida cuidei dos outros. Agora é hora de cuidar do número um.

Consegui pegar a caneta, quase a deixei cair. Coisinha pesada... estão fazendo essas coisas com chumbo, agora? Chumbo não é ruim para as crianças? Não, crianças usam lápis. Não, grafite.

Flexionei o braço direito. Não estava mais dormente. A dor não passara, mas eu estava começando a me sentir humano.

— Para que isso seja vero... veros... ve-ros-símil, não deveria ter firma reconhecida? — perguntei.

Hauser molhou os lábios. Os óculos voltaram a escorregar, mas ele não tentou consertar.

— Pare de fingir. Eu não o atingi com tanta força.

— Obrigado — falei. — Mas a questão ainda é... revelante.

— Você escreve, eu me preocupo com o que é relevante.

A caneta parou de tentar escapar de minha mão, acomodou-se de modo desajeitado entre o anular e o médio. Consegui colocá-la em posição para escrever.

Allison me observava.

Eu a estava assustando.

Uma caneta feita de chumbo. O que a Agência de Proteção Ambiental diria sobre isso?

— Então escrevo — falei. — Agora. Como?

— Como assim, como? — perguntou Hauser.

— Que palavras escrevo?

— Comece dizendo que é um mentiroso patológico inadequado à prática da psicologia.

— Devo usar primeira pessoa?

— Não foi o que acabei de dizer? — A mandíbula de Hauser tremeu de raiva. Seu braço também, e mais uma vez a faca se afastou da pele de Allison.

Não era um bom multitarefas.

Ele puxou o cabelo de Allison. Ela ofegou, fechou os olhos e mordeu o lábio.

— Por favor, não a machuque — falei.

— Eu não a estou machucando...

— Você está puxando o cabelo dela.

Hauser olhou para a própria mão. Parou de puxar e disse:

— Ela nada tem a ver com isso.

— É o que estou dizendo.

— Você não tem nada a dizer — disse ele. — Você me deve. Se quisesse feri-lo, usaria um bastão ou algo assim. Tudo o que fiz foi atingi-lo com minhas mãos nuas. Do mesmo modo que fez comigo. Feri os nós dos dedos ao fazê-lo. Não sou uma pessoa violenta, tudo o que quero é justiça.

— Você chutou minhas costelas — falei, soando como uma criança petulante.

— Quando você me socou no restaurante, você aumentou o nível de violência. Tudo o que eu queria era conversar racionalmente. Culpe a si mesmo.

— Você me assustou no restaurante — falei.

Aquilo o fez sorrir.

— Está com medo agora?

— Sim.

— Então controle seu medo... sublime. Comece a escrever e poderemos ir todos para casa.

Sabia que ele estava mentindo, mas acreditei nele. Tentei outro sorriso.

Ele olhou para além de mim.

Allison olhou para a bolsa, piscou diversas vezes.

— Que tal se eu começar assim: meu nome é Alex Delaware, sou psicólogo clínico licenciado pelo estado da Califórnia, meu número de registro é 45...

Falava em tom monótono. Hauser acompanhava balançando a cabeça. Gostava do que eu dizia porque era tudo o que queria ouvir.

— Ótimo. Escreva.

Inclinei-me sobre a escrivaninha, ocultando a visão de minha mão direita com o braço esquerdo. Com a ponta da caneta acima do papel, fingi estar escrevendo.

— Epa — falei. — Acabou a tinta.

— Mentira, não tente...

Ergui a caneta.

— Diga o que quer que eu faça.

Hauser pensou. A faca baixou.

— Pegue outra na gaveta. Não me irrite.

Lutei para me erguer, segurando a cadeira para me apoiar.

— Devo me inclinar sobre a mesa ou dar a volta?

— Dê a volta. Por ali. — Ele apontou para a direita.

Circundando a frente da escrivaninha, rocei a bolsa de Allison com a manga da camisa. Abri a gaveta, tirei diversas canetas, tomei fôlego. Não fingia. Minhas costelas pareciam ossos moídos para ração animal.

Na volta, toquei a bolsa outra vez, arrisquei uma olhada.

Estava aberta. Um mau hábito de Allison. Eu vivia reclamando com ela por causa disso.

Fingi bater com o joelho na quina de escrivaninha. Gritei de dor e deixei cair as canetas.

— Idiota!

— Estou sem equilíbrio. Acho que você quebrou alguma coisa.

— Mentira, não bati com tanta força.

— Desmaiei. Talvez tenha tido uma concussão.

— Sua cabeça estava parada, e se você tivesse algum conhecimento rudimentar de neurologia saberia que concussões severas resultam de dois objetos em movimento que se colidem.

Olhei para o tapete.

— Pegue-as!

Curvei-me, recolhi as canetas. Levantei-me e voltei enquanto Hauser observava.

A faca havia se afastado alguns centímetros da garganta de Allison, mas a mão direita ainda a segurava firmemente pelo cabelo.

Olhei para ela. Movi-me para a direita, para longe de Hauser. Aquilo o relaxou.

Allison piscou.

— Uma coisa... — falei.

Antes que Hauser pudesse responder, Allison afastou o braço que empunhava a faca e escapou das mãos dele.

Ele gritou. Ela correu para a porta. Ele foi atrás dela. Peguei a bolsa, tateei com dedos dormentes, encontrei.

A pequena e brilhante automática de Allison, perfeita para sua mão delicada, pequena demais para a minha. Ela a lubrificara recentemente e talvez um pouco do óleo tenha escorrido para o cabo. Ou minhas habilidades motoras estivessem prejudicadas e por isso meus braços trêmulos não conseguissem firmar a arma.

Peguei-a, usei ambas as mãos para firmar a pontaria.

Hauser estava 30 centímetros atrás de Allison, vermelho e bufando, empunhando a faca. Ele estendeu a mão para pegá-la pelo cabelo, puxou a cabeça dela para trás.

Atingi-o na parte de trás do joelho.

Ele não caiu imediatamente, de modo que atirei no outro joelho.

Só por garantia.

CAPÍTULO 35

Passei dez anos trabalhando em um hospital. Alguns cheiros nunca mudam.

Robin e Allison estavam sentadas em minha cama.

Perto uma da outra. Como amigas.

Robin de preto, Allison ainda com o terno azul-bebê.

Lembro-me de agulhas, sondas e outras indignidades, mas não de ser sido transportado até lá.

A tomografia computadorizada e as radiografias foram aborrecidas; a ressonância magnética, um tanto claustrofóbica, mas divertida. Já a punção lombar não teve graça nenhuma.

Mas eu não sentia mais dor. Era um sujeito forte.

Robin e Allison — talvez Allison e Robin — sorriram.

— O que é isso, algum tipo de concurso de beleza? — perguntei.

Milo entrou em cena.

— Reviso, retrato e refrato qualquer declaração anterior a respeito de competição estética — falei.

Sorrisos em todo canto. Eu era um sucesso.

— Correndo o risco de ser óbvio, em que hospital estou?

— Cedars — disse Milo em um modo lento e paciente que sugeria não ser a primeira vez que ele respondia aquela pergunta.

— Já foi ver Rick? Pois devia, vocês não passam muito tempo juntos.

Sorrisos doloridos. Tempo, tudo tem a ver com tempo.

— Senhoras e germes — falei.

Milo aproximou-se.

— Rick mandou um oi. Certificou-se de que fizessem tudo o que fosse necessário. Nenhuma concussão ou hematomas, e seu cérebro não está inchado... pelo menos, não mais do que costuma estar. Você tem alguns discos machucados em sua coluna cervical e algumas costelas quebradas. Ergo, Rei Tut.

— Ergo. Pogo. Logo. — Toquei o lado do corpo, senti as bandagens. — Rick não precisou operar? Sem cortes impiedosos?

— Não desta vez.

Ele estava bloqueando minha visão. Eu lhe disse isso e ele recuou para um canto do quarto.

Olhei para as meninas. Minhas meninas.

Tão sérias, as duas. Talvez não tenha dito alto o bastante.

— *Sem cortes impiedosos*?

Duas belas tentativas de sorrisos e simpatia. Eu morrendo bem ali.

— Acabei de chegar de Lost Wages — falei. — E, caramba, minha discografia vertebral está exausta.

Robin disse algo para Allison, ou talvez tenha sido o contrário, quem diabos podia desembaraçar aquilo...

— *O quê?* — disse alguém que soava como eu. — Que conversa é essa entre as candidatas?

— Você precisa dormir — disse Allison. Parecia prestes a chorar.

Robin, também.

Hora de dizer mais alguma coisa engraçada...

— Dormi bem ontem. *Meninas*!

— Eles o sedaram — disse Robin. — Você está sedado agora.

— Demerol — disse Allison. — Depois, poderá tomar Percocet.

— Por que fizeram isso? — perguntei. — Não sou viciado.

Robin levantou-se e foi até o lado da cama. Allison a seguiu, ficando um pouco para trás.

Todo aquele perfume. *Uau*!

— Está usando Chanel? — Chamei Milo. — Venha aqui, amigo, e junte-se a esta celebração olfativa.

Allison me olhou. Não havia bolsa para olhar, ela me olhava fixamente.

— Onde você estava? — perguntei. — Quando entrei no consultório você não estava lá.

— Ele estava comigo no banheiro.

— Pobrezinho — disse Robin.

— Ela ou eu? — perguntei.

— Os dois. — Robin pegou a mão de Allison e a apertou. Allison pareceu grata.

Todas tão tristes. Tremendo desperdício de energia. Hora de se vestir e tomar um suco ou um café, talvez um muffin inglês e sair dali agora mesmo... Onde estão minhas roupas... posso me vestir na frente de todos, somos todos irmãos.

Devo ter dito algo nesse sentido, talvez com alguma vulgaridade, porque ambas as meninas — minhas *meninas lindas* — pareceram chocadas.

Robin inspirou e acariciou minha mão que não tinha endovenosas. Allison queria fazer o mesmo, dava para ver, talvez ela ainda gostasse de mim *daquele* jeito, mas a endovenosa a impediu.

— Você também pode me acariciar — falei.

Ela obedeceu.

— Segurem minhas mãos! — ordenei. — As duas! *Todo mundo* dê as mãos.

Elas obedeceram. Boas meninas lindas.

Voltei-me para Milo:

— Já você, não segure coisa alguma.

— Ah, droga — disse ele.

Voltei a dormir.

CAPÍTULO 36

Rick queria que eu ficasse em observação no hospital mais uma noite, mas eu disse que era o bastante.

Ele usou de toda autoridade de médico, mas nada funciona em face da obstinação da força industrial. Chamei um táxi e dei baixa no hospital, carregando um bom suprimento de analgésicos, anti-inflamatórios, esteroides, e uma pequena lista de efeitos colaterais.

Robin passara mais cedo. Allison ligara, mas não aparecera desde a primeira vez.

— Tenho de conhecê-la — disse Robin. — Ela é adorável.

— Laços femininos? — perguntei.

— Ela é legal, só isso.

— E vocês falaram sobre o clima.

— Egomaníaco. — Ela acariciou meu cabelo. — Eu liguei para você na quarta-feira porque decidi voltar atrás. Ainda quer aquilo?

— Sim.

— Allison concorda.

— Não sabia que precisávamos de permissão.

— Ela adora você — disse Robin. — Mas eu o *amo*.

Não fazia ideia do que aquilo queria dizer. Mas recuperara juízo o bastante para não perguntar.

— Disse-lhe para se sentir à vontade em visitá-lo, mas ela quer nos dar algum tempo juntos. Ela está se sentindo muito mal com o que aconteceu, Alex.

— Por quê?

— Por tê-lo atraído para Hauser.

— Ela tinha uma faca na garganta, não lhe restava muita escolha. Estou certo de que Hauser fez perguntas, descobriu que nós costumávamos... ficar juntos. Conhecer-me foi o que a pôs em perigo. *Eu* preciso me desculpar.

Meus olhos se encheram de lágrimas. O que era *aquilo*?

Robin as secou.

— Não é culpa de ninguém, Alex, o sujeito obviamente é desequilibrado.

— Agora será um aleijado desequilibrado. Pergunto-me quando a polícia virá me entrevistar.

— Milo está cuidando de tudo. Ele disse que, em vista da prisão anterior de Hauser, não haverá problemas.

— Em um mundo perfeito — falei.

Lábios frios roçaram minha testa.

— Estarei bem, querido. Você precisa descansar para sarar...

— Allison realmente está se culpando?

— Ela acha que devia ter se precavido, depois do que você lhe disse sobre Hauser.

— Isso é absolutamente ridículo.

— Estou certo de que ela vai adorar ouvir isso de você. Nessas exatas palavras.

Eu ri. As bandagens ao redor de minhas costelas pareciam faixas de vidro moído.

— Dói, querido?

— Nem um pouco.

— Mentiroso. — Ela beijou minhas pálpebras, depois minha boca. Muito delicado, eu precisava de algo mais perto da dor, de modo que estendi as mãos e forcei sua cabeça para baixo. Quando ela finalmente se afastou, estava sem fôlego.

— Mais, mulher! — falei. — Uga-uga.

Ela enfiou uma das mãos sob as cobertas, baixou-a.

— Uma das partes parece estar funcionando direito.

— Homem de aço — falei. — Você vai voltar mesmo?

— Se quiser que eu volte.

— Claro que quero.

— Talvez, depois que a dor passe, você mude de...

Toquei-lhe os lábios com um dedo.

— Quando vai se mudar?

— Em alguns dias. — Pausa. — Acho que vou ficar com o estúdio. Como você disse, para trabalhar.

— E para quando quiser se afastar de mim — falei.

— Não, querido, já tive bastante disso.

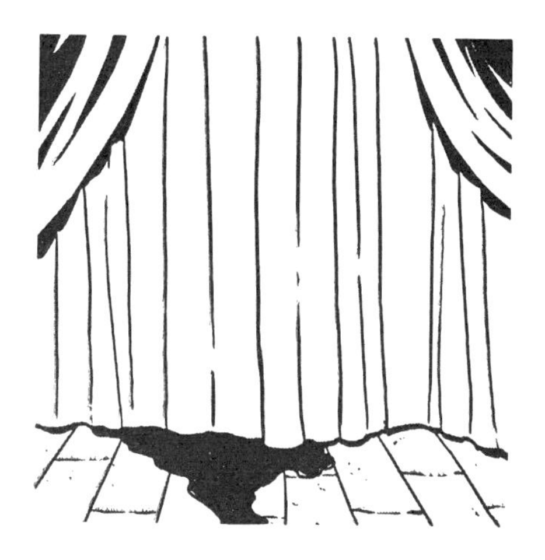

CAPÍTULO 37

Saí do hospital tentando parecer alguém que trabalhasse ali. O táxi chegou dez minutos depois. Estava em casa por volta das 19 horas.

O Seville estava estacionado em frente, algo que Milo tivera a gentileza de fazer.

O motorista do táxi passou por cima de diversos buracos em West Hollywood. A cidade que adora decoração evita coisas não glamorosas.

A dor a cada impacto deu-me confiança: podia suportá-la.

Enfiei o Percocet no armário de remédios, abri um vidro de Advil extraforte.

Não ouvia falar de Milo desde a visita da véspera, no hospital. Talvez aquilo significasse progresso.

Alcancei-o no carro.

— Obrigado por trazer o Seville de volta.

— Não fui eu, foi Robin. Você está sendo um bom paciente?

— Estou em casa.

— Rick autorizou?

— Rick e eu fizemos um acordo.

Silêncio.

— Esperto de sua parte, Alex.

— Se você o ouvisse, usaria gravatas melhores.

Mais silêncio.

— Estou bem — falei. — Obrigado por cuidar de Hauser.

— Fiz o possível.

— Terei problemas pela frente?

— Vai ter de se aborrecer um pouco, mas quem entende do assunto diz que você se sairá bem. Nesse meio-tempo, o babaca está na cadeia vestindo pijamas amarelos e olhando para manchas de tinta. O que aconteceu, o cara implodiu?

— Tomou decisões ruins e as projetou em mim. Eu o feri muito?

— Não vai poder jogar futebol por um bom tempo. A pistolinha de Allison veio a calhar, hein?

— Com certeza — eu disse. — Encontrou alguma propriedade de Nora Dowd na ou perto da área 805?

— De volta à labuta — disse ele. — Sem mais nem menos.

— Obedecendo bons conselhos.

— De quem?

— Meus.

Ele riu.

— Na verdade, Nora tem três imóveis em seu nome na 805. Condomínio em Carpinteria, algumas casas na Goleta. Todas alugadas por longo prazo. Seus inquilinos nunca a conheceram, mas gostam dela porque cobra baixos aluguéis.

— A BNB administra os imóveis?

— Não, a empresa Santa Barbara. Falei com o gerente. Nora recebe os cheques por correio, nunca vai lá. É isso, Alex. Nenhum esconderijo, nenhuma ligação direta com Camarillo, nenhum refúgio em Malibu. Talvez ela e Meserve tenham feito as ligações e viajado para tirar férias nos trópicos.

— Os irmãos possuem alguma coisa por lá? — perguntei.

— Por que isso importaria? Billy é um pateta e Brad odeia Meserve. Até agora, a busca pelos esconderijos de Peaty não deu em coisa alguma. Quando terminar com Armando Vasquez, vou começar a procurar nas empresas de jato executivo.

— O que fará com Vasquez?

— Segunda entrevista. A primeira foi na noite passada, ligação do advogado de Vasquez às 23 horas, Armando queria falar. Fiel servidor público que sou, fui em frente. O assunto era Vasquez embelezando a história do telefonema. Alegando que a noite do assassinato não foi a primeira em que recebeu as ligações, a mesma coisa acontecera havia uma semana mais ou menos, não se lembra quando e nem quantas vezes. Ninguém desligou sem dizer nada, apenas alguém sussurrando que Peaty era um pervertido perigoso, que podia ferir a esposa e os filhos de Vasquez. O promotor quer abafar qualquer justificativa da defesa, de modo que tenho de me ater a isso. Vão verificar um mês inteiro de ligações telefônicas. Enquanto estava lá, mostrei a Vasquez minha coleção de fotografias. Ele nunca viu os Gaidelas, Nora ou Meserve. O negócio é que finalmente consegui uma fotografia de Billy, e Vasquez também não o reconheceu. Mas estou certo de que Billy esteve no apartamento com Brad. Mas Vasquez não estando lá durante o dia não adianta nada. Como tudo o mais que consegui.

— Quer que eu faça alguma coisa?

— Quero que você sare e não seja uma múmia idiota. Outra coisa que aconteceu foi que o corpo de Peaty foi reivindicado por uma prima de Nevada. Ela pediu para falar com o detetive encarregado, disse que deixou um bando de recados. Mais uma vez obrigado, Tom Idiota. Vou apertá-la amanhã à tarde, ver se ela pode esclarecer algo sobre a psique de Peaty, ordens do promotor. Com a defesa pintando-o como um psicopata brutal, devo conhecer seus pontos positivos.

— Por falar no Tom Idiota... — Contei-lhe sobre a expressão de desagrado de Beamish.

— Não me surpreende. Talvez Beamish tenha se lembrado de mais frutas roubadas... O que mais...? Ah, sim, liguei para algumas lojas de equipamento de taxidermia. Nenhum registro de Nora ou Meserve comprando acessórios. Tudo bem, aqui estou, na cadeia, pronto para o Sr. Vasquez. Hora de acrescentar mais algumas mentiras à minha dieta diária.

O amanhecer me trouxe a pior dor de cabeça que já senti na vida, membros endurecidos, boca dormente. Um punhado de Advils e três xícaras de café preto depois, estava bem. Caso respirasse devagar.

Liguei para Allison, agradeci à secretária eletrônica por sua presença de espírito, desculpei-me por tê-la envolvido naquilo.

À secretária eletrônica de Robin, disse que estava ansioso para ver a sua patroa.

Não encontrei Albert Beamish na lista. Tentei sua empresa de advocacia. Uma recepcionista de voz estridente disse:

— O Sr. Beamish raramente vem aqui. Acho que a última vez que o vi... faz meses.

— Emérito.

— Alguns dos sócios são professores, de modo que gostamos do termo.

— O Sr. Beamish é professor?

— Não — respondeu. — Nunca gostou de lecionar. Seu negócio era litígio.

Encontrei Beamish às 11 horas. A mesma empregada indonésia atendeu.

— Sim! — disse ela, radiante. — Mister em casa!

Momentos depois, o velho apareceu arrastando os pés, vestindo um cardigã branco e frouxo sobre uma camisa marrom, calças listradas de rosa e os mesmos chinelos com cabeças de lobo no bico.

Seu riso de escárnio foi virtuoso.

— O policial pródigo chegou. O que temos de fazer para *motivá-los*?

— Houve alguns problemas com os telefones — eu disse.

Ele gargalhou com a alegria da onisciência, limpou a garganta quatro vezes, produziu algo úmido, que engoliu.

— O dinheiro que pago em imposto sendo bem-empregado.

— Por que ligou, senhor?

— Você não sabe?

— Por isso estou aqui.

— Ainda não viu o recado? Então como você...

— Imaginei, Sr. Beamish, pela expressão de desprezo em seu rosto quando passei por aqui de carro.

— A expressão de... — Uma boca cheia de rugas e sem lábios se retorceu com ambiguidade. — Um verdadeiro Sherlock.

— Qual era o recado? — perguntei.

— Você faz caretas quando fala, meu jovem.

— Estou um pouco machucado, Sr. Beamish.

— Bebendo e fazendo baderna à minha custa?

Desabotoei o casaco, alguns botões da camisa e revelei as bandagens no tórax.

— Costelas quebradas?

— Algumas.

— Aconteceu o mesmo comigo quando servia o exército — disse ele. — Nada de heroísmo em combate. Estava lotado em Bayonne, Nova Jersey, e um idiota irlandês do Brooklyn deu ré com um jipe em cima de mim. Mais alguns centímetros e eu acabaria sem filhos, cantando em soprano e votando nos democratas.

Sorri.

— Não faça isso — disse ele. — Vai doer para diabo.

— Então não seja engraçado — eu disse.

Ele sorriu. Um verdadeiro sorriso, sem deboche.

— Os médicos do exército nada fizeram para me curar, apenas me enfaixaram e mandaram que eu esperasse. Quando me curei, eles me mandaram para o Teatro de Operações na Europa.

— Nenhum progresso médico desde então.

— Quando isso aconteceu com você? Não que eu realmente me importe.

— Há dois dias. Não que seja da sua conta.

Ele se sobressaltou. Olhou feio para mim. Cutucou o tecido marrom sobre seu peito afundado. Irrompeu em uma gargalhada estéril, pigarreou mais catarro. Quando terminou, disse:

— Que tal um drinque? Já é quase meio-dia.

Enquanto eu o seguia através de salas escuras, empoeiradas e de teto alto repletas de antiguidades georgianas e porcelana chinesa, ele disse:

— Como ficou o outro sujeito?

— Pior que eu.

— Bom.

Sentamo-nos em uma mesa redonda em sua sala de café da manhã octogonal, junto a uma cozinha cujas bancadas de aço inoxidável e armários brancos lascados indicavam que não era reformada havia meio século.

As janelas fasquiadas eram voltadas para um jardim. A mesa era de mogno antigo, com marcas de cigarro e de copos, cercada por duas cadeiras em estilo rainha Ana. O papel de parede era verde-claro com motivos asiáticos, repleto de peônias, pássaros azuis e trepadeiras fictícias, e estava esbranquiçado em alguns lugares. Havia uma fotografia emoldurada pendurada na parede. Preto e branco, também desbotada por décadas de raios ultravioletas.

Quando Beamish foi buscar as bebidas, olhei para a fotografia. Um jovem alto e magro de cabelos claros usando um uniforme de capitão do Exército ao lado de uma bela jovem. O chapéu dela repousava sobre cachos de cabelo escuro. Usava roupas de verão e segurava um buquê.

Ao fundo, um grande navio. USS alguma coisa. Uma legenda escrita com caneta-tinteiro no canto inferior direito dizia: *7/4/45, Long Beach: Betty e Al. Finalmente de volta da guerra!*

Beamish voltou com uma garrafa de cristal e um par de copos antiquados que combinavam com o recipiente, sentou-se lentamente em uma cadeira, lutando para disfarçar a careta. Então, mudou de ideia.

— No fim, você não precisa se render à dor — disse ele. — A natureza faz isso por conta própria. — Serviu dois dedos de bebida para cada um, empurrou meu copo sobre a mesa.

— Obrigado pelo encorajamento. — Ergui meu copo.

Ele resmungou e bebeu. Imaginei Milo dali a 40 anos, tossindo e engolindo catarro e falando sobre o triste estado em que estavam as coisas. Velho e grisalho.

A fantasia acabou quando cheguei a heterossexual e rico.

Beamish e eu bebemos. O uísque era puro malte, turfoso, adocicado, e descia com uma bela queimação que não nos deixava esquecer que aquilo era álcool.

Lambeu o lugar onde antes eram os seus lábios e baixou o copo.

— Isso é muito bom. Só Deus sabe por que o servi.

— Um rompante incomum de generosidade — eu disse.

— Você é um insolente. Nada a ver com o servidor público prestativo.

— Não sou. Sou psicólogo.

— Um o quê? Não, não responda, eu ouvi bem. Um desses, é? O detetive gordo o mandou até aqui para tratar com o fóssil desequilibrado?

— Tudo ideia minha. — Dei-lhe uma breve explicação de meu relacionamento com a polícia. Esperei pelo pior.

Beamish bebeu um pouco mais e torceu a ponta do nariz.

— Quando Rebecca morreu perdi a razão de viver. Meus filhos insistiram que eu procurasse um psiquiatra e me mandaram para um sujeito judeu em Beverly Hills. Ele me prescreveu pílulas que nunca tomei e me recomendou a uma psicóloga judia. Eu a rejeitei como a uma babá caríssima, mas meus filhos me obrigaram. Acabou que estavam certos. Ela me ajudou.

— Fico feliz.

— Às vezes ainda é difícil — disse ele. — Muito espaço na cama... Ah, chega de pieguice, se ficarmos aqui sentados mais tempo você me manda uma conta. Eis o recado que deixei para o detetive gordo: uma mulher veio aqui há três dias, bisbilhotar *aquela* pilha de lenha. — Apontou em direção à casa de Nora. — Saí e perguntei o que estava fazendo e ela me disse que procurava a prima, Nora. Eu disse a ela que *Nora* não era vista havia algum tempo e que a polícia estava suspeitando de que *Nora* tinha atividades criminosas. Ela não pareceu nem um pouco surpresa com tal possibilidade... devo chamá-lo de "doutor"?

— Alex está bem.

— Você trapaceou nos exames? — disse ele inesperadamente.

— Não.

— Então, já que você mereceu sua *maldita formatura, faça-a valer*, pelo amor de Deus. Uma coisa que *detesto* é a falsa familiaridade que os beatniks introduziram. Podemos estar bebendo meu melhor puro malte, senhor, mas se você se dirigir a mim pelo meu primeiro nome dou-lhe um tapa no ouvido.

— Nestas circunstâncias, isso seria muito doloroso — eu disse.

Ele moveu os lábios. Concedeu-me um sorriso.

— Qual é seu sobrenome?

— Delaware.

— Então, Dr. Delaware... onde eu estava...

— A prima não pareceu surpresa.

— Pelo contrário — disse Beamish. — A possibilidade de *Nora* estar sob suspeita pareceu absolutamente *sintônica*. — Ele riu. — Um termo de psicologia que aprendi com a Dra. Ruth Goldberg.

— Nota 10 para você — eu disse. — Algum motivo para a prima não estar surpresa?

— Eu a pressionei nesse aspecto, mas ela não foi prestativa. Ao contrário, pareceu ansiosa para ir embora e tive de me impor para que deixasse nome e número de telefone.

Voltou a se levantar da mesa lentamente e passou cinco minutos ausente, o que permitiu que eu terminasse o meu scotch. Beamish reapareceu com um pedaço de papel dobrado em um quadrado de 6 centímetros de lado. Dedos nodosos desdobraram e alisaram o papel.

Meia folha de bloco de papel grosso e timbrado.

Martin, Crutch e Melvyn
Escritório de advocacia

Endereço na rua Olive Street, longa lista de nomes impressos em letra miúda, o de Beamish perto do topo.

No pé da página, letra tremida escrita com caneta-tinteiro, borrada nas bordas.

Marcia Peaty. Um número de prefixo 702.

— Verifiquei, é em Las Vegas — disse Beamish. — Embora ela não parecesse um tipo de Vegas.

— Ela é prima dos *Dowds*?

— Foi o que ela disse e não parece ser o tipo de coisa que alguém inventasse. Ela não era particularmente elegante, mas não era vulgar, e, hoje em dia, isso é um feito...

Voltei a dobrar o papel.

— Obrigado.

— Uma pequena luz acabou de brilhar em seus olhos, Dr. Delaware. Fui útil?

— Mais do que imagina.

— Você se incomodaria em me dizer como?

— Gostaria, mas não posso.

Quando comecei a me levantar, Beamish serviu-me outro dedo de scotch.

— Vale 15 dólares. Não beba levantando-se, isso é terrivelmente vulgar.

— Obrigado, mas já bebi o bastante, senhor.

— A temperança é o último refúgio dos covardes.

Eu ri.

Ele tocou a borda dos óculos.

— É absolutamente necessário que você saia em disparada como um cavalo em pânico?

— Lamento que sim, Sr. Beamish.

Esperei que ele se levantasse.

— Depois, então? — perguntou. — Quando os prender, vai me contar o que fiz de útil?

— Eles?

— Eles, os irmãos. Bando detestável, exatamente como eu disse antes e o detetive gordo ignorou.

— Caquis — eu disse.

— Isso, é claro — disse ele. — Mas você está atrás de algo além de frutos roubados.

CAPÍTULO 38

Passaram-se seis minutos até o delegado da cadeia voltar ao telefone.

— É, ainda está aqui.

— Por favor, diga para ele me ligar ao sair. É importante.

Ele perguntou meu nome e número. Outra vez.

— Tudo bem — disse ele, mas seu tom de voz sugeria eu não contar com aquilo.

Uma hora depois, tentei novamente. Um delegado diferente atendeu.

— Deixe-me ver... Sturgis? Já foi.

Finalmente, alcancei-o no carro.

— Vasquez me fez perder tempo — disse ele. — De repente ele se lembrou de que Peaty o ameaçou abertamente. "Vou acabar com você, cara."

— Soa mais como algo que Vasquez teria dito.

— Shuldiner vai alegar intimidação crônica. De qualquer modo, acabei por aqui, finalmente posso me concentrar em Nora e Meserve. Ainda não há indicação de que tenham pegado algum voo comercial, mas a identificação do Range Rover feita por Angeline Wasserman provavelmente pode me garantir alguns mandados para a lista de passageiros de jatos executivos. Estou a caminho para fazer o pedido. Como você está?

— A mulher que o legista mencionou chama-se Marcia Peaty?

— É, por quê?

— Ela também é prima dos Dowds. — Contei-lhe o que descobrira com Albert Beamish.

— O velho realmente tinha algo a dizer. Que droga de instintos os *meus*.

— Os irmãos Dowd contratam o primo como zelador ganhando salário mínimo e dão-lhe uma antiga lavanderia para morar — disse eu. — Isso diz algo sobre o caráter deles. O fato de nenhum deles pensar em mencionar isso diz ainda mais. Conseguiu investigar as propriedades individuais dos irmãos?

— Ainda não, acho que seria melhor fazê-lo. Marcia Peaty não me disse que era prima deles. Peaty também não.

— Quando a encontrará?

— Em uma hora. Ela está no Roosevelt, em Hollywood. Reservei uma mesa no Musso and Frank, achei que ao menos podia conseguir uma boa refeição.

— Segredos de família e linguados — eu disse.

— Eu estava pensando em empadão de frango.

— Linguado para mim — eu disse.

— Está mesmo com fome?

— Morrendo.

Parei o Seville no estacionamento gigante atrás do Musso and Frank. Com todo aquele terreno, os especuladores imobiliários deviam estar babando. Imaginei o rugido das britadeiras. O restaurante tinha quase um século de idade, imune ao progresso e ao regresso. Até agora, tudo bem.

Milo conseguiu um reservado no canto sudoeste do amplo salão do Musso. Teto com pé-direito de 6 metros pintado com um bege sombrio que não se vê mais, gravuras verdes retratando cenas de caça penduradas nas paredes, painéis de carvalho quase pretos de tão antigos, bebidas fortes no bar.

Um menu enciclopédico anunciava o que hoje se chama de comida caseira, mas que antigamente era apenas comida. Alguns pratos exigiam tempo de preparo, e a gerência o advertia a não ser impaciente. O Musso deve ser o último restaurante em L.A. onde você pode pedir uma fatia de spumoni como sobremesa.

Copeiros alegres de uniforme verde circulavam pelo espaço escuro e enchiam copos de água para meia dúzia de pessoas que desfrutavam de um almoço tardio. Garçons com uniformes vermelhos que faziam Albert Beamish parecer amável esperavam uma chance para invocar a lei da não substituição.

Em alguns reservados havia casais que pareciam alegremente adúlteros. Uma mesa no meio do salão abrigava cinco homens grisalhos usando suéteres de casimira e casacos de náilon. Rostos familiares, mas não identificáveis. Demorou um tempo para eu descobrir por quê.

Um quinteto de atores, gente que povoou os programas de TV de minha infância sem nunca chegarem ao estrelato. Todos pareciam ter mais de 80 anos. Muitos risos e cotovelos sobre a mesa. Talvez o fundo do funil não fosse necessário para se divertirem.

Milo bebia uma cerveja.

— A rede de computadores voltou, afinal. Pedi que Sean fizesse uma busca de propriedades, e adivinhe: nada para Brad, mas Billy possui 4 hectares em Latigo Canyon. Perto do lugar onde Michaela e Meserve fingiam serem vítimas.

— Oh, meu Deus — eu disse. — Só terras, não casas?

— Assim está registrado.

— Talvez haja edifícios não registrados na propriedade — eu disse.

— Acredite, vou descobrir. — Olhou para o seu Timex.

— Brad é o irmão dominante mas não tem terras em seu nome?

— Nem mesmo a casa em Santa Monica Canyon. Aquela é de Billy. Assim como o sobrado em Beverly Hills.

— Três terrenos para Billy e Nora — eu disse. — Nada para Brad.

— Pode ser uma dessas coisas de impostos, Alex. Ele ganha um salário para administrar todos os edifícios compartilhados, e tem algum motivo fiscal para não possuí-los.

— Ao contrário, os impostos de propriedades são dedutíveis. O mesmo se aplica à depreciação e aos gastos em aluguéis.

— Falou como um autêntico latifundiário.

Fiz um bom dinheiro comprando e vendendo propriedades durante alguns booms imobiliários. Saí do meio porque não gostava de ser senhor de terras, investi os lucros em ações e títulos. Não seria algo muito esperto a se fazer, caso meu objetivo fosse valor líquido. Costumava pensar que era a serenidade. Agora, não faço ideia de qual seja.

— Talvez a prima Marcia possa nos dar uma pista — falei.

Ele voltou a cabeça para o fundo do salão.

— Opa, sendo um detetive veterano, diria que é ela.

A mulher à direita do bar tinha 1,80m, quarenta e poucos anos, cabelo louro-escuro e um olhar penetrante. Usava camisa e calças pretas e portava uma bolsa de couro da mesma cor.

Milo disse:

— Ela está verificando o lugar como uma policial — E acenou.

Ela acenou de volta e se aproximou. Tinha um mapa-múndi impresso na bolsa. Um crucifixo de ouro era sua única joia. Mais de perto, vi que seu cabelo era grosso, penteado de modo a ocultar metade de seu olho direito. As íris eram claras, vigilantes e cinzentas.

Rosto estreito, nariz fino, pele bronzeada. Nenhuma semelhança com Reynold Peaty que eu pudesse notar. Nem com os Dowds.

— Tenente? Marcia Peaty.

— Prazer em conhecê-la, senhora. — Milo me apresentou, mas não disse meu título. Imaginei Albert Beamish de cara feia.

Marcia Peaty apertou nossas mãos e se sentou.

— Lembro que este lugar tem ótimos martínis.

— Você é de L.A.?

— Fui criada em Downey. Meu pai era quiroprático, tinha um consultório lá e aqui em Hollywood, na Edgemont. Um boletim com boas notas costumava me render almoços com ele. Sempre vínhamos aqui, e quando ninguém estava olhando ele me deixava provar seus martínis. Achava que tinha gosto de cloro de piscina, mas nunca disse isso a ele. Queria parecer madura, sabe como é? — Ela sorriu. — Agora eu adoro.

Um garçom se aproximou e ela pediu seu drinque com gelo, azeitonas e uma cebolinha.

— Minha versão de salada.

— Outra cerveja? — perguntou o garçom.

— Não, obrigado — disse Milo.

— E você?

A memória do puro malte de Beamish ainda estava em minha boca.

— Coca.

O garçom franziu as sobrancelhas e se foi.

— O que posso fazer por você, Srta. Peaty? — perguntou Milo.

— Estou tentando descobrir o que houve com Reyn.

— Como soube?

— Sou colega de vocês... ou fui.

— Polícia de Las Vegas?

— Por 12 anos — disse ela. — Mais em costumes e roubos de automóveis, algum trabalho na cadeia. Agora, trabalho em segurança privada, grande empresa, cuidamos de alguns cassinos.

— Não falta trabalho na Cidade do Pecado — disse Milo.

— Vocês também não parecem estar de folga.

As bebidas chegaram.

Marcia Peaty experimentou o martíni.

— Melhor do que me lembrava.

O garçom perguntou se queríamos fazer os pedidos.

Empadão de frango, linguado, linguado.

— Outra lembrança — disse Marcia Peaty. — Não temos linguado em Vegas.

— Em L.A. também são raros — disse Milo. — Geralmente servem linguado vermelho.

Pareceu desapontada.

— Substituição barata?

— Não, são basicamente iguais. Peixe pequeno e chato com um bocado de espinhas. Um vive nas profundezas, mas não há como ver a diferença.

— Você pesca?

— Eu como.

— Praticamente iguais, hein? — disse Marcia Peaty. — Mais gêmeos do que primos.

— Primos podem ser muito diferentes.

Ela tirou uma azeitona de sua bebida. Mastigou, engoliu.

— Descobri que Reyn havia sumido ao tentar ligar para ele durante vários dias e ninguém atender. Não que eu ligasse sempre, mas uma de nossas tias-avós morreu e ele herdou algum dinheiro. Não muito, 1.200 dólares. Quando não consegui encontrá-lo, comecei a ligar para hospitais, cadeias. Finalmente, descobri o que aconteceu por seu legista.

— Ligar para cadeias e para o necrotério — disse Milo. — Isso é uma curiosidade específica.

Marcia Peaty assentiu.

— Reyn era um chamariz de problemas, sempre foi. Não tinha qualquer fantasia em torná-lo um cidadão normal, mas de vez em quando eu era protetora. Crescemos juntos em Downey, ele era alguns anos mais jovem, eu era filha única, ele também, de modo que tínhamos pouca gente ao nosso redor. Há muito tempo, eu pensava nele como um irmão menor.

— Irmão de alto risco — falei.

— Não pretendo dourar a pílula, mas ele não era um psicopata, apenas não era esperto. Uma dessas pessoas que sempre tomam decisões erradas, sabe? Talvez seja genético. Nossos pais eram irmãos. Meu pai trabalhou em três empregos para conseguir concluir a Cleveland Chiropractic, estalou costas suficientes para ir de chinfrim a respeitável. O pai de Reyn era um alcoólatra perdedor, nunca teve um trabalho fixo, entrava e saía da cadeia por pequenas infrações. A mãe de Reyn não era muito melhor. — Ela parou de falar. — História triste, nada que vocês não tenham ouvido anteriormente.

— Como os dois acabaram em Nevada? — perguntou Milo.

— Reyn fugiu de casa aos 15 anos. Mais foi embora do que fugiu, e ninguém se importou. Não estou certa do que ele fez em dez anos, mas sei que tentou os fuzileiros, foi preso e acabou dispensado com desonra. Mudei para Vegas porque meu pai morreu e minha mãe gostava de jogar nos caça-níqueis. Quando se é filho único, você se sente responsável. Meu marido vem de uma família de cinco filhos, um grande e antigo clã mórmon, mundo totalmente diferente.

Milo assentiu.

— Dez anos. Reyn apareceu quando tinha 25.

— No condomínio de minha mãe. Tatuado, bêbado 25 quilos mais gordo. Ela não o deixou entrar. Reyn não argumentou, mas ficou pela rua. Então, mamãe chamou a Filha Policial. Quando o vi, fiquei chocada. Acredite ou não, ele costumava ser um rapaz bem-apessoado. Dei-lhe algum dinheiro, instalei-o em um hotel, disse-lhe para ficar sóbrio e se mudar para outra cidade. A última parte ele obedeceu.

— Reno.

— Voltei a ouvir falar dele dois anos depois. Precisava de dinheiro para pagar fiança. Não sei dizer por onde andou no meio-tempo.

— Decisões ruins — falei.

— Ele nunca foi agressivo — disse Marcia Peaty. — Era apenas um desses caras inconstantes.

— O voyeurismo pelo qual foi preso poderia ser considerado agressivo — disse Milo.

— Talvez eu esteja racionalizando, mas aquilo parecia mais coisa de bêbado. Ele nunca havia feito algo assim antes, certo?

— As pessoas dizem que ele olhava um bocado. Fazia com que se sentissem incomodadas.

— É, ele tende... tendia a sonhar acordado — disse Marcia Peaty. — Como falei, ele não era nenhum Einstein, não conseguia fazer somas de três dígitos. Sei que soa estranho, mas ele não merecia ser baleado. Poderia me dizer como aconteceu?

Milo deu-lhe as informações gerais do assassinato, deixando de fora as ligações sussurradas e as ameaças alegadas por Vasquez.

— Uma dessas coisas *estúpidas* — disse ela, e bebeu um gole de martíni. — O atirador vai pagar por isso?

— Vai pegar pouco tempo de cadeia.

— Como assim?

— A defesa vai pintar seu primo como um intimidador.

— Reynold era um alcoólatra perdedor, mas nunca intimidou uma formiga.

— Ele teve algum tipo de vida amorosa?

Os olhos de Marcia Peaty se estreitaram. Olhar de radar rodoviário.

— O que isso tem a ver com o resto?

— O promotor quer ter uma ideia clara de como ele era. Não encontrei qualquer sinal de vida amorosa, apenas uma coleção de vídeos com garotas jovens.

Os nós dos dedos de Marcia Peaty ficaram brancos enquanto segurava o copo.

— Quão jovens?

— Quase menores de idade.

— Por que isso importa?

— Reynold trabalhava como zelador de uma escola de teatro. Algumas estudantes foram mortas.

Marcia Peaty ficou pálida.

— Não é possível. Trabalhei com vícios tempo o bastante para reconhecer um criminoso sexual quando vejo um, e Reynold não era... E isso não é negação familiar. Acredite em mim, melhor procurar em outra parte.

— Falando de família, vamos falar de seus outros primos.

— Falo sério — disse ela. — Reyn não era maluco assim.

— Os outros primos — disse Milo.

— Quem?

— Os Dowds. Você esteve na casa de Nora Dowd outro dia, disse a um vizinho que era prima dela.

Marcia Peaty passou o copo para a mão esquerda. Depois, voltou a segurá-lo com a mão direita. Ergueu o palito cravado na cebola, mexeu-o, largou-o.

— Isso não é totalmente verdadeiro.

— Existe verdade indulgente? — perguntou Milo.

— Ela não é minha prima. Brad, sim.

— Ele é irmão dela.

Marcia Peaty suspirou.

— É complicado.

— Temos tempo.

CAPÍTULO 39

— Como eu disse, vim de baixo — disse Marcia Peaty. — Nenhuma vergonha nisso. Meu pai, Dr. James Peaty, subiu na vida, mais um ponto a seu favor.

— Ao contrário do irmão — eu disse.

— Irmãos, no plural — disse ela. — E irmã. O pai de Reyn, Roald, era o mais jovem, entrou e saiu da prisão a vida inteira, acabou se matando com um tiro. A seguir vinha Millard e, entre ele e meu pai, vinha Bernadine. Ela morreu depois de ser internada.

— Internada por quê? — perguntou Milo.

— Loucura induzida pelo álcool. Era uma mulher bonita, mas usava a beleza do modo errado. — Ela afastou o prato. — Soube de tudo isso por minha mãe, que odiava a família de meu pai, de modo que deve ter aumentado um pouco. Mas no todo, acho que dizia a verdade, porque papai nunca negou. Mamãe costumava usar Bernadine como um exemplo negativo para mim. Não faça o que aquela "vagabunda imoral" faz.

— O que Bernadine fazia? — perguntou Milo.

— Saiu de casa aos 17 anos e foi para Oceanside com uma amiga, outra menina rebelde chamada Amelia Stultz. As duas pegavam marinheiros e Deus sabe mais o quê. Bernadine ficou grávida de um marinheiro de licença a quem nunca mais viu. Ela teve um filho.

— Brad — eu disse.

Ela assentiu.

— Foi assim que Brad nasceu. Quando Bernadine foi internada, ele tinha 3 ou 4 anos, foi enviado à Califórnia para morar com Amelia Stultz, que se dera muito melhor, casando-se com um endinheirado capitão da Marinha.

— Amelia era uma prostituta imoral, mas criou o filho de outra pessoa? — perguntou Milo.

— Minha mãe disse que meu tio Millard a chantageou, disse que contaria seu passado ao marido rico se ela não "ficasse com o fedelho".

— Sujeito ardiloso, seu tio bêbado — eu disse. — Ele pediu algo para si?

— Talvez tenha rolado dinheiro, não sei — Marcia Peaty franziu as sobrancelhas. — Sei que isso lança responsabilidade sobre todos, fora meu pai. Já pensei a esse respeito, se ele teria sido tão calculista. — Um músculo da face se ressaltou. — Mesmo que tivesse querido ajudar Brad, não havia como minha mãe concordar em ficar com ele.

— O rico capitão era Bill Dowd Junior.

— Hancock Park — disse ela. — Aparentemente, Brad teve sorte. O problema é que Amelia não tinha interesse em criar os próprios filhos, muito menos um que lhe foi imposto. Ela sempre quis ser dançarina e atriz. Uma *artista performática*, como dizia minha mãe. O que significa que fazia strip-tease em um daqueles clubes de Tijuana, talvez coisa pior.

— Como Amelia fisgou o capitão Dowd?

— Ela era bonita — disse Marcia Peaty. — Uma tremenda loura quando jovem. Talvez fosse como aquela música country, os homens gostam de mulheres vulgares.

Ou tradição familiar. Albert Beamish dissera que Bill Dowd Junior casara-se com uma "mulher sem classe" como sua mãe.

— Amelia ficou com Brad mas não se preocupou em educá-lo? — perguntou Milo. — Estamos falando de abuso ou apenas de negligência?

— Nunca ouvi falar de abuso. Mais provavelmente ela o ignorava. Mas fez o mesmo com seus próprios filhos. Ambos tinham problemas. Conheceu Nora e Billy Terceiro?

— Sim.

— Não os vejo desde que eram crianças. Como são?

Milo ignorou a pergunta.

— Em que circunstâncias os viu quando criança?

— Papai deve ter se sentido culpado, porque tentou entrar em contato com Brad quando eu tinha cerca de 5 anos. Fomos de carro até L.A. e fizemos uma visita. Amelia Dowd gostou de meu pai e passou a nos convidar para festas de aniversário. Mamãe não gostou muito, mas, no fundo, ela não se importava em ir a festas elegantes em uma casa grande. Ela me advertiu sobre Bill Terceiro. Disse que ele era retardado, não tinha controle sobre si mesmo.

— Alguma vez ele agiu de modo assustador?

Ela balançou a cabeça.

— Era apenas quieto e tímido. Obviamente não era normal, mas nunca me incomodou. Nora era uma lunática, caminhava a esmo falando sozinha. Mamãe disse: "Olhe para Amelia: casou com um homem rico, tem uma boa vida, mas acabou com filhos defeituosos." Não quero que pareça que mamãe era uma pessoa odiosa, ela apenas não gostava da família de papai e de ninguém que tivesse ligação com ela. Durante toda a vida, tio Millard não fez outra coisa além de nos explorar, e Roald também não era fácil antes de morrer. Também, quando mamãe falava assim sempre era para me elogiar. "Dinheiro não é nada, querida. Seus filhos são seu legado, e isso *me* torna uma mulher rica."

— Podemos falar com sua mãe? — perguntou Milo.

— Ela morreu há quatro anos. Câncer. Ela era uma daquelas senhoras que você vê nos caça-níqueis. Cadeira de rodas, fumando e enfiando moedas na máquina.

— Brad tem o sobrenome Dowd — eu disse. — Ele foi adotado legalmente?

— Não sei. Talvez Amelia o tenha deixado usar o nome para evitar perguntas desagradáveis.

— Ou — disse Milo — talvez não fosse a bruxa que diziam ser.

— Acho que não — disse Marcia Peaty. — Mamãe *podia* ser intolerante.

— O capitão Dowd não se incomodou em ficar com outra criança? — perguntei.

— O capitão Dowd não era tão durão quanto parecia. Ao contrário. Qualquer coisa que Amelia queria ela conseguia.

— Sua mãe alguma vez lhe disse algo sobre como era Brad psicologicamente?

— Ela o chamava de "criador de casos" e também me dizia para manter distância dele. Falou que, ao contrário de Billy, ele era esperto, mas estava sempre mentindo e roubando. Amelia o mandou diversas vezes para colégios internos e academias militares.

Caquis e algo mais. Alfred Beamish percebeu o comportamento de Brad, mas nunca descobriu as origens do rapaz.

Mansões, country clubes, elefantes alugados para festas de aniversário. Uma mãe ausente. Que achava ser uma artista performática.

— Como Amelia Dowd canalizava seu interesse pelo teatro? — perguntei.

— O que quer dizer?

— Todos aqueles sonhos de representar nunca realizados. Às vezes as pessoas vivem através dos filhos.

— Se ela era uma mãe "macaca de auditório"? Brad me disse que ela tentou apresentar os filhos na TV. Como um grupo: cantando e dançando. Disse que conseguia cantar uma canção, mas que os outros eram muito desafinados.

A parede coberta de fotografias no teatro da PlayHouse me veio à cabeça. Entre os rostos famosos, uma banda que não reconhecera.

Um quarteto infantil de jovens com cabelo de esfregão... o Kolor Krew.

— Como era o nome do grupo?

— Ele não disse.

— Quando isso aconteceu?

— Vejamos... Brad tinha cerca de 14 anos quando me contou, de modo que devia ter sido naquela época. Riu ao falar daquilo, mas soou amargo. Disse que Amelia os arrastou a uma agência de talentos, os fez posar para fotografias, comprou-lhes guitarras e uma bateria que nunca aprenderam a tocar, deu-lhes aulas de canto que foram inúteis. Antes disso, tentara arranjar trabalhos de ator para Nora e Billy Terceiro.

— Para Brad não?

— Ele me disse que Amelia só o incluiu na banda porque os outros dois não tinham chance.

— Ele a chamava assim? — perguntei. — Amelia?

Ela pensou.

— Nunca o vi chamá-la de mãe.

— Nora e Billy tiveram algum sucesso individualmente?

— Acho que Nora conseguiu alguns trabalhos insignificantes como modelo, coisa de lojas de departamentos, roupas infantis. Bill Terceiro não conseguiu coisa alguma. Não era inteligente o bastante.

— Brad lhe contou tudo isso — disse Milo. — Vocês conversavam frequentemente?

— Apenas durante aquelas festas.

— E quando adultos?

— Com exceção de um encontro há 12 anos, nos falamos pelo telefone, e não muito frequentemente. Talvez uma vez a cada dois anos.

— Quem liga para quem?

— Ele me liga. Para desejar feliz Natal, esse tipo de coisa. Geralmente para mostrar quão rico é, contando-me sobre algum carro novo que comprou.

— Doze anos — eu disse. — É muito preciso.

Marcia Peaty brincou com o guardanapo.

— Há uma razão para isso, e pode ser importante para vocês. Há 12 anos, Brad foi interrogado em um caso em Vegas. Eu estava lidando com carros roubados e um detetive do quartel-general me ligou dizendo que uma pessoa de seu interesse andava mencionando meu nome, alegando que éramos primos que tinham um caso. Descobri quem era, liguei para Brad. Fazia um bocado de tempo que não nos falávamos, mas tratou-me como se tivesse sido ontem, prazer em ouvir sua voz, prima. Ele insistiu em me levar a um grande jantar no Caesars. Descobri que ele estava morando em Vegas havia um ano, investindo em imóveis, nunca pensou em entrar em contato. E uma vez que ele não precisava de mim não ouvi falar mais nele durante sete anos. Foi no Natal, para se vangloriar.

— De quê?

— Estar de volta a L.A., morando bem e administrando um negócio de imóveis da família. Ele me convidou a visitá-lo, disse que daria uma volta comigo em um de seus carros. Querendo dizer que tinha muitos.

— Convite platônico? — perguntei.

— Difícil dizer em se tratando de Brad. Prefiro encarar como platônico.

— Em que tipo de caso ele foi interrogado? — perguntou Milo.

— Jovem desaparecida, dançarina do Dunes, nunca encontrada. Brad saíra com ela, foi a última pessoa a vê-la.

— Ele tornou-se algo além de uma pessoa de interesse no caso?

— Não. Ninguém descobriu nenhuma evidência de crime. Brad disse que ela queria experimentar algo melhor e que foi embora para L.A. Isso acontece um bocado em nossa cidade.

— Algo melhor do tipo começar a representar? — perguntei.

Marcia Peaty sorriu.

— Alguma novidade?

— Lembra-se do nome da jovem? — perguntou Milo.

— Julie alguma coisa. Posso verificar, ou você mesmo pode ligar. O detetive encarregado era Harold Fordebrand. Aposentou-se, mas ainda está em Vegas, listado no catálogo telefônico.

— Trabalhei com um Ed Fordebrand.

— Harold disse que tinha um irmão na homicídios de L.A.

— Sem evidência de crime — disse Milo. — Mas o que Harold acha de Brad?

— Não gostou dele. Muito escorregadio. Chamava-o de "Sr. Hollywood". Brad não quis se submeter ao polígrafo, mas isso não é crime.

— Que razão alegou?

— Simplesmente não quis.

— Tinha advogado?

— Não — disse ela. — Cooperou todo o tempo, realmente tranquilo.

— Sr. Hollywood — eu disse. — Talvez alguma das aspirações de Amelia tenha vingado.

— Ele realmente aprendeu a representar? — perguntou ela. — Nunca pensei assim, mas talvez seja isso mesmo. Bradley definitivamente sabe dizer o que você quer ouvir.

— Essas festas de aniversário que Amelia promovia — falei. — Alguma delas era para ele?

— Não, apenas para Billy Terceiro e Nora. Aquilo devia aborrecê-lo, mas ele nunca demonstrou estar com raiva. Eram grandes festas, festas de crianças ricas. Sempre esperei ansiosamente por elas. Vínhamos de carro de Downey com minha mãe reclamando "daquela gente" vulgar e meu pai sorrindo daquele modo que ele sempre sorria quando sabia que não devia discutir.

— Brad não demonstrava qualquer ressentimento?

— Ao contrário, estava sempre rindo e fazendo piadas, me mostrava toda aquela casa enorme, seus hobbies, fazia comentários sarcásticos sobre quão patética era a festa. Ele é alguns anos mais velho que eu, era bonito naquele modo louro de surfista. Para ser honesta, na época eu tinha uma queda por ele.

— Ele ridicularizava as festas — eu disse.

— Geralmente debochava de Amelia, de como tudo para ela era uma grande produção. Estava sempre programando as coisas com precisão, como um espetáculo de palco. Ela tendia ao exagero.

— Elefante alugado — eu disse.

— Aquilo foi incrível — disse ela. — Como soube?

— Um vizinho nos contou.

— O velho ranzinza? — Ela riu. — É, entendo por que isso ficou na lembrança dele. O cheiro. Foi para o aniversário de 13 anos de Billy Terceiro. Lembro-me de ter achado aquilo coisa de bebê, ele era muito velho para aquilo. Só que ele era mentalmente mais jovem e parecia estar gostando. Todas as crianças gostaram porque o elefante estava sujando a rua inteira. Nós gritávamos entusiasmadas, apontávamos para as fezes que saíam, apertávamos nossos narizes, sabe como é. Enquanto isso, Amelia parecia pronta para desmaiar. Fazendo toda a cena de Marilyn Monroe loura platinada, vestido apertado de seda, toneladas de maquiagem, correndo atrás do treinador do animal sobre saltos gigantescos, todo mundo torcendo para ela pisar no cocô do elefante. Vestido *realmente* apertado, quase estourando a costura. Ela estava uns dez quilos acima do peso.

Milo pegou as fotografias, mostrou os retratos de Michaela e Tori Giacomo.

— Belas meninas — disse ela. — Ainda são assim bonitas ou estamos falando de más notícias?

— Alguma semelhança com Amelia?

— Talvez o cabelo louro. Amelia era mais... produzida. Rosto mais largo. E parecia passar a manhã inteira se aprontando.

— E quanto a Julie, a garota desaparecida, vê alguma semelhança?

Ela olhou mais de perto.

— Só vi uma fotografia dela e isso faz 12 anos... Ela também era loura. Fazia o show do Dunes, portanto não era feia... É, acho que sim, de modo geral.

— E quanto a essas pessoas? — Mostrou as fotos de Cathy e Andy Gaidelas.

A boca de Marcia Peaty se abriu e fechou.

— *Essa* podia ser Amelia Dowd. Tem um maxilar e um rosto largos como ela. O sujeito não é um sósia de Bill Dowd Junior, mas também não é muito diferente... os olhos são parecidos. Esse jeito de Gregory Peck.

— Dowd se parecia com Peck?

— Minha mãe dizia que Amelia se vangloriava disso todo o tempo. Acho que devia haver alguma verdade naquilo, com exceção de que o capitão Dowd media 1,65m. Mamãe costumava dizer que ele era "Gregory Peck em uma manhã após um terremoto, um tornado e uma inundação, sem o carisma e cortado à altura dos joelhos".

— Esse sujeito foi comparado a Dennis Quaid — falei.

— Dá para notar... mas não é tão bonito. — Ela estudou as fotografias mais algum tempo, então as devolveu. — Vocês estão lidando com um caso sério, não estão?

— Você disse que o capitão Dowd não era um sujeito durão — falei. — O que mais pode dizer sobre ele?

— Quieto, inofensivo, não parecia ser grande coisa.

— Masculino?

— Como assim?

— Homem másculo?

— Dificilmente — disse ela. — Ao contrário. Mamãe estava convencida de que ele era gay. Ou, como ela dizia, um homo. Eu não via assim, mas era muito jovem para pensar nesses termos.

— Seu pai tem alguma opinião a esse respeito? — perguntou Milo.

— Papai guarda suas opiniões para si.

— Mas sua mãe era categórica quanto a isso.

— Mamãe sempre foi categórica. Por que isso é importante? Amelia e o capitão estão mortos há anos.

— Quantos anos?

— Foi entre a época em que Brad foi chamado a interrogatório e a vez seguinte em que ouvi falar dele, uns cinco anos depois... acho que faz uns dez anos.

— Morreram ao mesmo tempo?

— Acidente de automóvel — disse Marcia Peaty. — Indo para San Francisco. Acho que o capitão dormiu ao volante.

— Você acha — disse Milo.

— Foi o que mamãe me disse, mas ela era exagerada. Talvez ele tenha tido um ataque cardíaco, não posso dizer com certeza.

— Nas festas de aniversário, quando Brad passeava com você pela casa e mostrava-lhe seus hobbies, por que tipo de coisas ele manifestava interesse? — perguntei.

— Coisas típicas de menino — disse ela. — Coleção de selos, de moedas, figurinhas esportivas, tinha uma coleção de facas... Era isso a que se referia?

— Foi apenas uma pergunta geral. Algo mais?

— Algo mais... deixe-me ver... Ele tinha pipas, algumas bem bonitas. Um bocado de carrinhos de metal... sempre gostou de carros. Tinha uma coleção de insetos, borboletas espetadas em um quadro. Animais empalhados, troféus que ele mesmo fez.

— Taxidermia?

— É. Pássaros, um quati, um lagarto com chifres que tinha na escrivaninha. Ele me disse que aprendera a fazer aquilo em um acampamento de verão. Era bom nisso. Tinha caixas de equipamento de pesca com compartimentos repletos de lupas, agulha e linha, cola, todo tipo de ferramenta. Achei aquilo legal, pedi que me mostrasse como fazia. Ele disse: "Assim que tiver alguma coisa para consertar." Nunca mostrou. Acho que fui a mais uma festa, e na época já tinha um namorado e não pensava em muita coisa senão nele.

— Vamos falar de seu outro primo — disse Milo. — Alguma ideia de como Reynold começou a trabalhar com os Dowds?

— Fui eu — disse ela. — Aquele telefonema que recebi de Brad há cinco anos. Natal, um bocado de barulho ao fundo, como se estivessem dando uma festa de arromba. Isso foi depois de Reyn ter tido problemas em Reno. Disse para Brad que "uma vez que você é um magnata imobiliário, que tal ajudar um primo do interior?". Ele não quis ouvir falar a respeito. Ele e Reyn não se conheciam, acho que não se viam desde a infância. Mas eu estava determinada e continuei explorando seu orgulho, sabe como? "Acho que seu negócio não é assim tão grande, por isso não precisa de ajuda de fora", esse tipo de coisa. Afinal, ele disse: "Mande ele me ligar. Mas se pisar na bola uma vez, acabou." Pouco depois, Reynold me ligou de L.A. para dizer que Brad o contrataria como administrador de alguns prédios.

— Brad o contratou para esfregar e varrer.

— Foi o que eu soube — disse Marcia Peaty. — Simpático, não?

— Reynold aceitou.

— Reynold não tinha muitas opções. Brad contou a alguém que Reynold era parente?

— Não — disse Milo. — Billy e Nora sabiam dessa ligação?

— Não, a não ser que Brad tenha lhes dito. Não têm laços de sangue.

— Ou Reynold contou. Soubemos que ele e Billy andavam juntos.

— É mesmo? — perguntou ela. — Como assim?

— Reynold passava no apartamento de Billy, supostamente para entregar objetos esquecidos.

— Supostamente?

— Brad nega ter lhe enviado as encomendas.

— Você acredita nele?

Milo sorriu.

— Ambos são seus primos, mas você prefere que nos concentremos em Brad, não em Reynold. Por isso veio a L.A.?

— Vim porque Reynold está morto e ninguém irá enterrá-lo. Ele é tudo o que eu tinha em termos de família.

— Exceto Brad.

— Brad é problema seu, não meu.

— Você não gosta dele.

— Ele foi criado por outra família — disse ela.

Silêncio.

Afinal, ela disse:

— Julie, a dançarina. Fiquei muito preocupada com aquilo. Agora vocês estão me mostrando fotografias de outras jovens louras. Reynold era bobão, desleixado e bêbado, mas nunca foi cruel.

— Até agora você não nos falou nada que Brad tenha feito de cruel.

— Não, não falei — disse Marcia Peaty. — E acho que não posso, porque, como eu disse, ele e eu não nos dávamos.

— Mas...

— Sabe, pessoal, tudo isso é muito estranho e não sei se gosto disso — disse ela.

— Do quê?

— Estar do lado oposto ao que estou acostumada.

— É por uma boa causa, Marcia — disse Milo. — Em termos de Julie, a dançarina, o instinto de Harold Fordebrand disse-lhe algo mais a respeito de Brad, fora que era escorregadio?

— Terá de perguntar a Harold. Quando ele descobriu que Brad era meu primo, me tirou do circuito.

— E quanto ao seu instinto...

— O comportamento de Brad me incomodava. Como se estivesse desfrutando de uma piada particular. Vocês sabem do que estou falando.

— Apesar disso, arranjou um emprego para Reyn por intermédio dele.

— E agora Reyn morreu — disse ela. Seu rosto se entristeceu e ela se voltou para escondê-lo de nós. Quando voltou a nos olhar, sua voz estava baixa. — Estão dizendo que estraguei tudo.

— Não — disse Milo. — Não estou tentando culpá-la, longe de mim tal ideia. Tudo isso que está nos dizendo é muito útil. Estamos tateando às cegas aqui.

— Não têm um caso ainda.

— Não.

— Esperava que estivesse errada — disse ela.

— Sobre o quê?

— Brad estar de algum modo envolvido na morte de Reynold.

— Não há indicação de que ele esteja.

— Eu sei, uma altercação. Foi só isso?

— Até agora.

— O velho muro de pedra — disse Marcia Peaty. — Eu contribuí com alguns tijolos. Deixe-me perguntar o seguinte: o modo como Brad tratava Reyn, dando-lhe um trabalho tão medíocre, com os Dowds possuindo todas aquelas propriedades e enfiando Reyn em um buraco, isso tem algo a ver com gentileza humana? Essa gente é exatamente como minha mãe disse que era.

— O quê?

— Veneno se fazendo passar por perfume.

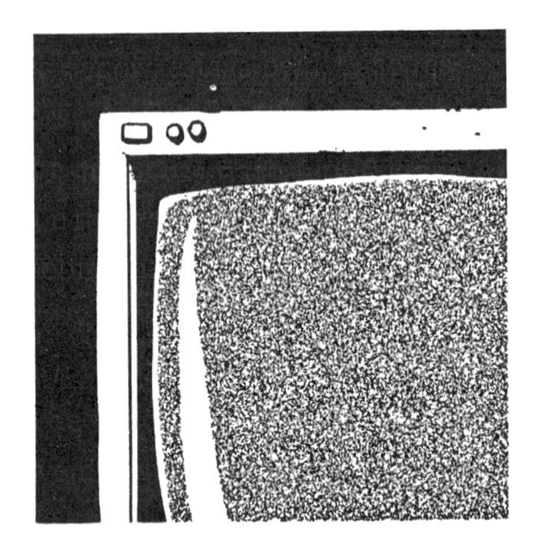

CAPÍTULO 40

Marcia Peaty mudou de assunto e Milo não a interrompeu. Perguntas sobre procedimentos para reivindicar o corpo do primo. A resposta não foi muito diferente da que ele dera a Lou Giacomo.

— Aeróbica burocrática — disse ela. — Tudo bem, obrigada pela atenção. Estarei perdendo tempo ao pedir que me mantenham informada?

— Se resolvermos o caso, nós a informaremos, Marcia.

— *Se*, não *quando*? Têm alguma pista boa?

Ele sorriu.

— Por isso nunca trabalhei com homicídios — disse ela. — Muito trabalho para manter o otimismo.

— Costumes também podem ser frustrantes.

— Por isso não fiquei muito tempo lá. Me dê um belo carro.

— Cromo não sangra — disse Milo.

— Não é verdade. — Ela fez menção de pegar a conta. Milo a deteve.

— Deixe-me pagar minha parte.

— Fica por conta da casa — disse Milo.

— Sua ou do departamento?

— Do departamento.

— Certo. — Pousou uma nota de vinte na mesa, saiu do reservado, lançou-nos um sorriso contido e foi embora.

Milo guardou o dinheiro e brincou com os farelos em seu prato.

— O velho Brad foi um garoto muito *maaaau*.

— Jovens louras — eu disse. — Pena que Tori tingiu o cabelo.

— Amelia, aquela coisa de loura platinada. Do que se trata, ele mata a madrasta repetidas vezes?

— Sua própria mãe o abandonou, entregou-o a alguém que nem mesmo fingia cuidar dele. Tem muitas razões para odiar as mulheres.

— Ele tinha uns 30 anos quando Julie, a dançarina, desapareceu. Acha que foi a primeira?

— Difícil dizer. O importante é que ele continuou, ganhou confiança para voltar a L.A. Depois que Amelia e o capitão morreram, ele assumiu o império imobiliário da família. Cuidou bem de Billy e Nora porque irmãos felizes não se queixam. Talvez a PlayHouse seja um meio de se livrar de impostos e uma concessão para Nora, mas foi bom para ele também. Abra uma escola de atores e quem aparece?

— Belas mutantes — respondeu. — Todas aquelas louras se candidatando.

— E rejeições, como os Gaidelas. Normalmente, Brad ignoraria gente como Cathy e Andy, mas eles o fizeram se lembrar de Amelia e do marido, até mesmo nos modos efeminados do capitão. O que acha disso: topou com os dois saindo do teste. Ou esperando para serem testados. De qualquer modo, pareceria ter sido destino. Fez o papel de bom moço, prometeu ajudar. Disse-lhes que, enquanto isso, desfrutassem de suas férias. Fizessem algumas caminhadas, "conheço um ótimo lugar".

— O terreno de Billy em Latigo. — Ele dobrou e desdobrou o guardanapo. Pegou o telefone, conseguiu o número de Harold Fordebrand de Vegas, área 411, ligou, deixou uma mensagem. — O sujeito fala igual a Ed.

— O Kolor Krew era um quarteto — falei.

— Quem?

— O grupo infantil que Amelia tentou lançar no mercado. — Descrevi a fotografia de divulgação na parede da PlayHouse. — Os filhos dos Dowds mais *um*. Talvez haja alguém mais que possa nos falar sobre os bons e velhos tempos.

— Se quiser pesquisar a história da música-chiclete, fique à vontade — disse ele. — Preciso de outro encontro com o irmão que em realidade não é. Começando por uma passada no escritório da BNB. Se Brad não estiver lá, vou à casa dele. Afinal, um dia na praia não é má ideia.

— Acha que Billy sabe que possui uma propriedade em Latigo? — perguntei.

— Brad a comprou e a registrou em nome de Billy?

— Brad mora perto do mar, surfou o bastante para ter joelhos nodosos. Isso significa que ele conhece Malibu. Um belo e isolado lote com vista para o mar poderia interessá-lo, especialmente se tiver sido pago com o dinheiro de Billy. Uma vez que cuida das finanças domésticas, Brad podia fazer Billy assinar na linha pontilhada. Ou simplesmente forjar a assinatura de Billy. Enquanto isso, Billy paga o imposto da propriedade e não sabe de nada.

— O fiscal do imposto disse não haver construções no lote. Para o quê Brad o usaria?

— Meditação, planejar uma casa de sonhos, enterrar cadáveres.

— Billy paga, Brad usa — disse ele. — Nora também não é do tipo executivo. O que quer dizer que Brad pode fazer basicamente o que quiser com o dinheiro. — Ele passou a mão no rosto. — Durante todo esse tempo estive de olho nos esconderijos de *Peaty*, mas *Brad* tem acesso a dezenas de prédios e garagens em todo o condado.

— Ele mesmo nos disse que guarda seus carros em algumas de suas propriedades.

— Sim, é verdade. O que foi aquilo, estava nos provocando?

— Ou se vangloriando de sua coleção. Esse é um sujeito que precisa se sentir importante. Eu me pergunto se não era ele quem observava Angeline Wasserman daquele Range Rover.

— Por que seria ele?

— Na última vez em que eu o vi, ele vestia um belo terno de linho. Havia um bando desses ternos pendurados em um cabide na Barneys.

— Gosta de roupas elegantes — disse ele. — Talvez seja um cliente regular, assim como Wasserman. Ele a observa, sabe que é esquecida, rouba-lhe a bolsa.

— O objetivo era conseguir o celular, não estava interessado no dinheiro nem nos cartões de crédito — eu disse. — Quanto mais penso nisso, mais gosto: sujeito de meia-idade bem-vestido que sempre faz compras por lá, não há por que suspeitar dele. Angeline devia conhecê-lo de vista, mas as janelas escuras do Rover teriam evitado que ela percebesse quem era. Foi o carro que ela notou: "carma gêmeo".

Milo pegou o número de Wasserman no bloco de notas e discou.

— Sra. Wasserman? Tenente Sturgis outra vez... Sei que está, mas só quero fazer mais uma pergunta, está bem? Há um cavalheiro que faz compras no outlet regularmente, quarenta e poucos anos, bonito, cabelo grisalho... Você conhece... Oh... não, é mais... talvez... Tudo bem, obrigado... Não, é isso.

Ele desligou.

— "Esse é *Brad*, eu o vejo tempo *todo*. Ele *também* foi roubado?"

— Vendo-o como uma vítima, não um suspeito — eu disse.

— Porque ele é rico e se veste bem.

— Exato. "Grande sujeito, ótimo gosto, precisa ver os carros lindos que ele dirige, tenente, cada vez um diferente." Angeline e Brad trocam opiniões sobre roupas todo o tempo. Ele é sempre honesto, mas com "sensibilidade".

— Sujeito charmoso.

— Acha que o fato de ele estar dirigindo o carro de Nora significa que Nora e Meserve estão nessa com ele?

— Não sei, mas de qualquer modo Brad tem algo a ver com os telefonemas para Vasquez.

— Tramando contra o próprio primo.

— O mesmo primo que pôs como zelador e hospedou em uma lixeira. Dados os antecedentes de Brad, os laços sanguíneos podem ter todo tipo de implicações. Se Vasquez estava dizendo a verdade sobre ter recebido os telefonemas na semana anterior, a trama foi cuidadosamente articulada.

— Forçando um assassinato — disse ele. — Como Brad poderia ter certeza de que Vasquez perderia a paciência e balearia Peaty?

— Não tinha, mas ele conhecia ambas as partes e a Sra. Stadlbraun ajudou. Ele me disse que tinha um mau pressentimento em relação a Vasquez, mas alugou para ele de qualquer modo porque não havia impedimento legal. Isso é absurdo. Um senhorio, especialmente um com a experiência de Brad, sempre consegue encontrar um motivo.

— Jogo de azar — disse ele.

— Brad mora em Vegas. Uma mesa não funciona, ele passa para a outra.

— Tudo bem, vamos supor que ele armou para Peaty. Por quê?

— Com a ficha policial de Peaty e seu padrão de comportamento, seria um perfeito bode expiatório para Michaela e Tori e qualquer outra jovem desaparecida que entrasse na história. Veja o que aconteceu depois do tiroteio: você foi revistar a van de Peaty, descobriu o kit-estupro convenientemente escondido na parte de trás do carro. Não houve um esforço real para esconder aquilo. E, olhe e veja, havia um *globo de neve* na caixa de ferramentas. Igual ao deixado no banco do Toyota de Meserve e do qual você ouviu falar porque Brad ligou para você em pânico quando descobriu o carro estacionado em uma de suas vagas. Se Meserve rompeu com Nora, por que deixaria o carro exatamente onde seria encontrado? Na pior das hipóteses, poderia ter deixado o Toyota na garagem de Nora que, por falar nisso, está vazia, e evitaria ser visto por Brad.

— Por falar nisso — disse ele.

— Pé de cabra.

Ele balançou a cabeça, bebeu.

— Talvez Nora não seja a única com interesse pelo teatro

falei. — Só soubemos do globo de neve porque Brad o mencionou quando falamos com ele em sua casa.

— Pintou Meserve como um caçador de fortunas. O que foi aquilo? Outro despiste?

— Ou era verdade e ele tinha um bom motivo para odiar Meserve.

Ele afrouxou o cinto, mordeu um pedaço de gelo com os molares e engoliu. Pegou a conta.

— Por sua conta ou do departamento? — perguntei.

— Para sua informação, estou seguindo aquela frase de adesivo de para-choque que diz que atos espontâneos de gentileza blá-blá-blá. Talvez o Senhor me recompense com a solução dessa bagunça.

— Nunca soube que você era religioso.

— Há coisas que podem me fazer rezar.

A caminho do estacionamento, eu disse:

— Três parcelas de propriedades para Billy e Nora, nenhuma para Brad. Exato como nas festas de aniversário. Sua infância foi uma grande exclusão porque os Dowds nunca deixaram de vê-lo como uma imposição. Amelia o recrutou para o Kolor Krew apenas porque sabia cantar. Quando seu comportamento se tornou problemático, ela o mandou embora.

— Usado e descartado — disse ele. — Caquis.

— Apostaria em comportamento antissocial. A questão é que o mesmo padrão continuou na idade adulta: enquanto Brad tivesse uma utilidade, cuidar de Nora e Billy, ele teria conforto. Mas, no fundo, ele é contratado. Nem mesmo tem a casa onde mora. Legalmente, é apenas um inquilino. De certo modo, isso conta a seu favor: gasta o dinheiro dos outros e vive bem. Mas, ainda assim, deve incomodar.

— Ajudante contratado se fazendo passar pelo chefe — disse ele. — Pergunto-me como ele conseguiu esta posição.

— Provavelmente por falta de outra pessoa. Nora e Billy são incapazes. Ele cuida deles e o pagamento são carros, roupas, propriedades que ele finge serem suas. Imagem. Ele interpreta o podre de rico maravilhosamente bem. Angeline Wasserman é parte desse mundo e caiu nessa.

— Bom ator.

— Bom em impressionar mulheres — eu disse. — Mulheres jovens e ingênuas não seriam desafio para ele. O ex-marido de Tori achou que ela estava saindo com alguém endinheirado. Uma atriz faminta servindo peixe para ganhar dinheiro de modo a pagar o aluguel de um pardieiro em Hollywood e um sujeito com um Porsche? O mesmo se aplica a Michaela.

— Michaela nunca deu a entender que estava saindo com alguém?

— Não, mas isso não era relevante. Minhas consultas se concentraram em seus problemas legais. Uma coisa ela deixou clara: Dylan não fazia mais seu tipo. Talvez porque tivesse encontrado alguém melhor.

— O Sr. Carrão — disse ele. — Mas isso ainda não responde à questão de como Brad conseguiu tomar as rédeas. Por que os Dowd lhe dariam todo esse controle?

— Talvez não tenham dado, mas uma vez que os pais morreram, ele conseguiu se tornar o guardião legal das propriedades. Adulando os advogados, molhando a mão de alguém, alegando ser a melhor escolha... alguém habilidoso que cuidaria dos interesses de Billy e Nora. Se Nora e Billy concordassem, por que não? Uma vez conseguido isso, ele se estabeleceu. Guardiões legais não são questionados a não ser que alguém reclame de abuso de responsabilidade fiduciária. Nora e Billy têm suas necessidades satisfeitas, todo mundo fica feliz.

— A PlayHouse e a casa da família para ela, pizza para viagem e telão para Billy.

— Enquanto isso, Brad recolhe os cheques mensais de aluguel.

— Acha que ele está desviando dinheiro?

— Não me surpreenderia.

Foi até o caixa do estacionamento, pagou a tarifa de ambos os carros.

— Agora você está entrando em território de Madre Teresa — falei.

Ele olhou para o céu e juntou as palmas das mãos.

— Ouviu isso? Que tal um pouco de maná como prova?

— Deus ajuda a quem se ajuda — eu disse. — Hora de verificarmos as letras miúdas nos contratos da BNB.

— Primeiro, quero ter uma conversa com Brad.

Ficamos sentados no carro de Milo discutindo a melhor abordagem. A decisão final foi outra conversa sobre o atentado a Reynold Peaty, Milo falando, eu procurando pistas não verbais. Mencionando os telefonemas para Armando Vasquez se parecesse conveniente.

Fomos em carros separados para o centro comercial em Ocean Park. A porta da BNB Properties estava trancada e ninguém respondeu. Quando Milo voltou-se para ir embora, a porta no fim do corredor do segundo andar chamou minha atenção.

Sunny Sky Travel

Especializados em refúgios tropicais

Cartazes na janela. Mar cor de safira, palmeiras cor de esmeralda, gente bronzeada segurando coquetéis.

Embaixo: *BRASIL!!!*

Milo seguiu meu olhar e abriu a porta antes de eu chegar lá.

Uma jovem de olhos de gato vestindo uma blusa sem mangas cor de framboesa estava sentada diante de um computador, digitando. Olhos suaves, como os de um modelo de Rubens. Uma placa sobre a mesa dizia *Lourdes Texeiros*. Usava um fone de ouvido com microfone sobre um ninho de cabelos negros. As paredes estavam cobertas de outros cartazes. Em um canto havia uma estante giratória repleta de folhetos.

Ela sorriu e disse:

— Esperem um instante.

Fui até a estante, encontrei o que procurava.

Ilha Turneffe, Belize; Pousada la Mandragora, Búzios, Brasil; Hotel Monasterio, Tapir Lodge, Pelican's Pouch. Armazenados em compartimentos adjacentes.

— Posso ajudá-los?

— Seu vizinho algumas porta mais abaixo, o Sr. Bradley Dowd — disse Milo, mostrando o distintivo. — Você o conhece bem?

— O cara dos imóveis? Ele fez alguma coisa?

— Seu nome surgiu em uma investigação.

— Crime de colarinho-branco?

— Ele a incomoda?

— Não, não o conheço, ele mal fica no escritório. Parece um tipo colarinho-branco. Se é que fez alguma coisa.

Olhos escuros se estreitaram de curiosidade.

— Ele vem sozinho ao escritório? — perguntou Milo.

— Geralmente com outro sujeito que acho ser irmão, porque parece cuidar dele. Embora o outro pareça mais velho. Às vezes o deixa lá sozinho. Ele é meio... você sabe, não é muito normal. O outro sujeito.

— Billy.

— Não sei o nome. — Ela franziu as sobrancelhas.

— Ele a incomoda?

— Não. Certa vez eu estava aqui e o ar condicionado não estava funcionado, então deixei a porta aberta. Ele entrou e disse "Oi" e ficou parado ali. Eu respondi "Oi" e perguntei se ele estava pensando em viajar. Ele corou, disse que gostaria e foi embora. A única vez que o vi depois disso foi no térreo, no restaurante italiano, comprando comida para o irmão. Quando me viu, ele ficou *muito* incomodado, como se tivesse sido pego fazendo algo errado. Tentei conversar amenidades, mas foi difícil para ele. Foi quando me dei conta de que ele não era normal.

— Como?

— Um tanto retardado. Só olhando não dá para perceber, ele parece um sujeito normal.

— Brad alguma vez veio aqui?

— Também apenas uma vez, há algumas semanas. Ele se apresentou, muito amistoso, talvez até demais, entende?

— Astuto?

— Exato. Ele me disse que estava pensando em fazer uma viagem à América Latina e queria informações. Pedi que se sentasse para discutirmos as opções, mas ele disse que queria começar com aqueles folhetos. — E apontou para a estante. — Pegou vários. Ele deixou o país ou algo assim?

— Por que pergunta isso? — perguntou Milo.

— Os lugares que reservamos — disse ela. — Nos filmes há sempre bandidos fugindo para o Brasil. Todos acham que não há acordo de extradição. Acredite, qualquer lugar que não tenha um acordo de extradição com os Estados Unidos não merece ser visitado nas férias.

— Aposto que não. Algo mais que queira nos falar a respeito dele?

— Não que me ocorra.

— Tudo bem, obrigado. — Milo se inclinou sobre a escrivaninha. — Gostaríamos que você não mencionasse que estivemos perguntando por ele.

— Claro que não — disse Lourdes Texeiros. — Devo ter medo dele?

Milo olhou para o cabelo preto dela.

— Nem um pouco.

— Outra pista falsa — eu disse enquanto descíamos as escadas. — Queria que pensássemos que Nora viajou com Meserve. Ou porque a está protegendo ou porque fez Meserve e ela desaparecerem. Aposto na segunda hipótese.

— Durante todos esses anos ele toma conta de dois idiotas membros do Clube do Esperma Sortudo. Por que mudar tudo agora?

— Nora sempre o obedeceu. Talvez isso tenha mudado.

— Meserve apareceu — disse ele.

— E capturou o afeto dela — eu disse. — Outro oportunista, boa aparência, ambicioso, manipulador. Mais jovem que Brad, mas não diferente dele. Pode ter sido o que atraiu Nora. Seja qual for o motivo, ela não desistiu dele como desistiu dos outros.

— Meserve abriu caminho para seu afeto e sua carteira.

— Carteira recheada. Brad tem poder nominal, mas serve aos irmãos. Nora é uma tola, mas seria difícil alegar legalmente que ela não tem discernimento. Se ela exigisse ter controle sobre seus bens, isso criaria um grande problema para Brad. Se ela convencesse *Billy* a fazer o mesmo, seria um desastre.

— Adeus, fachada.

— Banido quando não fosse mais útil — eu disse. — Exatamente como quando era criança.

Fomos em silêncio até os carros.

— Michaela, Tori, os Gaidelas e Deus sabe mais quem foram mortos por sede de sangue, e Nora e Meserve por dinheiro? — perguntou.

— Ou uma mistura de sede de sangue e dinheiro.

Ele pensou no que eu disse.

— Nada de novo nisso, creio eu. Os parentes de Rick não perderam apenas suas vidas no Holocausto. Imóveis, negócios e todos os outros bens foram confiscados.

— Levaram tudo — eu disse. — O troféu definitivo.

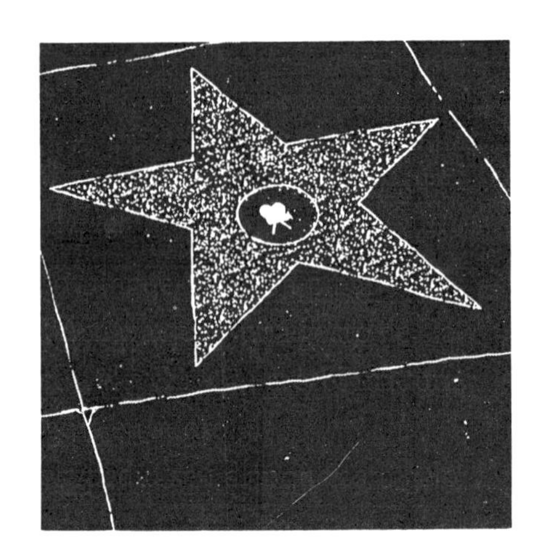

CAPÍTULO 41

Fomos com o Seville até Santa Monica Canyon.

Nenhum Porsche ou qualquer outro carro na garagem de Brad Dowd. Luzes apagadas na casa de sequoia canadense, nenhuma resposta quando Milo bateu à porta.

Peguei um engarrafamento na Channel Road, finalmente consegui descer até a estrada litorânea, onde encontrei trânsito moderado de Chautauqua até Colony. Depois de passarmos pela Universidade Pepperdine, o terreno bocejou e se espreguiçou e a estrada ficou mais livre. O mar estava imóvel. Pelicanos famintos mergulhavam na água. Cheguei à Kanan Dume Road ainda com um pouco de sol, e peguei a entrada para Latigo Canyon.

Milo trazia no colo um mapa da propriedade de Billy Dowd que obteve com o fiscal da Receita.

Quatro hectares, nenhuma licença de construção emitida.

O Seville não é um carro para se dirigir na montanha, e perdia força à medida que a inclinação aumentava e as curvas ficavam mais fechadas. Nada na estrada até chegar perto do local onde Michaela a atravessara gritando.

Uma antiga picape Ford estava estacionada no desvio. Um velho bronzeado olhava para a vegetação.

Camisa quadriculada, jeans empoeirados, barriga de cerveja pendurada sobre a fivela do cinto. Cabelos brancos e finos agitados pela brisa. Nariz longo e adunco.

Saía fumaça de baixo do capô da picape.

— Pare — disse Milo.

O velho se virou e olhou para nós. A fivela de bronze de seu cinto era oval com uma cabeça de cavalo em baixo relevo.

— Está bem, Sr. Bondurant?

— Por que não estaria, senhor detetive?

— Parece um superaquecimento.

— Isso sempre acontece. Um furinho no radiador. Desde que eu ponha água mais rápido do que vasa, tudo bem.

Bondurant voltou-se para a picape, enfiou o braço pela janela do motorista e pegou um recipiente plástico de anticongelante.

— Dieta líquida — disse Milo. — Tem certeza de que o bloco não vai rachar?

— Está preocupado comigo, senhor detetive?

— Proteger e servir.

— Descobriu alguma coisa sobre a jovem?

— Ainda trabalhando nisso, senhor.

Os olhos de Bondurant desapareceram entre rugas e dobras.

— Quer dizer que não conseguiu nada, hein?

— Parece que andou pensando nela.

O peito do velho se inflou.

— Quem disse?

— Este é o lugar onde a viu.

— Também é um desvio — disse Bondurant. Pegou o anticongelante. Olhou para a vegetação. — Garota nua. É como uma dessas histórias que você conta e todo mundo pensa que você está mentindo. — Molhou os lábios. — Há alguns anos isso seria alguma coisa.

Encolhendo a barriga, ajeitou as calças jeans. O rolo de gordura baixou, cobriu os olhos do cavalo.

— Conhece seus vizinhos? — perguntou Milo.

— Não tenho nenhum.

— Não há espírito comunitário por aqui?

— Deixe-me dizer como é — falou Charley Bondurant. — Isso aqui era terra de criação de cavalos. Meu avô criava árabes e alguns cavalos do Tennessee. Qualquer coisa que pudesse vender para os ricos. Alguns dos árabes chegaram a correr em Santa Anita e Hollywood Park, alguns deles ganharam. Todo mundo que morava aqui criava cavalos, dava para sentir o cheiro de bosta a quilômetros de distância. Agora só há ricaços que não se importam com coisa alguma. Compram terrenos como investimento, vêm até aqui no domingo, olham para o lugar alguns minutos, não sabem o que diabo fazer com aquilo e voltam para casa.

— Gente rica como Brad Dowd?

— Quem?

— Sujeito grisalho, quarenta e poucos anos, dirige carros de luxo.

— Ah, sim, ele — disse Bondurant. — Desce as montanhas a toda com aquelas coisas. Era exatamente disso que eu estava falando. Vestindo aquelas camisas havaianas.

— Ele vem aqui frequentemente?

— De vez em quando. Tudo o que vejo são os malditos carros passando a toda. Um bocado de conversíveis, por isso sei das camisas que usa.

— Alguma vez parou para conversar?

— Não me ouviu? — perguntou Bondurant. — Ele *passa a toda*. — Sua mão retorcida cortou o ar.

— Que frequência é de vez em quando? — perguntou Milo.

Bondurant virou-se parcialmente. Seu nariz adunco voltou-se para nós.

— Quer um número?

— Se tem tabelas e gráficos, gostaria de vê-los, Sr. Bondurant.

O velho terminou de se virar.

— Foi ele quem a matou?

— Não sei.

— Mas acha que pode ter sido.

Milo nada disse.

— Você é um sujeito tranquilo, exceto quando quer algo de mim — disse Bondurant. — Deixe eu lhe dizer uma coisa: o governo nunca fez grandes coisas pela família Bondurant. Tivemos problemas, não ajudas do governo.

— Que tipo de problemas?

— Coiotes, esquilos, secas, hippies. Malditas borboletas antíopes. Falo "borboletas" e você acha *bonitinho* porque é um sujeito da cidade. Eu já penso em *problemas*. Certo verão elas invadiram, puseram ovos nas árvores, destruíram seis olmos, quase comeram um salgueiro de 18 metros. Sabe o que fiz? Joguei DDT. — Cruzou os braços sobre o peito. — Isso não é legal. Você pergunta ao governo: posso usar DDT? Não, é contra a lei. Pergunto o que fazer para proteger meus olmos e eles me mandam pensar em outra coisa.

— Homicídio de borboletas não é a minha praia — disse Milo.

— Lagartas em toda parte, rápidas demais para seu tamanho — disse Bondurant. — Gostava de esmagá-las com o pé. O cara do carro matou a garota?

— Ele é o que chamamos de pessoa de interesse. E isso é uma conversa fiada do governo, portanto não vou me estender no assunto.

Bondurant permitiu-se um breve sorriso.

— Quando foi a última vez que o viu? — perguntou Milo.

— Talvez há algumas semanas. Mas isso não quer dizer nada. Durmo às 20h30, se passar alguém não vou ver nem ouvir.

— Alguma vez o viu com alguém?

— Não.

— Alguma vez viu mais alguém entrando naquela propriedade?

— Por que veria? — perguntou Bondurant. — Fica 2,5 quilômetros mais acima. Não fico bisbilhotando por aí. Mesmo quando Walter MacIntyre comprou o terreno nunca fui até lá porque todos sabiam que Walt era louco e facilmente irritável.

— Como assim?

— Estou falando de muitos anos atrás, senhor detetive.

— Sempre quero aprender.

— Walter MacIntyre não matou a jovem, está morto há 30 anos. O cara do carro deve ter comprado a terra do filho de Walter, que é dentista. Walter também era dentista, grande consultório em Santa Monica, comprou a terra nos anos 1950. Primeiro sujeito da cidade a comprar terras por aqui. Na ocasião, meu pai disse: "Espere e veja o que acontece." E estava certo. Quando Walter começou, parecia que ia se adaptar. Construiu aquele enorme estábulo, mas não pôs cavalos lá dentro. Vinha aqui todo fim de semana, dirigindo uma caminhonete, mas ninguém entendia para quê. Provavelmente para olhar para o mar e conversar consigo mesmo sobre os russos.

— Que russos?

— Aqueles da Rússia — disse Bondurant. — Comunistas. Essa era a loucura de Walter. Estava certo de que a qualquer momento eles invadiriam e nos transformariam em comunistas comedores de batata. Meu pai não gostava de comunistas mas achava que Walter levava aquilo por demais a sério. Um tanto, você sabe... — E rodou um dedo ao redor da orelha esquerda.

— Obsessivo.

— Se quer usar esta palavra, ótimo. — Bondurant voltou a ajeitar as calças e voltou para sua picape. Guardou o anticongelante no banco do passageiro, bateu com a palma da mão sobre o capô. A fumaça se reduzira a baforadas ocasionais. Ele disse: — Pronto para ir. Espero que encontre quem tenha matado aquela menina. Uma gracinha, que Deus me perdoe.

A entrada da propriedade não tinha placa. Passei por lá sem notar e tive de andar 1 quilômetro até encontrar um lugar largo o bastante para fazer o retorno. Meus pneus rodavam a centímetros do precipício, e eu podia sentir a tensão de Milo.

Voltei lentamente enquanto ele olhava para o mapa de lotes. Finalmente, viu a entrada sem portão e sombreada por plátanos retorcidos. Estrada de terra batida desfiladeiro acima.

Duas curvas depois a superfície se converteu em asfalto e continuou a subir.

— Vá devagar — disse Milo, usando seus olhos biônicos de policial. Não se via nada além de densas muralhas de carvalhos e mais plátanos, um estreito triângulo de luz no horizonte sugerindo um ponto final.

Então, mais adiante, o terreno se aplainou em uma plataforma cercada de montanhas e coberta por um céu tomado de cúmulos-nimbos. A terra não cultivada dera lugar ao mato, sálvia costeira, mostarda amarela, alguns carvalhos solitários ao longe. A pista de asfalto atravessava a campina, reta e negra como uma linha de projetista. No último terço do terreno, ao fundo da propriedade, havia um grande estábulo. Laterais de sequoia canadense prateadas pelo tempo, sem janelas, telhado desgastado nos cantos pelo vento. Uma porta ridiculamente pequena.

O ar frio trouxe um pouco do cheiro de mostarda em nossa direção.

— Nenhum alvará de construção emitido — disse Milo.

— O pessoal daqui não se dá com o governo.

Não havia onde esconder o Seville completamente. Deixei-o parado no asfalto, parcialmente oculto pelos galhos das árvores, e caminhamos. A mão de Milo pairava sobre o casaco.

Quando estávamos a uns 15 metros de distância, as dimensões do prédio se impuseram. Três andares de altura, quase 100 metros de largura.

— Um negócio desse tamanho e não dá para passar um carro pela porta — disse ele. — Espere aqui enquanto verifico os fundos.

Sacou a arma, caminhou ao longo do lado norte do estábulo, desapareceu alguns minutos, voltou com a arma de volta no coldre.

— Hora do show.

Portas traseiras duplas de 3 metros de altura, largas o bastante para a passagem de um caminhão de reboque. As dobradiças limpas e lubrificadas pareciam ter sido instaladas recentemente. Um gerador ligado, grande o bastante para fornecer energia para um acampamento de trailers. Atrás de nós, um pássaro piou, mas não se mostrou. Marcas de pneus sulcavam o chão de terra, um emaranhado de marcas, muitas para se tirar alguma conclusão.

Junto à porta da direita havia um cadeado jogado no chão.

— Encontrou isso assim? — perguntei.

— Esta é a versão oficial.

O estábulo não tinha palheiro. Apenas uma cavidade de três andares do tamanho de uma catedral, coberta por vigas grossas e desgastadas com paredes de gesso. Filtros de poeira iguais aos vistos na garagem da PlayHouse zumbiam a cada 60 metros. Uma bomba de gasolina antiga ficava ao lado de uma mesa de trabalho imaculada. Ferramentas brilhantes penduradas em um quadro, pedaços de camurça dobrados cuidadosamente, latas de cera em pasta, polidores de cromo, sabão de estofamento.

Uma calçada larga o bastante para a passagem de quatro cavalos atravessava o centro do lugar. Em ambos os lados, alinhavam-se as cocheiras do Dr. Walter MacIntyre.

As baias não tinham portas, e o chão de concreto era cuidadosamente limpo. Cada compartimento abrigava um garanhão bebedor de gasolina.

Milo e eu subimos a calçada. Ele olhou para cada carro, pousou a mão sobre cada capô.

Quatro Corvettes. Duas baratinhas Porsche, uma com um número de corrida na porta. O garanhão mais novo de Brad Dowd, um Jaguar preto D-Type, espreitava como uma arma, alheio ao Packard Clipper creme da cocheira seguinte.

Vaga após vaga repletas de esculturas laqueadas e cromadas. Ferrari Daytona vermelha, o monstruoso Cadillac 1958 azul-bebê com que Brad fora à casa de Nora, um AC Cobra prateado, um GTO bronze.

Todos os capôs frios.

Milo curvou-se sobre um Pantera amarelo e voltou a se aprumar com dificuldade. Caminhou até a parede oposta e inspecionou a coleção.

Um menino e seus hobbies.

— A Daytona custa tanto quanto a casa — eu disse. — Ou ele se paga um grande salário, ou anda desfalcando a empresa.

— Infelizmente, cromo *não* sangra, e eu estou atrás de sangue.

Do lado de fora do estábulo, recolocou o cadeado aberto e o limpou cuidadosamente.

— Uma fortuna em carrinhos e ele não se importa em trancar a porta.

— Não espera visitas — falei.

— Sujeito confiante. Não devia ser.

Começamos a voltar para o carro caminhando pelo lado sul do estábulo.

Dez passos depois paramos ao mesmo tempo, como uma tropa em exercício.

Um círculo cinza. Fácil de ver. A grama morrera a 60 centímetros do perímetro, deixando um círculo de terra fria e marrom em torno.

Disco de aço coberto de pequenas protuberâncias metálicas. Uma alavanca dobrada cedeu facilmente quando Milo a puxou. Ouvimos um sibilar pneumático. Ele dobrou a alavanca de volta no lugar.

— Bert, a tartaruga — disse eu.

— Quem?

— Personagem de história em quadrinhos naqueles panfletos que davam aos estudantes nos anos 1950, ensinando os princípios básicos de defesa civil. Foi um pouco antes de meu tempo, mas eu tinha uma prima que guardou os dela. Bert era ótimo para se esconder na casca. Conhecia a etiqueta de abrigo nuclear.

— Em minha escola o exercício era outro — disse ele. — Esconda a cabeça entre as pernas e dê um beijo de adeus em sua bunda.

Ele chutou a borda da tampa do abrigo.

— O velho Walter realmente se preocupava com os comunistas.

— E agora, Brad colhe os benefícios.

CAPÍTULO 42

Milo caminhou ao redor, procurando uma câmara de vigilância.

— Nenhuma à vista mas, quem sabe...

Voltando à abertura do abrigo ele se agachou, ergueu a alavanca mais alguns centímetros. Sibilar. Deixou-a de volta no lugar.

— Trava pneumática — eu disse. — Evita a precipitação nuclear.

— Jogando canastra enquanto caem as bombas. — Deitado de barriga para baixo, Milo apertou o ouvido contra o aço. — Também ouve os gritos de uma donzela?

A distância, a brisa mal movia a vegetação da campina. O pássaro que cantava emudeceu. Se as nuvens fizessem barulho, o silêncio talvez cedesse.

— Alto e claro — falei. — Terreno a ser explorado.

Ergueu a alavanca até a metade. Olhou para dentro. Teve de se levantar e usar o peso do corpo para completar o movimento. A escotilha se abriu com um último suspiro e ele deu um passo atrás. Esperou. Aproximou-se da abertura. Olhou para baixo outra vez.

Serpenteando através de um tubo de ferro corrugado havia uma escada em espiral, degraus de metal cobertos com material antiderrapante. Parafusos prendiam a escada à parte inferior da borda.

— Permanece a grande pergunta — disse ele.

— Se ele está aí embaixo.

— Nenhum desses carros foi dirigido recentemente, mas isso pode significar apenas que ele está escondido aí embaixo há algum tempo. — Tirando as botas de deserto, abriu a correia do coldre, mas deixou a arma no lugar. Sentado na borda da abertura, balançou as pernas lá dentro. — Se algo acontecer, pode ficar com minha lancheira de Bert, a tartaruga.

Ele desceu. Tirei meus sapatos e o segui.

— Fique aí em cima, Alex.

— Ficar aqui sozinho caso ele apareça?

Fez menção de contestar. Conteve-se. Não porque tivesse mudado de ideia.

Olhava para alguma coisa.

Ao fim da escada havia uma porta, do mesmo metal cinza da escotilha. Um gancho de bronze brilhante estava aparafusado ao metal.

Do gancho, pendia uma corda de náilon esticada. Suas extremidades estavam atadas a um par de orelhas.

Orelhas brancas como cera.

A cabeça da qual faziam parte era magra, bem-formada, coroada por cabelo preto e grosso.

Rosto bem-formado, mas terrível. A pele mais parecia papel. Protuberâncias distorciam as maçãs da face onde o estofo se acomodara. Suturas quase invisíveis mantinham a boca fechada e os olhos abertos. Olhos azuis, arregalados de surpresa.

Vidro.

A coisa que outrora fora Dylan Meserve era tão viva quanto um molde de chapeleiro.

Milo voltou. Sua garganta pulsava. Caminhou a esmo.

Aproximei-me da abertura, senti cheiro de formol. Vi inscrições à porta, 3 centímetros abaixo do queixo da coisa.

Abaixei-me e li.

Escrita caprichosa, marcador preto.

PROJETO ENCERRADO.

Mais abaixo, uma data e um horário. Duas horas. Quatro dias antes.

Milo caminhou a esmo durante algum tempo, procurando provas de um enterro, voltou balançando a cabeça e olhou para a abertura do abrigo nuclear.

— Só Deus sabe o que mais tem aí dentro. O dilema moral é...

— Se há alguém lá embaixo que se possa salvar — eu disse. — E, neste caso, se a tentativa não pode piorar as coisas. Pode tentar ligar para ele. Se ele estiver lá, talvez possamos ouvir o telefone tocando.

— Se pudermos ouvir, ele provavelmente já nos ouviu.

— Ao menos ele não vai a lugar nenhum. — Olhei para a cabeça pendurada. — Nem me fale de causa provável.

Pegou o celular e discou o número de Brad Dowd.

Nenhum som lá de baixo.

Seus olhos se arregalaram.

— Sr. Dowd? Tenente Sturgis... Não, nada importante, mas achei que talvez pudéssemos falar sobre Reynold Peaty... apenas para confirmar algumas coisas... estava pensando em hoje à noite, onde você está? Passamos por aí mais cedo... É, devemos ter... Ouça, senhor, não, nenhum problema em irmos até sua casa, não estamos longe. Camarillo... na verdade está relacionado, mas não tenho liberdade de dizer... desculpe... Então podemos... tem certeza? Hoje seria bem melhor, Sr. Dowd... Tudo bem, compreendo, claro. Amanhã, então.

Clique.

— Dia difícil em Pasadena, vazamentos, blá-blá-blá — disse Milo. — Sr. Simpático e Charmoso até eu mencionar Camarillo. Senti uma ligeira alteração em sua voz. Fico feliz em cooperar, tenente, mas hoje não posso.

— Você o abalou, ele precisa se recompor. Talvez, recorrer àquilo que o acalmava quando era criança.

— O que seria?

— Artes e artesanato.

Milo voltou a entrar no buraco e bateu à porta ao mesmo tempo que tentava manter distância da coisa pendurada no gancho.

Encontrou um lugar na porta onde podia encostar o ouvido ao metal sem tocar em carne morta. Bateu à porta, então a esmurrou.

Voltou a subir e limpou-se da poeira inexistente.

— Se há alguém aí não consigo ouvir, e a porta está solidamente trancada.

Baixou a escotilha, limpou-a, desfez as pegadas que deixamos no círculo de terra ao redor da abertura.

Vestimos nossos sapatos e voltamos ao carro pelo mesmo caminho por onde viemos, cuidando de ocultar nossas pegadas.

Saí da propriedade e repeti a subida que fizera quando passei da entrada. Quando não encontramos mais lugar para ocultar o Seville dentro de uma distância que pudéssemos percorrer a pé, dei a volta e descemos.

Uma caixa de correio duas propriedades mais abaixo da de Billy Dowd tinha um nome escrito em dourado: Osgoods. Uma cerca de arame impedia o acesso a um caminho de cascalho.

A bandeira da caixa de correio estava erguida. Milo saiu e verificou.

— Ao menos uma semana, vamos invadir.

Ele abriu a porteira, afastou-se quando passei, fechou-a e voltou a entrar no carro.

Os Osgoods possuíam um terreno muito menor que o de Billy Dowd. Mesmos carvalhos e plátanos, um jardim plano e marrom em vez de prados. No centro, um rancho verde pálido dos anos 1950 com um telhado de seixos brancos atrás de um curral vazio. Nenhum animal ou cheiro de animal. Meia dúzia de latas de lixo vazias estavam encostadas em um canto. Havia um balanço barato pré-fabricado caído ali perto, e um velocípede de plástico bloqueava a porta da frente.

O céu começou a escurecer. Nenhuma luz em nenhuma janela.

Milo afastou o velocípede e bateu à porta da frente. Deixou seu cartão enfiado entre a porta e o batente, e um bilhete sob o limpador de para-brisa do Seville.

Quando voltamos à estrada, eu disse:

— O que você escreveu?

— "Ó, afortunados cidadãos" — disse ele. — "Estão fazendo sua parte perante Deus e a nação."

Voltamos à propriedade de Billy a pé, e encontramos um lugar de observação perto do limite entre as árvores e o prado.

A 9 metros do caminho. O solo estava esponjoso de folhas mortas e poeira. Sentamo-nos encostados ao tronco de um carvalho de galhos baixos, bem escondidos.

Milo, eu, insetos, lagartos e coisas rastejantes invisíveis.

Nada sobre o que falar. Nenhum de nós queria conversar. O céu ficou azul-escuro, então escureceu. Pensei em Michaela e Dylan, acampados estrada abaixo.

Levados ao lugar da farsa por Brad Dowd.

Teria alimentado planos de encerrar o jogo com uma grande surpresa, apenas para ser frustrado pela fuga de Michaela?

Seria isso motivo para matá-la?

Ou ela apenas teria se encaixado em algum tipo de papel?

O mesmo para Dylan. Esforcei-me para me lembrar dele pelas fotografias, não por aquela *coisa*.

O tempo passou. Ouvíamos guinchos sobre nós, folhas farfalhando, então o delicado adejar de asas de um morcego sobre o carvalho e, logo a seguir, sobre a campina.

Então, outro. E mais quatro.

— Ótimo — disse Milo. — Quando vai começar a maldita trilha sonora?

— Tam tam, tam tam.

Ele riu. Eu também. Por que não?

Revezamo-nos cochilando. Seu segundo cochilo demorou cinco minutos e quando voltou a despertar, ele disse:

— Devia ter trazido água.

— Como saber que iríamos acampar?

— Um escoteiro está sempre preparado. Você foi escoteiro, certo?

— É.

— Eu também. Se a associação dos escoteiros soubesse, hein? Acha que alguém está ali no buraco?

— Por sorte, não alguém como Dylan — eu disse.

Ele apoiou o rosto sobre uma das mãos.

— Se ele não aparecer hoje à noite, Alex, você sabe como será — disse alguns instantes depois.

— Força-tarefa.

— Não posso esperar para preencher aquele pedido de mandado. "Sim, meritíssimo, taxidermia."

A noite caíra tão completamente que parecia permanente. Nenhum de nós falou na meia hora seguinte. Quando os faróis amarelaram o asfalto, estávamos ambos despertos.

Faróis de neblina. Barulho de motor. O veículo passou por nós rapidamente dirigindo-se ao estábulo.

Erguemo-nos, nos mantivemos sob a proteção da árvore, avançamos. O Range Rover parou à esquerda da porta do estábulo e o motor foi desligado. Um homem saiu pela porta do motorista e acendeu uma luz sobre a porta.

A lâmpada fez o cabelo grisalho de Brad Dowd assumir um tom amarelo-esverdeado.

Ele fez a volta até a porta do passageiro e abriu. Estendeu a mão para alguém.

Mulher, pequena. Um casaco largo obscurecia seus contornos.

Os dois caminharam até a porta e a mulher esperou Brad abri-la. Ela se posicionou sob a luz amarela. Seu perfil se delineou.

Queixo firme, nariz pequeno. Cabelo cinza-esverdeado pela luz.

Nora Dowd disse algo com animação. Brad Dowd voltou-se para ela. Abriu os braços.

Ela correu para ele.

Nada fraternal no gesto. Suas mãos acariciavam a nuca de Brad.

As mãos dele seguraram as nádegas de Nora. Ela riu.

Ela ergueu o rosto e seus lábios se encontraram.

Beijo longo, apertado. Ela tocou-lhe a virilha. Ele riu. Ela riu.

Entraram.

* * *

Voltaram alguns momentos depois, caminhando de mãos dadas pelo lado sul do estábulo.

Nora saltitante.

— Bela noite, não é mesmo? — perguntou Brad.

— Hora da festa — disse Nora.

Chegaram à escotilha do abrigo nuclear. Nora esperou, acariciando o cabelo enquanto Brad operava a alavanca. Forçando-a, assim como Milo fizera.

— Nossa — disse ela. — Que *homem* forte.

— Tenho algo *beaucoup* forte para você, querida.

— E eu tenho algo doce e macio para você, querido.

A escotilha se abriu. Brad tirou uma pequena lanterna e a direcionou até a abertura.

— Você estava certa. Gostei dele ali.

— Venha me dar boas-vindas — disse Nora. — Toc toc toc.

— Ele sempre gostou de aparecer.

Nora riu.

Brad riu.

Ela se aproximou e o tocou.

— Isso em seu bolso é um míssil nuclear ou só está feliz em me ver?

Péssima interpretação de Mae West.

Brad beijou-a, tocou-a e desligou a lanterna.

— Vamos tirar suas coisas daqui. Estou certo de que você se cansou da vida de toupeira.

— Estou pronta — disse ela. — Mas foi divertido.

Brad sentou na borda da entrada. Quando estava preparado para descer, Milo correu até ele, deu-lhe uma gravata, puxou-o com força. Deitou-o de barriga para baixo com a mesma rapidez, dobrou-lhe os braços para trás e o algemou.

Nora não reagiu quando puxei seus braços para trás.

O joelho de Milo forçava o centro das costas de Brad, que ofegou:

— Não consigo respirar.

— Se pode falar, pode respirar.

Senti Nora se contrair e estava pronto quando ela tentou escapar. Braços macios, pouco tônus muscular, e seus pulsos eram tão pequenos que eu podia pegá-los com apenas uma das mãos. Mas usei as duas e a puxei forte o bastante para arquear seu torso.

— Você está me *machucando*.

— Deixe-a em paz — disse Brad.

— Deixe-*o* em paz— disse Nora.

— União familiar — disse Milo. — Comovente.

— Não é o que pensa — disse Nora. — Ele não é meu irmão de verdade.

— O que ele é?

Ela riu. Não foi um som agradável.

— Espere até conhecer nosso advogado — disse Brad.

— Qual é o negócio? — perguntou Milo. — Taxidermus interruptus?

Ambos se calaram.

CAPÍTULO 43

Levamos os dois para dentro do estábulo. Brad continuava olhando para Nora. Ela não olhava de volta.

Milo disse:

— Segure-a, Alex. — E empurrou Brad pelo caminho central.

Escolheu o Cadillac 1959 e sentou Brad no banco do carona.

— Ora vejam, um cinto de segurança original. — O cinto foi fechado sobre o abdome de Brad. A pele de sua nuca ficou branca como o cabelo. Parecia uma estátua de mármore.

Nora olhava fixamente para a frente. Seus pulsos pareciam macios, como se os ossos começassem a derreter. Cheirava a perfume francês e a maconha.

Milo certificou-se de que Brad estava preso, então fechou a porta do Cadillac. Quando o metal chocou-se com metal, senti um espasmo de tensão que foi do ombro ao quadril de Nora. Ela nada disse, mas sua respiração acelerou.

Então ela ergueu o pé esquerdo e tentou enfiar um salto fino no peito do meu pé.

Enquanto me esquivava, ela começou a se contorcer e a cuspir. Provavelmente eu a machuquei tentando controlá-la porque ela gritou. Ou talvez estivesse representando.

Milo aproximou-se e a dominou.

— Veja se encontra na bancada de ferramentas algo para amarrar a Srta. Funil aqui.

— Brad me estuprou, não foi consensual — disse Nora Dowd.

— Isso é redundante — disse Milo.

— Hein?

— Estupro não consensual.

Confusão nos olhos vermelhos de maconha.

— Belo projeto artístico pendurado na porta — disse Milo.

Nora começou a soluçar sem lágrimas.

— Dylan! Eu o amava *tanto*, Brad ficou com ciúmes e fez aquela coisa *horrível*! Tentei *impedi-lo*, você tem de *acreditar* em mim!

— Como tentou impedir?

— Falando com ele.

— Debate intelectual? — perguntou Milo. — As vantagens da sumaúma orgânica em relação à espuma de poliuretano?

Nora uivou.

— Oh, meu *Deus*! Isso é *terrível*!

Olhos ainda secos. Uma cebola ajudaria.

Ela fungou. Olhou para Milo.

Ele disse:

— Seu espetáculo vai sair de cartaz por conta das críticas negativas.

Em uma gaveta da bancada, encontrei um rolo de fita adesiva e dois rolos de corda branca e pesada.

— Amarre-a — disse Milo.

Ele puxava para trás os braços de Nora, que passou do choro à maldição. Gritou ainda mais quando amarrei seus braços, tentou dar uma mordida no braço de Milo. Quando conseguiu arrastá-la pelo estábulo e sentá-la no banco do carona de um Thunderbird branco 1955, ela se calou.

— Diversão, diversão, diversão, quando Milo resolve o problema — disse Milo, atando o cinto ao redor da cintura dela.

Ficamos ali parados. Ofegantes. Seu rosto estava suado e eu sentia algo úmido escorrer de minhas têmporas. Minhas costelas doíam. Minha nuca parecia ter se encontrado com uma guilhotina cega.

Milo usou o celular.

As sirenas começaram como gemidos distantes, aumentaram até parecerem sirenas de ataque nuclear.

Esforçava-me para não pensar, e o barulho era música para meus ouvidos.

Oito carros-patrulha, festival estroboscópico de luzes piscantes. Milo sacara o distintivo.

Um sargento bronzeado com olhos puxados saiu do carro da frente.

— Polícia de Los Angeles — disse Milo.

— Mantenha as mãos onde pudermos vê-las.

Diversas armas apontadas para nós. Obedecemos. O sargento avançou em nossa direção com aquela mistura de medo e agressividade que os policiais exibem quando enfrentam a incerteza. Seu bigode cor de laranja era espetado, grande o bastante para abrigar beija-flores. *M. Pedersohn* na etiqueta. Pescoço musculoso. Uma olhada no distintivo de Milo não amenizou a tensão.

Mãos sardentas bateram em um quadril vestido com calças cáqui.

— Tudo bem... o que vieram fazer aqui?

— Trabalho — disse Milo. — Deixe-me mostrar...

— O atendente disse algo sobre um corpo — disse Pedersohn.

— Isso é parcialmente correto — disse Milo.

— Como assim?

Milo acenou em direção ao lado sul do estábulo. Pedersohn ficou onde estava, mostrando a seus homens que ninguém mandava nele. Milo desapareceu de vista. Pedersohn foi atrás.

Uma olhada dentro da escotilha fez o bronzeado do sargento empalidecer.

— Jesus... — Ele segurou o bigode, esfregou os dentes com o lado do indicador. — Isso é...

— Não é plástico — disse Milo.

— Jesus... Oh, meu Deus... há quanto tempo isso está aí?

— Boa pergunta, sargento. Chamou seus peritos?

— Ainda não... — Outra olhada para baixo. — O pessoal da polícia de L.A. vai precisar ver isso.

— Então devia chamá-los também.

Pedersohn pegou o rádio do cinto. Parou. Fez uma careta.

— Onde estão os suspeitos?

— Brincando de andar de carro.

— O quê? — perguntou Pedersohn.

Milo afastou-se dele outra vez.

Pedersohn olhou para mim.

— Homicídios múltiplos o deixam irritado — falei.

Um legista assistente chamado Al Morden que morava em Palisades foi chamado ao local. Ele desceu a escada, olhou para a cabeça e recusou-se a ir adiante até o abrigo ser declarado seguro.

Um bocado de rostos com a expressão "quem, eu?" dos policiais.

— Nosso pessoal deve chegar a qualquer momento — disse o sargento Mitchell Pedersohn.

— Minha oferta da lancheira ainda está de pé, Alex — disse Milo.

— *O quê?* — perguntou Pedersohn.

Milo entrou no buraco.

Voltou instantes depois.

— Não há armadilhas.

— O que há lá dentro? — perguntou Pedersohn.

— Três abrigos separados, unidos por túneis. Pense nisso como o tríplex paranoico básico. Um deles abriga roupas e artigos de toalete femininos e uma cama confortável, fotografias de nossos suspeitos nas paredes, bem aconchegante. Os outros não são nada hospitaleiros.

— Digo em termos de provas.

— Isso é um tanto complicado — disse Milo, dirigindo-se ao Dr. Morden.

Morden sorriu com amargura.

— Meu tipo de complicação?

— Ah, sim.

CAPÍTULO 44

Relatório de progresso de investigação de homicídio

DR#S 04-592 346-56

VÍTIMAS:	BRAND, MICHAELA ALLY
	GAIDELAS, ANDREW WILLIAM
	GAIDELAS, CATHERINE ANTONIA
	GIACOMO, VICTORIA MARY
	MESERVE, DYLAN ROGER
	PEATY, REYNOLD MILLARD
	MULHER BRANCA NÃO IDENTIFICADA#1
	MULHER BRANCA NÃO IDENTIFICADA#2
	MULHER BRANCA NÃO IDENTIFICADA#3
	MULHER BRANCA NÃO IDENTIFICADA#4

LAS VEGAS, NEVADA VÍTIMA DUTCHEY, JULIET LEE

SEÇÃO VIII: PROVAS

I. DO DEPÓSITO DE PROPRIEDADE DA BNB, 942½ WEST WOODBURY ROAD, ALTADENA, CA, 91001:
   1. 3 CAIXAS DE PAPELÃO CONTENDO ROUPAS, ALGUMAS IDENTIFICADAS COMO PERTENCENDO ÀS VÍTIMAS BRAND, M, GAIDELAS, A, GAIDELAS, C., MESERVE, D., GIACOMO, V. VÁRIOS TRAJES FEMININOS, IDENTIFICAÇÃO DESCONHECIDA.
   2. 2 CAIXAS DE ÔNIX "MADE IN MEXICO" CONTENDO DIVERSAS JOIAS DE OURO, PRATA E BIJUTERIAS, 3 ÓCULOS, 1 PERTENCENDO À VÍTIMA GIACOMO, V., 2 NÃO ATRIBUÍDOS, 1 JOGO DE LENTES DE CONTATO PERTENCENDO À VÍTIMA BRAND, M., 1 PONTE DENTÁRIA PARCIAL PERTENCENTE À VÍTIMA GAIDELAS, A.
   3. 3 SACOS DE LIXO DE POLIETILENO CONTENDO 53 OSSOS HUMANOS DESCOLORIDOS, IDENTIFICAÇÃO EM CURSO PELO LABORATÓRIO DO LEGISTA. (REF: PROFESSORA JESSICA SAMPLE, PERITA ANTROPÓLOGA.)
   4. 1 CAIXA DE PAPELÃO COM A MARCA SEARS-KENMORE CONTENDO 10 SACOS GRANDES PARA SANDUÍCHE ZIPLOC, CADA UM CONTENDO UMA MECHA DE CABELO HUMANO PRESA POR DOIS ELÁSTICOS. (REF· PROF. J. SAMPLE.)

II. NA MALA DO LINCOLN TOWN 1989 NIV 33893566, REGISTRADO EM NOME DE BRADLEY MILLARD DOWD, ESTACIONADO ATRÁS DO DEPÓSITO NA 942½ WEST WOODBURY ROAD:
   1. 1 CÂMARA SONY DIGITAL MODELO DSC 588.
   2. 1 SEÇÃO DE TAPETE PRETO DO LT.
   3. BANCOS DE COURO PRETO FRONTAIS E TRASEIROS DO LT.

III. DO ABRIGO SUBTERRÂNEO TRIPLO, 43885 LATIGO CANYON ROAD, MALIBU, CA, 90265:
   DA UNIDADE "A" (EXTREMO NORTE, VER DIAGRAMA):

1. ROUPAS, COSMÉTICOS, OBJETOS DE USO PESSOAL DA SUSPEITA DOWD, N.
2. CAMA DUPLA DOBRÁVEL E ROUPAS DE CAMA.
3. FOTOGRAFIAS DOS SUSPEITOS DOWD, B., E DOWD, N.
4. 5 DENTES PERTENCENDO À VÍTIMA MESERVE, D. FURADOS E ENFIADOS EM UM CORDÃO DE PRATA.
5. 1 CABEÇA HUMANA TAXIDERMICAMENTE PRESERVADA PERTENCENDO À VÍTIMA MESERVE, D.
6. 2 PRESERVAÇÕES SIMILARES DAS VÍTIMAS GAIDELAS, A., GAIDELAS, C.
7. 1 CD CONTENDO FOTOGRAFIAS DIGITAIS COM TÍTULO "HORA DA FESTA" CONTENDO IMAGENS PORNOGRÁFICAS DE:
   A. SUSPEITO DOWD, B., MANTENDO INTERCURSO SEXUAL COM AS VÍTIMAS BRAND, M., GIACOMO, V., GAIDELAS, C., GAIDELAS, A. MULHERES NÃO IDENTIFICADAS 1, 2, 3, 4. VÍTIMA DE LAS VEGAS, DUTCHEY, J.
   B. SUSPEITO DOWD, B., MANTENDO INTERCURSO SEXUAL COM SUSPEITA DOWD, N.
   C. SUSPEITA DOWD, N., MANTENDO INTERCURSO SEXUAL COM A VÍTIMA MESERVE, D.
   D. SUSPEITO DOWD, B., MANTENDO INTERCURSO SEXUAL COM VÍTIMA MESERVE, D.
8. 4 DVDS CONTENDO FILMES, CONTEÚDO SIMILAR A 3.

DAS UNIDADES "B" E "C":

1. 2 ZIP DISKS DE COMPUTADOR DE 250 MB COM TÍTULO "PT CLIMAX", CONTEÚDO ININTELIGÍVEL, POSSIVELMENTE DANIFICADO. (REF: LAPD TECHNICAL DIVISION, SGT. S. FUJIKAWA.)

2. 1 COMPUTADOR IBM CLONE PERSONAL, 1 BATERIA RESERVA APC, 1 MONITOR MICROTEK 19", 1 IMPRESSORA HEWLETT-PACKARD LASERJET 4050.

3. 1 TELEVISOR SONY DE TELA PLANA 42".

4. 1 GANCHO DE BRONZE PARA PENDURAR CASACO.

5. 1 SEÇÃO DE 19 METROS QUADRADOS DE TAPETE DE NÁILON BEGE. 1 SEÇÃO DE 20 METROS QUADRADOS DE TAPETE DE NÁILON BEGE.
6. 12 CAIXAS DE TIJOLOS ACÚSTICOS DE TETO.
7. 2 JOGOS DE CHAVES E ALGEMAS POLICIAIS SMITH & WESSON.
8. 1 JOGO DE ANTIGOS GRILHÕES PARA PERNAS "E.D. BEAN", C. 1885. (REF: PROFESSOR ANDRE WASHINGTON, HISTORIADOR.)
9. 3 CAIXAS DE MADEIRA CONTENDO DIVERSOS BISTURIS, AGULHAS, SERRAS, RASPADORES, TESOURÕES, CÂNULAS, FUNIS.
10. 1 BOMBA DE SUCÇÃO "TI-DEE", MODELO A-334C.
11. 1 ASPIRADOR DE SECREÇÕES KINGSLEY, MODELO CSI-PG005.
12. 4 ROLOS DE MONOFILAMENTO CIRÚRGICO PARA SUTURA, 2 DE 20 MM, DOIS DE 24 MM
13. 2 CAIXAS DE PAPELÃO SEM ESPECIFICAÇÃO CONTENDO SACOS PLÁSTICOS FECHADOS DE RECHEIO DE ALGODÃO.
14. 4 GALÕES DE PLÁSTICO DE PERÓXIDO DE HIDROGÊNIO.
15. 1 CAIXA DE PRESERVATIVOS "PLEASURE-RIB".
16. 1 RECIPIENTE DE PLÁSTICO DE 5 GALÕES DE SOLUÇÃO DE ÁCIDO FÓRMICO PARA PRESERVAÇÃO.
17. 5 JOGOS DE LUVAS DE LÁTEX "SNUG-FIT".
18. 1 KIT DE EPÓXI PARA ESCULTURA "TAXI-FORM".
19. 1 QUARTO DE GARRAFA DE CONSERVANTE E DESENGORDURANTE DE PELE DA EATON.
20. 1 SACO DE 7 QUILOS DE CONSERVANTE "READI-TAN"
21. 1 MESA OAKES G-235C PARA PEQUENAS CIRURGIAS COM APOIO DE CABEÇA E DRENO DESTACÁVEL...

Milo voltou para seu escritório e tirou o arquivo de minhas mãos.

— Ainda não terminei — falei.

Jogou o arquivo em uma gaveta.

— O Honda de Michaela finalmente apareceu. Garagem de um prédio da BNB em Sierra Madre, rebocado ao laboratório enquanto falamos.

— Parabéns. Como dizia...

— Que tal minha prosa?

— Eloquente — eu disse. — Por favor, não me diga que quer almoçar.

— Já passou da hora do almoço, faça seu pessoal chamar meu pessoal e todos jantaremos juntos. — Ele se sentou com força bastante para fazer a cadeira da escrivaninha ranger. — Basta de postura superficial de macho. Estou arrasado e não tenho vergonha de admitir.

— Conseguiu dormir?

— Cerca de cinco horas — disse ele. — Em cinco dias.

— Hora de fazer uma pausa — eu disse.

— Não é a carga de trabalho que está me mantendo acordado, rapaz, é a realidade. Pelo tanto que viu, incomoda-se de acrescentar alguma observação?

— A PlayHouse era um consórcio de talentos de um modo muito pior do que imaginávamos. Para Nora, tinha dupla função. Sentia-se onipotente, e ela e Brad se divertiam escolhendo as vítimas.

— Megera insensível — disse ele. — Arrogante, também. Quando fomos à casa dela, nem mesmo fingiu estar preocupada com Tori ou Michaela.

— Não estou certo de ela ser capaz de fingir.

— Sem representar? Como conseguiu que tanta gente acreditasse nela?

— Atraindo uma multidão faminta que achava ter conseguido uma barganha. Gente com carência emocional toma até Kool-Aid envenenado.

Ele suspirou.

— Toda aquela gente bonita se candidatando a uma vaga, sem fazer ideia de qual era o papel.

— Alguma sorte na identificação das outras garotas?

— Ainda não. Nenhum outro corpo masculino apareceu, mas não estou achando que acabou. Ainda há umas 12 propriedades da BNB que não revistamos, e os escavadores só revolveram um canto da propriedade. Como acha que a farsa se encaixou em tudo isso?

— Teatro do cruel. Nora e Brad inventaram isso por diversão, convencendo Dylan Meserve de que ele era um coconspirador. Mas ele era uma peça humana de xadrez.

— Acha que ele sabia o que aguardava Michaela?

— Você descobriu alguma indicação de que ele sabia das outras vítimas?

— Ainda não — disse ele. — Mas pelo modo como fez Michaela fingir que o estava asfixiando, aquilo podia ser uma antevisão do destino dela, certo?

— Ou ele tinha as esquisitices dele — eu disse. — Provavelmente nunca saberemos até algum tipo de diário aparecer. Ou Brad ou Nora começarem a falar.

— Até agora, ambos estão se recusando a falar — disse ele. — Brad está sendo vigiado para não se suicidar, como você sugeriu. O guarda da cadeia disse que ele achou isso engraçado.

— Mantendo a fachada — eu disse. — Quando ruir, ele não terá mais nada.

— Você é o psicólogo... de volta à farsa. Nora pisca para Meserve, finge estar indignada e expulsa Michaela da aula. Por quê?

— Minha aposta ainda é que ela estava preparando Michaela para ser "resgatada" por Brad. Ela estava sem dinheiro, sem emprego, carente de atenção, frustrada profissionalmente. Se Brad aparecesse em um de seus carros brilhantes e começasse a conversar com ela, pareceria uma bênção. Ela já o conhecia de vista da PlayHouse, de modo que não haveria estranheza da parte dela. E a ligação de Brad com Nora teria feito com que Michaela se agarrasse a ele.

— Tentando voltar a ser aceita por Nora.

— Ou talvez ele tenha dito que tinha suas próprias conexões, que podia ajudá-la com a carreira artística. O mesmo para Tori. O mesmo para todos.

— Sedução em vez de sequestro — disse ele. — Belo jantar, bom vinho, venha desfrutar do pôr do sol em minha casa em Malibu. Imagino como Michaela se sentiu quando viu que ele a levava de volta a Latigo Canyon.

— Se ele ganhou a confiança dela com jantar e vinho, isso pode ter mantido a ansiedade dela sob controle. Ou ele a levou a algum lugar primeiro e a imobilizou.

— Se ele tem outra câmara de horrores, esta ainda não apareceu. Uma coisa é certa: nada aconteceu na casa dele ou na de Nora. Não há qualquer vestígio de maldade em nenhuma das duas.

— Por que sujar a frente de casa quando você tem um lugar especial separado para seus hobbies? — perguntei. — Essa gente adora dividir.

— Falando de hobbies, alguma teoria sobre por que Meserve e os Gaidelas foram os únicos espécimes que preservaram?

— O ferimento no pescoço indica que pensaram em preservar Michaela — eu disse. — Chegaram a ponto de inserir uma cânula no pescoço dela e, então, mudaram de ideia. Não há como entrar na cabeça deles, mas os Gaidelas e Meserve se encaixam em algum tipo de fantasia. Se eu pudesse terminar de ler o arquivo...

— Não há nada lá sobre o passado, Alex. Apenas mais horrores. Estou preso a isso, você não. Vá para casa e esqueça tudo.

— Alguma sorte decodificando o disco? — perguntei.

Correu a língua sobre lábios rachados e secos, coçou a cabeça, esfregou o rosto. Barbeara-se com descuido e tinha um trecho de pelos brancos ao longo do maxilar. Seus olhos estavam baixos e cansados.

— Você está com problemas de audição?

Repeti a pergunta.

— Você nunca deixa passar — disse ele.

— Por isso você me paga bem.

— O disco está decodificado e carregado na Sala Quatro. Passei a última hora assistindo-o. Daí meu sábio conselho para que vá para casa.

— Não faz sentido adiar o inevitável — eu disse.

— O que é inevitável?

— Eu estava no lugar quando você encontrou o abrigo. Alguém irá me intimar. Seja o promotor, seja Stavros Menas.

— Ambos os Dowds *tentaram* contratar Menas, mas foi Nora quem conseguiu, e ela não foi fraterna. Brad está procurando outro advogado.

— O dinheiro fala mais alto e ela está com o microfone.

— Além dos milhões que Brad desviou — disse ele. — A maior parte parece ter ido para a coleção de automóveis e uma pequena ilha que ele comprou ao largo de Belize há dois meses. E uma compra ainda mais luxuosa, há três semanas: 25 horas de voo em um Gulfstream V. São 350 mil dólares por um avião com alcance internacional. Quer apostar que tem uma conta no exterior em algum lugar ao sul do equador? Os advogados imobiliários que o designaram guardião legal estão apavorados, e os novos advogados designados pela corte estão lambendo os beiços. Estamos falando de anos de litígio, aí vai o resto dos imóveis.

— Planejava uma fuga — eu disse. — Aqueles folhetos eram para valer. Então, deu uma de esperto e os plantou na mesa de cabeceira de Nora.

— Muito esperto — disse ele. — Sentado naquele Range Rover, usando o terreno de Billy. Cuidadoso guardião dos irmãos. No meio-tempo estava fodendo com eles, literal e financeiramente. Acha que planejava levar Nora com ele ou iria sozinho?

— A não ser que ela soubesse da ilha, eu diria que fugiria sozinho. Alguém está protegendo os interesses de Billy?

— Os advogados designados pela corte alegam que sim.

— Finalmente consegui permissão para vê-lo ontem, fui até Riverside.

— Como é o lugar onde o puseram?

— Deprimente — eu disse. — Instalação de cuidado assistido, cem pacientes com Alzheimer e Billy.

— Descobriu alguma coisa?

— Está chocado e desorientado. Tive três minutos antes que o advogado de plantão interrompesse.

— Por quê?

— Billy começou a chorar.

— Por sua causa?

— Essa foi a opinião do advogado — eu disse. — A minha foi que Billy tinha muito pelo que chorar, e não deixá-lo desabafar só tornaria as coisas piores. Disse ao advogado que Billy precisa de um terapeuta em tempo integral, não estava me oferecendo para o trabalho, apenas sugerindo que arranjasse alguém. Ele discordou. Quando voltei, liguei para a juíza, que expediu a ordem. Ainda não tive resposta dela, mas estou pensando em outros juízes que podem ajudar.

— Você acha que Billy é completamente inocente? — perguntou ele.

— A não ser que você encontre em seu apartamento algo pior que bonecos de *Star Wars* e vídeos da Disney.

Ele balançou a cabeça.

— Como um quarto de criança. Caixas de cereal açucarado, garrafas de leite achocolatado.

— Ser criança já é difícil — falei. — Não ser nem homem e nem criança é pior. Algum sinal do dinheiro da pensão de Billy?

— Não, apenas moedas dentro de um porquinho. Algumas moedas são dos anos 1960.

— Mil e quinhentos dólares por mês e ele só gastava em pizza, comida tailandesa e filmes alugados. Isso explica as visitas de Reynold Peaty. Ele fingia ser amigo de Billy, ia embora com o dinheiro.

— Faz sentido — disse ele. — Só que não encontramos dinheiro na casa de Peaty.

— Um sujeito como Peaty teria como gastá-lo — eu disse. — Ou, se o seu relacionamento com Brad ia além de zelador e chefe, talvez o dinheiro tenha voltado para o primo. Então, o primo tramou sua morte.

Ele franziu as sobrancelhas. Um músculo logo abaixo de seu olho esquerdo pulsou.

— O quê? — perguntei.

— Que família. — Encontrou um charuto velho em uma gaveta, enrolou-o e mordeu uma extremidade. Cuspiu em seu cesto de lixo.

— Dois pontos. — Levantei-me e fui até a porta. — Hora de ver o disco.

Ele manteve sua posição.

— É uma má ideia, Alex.

— Quero fazê-lo.

— Mesmo que alguém o intime, pode ser daqui a meses — disse ele.

— Não faz sentido alimentar fantasias todo esse tempo.

— Acredite, suas fantasias não podem ser piores que a realidade.

— *Acredite* — eu disse. — Podem sim.

CAPÍTULO 45

Sala fria e amarela.

A mesa de entrevista foi afastada para o lado. Mesa de metal, mesmo cinza de navio de guerra do abrigo nuclear.

As coisas que você percebe.

Duas cadeiras estavam voltadas para uma TV de plasma de 30 polegadas em uma mesa com rodízios. Um aparelho de DVD na prateleira abaixo. Um bocado de cabos retorcidos. Um adesivo afixado no canto inferior do monitor advertia que ninguém estranho ao escritório da promotoria podia mexer no equipamento.

— Subitamente o promotor ficou generoso? — perguntei.

— Eles farejaram programas de TV, filmes, livros — disse Milo. — A advertência que veio de cima não foi nada de O.J.

desta vez. — Sacou um controle remoto do bolso de seu casaco e ligou o monitor.

Sentou-se a meu lado, relaxou os ombros, fechou os olhos e ficou assim.

Tela azul, menu do vídeo. Hora, data, código de prova da promotoria.

Peguei o controle remoto das mãos de Milo. Seus olhos permaneceram fechados, mas sua respiração acelerou.

Apertei o botão.

Um rosto preencheu a tela.

Grandes olhos azuis, pele bronzeada, traços simétricos, cabelo louro despenteado.

Mulher não identificada Número Um.

Milo perguntou se eu queria começar com Michaela. Pensei a respeito e respondi que queria ver aquilo na ordem em que estava.

Esperando que a falta de contato pessoal ajudaria.

Não ajudou.

A câmara continuou em close.

Uma voz fora de quadro, masculina, macia e amistosa, disse:

— Tudo bem, hora da apresentação. Pronta?

Zoom no sorriso da jovem. Dentes brancos úmidos, perfeitamente alinhados.

— Claro.

— Claro, *Brad.* Quando estiver se apresentando para um diretor de elenco ou alguém mais, é importante ser direta, específica e *pessoal.*

O sorriso da jovem mudou, tornando-se um crescente ambíguo.

— Hum, tudo bem. — A câmara recuou. Olhos azuis nervosos. Riso nervoso.

— Tomada dois — disse Brad Dowd.

— Hein?

— Estou pronta...

— Estou pronta, Brad.

— *Estou. Pronta. Brad.*

Os olhos da jovem voltaram-se para a esquerda.

— Estou. Pronta. Brad.

— Perfeito. Tudo bem, continue.

— Com o quê?

— Diga algo.

— Como o quê?

— Improvise.

— Hum... — Molhou os lábios. Deu uma olhada nas paredes cinza. — É diferente. Aqui embaixo.

— Percebeu?

— Hum... acho.

— Eu. Acho...

— Eu acho, Brad.

— Mas *é* diferente — disse Brad Dowd. — Hermético. Sabe o que quer dizer?

Sorriu nervosamente.

— Hum, não.

— Significa isolado e tranquilo. Longe de toda agitação. O Sturm und Drang.

A jovem não respondeu.

— Sabe por que a estamos testando em um lugar hermético?

— Nora disse que era sereno.

— Sereno — disse Brad. — Claro, é uma boa palavra. Como uma dessas coisas de meditação, ohmmmm, shakti, bodhi vandana, cabalabaloo. Já meditou?

— Eu fiz Pilates.

— Eu. Fiz. Pilates...

— Brad.

Suspiro fora da tela.

— Um lugar hermético significa menos distração. Certo?

— Certo... Brad.

— Um lugar hermético e sereno afasta elementos supérfluos, de modo que é mais fácil encontrar seu centro. Não é como na aula, onde todo mundo está olhando e julgando. Ninguém a julgará aqui. Nunca.

A jovem voltou a sorrir.

— O que acha disso? — perguntou Brad.

— É bom.

— É bom?

— É muito bom.

— *Brad!*

Olhos azuis se sobressaltaram.

— Brad.

— É. Bom...

— *É bom, Brad. Desculpe, estou nervosa.*

— Agora, você me *interrompeu.*

— Desculpe. Brad.

Dez segundos de silêncio. A jovem ficou inquieta. Brad Dowd disse:

— Totalmente perdoado.

— Obrigada. Brad.

Mais dez segundos. A menina tentou relaxar a postura.

— Tudo bem, estamos serenos e hermeticamente isolados, prontos para trabalhar sério. Gosta de Sondheim?

— Hum, não o conheço... Brad.

— Não importa, não vamos fazer um musical, hoje é dia de drama. Abaixe a alça esquerda de sua blusa. Certifique-se de que é a esquerda porque é seu lado bom, o direito é um pouco fraco. Certifique-se de não tirar toda a blusa, isso aqui não é pornô, só precisamos ver sua postura desnuda como uma escultura clássica.

A câmara se afastou, mostrando uma jovem sentada em uma cadeira dobrável, usando uma minúscula blusa vermelha mantida no lugar por alças finas como espaguete. Pernas nuas, bronzeadas e esguias, anunciadas por uma saia curta de jeans. Pés com sandálias, plantados no chão. Sandálias marrons de salto alto.

— Vá em frente — disse Brad.

Parecendo confusa, ela soltou a alça direita.

— *Esquerda!*

— Desculpe, desculpe, sempre tive problemas com isso... Desculpe, Brad, sempre tive problemas com... — Ela mudou para a esquerda e a abaixou.

A câmara enquadrou ombros macios e dourados. Afastou-se para revelar uma visão de corpo inteiro.

Passaram-se 15 segundos.

— Você tem um belo torso.

— Obrigada, Brad.

— Sabe o que é um torso?

— O corpo... Brad.

— A parte superior do corpo. O seu é clássico. Você tem muita sorte.

— Obrigada, Brad.

— Acha que também tem talento?

— Hum, assim espero... *Brad.*

— Oh, vamos, seja mais solta, mais confiante, assuma uma *atitude* positiva de superestrela.

Olhos azuis piscaram. A jovem endireitou-se na cadeira, jogou o cabelo para trás. Ergueu um punho e gritou:

— Sou a melhor, Brad!

— Pronta para qualquer coisa?

— Claro. Brad.

— Ora, isso é bom.

Cinco segundos. Então: clang clang. Tump tump tump tump tump. Barulhos vindo de trás fizeram a jovem se voltar.

— Não se mexa — gritou Brad.

A jovem ficou estática.

— Aqui está a pessoa com quem você vai contracenar.

— Eu... hum... há... não sabia que haveria...

— Uma estrela tem de estar pronta para tudo.

A cabeça da jovem começou a se voltar outra vez. Mas outra vez parou, respondendo a uma ordem não recebida.

— Bom — amenizou Brad. — Você está aprendendo.

A jovem umedeceu o lábio e sorriu.

O cinza atrás dela tornou-se cor de carne.

Um peito e uma barriga peluda. Braços tatuados.

A câmara baixou até um tufo de pelos pubianos. Um pênis flácido oscilava a centímetros do rosto da jovem.

Os ombros da jovem se contraíram.

— Relaxe — disse Brad Dowd. — Lembre-se do que Nora lhe ensinou sobre improvisação.

— Mas... Claro. Brad.

— Fique totalmente imóvel... controle corporal... *essa* é uma boa menina.

O volume hirsuto pulsou. Tatuagens saltaram.

A câmara subiu até focalizar um rosto suado e redondo. Costeletas encaracoladas. Bigode aparado.

As mãos de Reynold Peaty baixaram para o ombro da jovem. O polegar direito introduziu-se sob a alça da direita. Brincou com ela. Afastou-a.

A jovem sobressaltou-se e voltou-se para vê-lo. A mão esquerda de Peaty segurou o topo da cabeça da jovem e voltou-a para a frente.

— Ele está me machucando...

— Boca calada! — disse Brad Dowd. — Não vai querer comer moscas.

A mão direita de Peaty tapou a boca da jovem.

Ela emitiu ruídos desesperados embora abafados. Peaty deu-lhe um tapa tão forte que os olhos dela se reviraram. Com uma das mãos, Peaty a ergueu pelo cabelo. A outra se aproximou da garganta.

— É — disse ele.

— Perfeito — disse Brad. — Este é Reynold. Vocês dois vão improvisar um pequeno esquete.

Desliguei o aparelho.

Milo estava desperto, parecendo mais triste do que jamais o vi.

— Você me avisou — eu disse.

E saí da sala.

CAPÍTULO 46

A semana seguinte foi uma bouillabaisse emocional.

Tentando, sem sucesso, conseguir melhores instalações e terapia regular para Billy Dowd.

Evitando os pedidos de Erica Weiss para outro depoimento, de modo que ela pudesse "bater o último prego no caixão de Hauser".

Ignorando telefonemas cada vez mais estridentes do advogado de Hauser.

Não estivera na delegacia desde que vira aquele DVD. Seis minutos observando uma jovem que nunca conheci.

No dia em que Robin se mudou, fingi que minha mente estava limpa. Depois que apoiei sobre a cama a última caixa de papelão contendo suas roupas, ela me fez sentar à beira do colchão, massageou minhas têmporas e beijou minha nuca.

— Ainda pensando naquilo, hein?

— Usando músculos pouco comuns. As costelas não ajudam.

— Não desperdice energia tentando me convencer — disse ela. — Desta vez sei no que estou me metendo.

Meu contato com Milo limitou-se a um telefonema às 23 horas. Com voz cansada, perguntou se eu poderia cuidar de "assuntos subordinados" enquanto ele lutava com a montanha de provas naquilo que os jornais estavam chamando de "assassinatos do abrigo nuclear".

Um colunista idiota do *Times* estava tentando associar aquilo à "paranoia da Guerra Fria".

— Claro — eu disse. — Que assuntos subordinados?

— Qualquer coisa que você possa fazer melhor do que eu.

Aquilo se revelou como fazer o papel de esponja do sofrimento alheio.

Uma sessão de 45 minutos com Lou e Arlene Giacomo durou duas horas. Ele perdera peso desde a última vez que o vira e seus olhos estavam sem vida. Ela era uma mulher tranquila, digna, curvada como alguém que tivesse o dobro de sua idade.

Fiquei ali sentado enquanto sua raiva era alternada com relatos angustiados da vida com Tori, os dois se revezando com um ritmo tão preciso que devia ter sido ensaiado. À medida que o tempo passava, suas cadeiras se afastavam cada vez mais. Arlene falava do vestido de primeira comunhão de Tori quando Lou levantou-se e saiu de meu consultório. Ela começou a se desculpar, mudou de ideia. Nós o encontramos junto à lagoa, alimentando os peixes. Foram-se em silêncio e nenhum deles atendeu minhas ligações naquela noite. O atendente em seu hotel disse que haviam ido embora.

A mãe viúva da vítima de Brad Dowd em Las Vegas, Juliet Dutchey, era uma ex-dançarina, veterana do antigo hotel Flamingo. Cinquenta e tantos anos e ainda firme, Andrea Dutchey culpou-se por não ter desencorajado a filha da ideia de se mudar para Vegas, então passou a apertar minha mão e a me agradecer por tudo o que fiz. Senti não ter feito coisa alguma, e sua gratidão me entristeceu.

A Dra. Susan Palmer veio com o marido, o Dr. Barry Palmer, um homem alto, tranquilo, bem-vestido que queria estar em outro lugar. Começou toda séria, caiu rápido. Ele manteve a boca fechada e estudou as gravuras na parede.

A mãe de Michaela Brand estava doente demais para vir do Arizona, de modo que falei com ela pelo telefone. Seu respirador sibilava ao fundo e, se ela chorou, não ouvi. Talvez lágrimas exigissem muito oxigênio. Fiquei na linha até ela desligar sem avisar.

Nenhum parente de Dylan Meserve apareceu.

Liguei para Robin no estúdio:

— Acabei, pode voltar.

— Não estava fugindo — disse ela. — Apenas trabalhando.

— Ocupada?

— Muito.

— Venha para casa mesmo assim.

Silêncio.

— Claro.

Liguei para Albert Beamish.

— Andei lendo a respeito — disse ele. — Aparentemente, ainda sou capaz de me chocar.

— É um assunto chocante.

— Eram mimados e indolentes, mas não fazia ideia de que eram diabólicos.

— Além dos caquis — eu disse.

— Meu Deus, sim! Alex... Posso chamá-lo assim...?

— Claro. *Senhor* Beamish.

Ele riu.

— Antes de mais nada, obrigado por me informar, foi cortês de um modo incomum. Especialmente vindo de um membro de minha geração.

— Obrigado. Acho.

Ele limpou a garganta.

— Segundo, você joga golfe?

— Não, senhor.

— Por que não?

— Nunca tentei.

— Que vergonha. Ao menos bebe... Talvez um dia desses, se tiver tempo...

— Se você servir coisa boa.

— Só estoco coisas boas, meu jovem. O que *acha* que eu sou?

Duas semanas depois de ser preso, Brad Dowd foi encontrado morto na cela. A corda que usou para se enforcar foi feita com um par de calças de pijama que cortou em tiras depois que as luzes se apagaram. Estava sendo vigiado para que não se suicidasse, preso na ala de alta segurança onde coisas assim não deveriam acontecer. Os guardas foram distraídos por um interno que fingiu ter enlouquecido e que começou a atirar fezes nas paredes da cela. Aquele prisioneiro, um líder de gangue e suspeito de assassinato chamado Theofolis Moomah, ficou miraculosamente bom no momento em que o corpo de Brad foi encontrado. Uma busca na cela de Moomah descobriu um estoque extra de cigarros e um rolo de notas de 50 dólares. O advogado de Brad, um frequentador assíduo do tribunal do centro da cidade e que defendeu diversos líderes de gangue, mandou sua conta por correio expresso para o juiz.

Stavros Menas convocou uma coletiva de imprensa e afirmou que o suicídio de Brad apoiava sua alegação de que Brad fora um "Svengali louco", e sua cliente uma tola inocente.

A promotoria ofereceu uma análise contraditória.

Prepare-se para um circo que as pessoas que lutam pelos direitos dos animais não se importariam em censurar.

Jurei esquecer tudo aquilo, esperando que a vontade de descobrir o porquê das coisas acabaria parando de me comer por dentro.

Quando isso não aconteceu, apelei para o computador.

CAPÍTULO 47

— Ainda não acredito que conseguiu me encontrar aqui — disse a mulher.

Seu nome era Elise Van Syoc e trabalhava como corretora de imóveis na Coldwell Banker de Encino. Demorou um bom tempo, mas acabei encontrando-a usando seu nome de solteira, Ryan, e um apelido antigo de décadas.

Ginger.

A baixista do Kolor Krew!

Sua identidade e uma impressão da fotografia que vira na PlayHouse finalmente surgiram graças ao site www.noshotwonders.com, um compêndio cruelmente debochado de bandas pop fracassadas arremessado pelo estilingue gigante da internet.

Quando telefonei, ela disse:

— Não vou me envolver com esse negócio de tribunal.

— Não se trata de assunto de tribunal.

— O que é, então?

— Curiosidade — respondi. — Profissional e pessoal. A essa altura, não estou certo de ser capaz de separar ambas as coisas.

— Isso me parece complicado.

— É uma situação complicada.

— Você está escrevendo um livro ou fazendo um filme?

— Absolutamente não.

— Um psicólogo... que tipo de terapeuta é você, exatamente?

Tentei explicar meu papel.

Ela me interrompeu.

— Onde você mora?

— Beverly Glen.

— Próprio ou alugado?

— Próprio.

— Comprou há muito tempo?

— Há anos.

— Tem liquidez?

— Total liquidez.

— Bom para *você*, Dr. Delaware. Uma pessoa em sua situação pode achar que esta é uma boa hora para negociar. Já pensou em morar no Valley? Você podia conseguir um lugar muito maior, com mais terreno, *mais* algum dinheiro de diferença. Isso se você tem uma mente aberta em relação ao outro lado da colina.

— Orgulho-me de ter a mente aberta — eu disse. — Também sou bom para me lembrar de gente prestativa.

— Grande negociador... Promete que não vou acabar no tribunal?

— Juro sobre a minha hipoteca.

Ela riu.

— Ainda toca baixo? — perguntei.

— Oh, por favor. — Mais risos. — Fui chamada para me juntar ao grupo porque era ruiva. Ela achou que era algum tipo de presságio: o Kolor Krew, entende?

— Amelia Dowd.

— A maluca da Sra. D... realmente estou voltando no tempo. Não sei o que você acha que posso lhe dizer.

— Qualquer coisa de que se lembrar sobre a família pode ajudar.

— Para suas especulações psicológicas?

— Para minha paz interior.

— Não compreendo.

— É um caso horrendo. Estou perto de me sentir obcecado.

— Hum — disse ela. — Acho que posso resumir em uma frase: eles eram malucos.

— Ainda assim, podemos conversar a respeito? — perguntei. — Escolha hora e lugar.

— Você consideraria seriamente uma troca de imóveis?

— Não pensei nisso, mas...

— Boa hora para começar a pensar. Tudo bem, de qualquer modo preciso almoçar. Encontre-me no Lucretia, no Ventura perto do Balboa, daqui a uma hora e meia. Preciso que seja pontual. Talvez eu consiga lhe mostrar que a vida do outro lado da colina pode ser agradável.

O restaurante era grande, claro, arejado e estava quase vazio.

Cheguei na hora. Elise Van Syoc já estava lá, conversando com um jovem garçom enquanto tomava um cosmopolitan e mordia uma castanha-do-pará. Ginger não era mais ruiva. Seu cabelo era louro acinzentado e chegava-lhe à altura do colarinho. Terno preto sob medida, rosto sob medida, olhos largos cor de âmbar. Um sorriso de quem fecha negócio acompanhou um aperto de mão seco e firme.

— Você é mais jovem do que parece ao telefone, Dr. Delaware.

— Você também.

— Que gentil.

Sentei-me e lhe agradeci pelo seu tempo. Ela olhou seu Movado cravejado de diamantes.

— Brad e Nora realmente fizeram o que estão dizendo?

Assenti.

— Que tal alguns detalhes picantes?

— Você não gostaria de saber.

— Gostaria sim.

— Realmente não — eu disse.

— Por quê, é desagradável?

— Desagradável é um eufemismo.

— Eca. — Ela deu um gole no cosmopolitan. — Diga-me mesmo assim.

Dei-lhe alguns detalhes.

— Como conseguiu toda essa liquidez trabalhando na polícia? — perguntou. — Não devem pagar muito bem.

— Fiz outras coisas.

— Como o quê?

— Investimentos, terapia particular, consultas.

— Muito interessante... Você não escreve?

— Apenas relatórios, por quê?

— Soa como um bom livro... Infelizmente não poderemos almoçar, só tomar um drinque. Tenho um contrato a fechar, um lugar enorme ao sul do boulevard. E realmente não há nada que eu possa lhe dizer sobre os Dowds, além de que eram todos esquisitos.

— É um bom ponto de partida.

O garçom se aproximou, magro, escuro, olhos famintos. Pedi uma Grolsch.

— Claro — disse ele.

Quando ele trouxe a cerveja, Elise Van Syoc bateu o copo dela contra o meu.

— Você tem um relacionamento? Estou perguntando em termos de suas necessidades de espaço.

— Sim, tenho.

Ela riu.

— Você a trai?

Eu ri. Ela disse:

— Não arrisca — e terminou a última castanha-do-pará.

— O Kolor Krew... — falei.

— O Kolor Krew foi uma piada.

— Como se envolveu com eles? — perguntei. — Os outros três membros eram irmãos.

— Como lhe disse ao telefone, fui recrutada pela louca Sra. D.

— Por causa da cor de seu cabelo.

— Por isso e porque ela achava que eu tinha talento. Estava na mesma classe de Nora Essex na Academy. Meu pai era cirurgião e morávamos na June Street. Na época, achava que gostava de música. Tinha aulas de violino, mudei para violoncelo, então convenci meu pai a me comprar uma guitarra elétrica. Cantava como um ganso sedado, escrevia músicas ridículas. Mas, na época, achava que era Grace Slick. Brad e Nora mataram *mesmo* todas aquelas pessoas?

— Cada uma delas.

— Por quê?

— É o que estou tentando entender.

— É tão bizarro — disse ela. — Conhecer alguém que fez uma coisa assim. Talvez *eu* devesse escrever um livro.

Algo novo em seus olhos. Agora compreendia por que ela concordara em se encontrar comigo.

— Ouvi dizer que é difícil — eu disse.

— Escrever? — Ela riu. — Eu não escreveria. Em vez disso, contrataria alguém e assinaria o texto final. Alguns grandes best-sellers fazem isso.

— Creio que sim.

— Você não aprova.

— Então Amelia Dowd achou que você tinha talento... — falei.

— Talvez eu *não* devesse lhe contar minha história.

— Não tenho interesse em escrever sobre isso. Na verdade, se você escrever o livro, pode me citar.

— Promete?

— Juro.

Ela riu.

— Amelia Dowd... — continuei.

— Ela me ouviu tocando violoncelo na orquestra da Essex Academy e achou que eu era algum tipo de Pablo Casals, o que diz muito a respeito do ouvido *dela*. Imediatamente, telefonou para minha mãe, a quem conhecia de atividades na escola, chás no Country Clube de Wilshire, mais conhecidas que amigas. Amelia disse para minha mãe que estava reunindo uma banda familiar, como a Família Dó Ré Mi, os Cowsills, os Carpenters. Meu cabelo me tornava ideal para o papel, eu obviamente tinha talento, e o baixo era apenas outra forma de violoncelo, certo?

— Sua mãe caiu nessa?

— Minha mãe é uma senhora conservadora da Sociedade Nacional das Filhas da Revolução Americana, mas sempre adorou tudo o que se relacionava com o showbiz. O "segredo" que ela conta para todo mundo assim que conhece a pessoa tempo o bastante é que ela sonhava ser atriz, que era igualzinha a Grace Kelly. Mas belas jovens de San Marino não chegam lá, mesmo que belas jovens da Philadelphia Main Line cheguem. Ela tentou fazer com que eu entrasse para o clube de teatro, mas recusei.

Estava pronta para ser cooptada pela Sra. D. Fora isso, a Sra. D fez a coisa parecer um negócio fechado: um grande contrato de gravadora em vista, entrevistas, aparições na TV.

— Você acreditou?

— Achei idiota. E mal-ajambrado. Os *Cowsills?* Eu gostava era de Big Brother and the Holding Company. Entrei nessa na esperança de que acontecesse alguma coisa e eu pudesse faltar à aula.

— As crianças Dowd tinham alguma experiência musical?

— Brad tocava um pouco de guitarra. Nada demais, alguns acordes. Billy segurava a guitarra como um retardado, Amelia estava sempre consertando. Se ele algum dia conseguiu levar uma melodia, eu nunca ouvi. Nora conseguia, mas não dava conta da harmonia e estava sempre entediada ou no mundo da lua. Ela nunca demonstrou interesse em qualquer coisa que não fossem roupas ou o clube de teatro.

— Tipo elegante — eu disse.

— Não, ela se vestia mal. Muito exagerada. Até mesmo na Essex as pessoas se vestiam casualmente.

— Entrar para o clube de teatro foi ideia dela ou da mãe?

— Sempre achei que foi dela. Ela sempre quis fazer os grandes papéis, mas nunca os conseguia porque não decorava os textos direito. Muita gente achava que ela era meio retardada. Todos *sabiam* que Billy era retardado, creio que atribuíam aquilo à hereditariedade.

— E quanto a Brad?

— Mais esperto que os outros dois. Mas qualquer um o seria.

— Como ele se ajustava socialmente?

— As garotas gostavam dele — disse ela. — Ele era bonito. Mas não era popular. Talvez porque não ficasse muito por perto.

— Por que não?

— Um ano estava lá, no outro estava cursando alguma escola fora do estado por ter se metido em alguma confusão. Mas a Sra. D. certamente o quis por perto no ano em que tentou começar a banda.

— Até onde foram? — perguntei.

— À metade do caminho para lugar nenhum. Quando apareci na casa deles para o primeiro ensaio e vi a droga que aquilo ia ser, voltei para casa e disse para minha mãe: "Desisto." Ela respondeu: "Nós Ryans não desistimos nunca", e me notificou de que, caso quisesse ter meu próprio carro, era melhor fazer por onde. — Ela bateu com a palma de uma das mãos sobre a mesa, então com a outra, o que soou como uma lenta e poderosa batida quatro por quatro. — Foi ideia de Nora tocar bateria. Billy supostamente tocaria guitarra rítmica e de fato ele conseguiu aprender dois acordes desafinados: dó e sol, creio eu. Mas soava como um porco sendo estrangulado. — Ela ergueu os lábios. — E como se não fosse ruim o bastante, tentamos cantar. Patético. Mas aquilo não deteve a Louca Amelia.

— De quê?

— De nos levar para fazer as fotografias de divulgação. Encontrou um fotógrafo barato no Highland, perto do Sunset, um velho que falava enrolado e tinha nas paredes de seu estúdio quarenta anos de antigas fotos em preto e branco de gente de que você nunca ouviu falar. — Ela torceu o nariz. — O lugar fedia a mijo de gato. As *roupas* fediam a casa velha. Estou falando de caixas e mais caixas de coisas emboladas. Tivemos de posar como índios, peregrinos, hippies, o que você imaginar. Cada um com uma cor diferente. "Roupas e tonalidades variadas", como disse a Sra. D., seria nossa "marca".

— Funcionou com o Village People.

— Então, onde *eles* estão agora? Quando acabaram as fotografias, era hora do empresário, um picareta atrás do outro. Amelia flertou com cada um deles. Estou falando de roçar quadris, relances de seu decote, piscadelas calculadas. Ela tinha aquele jeitão de loura sensual, e levava aquilo a sério.

— Isso não me parece algo que uma senhora conservadora da Sociedade Nacional das Filhas da Revolução Americana apoiaria — eu disse.

— Engraçado, não? Acho que o showbiz supera tudo. Pergunte às pessoas dessa cidade se trocariam um órgão vital por uma ponta em um filme, e garanto que a maioria perguntaria onde está o bisturi. Metade das pessoas em *meu* ramo de negócio tem alguma ligação com a indústria cinematográfica. Vá a meu escritório e verá rostos que reconhece vagamente, mas não consegue saber de onde. Estou falando da jovem que serviu café para a mulher do banco em *A Família Buscapé* no segundo ato de algum episódio. Ela ainda tem o cartão da Associação dos Atores de Cinema na bolsa, usa-o em cada conversa que tem. Os mais espertos sabem que, mesmo que consigam, aquilo vai durar tanto quanto leite morno. Os outros são como Amelia Dowd.

— Vivendo na Terra da Fantasia.

— O tempo todo. De qualquer modo, esta é a história do Kolor Krew.

— O projeto nunca deu em nada.

— Devemos ter participado de umas vinte seleções. Nenhuma durou mais de quinze segundos porque no momento em que os agentes nos ouviam cantar fechavam a cara. *Nós* sabíamos que éramos horrendos. Mas Amelia ficava lá, estalando os dedos, feliz e orgulhosa. Quando voltava para casa, acendia um baseado, chamava meus amigos e ríamos histericamente.

— Como as crianças Dowd encaravam aquilo?

— Billy era um robô obediente, podia ter vindo com rodinhas. Nora, avoada como sempre, fazia o gênero Mona Lisa. Brad estava sempre escondendo um sorriso irônico. Foi ele quem acabou caindo na real. Não foi desrespeitoso, foi mais tipo “Ora bolas, não vamos a lugar nenhum”. Amelia o ignorou. Literalmente. Fingiu que ele não estava lá e continuou falando. O que foi uma mudança.

— Como assim?

— Geralmente ela prestava *muita* atenção em Brad.

— Abusiva?

— Não exatamente.

— Atenção especial?

Elise Van Syoc tentou pegar uma rodela de limão com o palito.

— Esta pode ser a parte importante de meu livro.

— Ela o seduziu?

— Ou talvez fosse o oposto. Nem sequer sei dizer se algo de fato aconteceu. Mas o modo como os dois se relacionavam não era exatamente mãe e filho. Nunca percebi até começar a passar todo o tempo com eles. Demorou um pouco até eu perceber que a Sra. D. agia diferente do habitual.

— O que ela fazia?

— Ela não tinha muito jeito de mãe. Com Billy e Nora, era distante. Mas com Brad... Talvez ela tenha pensado que, tecnicamente, Brad era um primo adotado, não filho dela... ainda assim, ele tinha 14 anos e ela era uma mulher feita.

— Roçar de quadris e decotes? — perguntei.

— Um pouco, mas geralmente era mais sutil. Sorrisos discretos, olhares que ela lançava quando achava que ninguém estava olhando. Ocasionalmente, eu a via tocando o braço dele e ele tocando as costas dela. Nora e Billy não pareciam perceber. Perguntei-me se estava imaginando aquilo, sentia-me como um alienígena jogado no Planeta Estranho.

— Como Brad reagia?

— Às vezes fingia não se dar conta do que ela estava fazendo. Às vezes, gostava daquilo. Definitivamente havia algum tipo de química rolando entre os dois. Até onde foram, não sei. Nunca contei para ninguém, nem mesmo para meus amigos. Quem pensaria numa coisa dessas naquela época?

— Mas você ficou chocada.

— Fiquei — disse ela. — Mas quando os próprios filhos de Amelia não pareceram se importar, comecei a achar que estava vendo coisas. — Sorriu sutilmente. — O fato de ser nutrida à base de tragos de uma erva ilegal alimentava minhas dúvidas.

— Amelia era sedutora — falei. — Mas mandou Brad para fora do estado.

— Diversas vezes. Talvez o quisesse fora de cena para poder controlar seus impulsos. Chamaria isso de uma abordagem psicológica?

— Certamente.

Ela sorriu.

— Talvez devesse ter sido psicóloga.

— Quantas vezes são "diversas"?

— Diria três, quatro.

— Porque ele se meteu em confusão.

— Esses eram os boatos.

— Os boatos se tornaram específicos? — perguntei.

— Delinquência juvenil básica — disse ela. — Ainda usam esse termo?

— Eu uso. Do que estamos falando? Roubo, matar aula?

— Tudo isso. — Ela franziu as sobrancelhas. — Também andaram sumindo animais de estimação de gente da vizinhança, e estava Brad envolvido.

— Por quê?

— Sinceramente não sei, era o que diziam. Isso é importante, certo? Crueldade com animais é algo relacionado a assassinos seriais, não é?

— É um fator de risco — eu disse. — Quando foi a última vez que Brad foi mandado para longe?

— Depois que Amelia desistiu da banda. Não logo depois, talvez um mês, cinco semanas.

— O que a convenceu a desistir?

— Como saber? Certo dia ela ligou para minha mãe e anunciou que não havia futuro na música popular. Como se *ela* tivesse determinado aquilo. Que maluca.

— E logo depois disso, Brad foi embora.

— Acho que ela não precisava mais dele... Agora que estamos falando a respeito, dou-me conta de quão ruim aquilo deve ter sido para ele. Usado e descartado. Se ele ficou aborrecido, não o demonstrou. Ao contrário, estava sempre calmo, nada o atingia. Isso também não é normal, certo? Você seria o meu consultor de psicologia?

— Consiga um contrato e conversamos. E quanto ao capitão Dowd?

— O que tem ele?

— Ele se envolveu com a banda?

— Nunca o vi envolvido com coisa alguma. No que não era diferente da maioria dos pais da vizinhança. Mas esses não se envolviam porque trabalhavam. O capitão Dowd vivia de herança, nunca teve um emprego.

— Como passava o tempo?

— Golfe, tênis, colecionando carros, vinhos, coisas assim. Muitas férias no exterior. Ou, como minha mãe as chamava, "grandes cruzeiros".

— Onde?

— Europa, creio eu.

— Viajava com a mulher?

— Às vezes — respondeu. — Mas na maioria das vezes ia sozinho. Esta é a história oficial.

— E a não oficial?

Ela brincou com o copo.

— Digamos assim: certa vez eu ouvi meu pai conversando com um colega de golfe a respeito de como o capitão entrara para a marinha para ficar perto de rapazes que vestiam uniformes azuis apertados.

— Ele viajava com rapazes?

— Mais provavelmente viajava para *encontrar* rapazes.

— Os boatos se espalham — eu disse.

— Mantêm a grama verde — disse ela.

— Todos sabiam que o capitão Dowd era gay?

— Se meu pai sabia, todos sabiam. O capitão parecia ser um homem legal. Mas não era muito presente. Talvez por isso Amelia flertasse com todo mundo.

— Inclusive com Brad — eu disse.

— Acho que eram todos loucos — disse ela. — Isso explica o que aconteceu?

— É um começo.

— Não é uma boa resposta.

— Ainda estou elaborando as perguntas.

Seus olhos de âmbar ficaram sérios e achei que reagiria com rispidez. Em vez disso, ela se levantou e alisou a frente das calças.

— Preciso correr.

Voltei a agradecer-lhe pelo tempo a mim dedicado.

— Sei que estava me enrolando quando disse que manteria a mente aberta, mas gostaria de ligar para você caso apareça uma boa propriedade — disse ela. — Devia prestar atenção nisso, o mercado imobiliário vive um ótimo momento para alguém em sua posição. Por que não me dá seu número de telefone?

Dei-lhe um cartão, paguei as bebidas e levei-a até seu Mercedes prateado conversível.

Ela entrou, ligou o motor, baixou o teto.

— Provavelmente nunca farei um livro, detesto escrever. Talvez um filme de TV a cabo.

— Boa sorte.

— Estranho — disse ela. — Depois que ligou para mim, pensei no assunto tentando encontrar no passado algo que explicasse tudo isso.

— Conseguiu alguma coisa?

— Isso provavelmente é irrelevante. Devo estar vendo mais do que deveria em coisas insignificantes, mas, se o que dizem que aconteceu com aquela gente é verdade... os detalhes sangrentos, quero dizer...

— É verdade.

Ela tirou um espelho da bolsa, ajeitou o cabelo e pôs um par de óculos escuros.

— A Sra. D. seguia uma rotina. Quando nos desconcentrávamos durante os ensaios, o que era frequente, ela perdia a paciência, mas tentava não demonstrar porque queria fazer parte do bando. Como Mama Cowsill ou Shirley Jones.

— Mãe legal — eu disse.

— Como se aquilo fosse possível... De qualquer modo, o que ela fazia era começar a bater palmas para nos acalmar, então fazia como a Rainha de Copas de *Alice no País das Maravilhas*. Nas primeiras vezes ela anunciava: "Sou a Rainha de Copas e serei obedecida!" Acabamos entendendo. Sempre que ela batia palmas sabíamos que seguiríamos a rotina da Rainha de Copas, o que consistia em ouvi-la dizer coisas como: "Sou cinco vezes mais rica e mais inteligente que você" ou "De que vale uma criança sem objetivo?". Achava que aquilo era apenas mais uma de suas excentricidades, mas talvez...

Ela se calou.

— Talvez o quê?

— Isso talvez soe literal para você. Após falar todo aquele negócio de Lewis Carroll, ela levantava as sobrancelhas, cacarejava, erguia um dedo e começava a balançá-lo. Como se estivesse verificando o vento. Se nós *ainda* assim não estivéssemos prestando atenção, como geralmente não estávamos, ela fazia um barulho como se fosse uma buzina que parecia vindo de um homem, tão forte soava. Então, ficava com cara de pateta e balançava o peito como uma bailarina de strip-tease enlouquecida. Ela tinha seios grandes, era ridículo. — Ela correu as mãos por seu tórax bem torneado. — Afinal, caso ainda continuássemos desatentos, ela baixava a mão, corria um dedo pelo pescoço, depois levava ambas as mãos à cintura e gritava: "Cortem-lhes as cabeças!" Era tolo, embora assustador, eu odiava quando ela fazia aquilo. Nora e Billy não pareciam se importar.

— E Brad?

— Esse é o ponto — disse ela. — Brad costumava sorrir. Um daqueles sorrisos para si mesmo. Como se fosse uma piada dele e de Amelia. Você sabe do hobby dele, certo? Ele estava envolvido com aquilo na época. Tinha todo tipo de facas, costumava levá-las a toda parte. Nunca o vi ferir alguém, e ele nunca foi ameaçador. Ao menos não para mim. Então isso provavelmente não quer dizer coisa alguma... Amelia com o dedo na garganta.

Eu nada disse.

Elise Van Syoc perguntou:

— *Certo?*

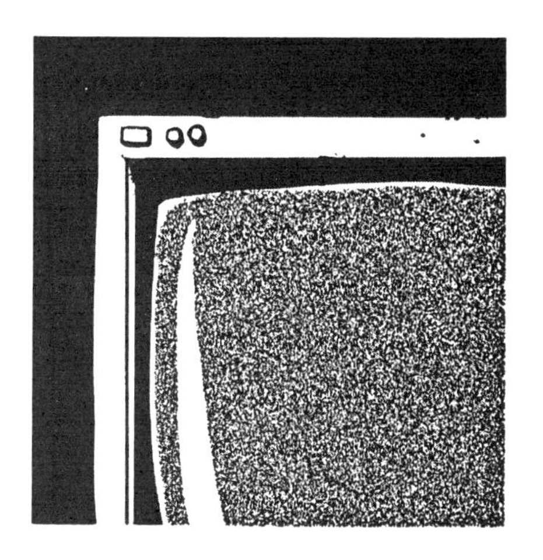

CAPÍTULO 48

Subi a colina pensando no que a família significava para as crianças Dowd.

Limites eram para serem ultrapassados, gente servia para ser usada, a performance era tudo.

Brad fora abandonado, adotado com relutância, explorado, expulso. Então foi trazido de volta para ser forçado a servir uma mulher que se ressentia de sua existência e o desejava sexualmente.

Anos depois, após a morte dela, conseguiu voltar à família e assumir um papel dominante. Sabendo que nunca fizera parte, que jamais faria.

Àquela altura, já assassinara Juliet Dutchey. Talvez outras mulheres ainda não encontradas.

Reservava seu hobby infantil para as vítimas.

Quando Milo e eu especulamos a respeito, ele aventou a hipótese de Cathy e Andy Gaidelas simbolizarem os pais.

Vocês ainda acreditam nesse negócio de Édipo?

Mais do que acreditava há algumas semanas.

Por que Meserve?

A única vez que vi Brad expressar raiva explícita foi quando falou sobre Meserve.

Jovem escorregadio e manipulador.

Estaria Brad vendo a si mesmo duas décadas mais jovem?

Apesar do temperamento tranquilo, das roupas, dos carros — a imagem —, será que tudo se resumia a ódio de si mesmo?

Um corpo pendurado em uma cadeia dizia que eu talvez estivesse certo.

Usado e descartado... aquilo não explicava a extensão do horror. Nunca explica. Perguntei-me por que continuava tentando.

Cheguei à Mulholland, desci pela costa passando por casas de sonho e outros empecilhos, incapaz de esquecer aquilo.

Brad fora o ator definitivo. Protegendo Billy e Nora, indo para a cama com ela, roubando os dois.

Forçando o próprio primo a cometer assassinatos, então tramando o assassinato dele.

Procurando outra prima — uma policial — ao mesmo tempo que estava sendo investigado pelos colegas dela no desaparecimento de uma dançarina de boate.

Por que não? Por que os laços de sangue significariam alguma coisa para ele?

Marcia Peaty não via problema em considerar Brad um sujeito ruim, mas estava certa de que o primo Reynold era apenas um perdedor.

Ex-policial, mas iludida. Ela lidara com aquilo durante muito tempo. Se fosse minha paciente, faria com que se desse conta de que era humana, nem mais, nem menos.

Pensando bem, regras e exceções são coisas difíceis de discernir.

Diáconos invadem casas e estrangulam famílias. Diplomatas, presidentes de empresas e outros tipos respeitáveis embarcam em cruzeiros sexuais na Tailândia.

Qualquer um pode ser enganado.

Mas, por arrogância, Brad e Nora praticaram seu hobby durante anos.

Quanto tempo até ele acabar de saquear o fundo monetário da família e resolver que Nora não era mais útil?

O jato e a ilha em Belize indicavam que não demoraria muito.

Será que Nora — entorpecida, insensível, perpetuamente drogada — fazia alguma ideia de que sua vida fora salva?

Que tipo de vida lhe restava pela frente? Severa depressão inicial, com certeza, assim que se estabelecesse a realidade da vida na prisão. Caso ela tivesse profundidade emocional suficiente para sofrer. Caso ela superasse e criasse um teatro na cadeia, as coisas poderiam melhorar. Escolhendo atores, dirigindo. Experimentando. Daqui a alguns anos, talvez até merecesse uma daquelas matérias exageradas do *Times* sobre os milagres da reabilitação.

Ou talvez eu tivesse muita fé no sistema e Nora nunca visse o interior de uma cela de penitenciária.

Voltaria para McCadden Place, para passear com o cão empalhado.

Stavros Menas não perdia a chance de alardear que ela era apenas mais uma das vítimas de Brad.

Milo e eu a vimos debochando da cabeça de Meserve, mas nós dois podíamos ser feitos de bobo no banco das testemunhas, e os jurados de L.A. não confiam em policiais e nem em psicólogos. O DVD mostrava Nora praticando sexo consensual com Brad e Meserve, mas nada além disso. Nenhuma prova pericial a ligava diretamente às mortes, e hoje em dia os jurados se baseiam na ciência.

Menas faria de tudo para conseguir que tais provas não fossem consideradas. Talvez pusesse Nora em evidência e ela finalmente teria um papel principal.

De um modo ou de outro, ganharia seu milhão.

Os advogados que competiam pela administração dos bens de Billy Dowd também se sairiam bem.

Ainda nenhuma resposta do juiz que tirou Billy de circulação e o sentenciou a comer comida macia com utensílios de plástico.

Na vez em que o visitei, ele me chamou de amigo, pousou a cabeça em meu ombro e encharcou minha camisa de lágrimas.

De que vale uma criança sem objetivo?

Amelia Dowd não fazia ideia das sementes que cultivara.

Pergunto-me o quanto o capitão William Dowd Junior sabia de tudo isso em meio às suas longas viagens ao exterior.

Ambos morreram em um desastre de automóvel. Um grande Cadillac que saiu da estrada e despencou de um penhasco na Route 1, a caminho de um salão de automóveis em Pebble Beach.

Não havia suspeita de que não fora um acidente.

Mas Brad estivera na cidade na semana em que eles viajaram, e Brad conhecia carros. Milo levantou a hipótese com a promotoria. Os promotores concordaram que era teoricamente interessante, mas que as provas desapareceram havia muito, Brad estava morto, e que era hora de começarem a armar um caso contra um réu vivo.

Hora para eu...?

A picape de Robin estava estacionada na frente de casa. Esperava encontrá-la em um cômodo dos fundos, desenhando, lendo ou tirando um cochilo. Ela esperava por mim na sala de visitas, sentada em um grande sofá, as pernas encolhidas sob o corpo.

Um vestido azul sem mangas destacava seu cabelo. Seus olhos estavam claros e seus pés descalços.

— Descobriu alguma coisa? — perguntou.

— Que talvez eu devesse ter estudado contabilidade.

Ela se levantou, pegou-me pela mão, levou-me para a cozinha.

— Desculpe, não estou com fome — eu disse.

— Não esperava que estivesse. — Atravessamos a área de serviço.

Havia uma caixa de plástico de transporte de animais diante da máquina de lavar. Não era a caixa de Spike, ela a jogara fora. Não estava no lugar onde a caixa de Spike ficava. Um pouco mais à esquerda.

Robin ajoelhou-se, abriu a grade, tirou de lá uma coisinha enrugada castanho-amarelada.

Cara achatada, orelhas de coelho, nariz preto e úmido. Grandes olhos castanhos olharam para Robin e, então, voltaram-se para mim.

— Você pode escolher o nome dela — disse.

— Ela?

— Achei que você merecia. Chega de competição entre machos. Ela vem de uma linhagem de campeões com muita disposição.

Fez um carinho na barriga do filhote, então o entregou para mim.

Quente como uma torrada, quase cabia na palma de minha mão. Acariciei um queixo peludo e rombudo. Apareceu uma língua cor-de-rosa e o filhote esticou o pescoço como fazem os buldogues. Uma das orelhas de coelho se dobrou.

— Vai demorar algumas semanas até as orelhas se firmarem — disse Robin.

Spike fora uma massa de músculos e ossos de chumbo. Aquele era mole como manteiga.

— Qual a idade dela? — perguntei.

— Dez semanas.

— A menor da ninhada?

— O criador prometeu que ela vai encorpar.

O filhote começou a lamber meus dedos. Trouxe-a para junto de meu rosto e ela deu um banho de língua em meu queixo. Cheirava a xampu de cachorro e aquele perfume inato que ajuda os filhotes a serem nutridos.

Voltei a coçar-lhe o queixo. Ela abriu a boca em resposta. Lambeu meus dedos outra vez e emitiu um som gutural, mais felino que canino.

— Amor à primeira vista — disse Robin.

Ela acariciou o filhote, mas este se aproximou ainda mais de mim.

Robin riu.

— Adorei.

— Tanto assim? — perguntei ao filhote. — Ou isso é apenas uma paixonite passageira?

O filhote me olhou, acompanhando cada sílaba com aqueles enormes olhos castanhos.

Baixando a cabeça, cutucou meu rosto, ronronou mais um pouco e curvou-se até que seu pequeno e nodoso crânio estivesse escondido sob meu pescoço. Remexeu-se e acabou encontrando uma posição confortável.

Fechou os olhos, adormeceu. Começou a roncar baixinho.

— Adorável — eu disse.

— Podemos usar um pouco disso, não acha?

— Podemos — eu disse. — Obrigado.

— Claro — disse ela, despenteando o meu cabelo. — Agora, quem vai acordar hoje à noite para limpar a sujeira?

títulos da **COLEÇÃO NEGRA**

MISTÉRIO À AMERICANA
org. e prefácio de DONALD E.

BANDIDOS
ELMORE LEONARD

NOTURNOS DE HOLLYWOOD
JAMES ELLROY

O HOMEM SOB A TERRA
ROSS MACDONALD

O COLECIONADOR DE OSSOS
JEFFERY DEAVER

A FORMA DA ÁGUA
ANDREA CAMILLERI

O CÃO DE TERRACOTA
ANDREA CAMILLERI

DÁLIA NEGRA
JAMES ELLROY

O LADRÃO DE MERENDAS
ANDREA CAMILLERI

ASSASSINO BRANCO
PHILIP KERR

A VOZ DO VIOLINO
ANDREA CAMILLERI

A CADEIRA VAZIA
JEFFERY DEAVER

UM MÊS COM MONTALBANO
ANDREA CAMILLERI

METRÓPOLE DO MEDO
ED MCBAIN

A LÁGRIMA DO DIABO
JEFFERY DEAVER

SEMPRE EM DESVANTAGEM
WALTER MOSLEY

O VÔO DAS CEGONHAS
JEAN-CHRISTOPHE GRANGÉ

O CORAÇÃO DA FLORESTA
JAMES LEE BURKE

DOIS ASSASSINATOS EM MINHA VIDA DUPLA
JOSEF SKVORECKY

O VÔO DOS ANJOS
MICHAEL CONNELLY

CAOS TOTAL
JEAN-CLAUDE IZZO

EXCURSÃO A TÍNDARI
ANDREA CAMILLERI

NOSSA SENHORA DA SOLIDÃO
MARCELA SERRANO

SANGUE NA LUA
JAMES ELLROY

FERROVIA DO CREPÚSCULO
JAMES LEE BURKE

MISTÉRIO À AMERICANA 2
org. de LAWRENCE BLOCK

A ÚLTIMA DANÇA
ED MCBAIN

O CHEIRO DA NOITE
ANDREA CAMILLERI

UMA VOLTA COM O CACHORRO
WALTER MOSLEY

MAIS ESCURO QUE A NOITE
MICHAEL CONNELLY

TELA ESCURA
DAVIDE FERRARIO

POR CAUSA DA NOITE
JAMES ELLROY

GRANA, GRANA, GRANA
ED MCBAIN

RÉQUIEM EM LOS ANGELES
ROBERT CRAIS

ALVO VIRTUAL
DENISE DANKS

O MORRO DO SUICÍDIO
JAMES ELLROY

SEMPRE CARO
MARCELLO FOIS

REFÉM
ROBERT CRAIS

CIDADE DOS OSSOS
MICHAEL CONNELLY

O OUTRO MUNDO
MARCELLO FOIS

MUNDOS SUJOS
JOSÉ LATOUR

DISSOLUÇÃO
C.J. SANSOM

CHAMADA PERDIDA
MICHAEL CONNELLY

GUINADA NA VIDA
ANDREA CAMILLERI

SANGUE DO CÉU
MARCELLO FOIS

PERTO DE CASA
PETER ROBINSON

LUZ PERDIDA
MICHAEL CONNELLY

DUPLO HOMICÍDIO
JONATHAN E FAYE KELLERMAN

ESPINHEIRO
Thomas Ross

CORRENTEZAS DA MALDADE
Michael Connely

BRINCANDO COM FOGO
Peter Robinson

FOGO NEGRO
C. J. Sansom

A LEI DO CÃO
Don Wislow

MULHERES PERIGOSAS
org. de Otto Penzler

CAMARADAS EM MIAMI
José Latour

O LIVRO DO ASSASSINO
Jonathan Kellerman

MORTE PROIBIDA
Michael Connelly

A LUA DE PAPEL
Andrea Camilleri

ANJOS DE PEDRA
Stuart Archer Cohen

CASO ESTRANHO
Peter Robinson

UM CORAÇÃO FRIO
Jonathan Kellerman

O POETA
Michael Connelly

A FÊMEA DA ESPÉCIE
Joyce Carol Oates

A CIDADE DOS VIDROS
Arnaldur Indridason

O VÔO DE SEXTA-FEIRA
Martin W. Brock

A 37ª HORA
Jodi Compton

CONGELADO
Lindsay Ashford

A PRIMEIRA INVESTIGAÇÃO DE MONTALBANO
Andrea Camilleri

SOBERANO
C. J. Sansom

TERAPIA
Jonathan Kellerman

A HORA DA MORTE
Petros Markaris

PEDAÇO DO MEU CORAÇÃO
Peter Robinson

O DETETIVE SENTIMENTAL
Tabajara Ruas

DIVISÃO HOLLYWOOD
Josheph Wambaugh

UM DO OUTRO
Philip Kerr

GARGANTA VERMELHA
Jo Nesbø

SANGUE ESTRANHO
Lindsay Ashford

PILOTO DE FUGA
Andrew Vachss

CARNE E SANGUE
John Harvey

IRA
Jonathan Kellerman

CASA DA DOR
Jo Nesbø

O MEDO DE MONTALBANO
Andrea Camilleri

O QUE OS MORTOS SABEM
Laura Lippman

UM TÚMULO EM GAZA
Matt Rees

EM RISCO
Stella Rimington

LUA FRIA
Jeffery Deaver

A SOLIDARIEDADE DOS HOMENS
Jodi Compton

AMIGA DO DIABO
Peter Robinson

Este livro foi composto na tipologia Chaparral Pro Light,
em corpo 10,5/16, e impresso em papel off-white 80g/m²,
no Sistema Cameron da Divisão Gráfica
da Distribuidora Record.